W0399706

S. FISCHER

Thorsten Palzhoff

NEBENTAGE

Roman

S. FISCHER

Die Arbeit an diesem Roman wurde von der Berliner Senatsverwaltung für Wissenschaft, Forschung und Kultur gefördert.

MIX
Papier aus verantwortungsvollen Quellen
FSC® C083411
FSC
www.fsc.org

Erschienen bei S. FISCHER

© 2018 S. Fischer Verlag GmbH, Hedderichstr. 114,
D-60596 Frankfurt am Main

Satz: Dörlemann Satz, Lemförde
Druck und Bindung: CPI books GmbH, Leck
Printed in Germany
ISBN 978-3-10-059006-0

Erster Stoß

Erster Tag

Windstille. Weißer, von meiner Knastsonne beschienener Himmel, in den ich, damit sich was tut, einen fern vorüberziehenden Vogelschwarm werfe. Stell dir ringsum herbstliche Felder vor. Über den unteren Bildrand wälzt sich ein aschgrauer Fluss. Ein paar dicke Striche, von Ovalen umfasst, sollen Pappeln sein, die in unregelmäßigem Abstand eine Landstraße säumen. Kein Verkehr, aber man hört den dumpfen Laut einer zufallenden Autotür, einen aufheulenden Motor – jemand macht sich mit Vollgas davon. Wo eben noch der Wagen stand, hat der Radiergummi Reifenspuren auf dem Asphalt hinterlassen. Ich puste die Krümel vom Blatt: Wind kommt auf, die Pappeln beginnen zu tuscheln, und weit oben über der Szene verreibe ich das Blei mit der Handkante zu Wolken. Aus der anderen Richtung nähert sich ein Auto, bremst ab, hält an. Das Blaulicht lockt zwei Paar Gummistiefel und einen knöchellangen Mantel an, und die Schaulustigen kosten in fremder Sprache die Freuden der Neugier aus: *Da muss was passiert sein.*

Als mich mein Schließer in meine Zelle abführte, wurde er von einem seiner Kollegen Kasok genannt, hieß dann auf meine Nachfrage hin Kasack, woraus er bei der nächsten Gelegenheit Kosock machte. Stur ignorierend, dass ich kein Wort verstand, redete er ohne Punkt und Komma auf mich ein, während er mir die Ausstattung meiner Unterkunft zeigte: Doppelstockliege, Waschbecken, Klo. Zuletzt klappte er an der Wand das kleine Tischchen auf, und mit einer Drehung seines untersetzten Körpers, dem so viel Wendigkeit gar nicht zuzutrauen war, schob er sich an mir vorbei Richtung Zellentür. Den Mund hielt er nur, um sich die Brille auf die Stirn zu schieben und ausgiebig zu schnäuzen.

Ich verlangte ein weiteres Telefonat mit dem Ausland, in der Hoffnung, deinen Vater zu erreichen. Als ich meine Forderung wiederholte, nahm Kasoks Haltung etwas Lauerndes an. Seine Rechte fasste ans Funkgerät, das in einem Gürtelholster steckte. Durch seine Brille, die er mit einem Stirnrunzeln wieder auf die Nase zurückgleiten ließ, musterten mich seine kleinen Augen aus ihrer kurzsichtigen Ferne. Wie er sich auf die Zehenspitzen stellte und es sichtlich auskostete, dass jemand noch kleiner war als er selbst. Seine wenig überzeugende Zwanglosigkeit, als er erneut losplapperte. Wenn er ein Wort durch eine übertriebene Dehnung betonte, verzog er die Mundwinkel zur Andeutung eines Grinsens – deutlich genug, um mir zu zeigen, wie nah die Kasoksche Freundlichkeit an der Ironie wohnte. Ohne seinen Wortschwall zu unterbrechen, zog er die klinkenlose Tür hinter sich zu und schloss mich ein.

Ich habe einen Pfeil eingezeichnet: Dorthin, wo ich mit ein paar Strichen ein namenloses Dorf errichtet habe, war das von der Landstraße radierte Auto verschwunden. Stell dir vor, du könntest keinen Muskel bewegen, du wärst zu nichts anderem in der Lage, als dich ans Lenkrad zu klammern und in die zersplitterte Landschaft zu starren. Ein Flackern in meiner Erinnerung, und plötzlich sind da zwei Polizisten und der Irrglaube, der pulsierende Schmerz in meinem Kopf würde von einem Blaulicht herrühren. Einer der beiden spricht auf die Gaffer ein, während der andere durchs Seitenfenster zu mir hereinschaut. Ich sehe, wie sich das Revers seiner Uniform vorwölbt, als er sich nach vorn beugt und seine Dienstmütze abnimmt, um das mit einer Hand beschirmte Gesicht ganz nah ans Fenster zu neigen. Sein Mund bewegt sich stumm auf und zu, und ohne dass ich das Martinshorn höre, sehe ich im Rückspiegel einen über die Landstraße herannahenden Krankenwagen.

Nachdem Kasok die Tür verriegelt und ich mich auf die Pritsche gelegt hatte, merkte ich erst, wie der Schmerz unter meinem Oberschenkelverband brannte; ich lag so verkrampft, dass er allmählich auf mein Kreuz übergriff. Um mich abzulenken, zählte ich wieder und wieder die Rippen des Lattenrosts über mir. Irgendwann war das metallene Stochern eines Schlüssels zu hören, und nicht Kasok, sondern ein anderer, hoch aufgeschossener Schließer trat ein. Mit dem rechten Oberarm presste er sich etwas Weißes mit so großem Druck gegen den Brustkasten, dass ihm die Anspannung eine schiefe Haltung beibrachte. Erst als er sein Mitbringsel auf dem Klapptischchen abgelegt hatte (mit einer gemurmelten Erklärung, aus der ich Kasoks oder Kosocks Namen herauszuhören glaubte), sah ich, dass es sich um einen Packen Papier handelte. Er klopfte seine Hemd- und Hosentaschen ab, bevor er – ich weiß nicht, aus welchem Teil seiner Uniform – einen mit Radiergummi versehenen Bleistift samt Plastikanspitzer hervorzog. Er lächelte matt, zeigte, schon in der Tür stehend, mit einem Finger auf seine Brust, nannte mir in effektvoller Einsilbigkeit seinen Namen (Jan) und ließ mich mit Stift, Papier und meiner Verwirrung in der Zelle zurück.

Eigentlich war mir der schwarze Wagen (irgendein klotziges, osteuropäisches Modell) schon auf der langen Strecke zwischen Piteşti und Craiova aufgefallen. Mehr als zwei Stunden stur geradeaus durch eine Einöde aus Feldern und Prärie: eine hypnotische, den Verstand einschläfernde Fahrt. Statt zu rasten, mir vielleicht sogar ein Hotelzimmer zu nehmen, trieb mich eine innere Unruhe zur Weiterfahrt Richtung Călăraşi. Als ich den schwarzen Wagen auf der schmalen Landstraße im Rückspiegel bemerkte, gab ich instinktiv Gas; aber egal, wie schnell ich fuhr und wie lange ich ihn nicht mehr hinter mir sah, in Caracal saß er mir wieder im Nacken. Ich drehte ein paar Runden durch die Innenstadt, ignorierte zwei oder drei rote Ampeln, riss an einer Ausfahrt das Steuer um und ließ das Städtchen im fünften Gang hinter mir. Ich weiß nicht mehr, wie lange ich bis zum Horizont nichts als Felder sah, bis mich der Versuch, wieder in Richtung Caracal umzukehren, auf ramponierte und staubige Pisten führte. Die Abstände zwischen den Dörfern wuchsen im gleichen Maße, wie die Dörfer schrumpften, bis nur noch hier und da ein paar verödete, wie zufällig in die Landschaft gesetzte Häuser auftauchten. Die von Punkten und Strichen wimmelnden Namen auf den Ortsschildern wirkten selbst in diesem Land exotisch. Als letzte Bindung an eine vertraute Umgebung blieb mir nur noch der mich im Sicherheitsabstand verfolgende schwarze Fleck. Mein

Bewusstsein zog sich auf das Format des Rückspiegels zusammen, wodurch ich die vor mir liegende Straße nur noch als verschwommene Tiefe wahrnahm. Und dann, mit dem Blitz einer Erkenntnis, die mich aus meinem Körper zu ziehen schien, trat die Welt hinter dem Rückspiegel wieder in den Vordergrund, und über alles, was ich sah, hatte sich von einem Moment auf den anderen das Spinnennetz eines Glasbruchs gelegt.

An einen Aufprall kann ich mich nicht erinnern, da war nur die Rückkehr aus einer Welle von Schwärze im Moment des verzögerten Schocks. Durch mein linkes Hosenbein sickerte Blut, aber selbst als ich auf die Bahre gelegt und zu den offenen Heckflügeln des Krankenwagens getragen wurde, spürte ich nicht den geringsten Schmerz. Bis auf ein paar Einzelbilder (ein Sanitäter, neben mir sitzend) weiß ich fast nichts mehr von der Fahrt. Man brachte mich in eine karg eingerichtete Arztpraxis, die wegen ihres länglichen, von vielen Türen gesäumten Raumschnitts eher einem Büroflur ähnelte. Der Arzt betastete schweigend und ohne jede Gesichtsregung mein linkes Bein; ich erinnere mich daran, wie er sich über den Oberschenkel beugte und die sich bis zum Knie ziehende Wunde reinigte, und ich sehe noch den streng gezogenen, von Schuppen gesprenkelten Scheitel in seinem dunklen Haar, aber ich könnte nicht mit Gewissheit sagen, ob er meinen Puls fühlte oder mit einer Lampe meine Pupillen nach einem Lebenszeichen befragte, als zwei Polizisten eintraten und im dringlichen Ton auf ihn einredeten.

Ortswechsel: Treppen und Gänge, die ich hinkend bewältigte. An der Gittertür zu einem kurzen Trakt übergaben mich die beiden Beamten einem Kollegen. Seinem strammen Schritt konnte ich nur mit zusammengebissenen Zähnen folgen. Links und rechts grüne Metalltüren. Der Raum, den der Beamte aufsperrte, war kaum größer als eine Zelle. Scharfer Putzmittelduft. Von den Porträtfotografien strenger Autoritäten gesäumt, hing an der Stirnwand eine Schultafel mit einem Wolkenhimmel aus schlampig ausgewischter Kreide. Die Fensterfront war mit Jalousien verhängt (durch die sich in der tiefstehenden Novembersonne das Schattenraster der Gitterstäbe abzeichnete); sie waren nur zu zwei Dritteln heruntergelassen, so dass es aussah, als würden der ausladende Tisch, die beiden Stuhllehnen und die Unterkante der Tafel aus eigener Kraft leuchten. Als mich der Beamte auf einen der beiden Stühle zog, hob ich geblendet die Hände vor mein Gesicht (man hatte mir Handschellen angelegt) – eine Bewegung, die der Uniformierte missverstand, weshalb er mein vermeintliches Aufbegehren mit eisernem Griff unterdrückte.

Wir warteten. Ich weiß nicht, wie lange ich auf das gelegentliche Husten und Räuspern des Beamten hinter mir lauschte, auf das Knacken in den sonnenerwärmten Fenstern und das von irgendwoher dringende leise Knarren von Holz. Ich musste vor Erschöpfung eingenickt sein; jedenfalls setzte mein Verstand für kurze Zeit aus und fand erst mit einer Stimme wieder zurück in die Spur. Der Sprecher saß mir gegenüber am Tisch. Im gleißenden Seitenlicht leuchteten die Papiere in seiner Hand, und auch seine rechte Gesichtshälfte war eine konturlos weiß schimmernde Fläche. Er sprach halblaut und – soweit ich, ohne seine Sprache zu verstehen, beurteilen konnte – mit der klaren Artikulation eines gebildeten Mannes. Als er seinen Vortrag beendet hatte, legte er die Papiere neben seine Mappe, sah zu mir auf und fragte: »Tobias Voss?« (wobei er die beiden Os dehnte, mich *Tohbjas Vohs* nannte). Er erwiderte mein Nicken mit einem Lächeln, zog aus seiner Mappe zwei Blätter und schob sie mir, sich von seinem Stuhl erhebend, kommentarlos über den Tisch zu.

Lange starrte ich die Papiere an und versuchte, zu begreifen, was da vor mir lag: die gefaxten Kopien zweier Ausweise. Hinter mir eine raschelnde Bewegung, ein leises Wort der Wache, und dann fragte mich der Mann auf der anderen Seite des Tisches ein zweites Mal, jetzt aber mit amüsiertem Unterton: *Tohbjas Vohs*?

Tobias Voss: Das war, der linken Kopie zufolge, natürlich ich. Das Problem war nur, dass derjenige, den der Pass auf der rechten Kopie als Felix Fehling auswies, ebenfalls ich war.

Weil kein Übersetzer zwischen uns vermittelte, gab der Mann die Befragung bald auf. Ich wurde nicht in meine Zelle, sondern in ein Büro abgeführt – ein Schreibtisch, ein wuchtiges Bakelittelefon und an der Tür zwei Beamte, die mein Telefonat überwachten. Wie lange es dauerte, bis die Verbindung zustande kam, und dann die Enttäuschung: Dein Vater war nicht zu sprechen. Seine Sekretärin versicherte mir, ihm meine Bitte um einen Rechtsbeistand auszurichten. Allerdings verirrten sich ihre Fragen in unserem von Rauschen und Knacklauten gestörten Dialog immer tiefer in ein Labyrinth von Missverständnissen und falschen Annahmen, so dass ich fürchte, sie wird deinem Vater von nichts anderem erzählen können als dem Debakel meiner Geschäftsreise, für das man allerdings nicht mich verantwortlich machen kann. In Arad wusste man noch nicht einmal von meiner Ankunft, und auf meiner Route durch rumänische Industriestädtchen begegnete ich nichts als unbekannten Namen, toten Adressen und Kleinbetrieben, in denen man mir Drohungen an den Kopf warf. Noch nie war ich von deinem Vater so schlecht auf eine Geschäftsreise vorbereitet worden.

Ich erinnere mich noch an die erste Begegnung mit ihm vor fünfeinhalb Jahren in einem Leipziger Hotel: an der einen Seite des Tisches er, der eigenen, sich permanent wiederholenden Erfolgsstory müde, auf der anderen ich, schon nicht mehr Fehling und noch nicht ganz Voss. Zwischen uns stand der falsche Name, unter dem ich erst seine, dann deine Bekanntschaft gemacht habe. Schon auf dem Betriebsfest war ich bis über beide Ohren in dich verliebt. Du wolltest nicht glauben, dass ich noch keine Wohnung hatte, und hieltest meine Übernachtungen im Büro (die mir als Bett dienende Couch, die Wechselwäsche im Aktenschrank) so lange für einen Witz, bis du angeblich bei deiner besten Freundin schliefst. Seitdem schien es mir jeden Tag ruinöser, die Notlüge zu tilgen, die unserem Kennenlernen vorausging. Wie hätte ich dir auch die Zwangslage vermitteln sollen, die mich den Namen annehmen ließ, unter dem du mich heute noch kennst? Die Angst, mit meiner Stellung auch dich zu verlieren, sobald ich meine Herkunft geklärt haben würde, war größer als meine sich nach und nach abnutzende Scham. Du hast dich in Tobias Voss als einen anekdotenbegabten Märchenerzähler verliebt, und deinem

Vater war ich als kreativer Überzeugungsarbeiter im Osten erfolgreich zu Diensten. Ich selbst – das gebe ich zu – habe die Abschaffung von Felix Fehling als Erlösung aus einem falsch programmierten Leben empfunden.

Der Packen Papier, den der Schließer Jan mir gebracht hat, liegt auf dem Klapptischchen wie eine stumme Aufforderung, mir ein umfassendes Geständnis von der Seele zu wälzen. So viel Papier, dabei habe ich nach dem missglückten Telefonat mit einer Luftkritzelgeste nur um die Möglichkeit einer brieflichen Mitteilung bitten wollen; aber mit dem Vorrat kann ich dir nun am Klapptischchen in meiner Zelle Abbitte leisten, indem ich dir Felix Fehlings Geschichte erzähle – so erzähle, dass du mich in jedem Satz wiedererkennen wirst.

Das beginnt schon mit meiner Unsicherheit, womit ich beginnen soll. Mit Leipzig im Frühjahr neunzig vielleicht und dem Eingeständnis, dass ich im Westen und nicht in der DDR aufgewachsen bin. Mit deiner Vorgängerin Nica und einem gewissen Flackhaus als den Urhebern meiner zweiten Identität. Mit Nicas Vater Klaus Haff, um dessen Schicksal ich noch immer als Einziger weiß. Oder mit meinem eigenen Vater und der mich als letztes Glied nachweisenden Chronik der Fehlings. Es wäre vielleicht gar nicht so abwegig, die Geschichte meiner Person noch bis vor ihr erstes Wort zurückzuverfolgen, denn das eigene Dasein ist nur die Folge weitervererbter Umstände und Unfälle, die man nachträglich Familiengeschichte nennt.

Zweiter Tag

Familiengeschichten: Wenn mein Vater sonntags zu spät vom Frühschoppen heimkehrte, dann nahm ihn an der Wohnungstür sein schlechtes Gewissen an die Hand, führte ihn vom Flur in die Küche, von der Küche ins Bad, von Zuflucht zu Zuflucht an meiner Mutter vorbei, bis er in meinem Kinderzimmer ein vorläufig sicheres Exil fand. Vielleicht, dass ich auf beiden Knien vor meiner Ritterburg hockte und eine kleine graue Wunschprojektion mit erhobenem Schwert mutig sein ließ; meistens aber saß ich am Tisch, wenn er hereinkam, und rückte der Welt mit Papier und Filzstiften zu Leibe.

Ich erinnere mich: Halb saß er, halb lag er neben mir auf dem Kinderbett, weit zurückgelehnt, auf beide Ellbogen gestützt, ein Bein über das andere geschlagen. In Gedanken bei einer Anekdote, die er vielleicht eben erst in der Kneipe zum Besten gegeben hatte, vergaß er, wo er war, klopfte abwesend mit seiner zur Klaue verkrüppelten Rechten seine Jacken- und Hosentaschen nach Zigaretten ab und steckte sich eine an. Erste, tastende Worte quollen ihm als Rauch aus Nase und Mund, zu denen unten der wippende Fuß den Takt vorgab.

Eines Sonntags erzählte er mir von der Nordsee. Ich nahm ein neues Blatt zur Hand und zog den blauen Stift aus dem Etui. Nach den ersten Sätzen schaukelte auf den Wellen ein mit noch unsicherem Strich gezeichnetes Boot, auf dem ich als Segel zwei Dreiecke hisste. Windiges Wetter bei lachender Augustsonne (ich kramte nach Gelb), und dann, nach langer Fahrt durch Zigarettenqualmnebel, war endlich grünes Land in Sicht.

Wo Land ist, lassen sich Orte benennen, und wer einen Ort nennt, soll auch die Zeit angeben: Vor einem Vierteljahrhundert, am ersten Augustsonntag des Jahres 1970, machte an einem Cuxhavener Bootsanleger ein Kutter fest. Ich zog die Segel wieder ein (denn der Kutter war in Wahrheit motorisiert) und stellte eine Figur mit einem kalten Zigarettenstummel im Mund auf das Deck. Hätte er, der Bootseigner, seinen Docht und mit dem Docht ein paar Worte ausgespuckt, dann wären es spanische Worte gewesen. Außer ihm, dem schweigsamen Spanier, waren noch zwei Figuren an Bord: ein großer Schlaks, über dessen linke Wange sich eine lange Narbe zog, und ein junger Lockenkopf, mein erst siebzehnjähriger Vater. Zu zweit schleppten sie schwere Holzkisten über den Steg, von dem aus sie von zwei Männern in Arbeitsmontur zu einem Firmentransporter getragen wurden.

Die beiden Arbeiter beobachtend, stand Hans Hermann Haupt, Inhaber einer Cuxhavener Wein- und Feinkostgroßhandlung, mit seiner vom Wind geplagten Frau und seinen drei Töchtern auf dem Deich. Die beiden älteren Töchter, neunzehn und zwanzig, machten sich über ihre Mutter Ingeborg lustig, deren gebauschte Lockenfrisur Richtung und Windstärke jeder Bö anzeigte. Hinter den beiden älteren Schwestern lehnte die Jüngste, Mechthild, gegen die Flanke des Transporters und starrte mal auf den Deichgrund, mal sah sie aufmerksam zu, wie die beiden jungen Kerle Dutzende Kisten über den Steg zu den Arbeitern an Land schleppten. Dabei rief ihnen der Kaufmann Hans Hermann Haupt Anweisungen zu: Sie sollten auf den feucht-rutschigen Steg, auf ihre Füße, das Tempo des Nebenmanns, die zerbrechliche Ware achtgeben. Während der eine, lang und dünn, die Kommandos schluckte, ohne dass sich seine Narbe verzog, störte sich mein siebzehnjähriger Vater an dem Befehlston. Dem Mann ins Gesicht grinsend, ließ er beim Absetzen Kiste auf Kiste knallen, dass darin Glas an Glas schepperte. Das wiederholte er so oft, bis Hans Hermann Haupt dem Bootseigner mit einer Schadensersatzklage für alles drohte, was mein Vater zu Bruch gehen lasse: ausgesuchte Weine aus Navarra, Rioja und der Mancha, Palo aus Mallorca, süßen Melonen-, Pfirsich- und Apfellikör, Obst-, Anis- und Kornschnäpse von besonderer spiritueller Reinheit, weißen Rum und würzigen Muskateller – alles nur schwer zu beschaffen und von auserlesener Qualität, mit einem Wort: teuer.

Der Spanier kaute nur ungerührt auf seinem Stummel, und der Kerl mit der Narbe gab sich mit Aufräumarbeiten auf dem Kutter beschäftigt; nur mein Vater pflanzte sich breitbeinig auf den Steg und gab dem Kaufmann Antwort: Das Gericht, bei dem er seine Klage einzureichen beabsichtige, würde sich doch sicher auch für zollfreie Importe interessieren? Als Hans Hermann Haupt dem Jungen versicherte, dass er sich über seine guten Beziehungen zur Justiz nicht zu sorgen brauche, zog mein Vater mit seiner damals noch unversehrten Rechten eine große, goldglänzende Münze aus der Hosentasche: Wenn das so sei, dann wolle er dem Kaufmann das hier als Entschädigung anbieten.

Hans Hermann Haupt stapfte auf schräg nach Halt suchenden Füßen den Deich hinunter zum Steg und sah zu, wie mein Vater die rechte Hand um die Goldmünze schloss, kurz die Aufmerksamkeit auf die winkende Linke zog und gleich darauf die noch immer nach vorn gereckte Rechte öffnete: Die Hand war leer, die Münze verschwunden. Der Händler fragte, was der Blödsinn solle, aber mein Vater starrte ihn nur mit weit aufgerissenen Augen an. Seine Kiefer arbeiteten an einer passenden Antwort, die ihm nicht auf die Zunge wollte, von innen die Lippen wölbte und leicht auseinanderschob, so dass die Zähne sichtbar wurden. Endlich riss er den Mund auf, sagte aber nichts, sondern zeigte Hans Hermann Haupt die Zunge. Und auf der Zunge blitzte im Sonnenlicht die aus der Hand gezauberte Münze.

Sich jedes weitere Wort sparend, stieg Hans Hermann Haupt an jenem sonnigen Augustsonntag den Deich wieder hinauf, warf die Hecktür des Firmentransporters zu und ordnete den beiden Arbeitern an, die Waren ins Lager zu bringen. Er tippte seiner Frau an den Arm, gab der Familie das Kommando zum Aufbruch und lief ihnen den Deich entlang voraus. Hinter seiner Frau bissen sich die drei Töchter amüsiert auf die Lippen und sahen dem Transporter nach, der auf der anderen Deichseite vorsichtig auf die Straße setzte, beladen mit Importen, die direkter nach Cuxhaven gelangt waren, als der Zoll erlaubt haben würde.

Beim Abschied zwischen Ponton und Kutter ersetzte den drei Männern ein Nicken jedes Lebewohl. Schwerfällig legte das Boot ab, ließ Scheuerkissen aufstöhnen, brachte mit seinem Kielwasser den Ponton und mit dem Ponton meinen zurückbleibenden Vater ins Wanken. Der hielt sich, seine Tasche zu Füßen, mit einer Hand an der Brüstung fest, überdachte mit der Linken, in der eine Selbstgedrehte klemmte, die Augen und schaute sehnsüchtig dem Kutter nach. Der Spanier hatte sich in der Kajüte unsichtbar gemacht, nur der narbige Schlaks sorgte an Deck für Bewegung, wickelte auf, legte zusammen, räumte ein, wurde mit dem Boot kleiner, tauchte gebückt hinter der Reling ab und kam erst weiter draußen als aufgehellte, ein letztes Mal winkende Miniaturgestalt wieder hoch.

Als mein Vater die Kippe ins Wasser schnippte und seine Tasche aufraffte, sah er, dass hinter ihm Hans Hermann Haupts jüngste Tochter auf dem Deich Wurzeln geschlagen hatte. Ihr Blick tastete Locken, Nacken, Rücken des Siebzehnjährigen ab, wanderte zum Kutter (der jetzt ein paar Möwen im Schlepptau hatte) und vom Kutter zu ihren Schuhspitzen.

Wer sprach wen an? Später, als er auf meinem Kinderbett saß und mir Kutter, Küste und Deich auf mein Malpapier erzählte, wies mein Vater alle Schuld von sich: Mechthild habe den ersten Schritt gemacht. Weil sie neugierig auf seine Münze. Weil sie ein zweites Mal seinen Trick. Weil ihr imponiert habe, wie er mit ihrem alten Herrn. Der sei es nämlich nicht anders gewohnt, als erstens bis fünftens Anweisungen zu geben. Für die schönen Dinge des Lebens habe der keine Termine frei. Selbst ihre Mutter mache vor dem Familiendespoten nur Männchen und ziehe sich beleidigt hinter die Regalmeter ihrer Plattensammlung zurück, um sich von Bach bis Wagner strenge Gefühle einimpfen zu lassen.

Mechthilds Wort- und Klagemühle drehte sich noch um ihre Eltern, als die beiden schon längst nebeneinander über den Deich trotteten: Mechthild links, weil er rechts seine Tasche geschultert hatte. Eine Strähne hatte sich aus ihrem Zopf gelöst und zitterte rötlich über der blassen Stirn. Unten leckten Ebbewellen über das Watt, auf dem trippelnde Küstenvögel Botschaften in Keilschrift hinterließen. Wie malt man Wind? Irgendwo schlug mit wechselndem Tempo ein Drahtseil gegen einen Mast. Durch Möwengeschrei und Wellengang hindurch war verwehtes Motorengedröhn zu hören, Seilzuggesurr und Maschinengetöse, das Aufeinanderknallen schwerer Lasten, und was sonst noch der Wind bringt, der Wind wieder nimmt: ferne Hafenbetriebsamkeit. Handlung im Leerlauf also, und dann war es ein zweites Mal Mechthild, der das Wortemachen weniger schwerfiel als meinem Vater. Lächelnd, sich das Zopfband straffziehend, fragte sie, ob er ihr nicht endlich seinen Namen verraten wolle. Sie wiederholte die drei Silben: Christian, fügte nachdenklich den Familiennamen hinzu: Fehling, und studierte sein Profil, so als vergliche sie seine Physiognomie mit der seines Namens. Er hörte kaum hin; seine Aufmerksamkeit war auf die Signale ihres rechten Arms konzentriert, der Schritt für Schritt seinen linken Arm streifte. Weil sie die wiederholte Berührung nicht scheute, wurde seine Hand mutig und griff zu.

Ihr Kichern. Zwei nervöse Finger zupften an Bluse, Rock, Bluse. Aus dem schon wieder windzerrupften Zopf loderte mehr und mehr Feuerhaar auf. Ihre Hand schlüpfte schweißfeucht in die meines Vaters zurück, als er ihr zwischen wackligen Holzpfosten über den Zaundraht half. Hinter dem Zaun schoss das karge Küstengrün zu wildem Gestrüpp auf. Irgendwo lasse ich Schafe grasen und rolle für das junge Paar einen moosigen Teppich aus. Bäume. Hand in Hand durch kniehohen Farn. Mit langen Schritten über totes Geäst und weichfeuchte Pilzkolonien. Vielleicht ein erster flüchtiger Kuss, bevor es durch dichtes Gebüsch ging. Ihre Sonntagsbluse von Blütenpollen und fingerlangen Stempeln beschmutzt. Das macht doch nichts. Das kann man rauswaschen. Sieh mal, da vorn. Ein dicht umwachsenes Schilfparadies ganz nah an der See, von dem mir mein Vater niemals erzählt hat. Dort am Wasser, wo sich im Seewind sein Hemdrücken buckelte und Mechthilds Bluse zur zweiten Haut straffte – dort muss es gewesen sein, dass Mechthild meinem Vater in die Augen sah und ihn bat, ihr noch einmal seinen Münztrick zu zeigen. Mit nervösen Fingern griff er in seine Hosentasche und holte die im Augustlicht blitzende Münze heraus.

Mein Vater, der seinen Vater mit sieben Jahren verloren hatte und seitdem allein mit seiner Mutter (einer zwar erst knapp vierzigjährigen, aber im Zeitraffer alternden Witwe) im westfälischen Ruhberg aufwuchs – er, der so ganz anders geartet war als jener strenge, duckmäuserische Mann, den ich dir als Tobias Voss' Erzeuger angedreht habe –, mein wirklicher Vater also, der an jedem Wochenende das Weite suchte, um sich aus dem Klammergriff seiner Mutter zu befreien (wobei seine Ausflüge zum Dreh- und Angelpunkt ihres ständigen Streits wurden) – er, der nun knapp achtzehnjährige Dachdeckerlehrling Christian Fehling, ließ freitags um Punkt fünfzehn Uhr Hammer und Nagel sinken, brach direkt zum kleinen Ruhberger Bahnhof auf, schlang und kippte in der verqualmten Bahnhofskneipe belegte Brötchen und Bier hinunter und ließ, sobald er ihn auf einem der beiden Gleise einfahren sah, mit dem nächsten Zug seine Mutter, Ruhberg und die Dachdeckerlehre hinter sich, egal, wohin es ihn auf seinem Wochenendausflug verschlagen würde.

Es war, sagen wir: Ende Februar 1971, der Winter schmolz schon wieder dahin, als Leonie Fehling an der Zimmertür ihres Sohnes klopfte und ihm mitteilte, dass in der Küche Besuch für ihn warte. Er raffte sich aus dem Bett auf, in dem er rauchend gelegen hatte, und schlurfte aus dem Zimmer. Im Wohnungsflur lag ein regennasser Mantel wie ein Ertrunkener mit hängenden Armen über zwei Koffern. In der Küche wisperte eine weibliche Stimme. Er blieb im Türrahmen stehen. Sie saß mit dem Rücken zu ihm am Tisch, beide Hände um eine dampfende Tasse gelegt, und er erkannte sie gleich an ihrem feuchten rotblonden Haar. Sie wandte sich zu ihm um: Regen und Tränen hatten aus Wimperntusche und Schminke ein schwarzbuntes Geschmier angerührt, das auf ihre Handballen abgefärbt hatte. Sein fragender Blick suchte den seiner Mutter, die damit beschäftigt war, ein paar abgewaschene Teller ein zweites Mal abzuwaschen. Langsam rückte Mechthild vom Tisch ab, stand auf, drehte sich ihm zu und zog sich verschämt die Strickjacke über den Bauch. Mit zittriger Stimme rang sie sich die Erklärung ab, sie sei, nachdem der Vater sie verstoßen habe, aus Cuxhaven gekommen, um in Ruhberg meine Mutter zu werden.

Unter Tränen, die von Leid, Mitleid und Schnaps zeugten (meine Großmutter Leonie hatte mit ihrem üblichen, an den Sohn gerichteten Klageruf *»Wie sein Vater!«* den Kühlschrank aufgerissen und der Runde eine Flasche Korn verabreicht), wurde noch am gleichen Abend ein Entschluss gefasst: Mein nicht mehr zu verhinderndes Dasein führte zur Verlobung von meinem Vater und Mechthild.

Da sich die Haupts einem Familientreffen widersetzten und wir mit unserer kleinen, im nördlichen Sauerland lebenden Verwandtschaft keinen Kontakt unterhielten, legte meine Großmutter auf eine Zusammenführung mit dem einzigen Familienmitglied Wert, das ihrer Meinung nach dafür in Frage kam: meinem Großvater. Er, Heinrich Fehling, ruhte sich allerdings schon seit beinahe elf Jahren im Schatten hoher Buchsbaumhecken unweit der Antoniuskirche von seiner Ehe mit Leonie aus.

Also pilgerten am 3. März 1971, seinem dreiundvierzigsten Geburtstag, meine Großmutter, mein Vater und Mechthild auf einen Besuch meines Großvaters zum katholischen Friedhof von Ruhberg. Am Fußende seines Grabes legte Mechthild die Hände auf dem Schwangerschaftsbauch ineinander und versuchte, meine fluchende Großmutter zu ignorieren, die aus dem Gezweig des dicht hinter dem Grabstein wachsenden Buchsbaums eine grüne Plastikgießkanne zerrte. Das rituelle Gießen der Grabpflanzen, dem meine Eltern mit Andachtsmiene folgten, und dann machte Leonie ihre künftige Schwiegertochter mit Heinrich Fehling und dessen Todesumständen bekannt.

Großvatergeschichten: wie gern ich dir mehr über ihn als das bisschen erzählen würde, was ich über ihn weiß. Er, der als Dachdecker gearbeitet hatte wie später mein Vater, packte am 1. Mai 1960 seinen Koffer, gab seinem Sohn einen Kuss auf den Scheitel und wollte sich zum Ruhrberger Bahnhof aufmachen, wo er sich mit drei Kollegen verabredet hatte, um am Tag der Arbeit nach Berlin zu reisen. Meine Großmutter, damals noch keine dreißig Jahre alt, sah es nicht gern, dass er sich mit drei Junggesellen in der großen Stadt vergnügen wollte. Vorwürfe wurden mit Vorwürfen beantwortet, bis der Streit so weit eskaliert war, dass mein Großvater den Koffer nahm und meine Großmutter mit einem groben Schimpfwort stehen ließ. Für eine Entschuldigung sollte er keine Gelegenheit mehr haben: Aus Berlin kehrte er mit ein paar Tagen Verspätung als toter Mann zurück. Offiziell nahm man Herzversagen als Ursache dafür an, dass er in der Ringbahn wie schlafend in sich zusammengesackt war, und niemand konnte sagen, wie lange sein Leichnam immer im Kreis durch West- und Ostberlin gereist war. Seine drei Kollegen, die ohne ihn zurückgekehrt waren, sagten aus, dass er ihnen abends abhandengekommen sei. Wegen seines nächtlichen Ausbleibens in der Pension hätten sie sich wenig Sorgen gemacht, sie hätten angenommen, dass er noch in die Botschaft auf dem Zettelchen vertieft gewesen sei, die ihm eine junge Frau in einer Kneipe im Ostteil der Stadt zugesteckt habe. Meine Großmutter, die sich auch elf Jahre später weder mit dem Zettelchen noch mit der Beleidigung abfinden konnte, die sein Abschiedswort für sie gewesen war, brachte die Gießkanne wieder hinter den Grabstein zurück und hatte es in ihrer neu belebten Wut auf den Toten eilig, dessen letzte Ruhestätte zu verlassen.

Die drei machten sich auf den Rückweg. Gemessenen

Schrittes schlenderte das Paar über die Steinplattenwege und ließ den Abstand zu meiner voraneilenden Großmutter wachsen. Halblaut las Mechthild die Namen auf den Grabsteinen vor, was sich mal wie eine Beschwörung anhörte, mal wie ein Gruß. Mitten in ihrer Litanei blieb sie stehen, beide Hände in die Seiten gestemmt, und fragte meinen Vater, wie sie mich eigentlich nennen sollten. Darüber hatte ihr Verlobter noch gar nicht nachgedacht, er müsse, sagte er, sich erst noch an den Gedanken seiner bevorstehenden Vaterschaft gewöhnen. Dazu, so Mechthild, habe er noch zwei Monate Zeit, aber einen Namen für das Kind sollten sie sich besser schon heute als morgen überlegen.

Als sie mit dem Spaziergang die Grabsteinlektüre fortsetzten, gewann mein Vater den Eindruck, dass jeder dieser Namen einem Titel ähnelte, unter dem ein ganzes Leben begraben liegen würde. Davon war am Friedhofsgatter seine Vorstellungskraft so überreizt, dass er zu Mechthilds Vorschlag Ja und Amen sagte, heilfroh, dass sie für jedes Geschlecht einen Namen gefunden hatte. Wie ich als Mädchen geheißen hätte, kann ich dir nicht sagen, und ich habe auch keine Ahnung, wer eigentlich jener auf dem katholischen Friedhof von Ruhberg begrabene Felix gewesen war, den Mechthild knapp vier Wochen vor ihrer Hochzeit zu meinem Namenspatron machte.

Die Ehe meiner Eltern führte nicht nur zwischen Mechthild und ihrer Familie zum Bruch, sondern sie entzweite auch meinen Vater mit Gott. Der war in seinem Fall katholisch, hörte in Ruhberg auf den Namen Pastor Katz, wohnte an der steilen, von den Stichstraßen aus schwer einsehbaren und als Unfallstätte bekannten Kirchstraße und weigerte sich, einer Ehe zwischen einem Katholiken und einer schwangeren Evangelischen das Sakrament zu erteilen. Also wurden meine Eltern in der Lutherkirche von Pfarrer Trabant getraut. Von ihm sollte ich vier Monate nach der Hochzeit (bei der meine Großmutter nicht nur Brautführerin und Trauzeugin in einer Person, sondern auch der einzige Hochzeitsgast war) meine Taufe empfangen; denn anders als Tobias Voss' Eltern, die ich mir leihweise angeeignet habe und die keine andere als die sozialistische Heilslehre anerkannten, hielten vor allem Mechthild und Leonie auf kirchliche Traditionen.

Mein Vater, der Gelegenheit hatte, ein zweites Mal den Anzug seines verstorbenen Erzeugers zu tragen, und Mechthild, deren Blässe von einem schlichten schwarzen Kleid ins Weiße abgetönt wurde, hasteten die kleine abschüssige Straße zur Lutherkirche hinunter, gefolgt von meiner Großmutter, die meinen riesigen Kinderwagen eher bremsen musste als schob. Vor der Kirche gerieten Pfarrer Trabants freundliche Floskeln ins Stocken, als er meinem Vater die Hand schütteln wollte und statt Christians kräftiger Rechten, in die er noch vier Monate zuvor für immer und ewig Mechthilds Rechte gelegt hatte, eine steif gekrümmte Klaue drückte. Was ihm denn zugestoßen sei? Die Geburt meines Sohnes, antwortete mein Vater und verstummte. Mechthild starrte den monströsen Kinderwagen an, ein mattschwarzes Ungetüm, das zwei Säuglingen Platz geboten hätte. Kein hübsches Faltdach in modischer Farbe, sondern ein ungeheurer Fledermausflügel schirmte den Insassen vor der brennenden Julisonne ab, so dass man ihn – also mich, einen Säugling, der winzig und verloren gegen das Glockengeläut anschrie – eher hörte als sah.

Den Gottesdienst saßen meine von Müdigkeit betäubten Eltern auf der vordersten Kirchenbank ab. Ich war seit drei Monaten als ein die Nächte zerkrähendes Ärgernis in der Welt, schlug auch jetzt vom Orgelvorspiel an Lärm und ließ mich von Mechthild kaum beruhigen. Als Pfarrer Trabant die Taufe im Singsang mit ausgebreiteten Armen einleitete und Mechthild meinem Vater das Bündel Lärm übergab, trat meine Großmutter, eine Polaroidkamera im Anschlag, zwischen Altarraum und Schiff. Zögerlich nahm mein Vater mich auf die sichere Linke, die verletzte Rechte stützte mein Köpfchen. Hinter seinem Rücken drückte meine Großmutter ab. Vom Lichtblitz befeuert, schüttelte ich die Fäustchen nach Pfarrer Trabant und schrie ihm aus Leibeskräften ins Gesicht. Ungerührt brachte der Pfarrer seine ausgebreiteten Hände wieder zusammen und sah zu, wie mein Vater mich vorsichtig über das Taufbecken drehte, so dass über mir das Kirchendach kreiste. Sein beschwörendes *Im Namen des Vaters*. Das eiskalte Wasser. Ein zweiter Polaroidblitz. Der Pfarrer, jetzt hinter dem Becken: *Im Namen des Sohnes*. Das Gezappel in Christians Händen. Murmeln und Husten von den Zuschauerbänken im Kirchenraum. Zum dritten Mal holte der Pfarrer zum Segen aus. In der gesunden Linken und verkrüppelten Rechten des Vaters wehrte sich das Würmchen, drehte es das feuchte Köpfchen, glitt aus der verkümmerten Hand, die nachzufassen versuchte und steif ins Leere griff, den Knaben verlor – und in einem Augenblick, den nicht die Polaroid, sondern der Schreck zur Ewigkeit bannte, entzog sich der schreiende Täufling nach Vater und Sohn dem

Heiligen Geist, fiel kopfüber, prallte mit dem Schädel gegen den steinernen Taufbeckenrand und verstummte. Und mit mir war die ganze Kirche verstummt.

Jahre später sollte meine Großmutter behaupten, ich sei vom Kopf bis zu den Zehen blau angelaufen gewesen. Mein Vater erzählte, mein Atem habe minutenlang ausgesetzt. Trabant erschrak vor meinen verdrehten Augen. Ach Gott, der Junge hat sein kräftiges Stimmchen verloren. Ein lautes Schnaufen, dann Speichelbläschen vor dem Mund: Er atmet, er lebt! Aber das Schreien blieb aus, war von mir genommen. Von meiner Taufe an, bei der ich um ein Haar hätte dran glauben müssen, war ich – auch darin ganz anders als Voss – ein überaus stilles Kind.

Mit Blaulicht wurde ich dorthin zurückgebracht, wo ich vor knapp drei Monaten das Licht der Welt erblickt hatte: ins Winterner Marienkrankenhaus. Der Arzt bettete mich auf die Patientenliege, ließ sich auf einen Rollhocker fallen und zog aus seinem Arztkittel eine kleine Stablampe heraus, mit der er mich blendete – oder anders gesagt: Er leuchtete in den dunklen Schacht meiner Existenz, und mein heutiges Ich linst voll Neugier mit ihm hinein (obwohl ich doch eigentlich um die Unmöglichkeit weiß, die Finsternis zwischen mir und dem Säugling von damals zu lichten, der überempfindlich den noch unbestimmten Sensationen der Welt, den Erkenntnissen von Hunger und Schmerz ausgeliefert war, dem Kreuzfeuer von Reizen und spasmischen Reflexen, Atmung und Verdauung Schwerstarbeit, jedes Hier und Jetzt nur ein zusammenhangloser Punkt, ein Licht ohne Sternbild wie die Lampe des Arztes, von der ich mit gekniffenen Augen den Kopf abwandte). Er reagiert, teilte der Arzt meinen Eltern mit, das Kind sei aufnahmefähig, sein Wahrnehmungsapparat intakt. Noch während er meinen Reflex kommentierte, prüfte er, ob meine Pupillen seinem hin- und herpendelnden Finger folgten. Dann wanderte sein Stethoskop über meine empfindlich gereizte Haut. Schaudernd hielt ich still, als sich das kalte Rund wie eine Saugglocke auf meine nackte Brust legte und mir alle Lebenswärme entzog. Bis zum Hals kroch mir das künstliche Ohr hinauf und wurde, nachdem mich der Arzt auf den Bauch gelegt hatte, gegen mein Geburtsmal, eine dunkelrote Mondsichel, gepresst. Lange ruhte seine Sonde auf meinem Mond, aber es schien, als könnte der Arzt ihm keine eindeutigen Signale ablauschen. Mit allen zehn Fingern tastete er meinen verfärbten, angeschwollenen Schädel ab, hob dann ein Ärmchen, ließ es wieder los und sah interessiert zu, wie es kraft- und willenlos auf die Matte sank. Systematisch wiederholte er den Test an allen Gliedmaßen, immer mit dem gleichen Ergebnis: Ich war zwar zu physischen Reaktionen fähig, aber von mir selbst ging keinerlei Willensakt aus. Bewegungslos lag ich vor dem Doktor, griff nicht in die Luft, zappelte nicht mit den Beinchen, gab zwar Speichel, aber keinen Laut von mir und verzog das Gesicht zur runzligen Schmerzensfratze, sobald jemand sprach.

Der von Hämatomen entstellte Schädel, so der Arzt, lasse eine erste Diagnose nicht zu: Von Gehirnlähmung bis zum Schädelbruch sei im Grunde alles denkbar. Als er sah, was seine Worte in den Gesichtern meiner Eltern anrichteten, wiegte er den Kopf und gab zu bedenken, dass es sich auch um einen gewöhnlichen Schock handeln könne, man dürfe die Hoffnung nicht aufgeben. Ohne Röntgenaufnahmen und ein paar Tagen Beobachtung wage er ohnehin keine Prognose. Ich blieb also in der Klinik zurück.

Während im Winterner Krankenhaus mit Hilfe von Apparaturen mein Schicksal durchleuchtet wurde, fand in der Ruhberger Grimmstraße eine Untersuchung ganz anderer Art, aber in der gleichen Sache statt. Unfreiwillige Zeugin, womöglich auch stumme Richterin war meine Großmutter, die anfangs noch gegen die von Mechthild angestrengte Verhandlung Einspruch zu erheben versuchte, bald aber ihre Gegenwehr aufgab und Beistand in einem nervenstärkenden Gläschen suchte.

Erörtert wurde die Frage, wen die Schuld an meinem Elend treffe. Für Mechthild war der Fall klar: Der Sünder saß ihr gegenüber und vergrub das Gesicht in eine gesunde linke, eine verkümmerte rechte Hand. Das müsse man erst einmal fertigbringen, den eigenen Sohn vor versammeltem Publikum ins Taufbecken fallen zu lassen. Was, wenn der Junge für den Rest seines Lebens einen ernsthaften Schaden davontragen würde? Mein Vater tauchte aus seinem ungleichen Händepaar wieder auf; seine Lippen zitterten, als er zu seiner Verteidigung ansetzte: Warum um alles in der Welt habe Mechthild ihm bei der Taufe das Kind gereicht, wo sie doch wisse, dass seine Hand … – Anstatt die Frage zu beenden, feuerte er die nächste ab: Ob Mechthild sich gefälligst daran erinnern wolle, wer ihm die Hand verkrüppelt habe? Mechthild schüttelte bloß mit dem Kopf und sah an meinem Vater vorbei aus dem Fenster in eine unbestimmte Ferne. Vielleicht, dass sie an meine elf Wochen zurückliegende Geburt dachte und zu dem Schluss gelangt war, dass an meinem Zustand vor allem ich selbst schuld sei.

Rückblende: Als mein Vater am Nachmittag des 30. April 1971 in den Kreißsaal gehastet war (unter dem OP-Kittel, den man ihm aufgenötigt hatte, trug er noch die schwarze Dachdeckermontur), lag Mechthild schon auf der Liege, schweißnass, leichenblass und am ganzen Leib zitternd. Er sprach sie an, woraufhin sich alles an ihr verkrampfte, ihre Hände sich zu Fäusten ballten und sie das Kreuz so fest durchdrückte, dass sich ihm ihr Oberkörper entgegenwölbte. Er sah, wie die Sehnen an ihrem Hals hervortraten, aber aus ihrem Mund drang kein Schrei, sondern nur ein Röcheln, das erstarb, als sie wieder zusammensank und er nichts anderes mit sich und ihr anzufangen wusste, als ihr über die feuchten Strähnen zu streicheln.

Das änderte sich mit der nächsten Wehe. Ihre Finger zerrten an seinem Kittel, seinem Ärmel, fanden seine Hand, packten zu und erlösten ihn von der Rolle des hilflosen Beobachters: Durch den Schmerz, den sie an ihn weitergab, fühlte er sich in den Geburtsvorgang wie in einen Schaltkreis einbezogen. Sie ließ ihn auch nach der nächsten, der übernächsten Schmerzwelle nicht mehr los. Zwei oder drei Stunden später wurde ihm von einer Schwester ein Hocker gebracht. Seine Erregung war abgestumpft, obwohl ihm seine Hand sagte, dass das Ende nicht mehr weit sein konnte – eher würde seine Frau das Bewusstsein verlieren, als dass sich diese Schmerzen noch länger aushalten ließen. Wie in Trance sah er, dass sich auf der großen Wanduhr beide Zeiger auf Mitternacht zubewegten. Leise hörte er sich fragen, ob er Wasser holen solle, ein feuchtes Tuch, ob er sonst irgendetwas tun könne, um sich aus ihrem Schraubstock zu befreien. Mechthild fauchte ihm zwischen gepressten Zähnen nur das Wort »Feigling!« zu, und im gleichen Augenblick nahm das Kind den unzählbar nächsten Anlauf: Der Schmerz schoss durch die Hand in seinen ganzen Arm, er stieg japsend vom Hocker, sah das Weiße in ihren verdrehten Augen, hörte ihr Knurren, bevor sie zur Decke schrie, warum das verfluchte Kind nicht herauswolle. Noch mitten im abebbenden Schub sank Mechthild in einen immer wieder von Krämpfen durchbrochenen Schlaf, und gegen Morgen schloss auch er die Augen, weniger aus Erschöpfung und infolge der Launen seines steigenden und sackenden Blutdrucks als vielmehr, weil sich der Raum auf widerwärtige Weise in seine Netzhaut eingebrannt hatte. Alles, was er sich wünschte, war das Ende; er wünschte sich, dass seine taube, mit Mechthild verschmolzene Hand, die sie sich unter solchen Qualen einverleibt hatte, dass seine mit Münztricks begabte und geschickt verführende Hand einen weiteren Kunstgriff wüsste, der mich ins Leben holen würde.

Am Morgen wachte Mechthild aus ihrer Bewusstlosigkeit auf, hechelte, presste nicht mehr, bis sie dann, am späten Vormittag, plötzlich schrie, lang anhaltend und mit unnatürlich tiefer Stimme so rasend schrie, als stünde nun endlich alles auf dem Spiel. Der Schrei schlug um in ein röhrendes, hitziges Stöhnen, das aus ihrer Brust, ihren Lungen, ihren Eingeweiden zu dringen oder von den Zitteranfällen ihres schweißgebadeten Körpers herzurühren schien. Ihre Beine stemmten sich gegen eine unsichtbare Wand, die

Hand zog ihren Mann mit Gewalt an sich, in dessen Hirn sich der beißende Gestank ihrer Exkremente ätzte. Das Knirschen ihrer Zähne ging in die Schweißnaht zwischen ihr und Christian über, der mit heftiger Bewegung den Hocker unter sich fortstieß und sich über die Gebärende krümmte, die nun das, was als Fremdkörper in ihr steckte, in Wut abstieß. Mit jedem Atemzug wurde ihr dumpfes Stöhnen lauter, spitzte sich, fräste sich in den Gehörgang, flutete den Raum, und dann war da nichts als ein lichtheller Schrei, in den mittags endlich das Kind einstimmte: Ich plärrte meinen ersten Protest in die Welt, und mit mir brüllte mein Vater.

Während sich eine Schwester um ihn kümmerte (wimmernd presste er sich die lädierte Hand gegen den Bauch), und während mich die andere Schwester nach der schwierigen Abnabelung (die Schnur war zu kurz) in ein Tuch bettete und das Geburtsmal auf meinem Rücken zu entziffern versuchte – während der hektischen Betriebsamkeit nach meiner Geburt arbeitete es in Mechthild weiter. Sie wollte nicht mehr, schloss unter Qualen die Beine und starrte angestrengt vor sich hin, beide Hände auf die Schenkel gelegt; aber als wäre ihr Organismus mit dem Ergebnis seiner Mühen noch nicht zufrieden, drückte sie, die Beine gewaltsam gespreizt, sich unter rhythmischen Kontraktionen und erbärmlichem Wehgeheul etwas aus dem Leib, das als blutige Schleimblase über dem Damm aufschwoll und die Hebamme daran zweifeln ließ, dass es die Nachgeburt sei. Weinend vor Angst, stieß Mechthild die Frage aus, was um Gottes willen sie da zur Welt bringe. Die Hebamme, die ihr Anweisung gab, sie solle in ihren Anstrengungen nicht ablassen, zog an dem runden Etwas, das mit jeder Presswehe an Gestalt gewann. Was Blase war, stellte sich als fest heraus, wuchs zur Schädeldecke an, unter der ein totes Augenpaar starrte, ein winziges, ausdrucksloses, vom Schlick und Schlamm der Geburt verschmiertes Gesicht, unter dem statt eines Halses eine knotige Wulst angewachsen schien. Im Nu war der Kreißsaal mit der Aufregung der Hebamme angesteckt. Die Schwester ließ mich allein und eilte zu Hilfe; mein Vater, der mit kompliziert gebrochener Hand zur Krankenstation geführt werden sollte, kehrte noch einmal zurück, den Körper über dem angepressten Arm zum Fragezeichen gekrümmt; vier Hände mühten sich zwischen Mechthilds Beinen um den halbgeborenen Auswuchs, bis schließlich, nach einem letzten Kraftakt, das zweite Kind als Gehenkter an zwei Nabelschnüren aus ihrem Leib stürzte. Die eine, aus der ich eben noch das Leben gesogen hatte, war ihm verhängnisvoll straff um den Hals gewickelt. Mein Zwilling war eine Totgeburt, und ich habe nie daran gezweifelt, dass mich die Schuld daran trifft. Mein Geburtsmal, die dir so vertraute tiefrote Mondsichel auf meinem Rücken, ist das Kainsmal des Felix Fehling.

Dritter Tag

Geständnisse: Ich habe nicht nur fünfmal meinen Geburtstag mit dir an einem falschen Datum gefeiert, mich hat auch die Notwendigkeit, dem Ausweis von Voss zu entsprechen, um anderthalb Jahre älter gemacht. Dir ist nie aufgefallen, dass mich Tobias' eins sechsundsechzig um zwei Zentimeter überragen, und du hast mir ohne weiteres geglaubt, mir hätte die Verachtung für mein Leipziger Elternhaus den sächsischen Dialekt ausgetrieben. In Wirklichkeit wäre Felix Fehling nie auf die Idee gekommen, sich in seinem westfälischen Dorf gegen seine Herkunft aufzulehnen; mich plagten im Gegenteil Selbstzweifel und das nie zu erfüllende Gebot zur Anpassung an die mich umgebenden Lebensnormen. Und das schon von Anfang an.

Vier Tage nach meinem Taufunfall teilte der Arzt des Winterner Marienkrankenhauses meinen Eltern mit, dass ich ein vom Glück verwöhnter Bengel sei. Vielleicht, dass der Mann übertrieb, denn noch vier Tage zuvor hatte ich ihm aus verschieden großen Pupillen ins Gesicht geschielt, und er hatte den stier verdrehten Blick als Symptom einer Hirnblutung gedeutet. Mein Elend war im Stundentakt aus wechselnden Körperöffnungen geflossen. Besserung ab dem zweiten Tag. Mein Blut hatte nichts Böses über mich ausgeplaudert. Nichts war gebrochen, alle Schädelnähte hielten den noch weichen, formbaren Kopf zusammen. Eine Nadel hatte mitstenographiert, was in meinem verdrahteten Hirn vor sich ging – elektrisch gesehen, so der Doktor, schien mein Verstandesorgan intakt, wenngleich der Säugling auffallend still sei: in vier Tagen weder Geschrei noch Gebrabbel, und meistens so träge, dass man nie sagen könne, ob das Kind wach sei oder schlafe. Nach wie vor empfindlich auf alles, was lichthell oder halblaut ans Auge und Ohr dringe. Keine Reaktion auf die Faxen babyvernarrter Schwestern. Aber was jetzt noch nicht sei, werde die Zeit vielleicht richten. Kurz: Ich durfte wieder nach Hause.

Obwohl bei mir also keine Sicherung durchgebrannt war, musste mein Sturz in der Lutherkirche als Erklärung für alles herhalten, was Mechthild Sorge um mich bereitete. Und Sorgen machte sie sich oft. Jede wache Nacht, jeden Weinkrampf rechnete sie mir als Folgeschaden meines Taufunfalls an. Ich war fast anderthalb, als sie sagte: Wenn ein Kind in meinem Alter noch nicht ohne Hilfe der Eltern laufen könne, müsse man sich fragen, ob damals nicht doch etwas in mir zu Schaden gekommen sei. Am meisten machte ihr aber mein launisches Wachstum zu schaffen. Ab dem Kleinkinderalter befragte sie alle paar Wochen ihr Nähmaßband danach, in welchen Körperregionen ich mich angeblich verwuchs. Mit mal mehr, mal weniger straff gezogenem Band maß sie mir einen Arm, ein Bein ab und klagte, dass der Junge zwar endlich mal einen Schuss gemacht, dabei aber die Beine vergessen habe. Sie zog mir das T-Shirt aus und ließ mich mit dem Gesicht zur Wand stehen. Ich spürte, wie das Maßband mein Geburtsmal auf dem Rücken durchkreuzte, und hörte Mechthilds Erklärung, dass das linke Schulterblatt tiefer sitze als das rechte und der Defekt bis in die schiefstehenden Schultern ausstrahle.

Von nun an – ich war vielleicht vier oder fünf – wurde ich nach den krummen Bilanzen ihres Nähmaßbands ausstaffiert. Es reichte nicht, dass sie mir die Schuhe vorsorglich eine oder zwei Nummern zu groß kaufte; da mir angeblich nichts von der Stange passte, setzte sie sich mit ihrem Strickzeug in den Sessel und arbeitete mit klappernden Nadeln an einem roten Pullover, der mir an den Ärmeln zu lang und an den Schultern zu schmal war. Am ärgsten war aber der zu stramme Halsausschnitt: Während mir Mechthild den Pulli über den Kopf zog, spannte sich das Gewebe über mein Gesicht, und für einen panischen Moment, in dem ich feststeckte und keine Luft zu bekommen glaubte, sah ich das von roter Farbe geflutete Zimmer durchscheinen. Hatte Mechthild den Kopf endlich durchgepresst, brach ich in Tränen aus und musste mich zur Beruhigung ins Bett legen.

Aus einem solchen Weinkrampf brachte mich nur der Zorn wieder heraus. Sobald sich meine Hände zu Fäusten geballt hatten und mein Gewimmer in Wutgeheul umschlug, waren meine Tröster alarmiert und redeten nur noch aus einem wachsenden Sicherheitsabstand auf mich ein. Letztes Getuschel an der sich schließenden Zimmertür, und ich war allein. Ich blieb im Bett liegen, starrte mit heißem Gesicht an die Zimmerdecke und spürte, wie sich ein Tonnengewicht auf mich senkte. Durch den pulsierenden Blutstrom in meinen Ohren und die Wand zum Wohnzimmer nahm ich die Stimmen meiner Eltern wahr. Aus ihrem Gewisper zischelte immer wieder eine Erregung auf, die mir deutlich machte, dass sich der Wortwechsel um meinen Anfall drehte. Je angestrengter ich sie zu verstehen versuchte, desto überzeugter war ich, dass die Stimmen aus einer anderen Sphäre meines Bewusstseins drangen – einer Sphäre, die mitsamt meiner Person immer ferner rückte, bis ich glaubte, ich würde nur noch in meiner Einbildung existieren. Von dem Gefühl meiner Abwesenheit ging eine Sogwirkung aus; es war, als liefe ich langsam leer, mein Atem raste unregelmäßig und flach unter der Anstrengung, in mir zu bleiben, bis ich einen bedrohlichen Schwellenzustand erreichte und, angefangen bei meinen kribbelnden Händen, mein ganzer Körper unter Strom gesetzt wurde. Nach einer Ewigkeit, in der nichts als ein Taubheitsgefühl und dieses Kribbeln in mir gewesen war, konnte ich mich an den rettenden Gedanken klammern, dass ich nur die Larve eines anderen sei, der statt meiner aus dem Bett steigen und von meinen Eltern fest in die Arme genommen werden würde.

Als ich einmal in diesem Zustand im Bett lag, hörte ich durch die Wand Mechthilds Beschwerde, dass ich im Bad dem Handtuchhalter beide Arme gebrochen, einen Sack Murmeln ins Klo geworfen oder den Ölofen mit zerrupfter Tapete gefüttert hätte. Es nützte nichts, dass mein Vater ihr vorwarf, sich selbst und den Jungen sinnlos verrückt zu machen – Mechthild blieb dabei, dass mit ihrem Jungen etwas nicht stimme. Ich wälzte mich aus dem Bett, setzte mich an den Tisch und tat, was ich immer tat, wenn ich woanders oder jemand anderes sein wollte: Ich griff nach Stift und

Papier. Als mich von drüben die Stimme meiner Mutter ein für alle Mal wissen ließ, welche Qualen ihr meine Geburt bereitet habe, sah ich dem Stift in meiner Hand zu, wie er einen schwarzen Kreis zog. Dem Ballon wuchsen Henkel als Ohren, groß genug, um sich mit anhören zu müssen, dass ich meinen Zwilling auf dem Gewissen hatte. Zwei leere Kringel, und schon riss mein Selbstporträt erschrocken die Augen auf. Kein Buntstift pumpte Leben in das weiße Gesicht. Auch wenn es nur aus Papier war, brannte sich mir sein Blick ein. Wegsehen, blind sein, selber brennen sollte es – und schon wurde es vom roten Filzstift in Brand gesetzt. Ich sah, wie es zitterte, sich knisternd krümmte, einknickte und die Glotzaugen zumachte, als ich das Blatt ganz langsam zusammenknüllte und unter den Tisch fallen ließ.

Während ich mit Stift und Papier in meinem Zimmer beschäftigt war, mein Vater sich in die Kneipe absetzte und meine Großmutter in der Küche Zwiesprache mit meinem verstorbenen Großvater hielt, fand Mechthild ihre eigene Strategie, sich von der Familie abzusondern. Es begann mit flachen, großformatigen Postsendungen, mit denen sie jedes Mal gleich nach dem Empfang ins Schlafzimmer verschwand, um eine Viertelstunde später stumm und mit geröteten Augen ins Wohnzimmer zurückzukehren. Vier- oder fünfmal wurde ich Zeuge dieses Rituals, und ich ahnte erst, was es damit auf sich hatte, als eines Tages ein großer Kasten in unserem Wohnzimmer stand.

Das Gerät nahm die ganze Kommode ein und verkörperte mit seinen Ausmaßen das, was meine Eltern eine *Anschaffung* nannten: etwas, das man sich gegen alle Vernunft leistete. Wie beeindruckt ich war, als ich zum ersten Mal vor dem Schrein stand, den sie *Schneewittchensarg* nannten, und die vielen Knöpfe und Regler unter dem Glassturz sah. Mein Vater schloss die Lautsprecher an, und nachdem er den Deckel geöffnet und das Radio eingeschaltet hatte, hockte er auf den Knien vor dem Schneewittchensarg und suchte, begeistert vom klaren Empfang, das Frequenzband nach Sendern ab. Er blieb bei einem Schlager hängen und drehte die Lautstärke auf, bis Mechthild ihn mit frostiger Stimme aufforderte, den Plattenspieler einzuschalten. Ich setzte mich neben meine Großmutter aufs Sofa und beobachtete, wie Mechthild etwas, das ich noch nie gesehen hatte, aus einer buntbedruckten Hülle nahm, mit den Fingerspitzen an den äußersten Rändern anfasste und auf den Plattenteller legte. Wie fragil der Tonarm in ihrer Hand wirkte: ein Präzisionsinstrument. Aus den Lautsprechern beruhigten sich die Knacklaute zum Knistern. Erste Akkorde, dann strömten im Zimmer Melodien durcheinander, fanden vielstimmig kein Ufer, verloren sich, wurden von neuen Klangwogen geschluckt. Ein unablässiges Zuviel, dem es an Rhythmus fehlte und das meine Großmutter mit herabgezogenen Mundwinkeln *klassische Musik* nannte. Jedes Mal, wenn diese Musik das Wohnzimmer unbegehbar machte, saß Mechthild sehr aufrecht im Sessel, und ihr entzücktes Gesicht sagte mir, dass sie nicht ansprechbar war.

Die Schallplattensendungen waren seit Jahren das erste Lebenszeichen aus Cuxhaven. Zuletzt hatten die Haupts meinen Eltern kommentarlos, ohne Gruß- oder Gratulationskarte zur Hochzeit ein Lexikon gesandt – zwanzig Leinenbuchrücken, die im Wohnzimmer ein Bord der Schrankwand ausfüllten und den einzigen Buchbestand unseres Haushalts ausmachten. Es gab nur eine Person, die sich damit beschäftigte: mich.

Ich konnte schon vor meiner Einschulung lesen. Möglich, dass ich manches von dem aufgeschnappt hatte, was mir meine Großmutter mit wanderndem Zeigefinger aus immer demselben Bilderbuch vorlas; vielleicht war mir eine leichte Auffassungsgabe für alles Schriftliche auch ganz einfach in die Wiege gelegt. Jedenfalls probierte ich meine ersten Leseversuche am Lexikon aus, dem ich mit einer ähnlichen Wut auf die Wissenslücke zu Leibe rückte wie meine Großmutter den Kreuzworträtseln in ihren Heftchen. Mit dem Kammerton A stimmte ich mich auf alles ein, was das ABC über den Aal und das Aas hinaus hergeben mochte. Ich wusste nicht immer, wie man die Wörter aussprach, wagte es aber nicht, jemanden danach zu fragen, denn mich mit einem der als Schrankdekoration genutzten, in weinrotes Leinen gebundenen Bände erwischen zu lassen, hätte Ärger bedeutet. Also rückte ich die restlichen neunzehn Bände zusammen, um die Entführung des zwanzigsten zu vertuschen, und setzte meine Lektüre heimlich in meinem Zimmer fort.

Stundenlang konnte ich im Lexikon blättern, egal, wie wenig ich von seinem Inhalt verstand. Ich konnte mich nicht sattsehen an den Abbildungen, den kommentierten Zeichnungen von Pflanzen, Insekten und Körperteilen, den technischen Quer- und Längsschnitten von Schiffsrümpfen, Kirchen, antiken Bauten, den farbigen Reproduktionen bedeutender Kunstwerke, die ich mit meinen Filzstiften zu kopieren versuchte. Magisch zogen mich alle Berühmtheiten an, Könige, Künstler, Entdecker, deren Name der Welt zum Begriff geworden war, und studierte die Werke und Taten, mit denen eine fotografierte oder in Öl gepinselte Persönlichkeit in ihrem knappen, von Geburts- und Todesdatum begrenzten Lebensabriss der Welt ihren Stempel aufgedrückt hatte. Mein Zimmer, meine Familie und die Zeit vergessend, entwarf ich eigene Illustrationen zu dem, was ich las und in Bildern um Tierarten, Weltteilen oder Erfindungen anreicherte, von denen noch kein Lexikon wusste.

Bildungsgeschichten: Mit dem Lexikon brachte ich mir das Lesen bei, aber das Schreiben lernte ich erst nach meiner Einschulung. Das Erste, was wir nach dem ABC übten, war unser Name. Ein paar Schüler kannten ihn schon auswendig und malten ihn buchstabenweise ins Heft. Ich kopierte *Felix* von dem Schildchen auf meinem Tornister und setzte blindlings auch den Nachnamen hinzu. Stolz, dass ich beide Namensteile zustande gebracht hatte, machte das doppelte große F auf dem Papier einen so großen Eindruck auf mich, dass ich erst leise und nur für mich, dann in immer lauterer Wiederholung der Klasse meinen Namen vorlas.

Sofort wanderte ein Kichern durch die Sitzreihen. Ringsum alle Hälse gereckt. Stimmen, von Gelächter ermutigt, fielen in meine Deklamation ein. Lehrerinnen-Entrüstung, zischend, tippte weiße Kreideabdrücke auf die Tischplatte, konnte aber nicht verhindern, dass das Echo meines Namens durch die Klasse wanderte, bis der ganze Raum ihn als Spottchor übernommen hatte: »Feeelix Feeehling!«

Von jenem Tag an grölte mir das »Feeelix Feeehling!« zu jeder Pause auf dem Schulhof entgegen, wo es die älteren Kinder von meinen Mitschülern übernahmen. Besonders hartnäckig verfolgten mich mit dem Geheul vier Jungs und ein Mädchen, die zwei Klassen über mir lernten und mich aus der Grimmstraße kannten. Wenn es mir nicht gelang, ihnen nach Schulschluss aus dem Weg zu gehen, riefen mir die Jungs auf dem Heimweg Schwächling-, Winzling-, Blödling-Reime auf Fehling hinterher und machten sich auf die Verfolgungsjagd, um dem Mädchen zu imponieren.

Auf unserer Straße wurde ich Augenzeuge, wie sich das Mädchen vor die Jungs stellte, mit beiden Händen den Rocksaum raffte, mit den Worten »Spiel – Spaß – Spannung« dreimal höher lüpfte und zuletzt »denkste!« rief, um mit dem Rocksaum alle Hoffnungen auf eine Beantwortung der Frage fallen zu lassen, ob sie unter ihrem Kleid ein Höschen trug. Vor ihr, die meistens als Zuschauerin dabeistand und auf einer braunen Strähne kaute, absolvierten die Jungs zahlreiche Mutproben (die ich, um dich zu beeindrucken, Tobias Voss angedichtet habe: den Sprung vom Garagendach etwa oder den Spagat im schwankenden Baumwipfel, und dass ihn das Pflücken der ganz weit oben gewachsenen Kirschen zum Anführer einer Leipziger Kinderbande gemacht haben soll). Immer waren die Fingernägel der vier Jungs schwarz, ihre Knie blutig zerschrammt, wenn sie auf Fahrrädern straßauf, straßab ihren Übermut spazieren fuhren. Selten, dass man einen von ihnen mal solo antraf: Wo die Bande auf der Bildfläche erschien, war man eins zu fünf unterlegen.

Ich mied also unsere Straße, suchte, wenn mir nach Streifzügen war, das Weite, was nach meinen damaligen

Begriffen nicht ferner lag als das wildwuchernde, abschüssige Grün der Bockshude gleich am östlichen Ausgang der Grimmstraße. Linker Hand und damit weiter die Steigung ins ortlose Nichts hinauf führte ein Feldweg, der im Winter allen Kindern des Ruhberger Nordens als Schlittenpiste bekannt war; jetzt im Sommer mutierte das Kornfeld zum Schlachtfeld: Hier lieferten sich die rivalisierenden Banden der Gegend Gefechte, bei denen man einander aus hohen Kornschützengräben Bündel von steifen Getreidehalmen abfeuerte, an denen noch der schwere Erdklumpen hing. Für mich Grund genug, das Feld links liegen zu lassen und weiter ostwärts durch die Bockshude zu streunen, die damals noch Brachfläche, ehemaliges Weideland und kein Neubaugebiet war.

Über Trampelpfade, durch Stechmückenschwärme und kniehoch piekendes Gestrüpp ging es zum Waldrand. Immer begleitete mich die aus dem Bilderbuch deklamierende Stimme meiner Großmutter: *Im Wald, da geht der Räuber um, linksherum, rechtsherum.* Vor dem Waldweg teilte mir eine rotweiße Schranke mit, dass ich besser umkehren solle. Schon ein paarmal hatte ich ihre Warnung befolgt, ein paarmal hatte sich mein Herz zusammengekrampft vor dem gedämpften Licht, der rauschenden Stille des Angstmärchenwalds; an diesem Tag aber konnte ich meine Neugier nicht zügeln, die mir ein Stück weit vorausgeeilt war und von der kleinen Anhöhe des Waldwegs aus zuwinkte.

Schnell unter die rotweiß gestreifte Warnung geduckt, und schon war ich auf der anderen Seite. Wie windstill es war, und doch hörte man weit oben den Wind in den Wipfeln und wie er die Stämme knarren ließ. Die Nadelbäume kahl bis hinauf zu den Wipfeln. An manchem Stamm eine rote Träne von Harz, die ich mit dem Finger löste, beschnüffelte, anleckte: süßlich und bitter. Im Wald, da geht der Räuber um, linksherum, rechtsherum. Eine Maschinengewehrsalve irgendwo in der Ferne: Der Specht baut sich ein Haus. Wo geht der Räuber um? Da hinten. Da hinten ist was. Da hinten sind welche. Da hinten stehen welche zusammen.

Nicht, dass ich keine Angst gehabt hätte. Aber die Angst konnte mit meiner Neugier nicht Schritt halten und musste ihr ins Gebüsch nachlaufen, das fast zu mickrig war, um beides, Neugier und Angst, zu verstecken. Durch belaubtes Gezweig zählte ich, wie viele da hinten zusammenstanden: vier Jungs und ein Mädchen. Breitbeinig standen drei der Jungs nebeneinander, das Fahrrad zwischen den Schenkeln, die Unterarme auf den Lenker gelegt. Der Vierte, ein paar Schritte abseits von ihnen, stellte jetzt einen Fuß aufs Pedal. Das Mädchen saß neben den Dreien auf einem Baumstumpf und kaute auf einer Strähne. Worte, die ich im Gebüsch nicht verstand. Der Vierte machte einen Ruck zurück, als wollte er Anlauf nehmen. Anfeuerungen wurden laut. Jetzt stieß er sich vom Waldboden ab, schwang sich auf den Sattel, gab seinem Rad die Sporen, fuhr los. Im nächsten Augenblick war er vom Erdboden verschwunden – fort war er, nicht mehr da, und hatte drei gereckte Hälse, ein vom Baumstumpf springendes Mädchen und meine das Gebüsch sprengende Neugier zurückgelassen. Man hätte nicht weiter als bis drei zählen können, und schon wurde er zehn Meter weiter, Kopf und Lenker voran, vom Erdboden wieder ausgespuckt.

Mit ihm schoss auch ich aus dem Gebüsch, sah, dass er vom Rad stolperte, sich mit zwei Schritten fing und triumphierend die Arme in die Höhe riss. Aber er ließ die Arme gleich wieder sinken, denn er bemerkte – und ich, seinem Blick folgend, bemerkte es mit ihm –, dass ihm drüben die vier längst keine Beachtung mehr schenkten. Die fanden etwas anderes interessanter. Die sahen hinüber zu meinem Gebüsch. Sofort duckte ich mich, zwang meine Neugier zurück in den Strauch. Um mich herum war alles Laub in Aufruhr. Durch das Gezweig beobachtete ich, wie die vier auf mich zuliefen: linksherum, rechtsherum. Rufe wurden laut: Da, das ist doch der Däumling Feigling Hänfling. Die Fehlgeburt Fehling. Aus vier wurden fünf – genug, um ein Gebüsch zu umstellen. Was macht der denn hier im Wald. Jetzt sind wir mit dem mal ganz unter uns. Vier zerrten mich aus dem Strauch, drehten mir den Arm auf den Rücken, führten mich im Gefolge ihrer stummen Beobachterin auf die kleine Anhöhe ab, wo vier der fünf Fahrräder lagen.

Vor den Rädern klaffte im Waldboden ein weiter, fünf oder sechs Meter in die Tiefe führender Kessel (von dem ich erst Jahre später erfahren sollte, dass es sich um einen Bombenkrater aus dem Krieg handelte). Die Senke – von der Bande *Große Kuhle* genannt – war mit einem Dickicht aus Farnen und Gebüsch überwachsen, durch das eine schmale Schneise von unbewachsenem Waldboden über Wurzeln und Steine steil abwärts führte und auf der anderen Seite wieder hinauf. Was ich aus dem Gebüsch bestaunt hatte, war eine Mutprobe gewesen. Auf dem erdigen Streifen konnte man noch die Reifenspur sehen. Uns gegenüber, etwa zehn Meter entfernt, lag das Fahrrad des Helden wie ein erlegtes Tier mit Lenkergeweih.

Mit einem Stoß von hinten wurde ich zu Boden geworfen. Vier Hände drehten mich vom Bauch auf den Rücken. Links und rechts schnürten mir Knie das Blut in den Armen ab. Einer griff mir ins Gesicht, drückte mir die Nase zu, presste mir eine Hand vor den Mund. Ich bekam keine Luft, bis die Hand endlich nachgab. Weil ich im letzten Moment das Gesicht wegdrehen konnte, traf sein Spuckefaden nur mein Ohr. Mit Gewalt drehte er mir das Gesicht wieder nach oben und gab dem Mädchen Kommandos. Ich sah, wie ihr Lächeln eine speichelfeuchte Strähne freigab. Breitbeinig stellte sie sich über mich, presste ihre Füße gegen meine Rippen. Jemand befahl, sie solle *Spiel – Spaß – Spannung* mit mir spielen. Gehorsam raffte sie den Rocksaum auf. Jetzt, da das Geheimnis gelüftet wurde (sie zog sich das Höschen bis zu den Knöcheln herunter), musste ich vor Schmerzen die Augen schließen, weil einer der Jungs mir den Arm verdrehte. Trotzdem glaube ich mich zu erinnern, dass auch sie für einen Moment die Augen zusammenkniff und sich einen kurzen Stöhnlaut abrang. Der Strahl traf mich mitten ins Gesicht, nässte beißend und warm meine Lippen. Die vier Jungs gingen auf Sicherheitsabstand, lachten, weil ich würgte und mich an der Treffsicherheit ihrer Freundin verschluckte. Als es flüssig und heiß aus mir herausschoss, wurde ich losgelassen. Kein Laub, nur mein T-Shirt, Reisig und Dreck, um mir das Gesicht abzureiben. Die Jungs kniffen sich die Nase zu und nannten mich Stinker, hatten noch nicht genug, wetteiferten mit Vorschlägen: Binden wir ihn an einen Baum. Vergraben wir ihn. Schicken wir ihn tiefer im Wald in die Irre. Fesseln wir ihn oben an den elektrischen Zaun. Quatsch, wir lassen den Stinker durch die Große Kuhle fahren.

Das gefiel allen. Mit Zweigen – vier lang, einer kurz – wurde ausgelost, wer mir sein Rad leihen musste. Noch immer war mir speiübel. Ich wurde auf ein viel zu großes Fahrrad gesetzt. Meine Füße suchten, reichten aber nicht an die Pedale: Was der für kurze Beine hat! Zwei schoben mich an den Rand der Großen Kuhle. Gleichgültig sah das Mädchen vom Baumstumpf aus zu, wie sie mich auf dem hohen Ross wieder ein paar Schritte zurückzogen, Anlauf nahmen. Und dann machten sie Ernst. Vor mir nichts als der Abgrund. Ich schrie, würgte den Lenker – da zog es mir den Magen aus dem Leib: Hinten spielten die beiden anderen Jungs Gummiband und hielten das Fahrrad am Gepäckträger fest. Obwohl ich schon atemlos flennte und sie ihren Spaß gehabt hatten, nahmen sie noch einmal Anlauf. Zwei strengten sich vorne, zwei hinten an. Ihr gespieltes Entsetzen – mein echtes Entsetzen. Fast fiel ich über den Lenker, als wieder das vierhändige Gummiband griff. Statt Kotze troff mir nur noch schleimige Spucke aus dem Mund. Meine Beine zitterten, ich stemmte die Füße gegen den Rahmen. Hinten sanken die beiden Bremser vor Lachen zu Boden, während man vorn der Meinung war, dass aller guten Dinge drei seien. Ein paar Schritte zurück, noch einmal ihr nach vorn gestemmtes Ächzen, die gellende Beschwörung von Gefahr und ihr gespieltes Entsetzen, das diesmal echtem Entsetzen wich, weil hinten das Gummiband versagte. Fast stürzten die beiden am Lenker mit mir, der sich auf dem riesigen Rad überschlug, in die Tiefe.

Vierter Tag

Krankenhausgeschichten: Felix, den linken Arm eingegipst, liegt achtjährig und fiebrig in einem schneeweißen Papierbett, das ich ihm auf meinem Klapptischchen gemacht habe. Ihm zur Seite zeichne ich drei Stühle, darauf Vater, Großmutter und Mutter, die Mühe haben, das Kind mit ihren gewisperten Fragen nicht zu überfordern. Was hast du denn bloß im Wald getrieben, mein Junge? Den Räuber gesucht. Und wie kommt es, dass du dir so weh getan hast? Ich bin in die Grube gefallen. Und wer hat dich dort gefunden? Ein Ritter hat mich aus der Grube gezogen. Ich habe seine Rüstung in der Sonne aufblitzen sehen, und jetzt liege ich hier und schwitze mein Papierbett voll, während der Ritter zu Hause mit seinem Pferd auf meiner Ritterburg steht, so als wär nichts gewesen.

Was auch immer mein Fieber den Fragen meiner Familie geantwortet haben mochte, ich habe nie erfahren, wie lange ich in der Großen Kuhle gelegen und wer mich dort tatsächlich gefunden hatte. Statt mir böse zu sein – schließlich hatte sie mir hundertmal verboten, weiter als bis zur Bockshude zu laufen –, nahm Mechthild mich mit einem Nachdruck in die Arme, den ich in jeder Rippe spürte. Wie innig sie mein schweißfeuchtes Gesicht abküsste. Mit einem Blick, der das Unglück suchte, sah sie mir tief in die Augen, strich mir seufzend über den Kopf und prophezeite mir, dass ich sie eines Tages noch ins Grab bringen würde.

Ich schlief zwar viel, aber unruhig, denn im Traum wiederholte sich wieder und wieder mein Sturz in die Große Kuhle. Jedes Mal, wenn ich aus dem Schlaf aufschreckte, saß jemand anderes an meinem Bett. Das verwirrte mich; nie wusste ich, aus welchem Mund etwas stammte, das mir nachträglich im Kopf herumspukte, oder ob es am Ende nur eine Blüte meiner wildwuchernden Träume war. Wenn ich erwachte, würgte ich mit trockener Zunge ein paar Worte heraus, um mich durch den Klang meiner Stimme zu vergewissern, dass ich dem Gewächshaus meiner Fieberträume entkommen war. Umso größer mein Grauen, als ich eines Morgens meine Augen nicht mehr öffnen konnte. Ich schrie so laut um Hilfe, dass eine Schwester sofort einen Arzt herbeirief. Der Doktor erklärte, dass es nichts Ernstes sei, meine Augen seien ganz einfach entzündet und mit einem klebrigen Film versiegelt, sonst nichts. Er verschrieb mir eine schleimlösende Tinktur, die mir jeden Morgen auf die verklebten Lider und Wimpern gepinselt wurde. Und doch fühlte es sich nach jedem Erwachen so an, als wären meine Lider über Nacht mit dem Hautgewebe meines Gesichts verwachsen, und noch während die Schwester meine geschlossenen Augen behandelte, träumte ich, dass mir der Gips vom Arm über den Kopf und den ganzen Körper gewachsen wäre.

Ich weiß noch: Es war ein Regentag Ende Juni, ich war erst seit kurzem wieder zu Hause, und das grau ans Fenster prasselnde Wetter hatte mich in einen Dämmerzustand versetzt. Das Fieber war zurückgegangen, aber ich hatte mir eine Nierenentzündung zugezogen. Vorsichtig richtete ich mich im Bett auf, rieb mir den Schlaf aus den Augen und betastete meinen Unterleib. Was hatte mich geweckt? Ein tiefes Motorengedröhn. Barfuß, den Gipsarm gegen den Magen gepresst, stand ich am Fenster und sah in die Dunkelheit hinaus. Der Krach war ganz nah. Etwas Großes, Helles schob sich ins Blickfeld – ein Möbeltransporter, der im Schritttempo den im Licht glitzernden Regen vor sich her trieb. Vor dem unbewohnten Haus rechts neben uns bremste er ab. Nachdem ein Auto an ihm vorbeigeschlichen war und in der Auffahrt geparkt hatte, öffneten sich zu beiden Seiten des Transporters die Türen. Schattengestalten stiegen aus, im Haus wurde Licht gemacht. Vor dem Eingang huschte im Regendunst eine gebückte Kreatur vorüber, beide Arme auf den Rücken gelegt, den Kopf von einem gewaltigen Buckel überragt. Ein Zentaur schleppte seinen flachen, unter Mühen nachgezogenen Rumpf ins Haus, gefolgt von einem Vierbeiner mit kastenförmigem Schrank- oder Kommodenleib. Jemand setzte sich ein Stuhlbeingeweih auf, ein anderer winkte bei jedem Schritt mit mehreren wippenden Pflanzenarmen. Hin und wieder stand den Möbelpackern eine Silhouette im Weg, die anderthalb Köpfe kleiner und um vieles beweglicher war. Mit dem Ärmel wischte ich den Nebel fort, den meine Erregung über die Szenerie blakte. Unter den Gestalten, die ununterscheidbar lang und bepackt zwischen Laderampe und Haustür verkehrten, blieb die kleinere unverwechselbar anders: Sie verursachte mit einem Sprung auf die befrachtete Laderampe ein Erdbeben; führte, während sonst alles den Dauerregen als zusätzliche Last trug, mit ausgebreiteten Armen einen Regentanz auf, bei dem nasses Haar Kettenkarussell spielte; probierte ihre Gummistiefel in einer Pfütze aus; reagierte mit lautem Protest auf eine Ermahnung, die für mich nicht zu hören gewesen war. Dann fand die Betriebsamkeit drüben ein Ende, meine Nierenschmerzen scheuchten mich ins Bett zurück, und irgendwann hörte ich im Halbschlaf den dröhnenden Motor des abfahrenden LKW.

Ein paar Tage darauf herrschte in unserer Wohnung die übliche Sonntagnachmittagsstille: Mein Vater war zum Frühschoppen ausgeflogen, Mechthild gönnte, solange er fort war, uns und dem Schneewittchensarg Ruhe, und meine Großmutter saß womöglich mit einem Kreuzworträtsel im Sessel, als mich die schrill stotternde Haustürklingel aus meinem Halbschlaf weckte. Ein zaghaftes Klopfen an meiner Zimmertür: Mechthild schaute herein, den Ausdruck erstaunter Neugier im Gesicht. Vor ihr, anderthalb Köpfe kleiner als sie, betrat zögerlich, mit einer roten Kindersonnenbrille den viel zu bewölkten Juli- und Ferienbeginn zelebrierend, mein allererster Besuch das Zimmer.

In Jeans und himmelblauem Batik-Shirt brachte sie eine Ahnung von Sommer in meine schlecht gelüftete Krankeneinöde. Ihr verwegenes Lächeln, das für Mechthild unsichtbar blieb. Das schulterlange Blondhaar war so glatt und dünn, dass sich darunter die Ohrmuscheln abzeichneten. Den rechten Sockenfuß auf die gekrümmten Zehen gestellt, blieb sie vor meinem Wandregal stehen und blickte durch die dunklen Gläser ihrer Brille zur Tür zurück (was Mechthild als Aufforderung zum Rückzug verstand). Sie inspizierte meinen vom Wandregal baumelnden Pinocchio, zupfte an einem der Fäden, ließ ihn mit einer Schulter zucken, verlor aber das Interesse, ohne ihn ganz zum Leben erweckt zu haben. Dann setzte sie sich wortlos neben mich an den Tisch und sah sich in meinem Zimmer um.

Stummfilm ab: In ihren Sonnenbrillengläsern gespiegelt, sehe ich mich selbst im konvex verzogenen Streckbett, den leuchtend weißen, L-förmigen Gipsarm wie schützend über Brust und Bauch gelegt. Einen Schwall Langeweile gegen ihren Pony blasend, begutachtete meine Besucherin meine auf dem Tisch liegenden Bilder, fegte eins nach dem anderen vom Tisch und erkundete, welchen Blick man von meinem Fenster aus auf ihr neues Heim hatte. Als Nächstes nahm sie den schwarzen Filzstift und schob ihn sich mit dem oberen Ende unter die gefletschte Oberlippe, bevor sie ihn mir, nach einem kurzen Blick zur geschlossenen Zimmertür, ohne jede Vorwarnung ins Gesicht warf. Angewidert, denn ein Kaugummi klebte dem Stift als ein falscher Radiergummi an, ließ ich ihn neben das Bett fallen. Dass meine Nieren von meiner Wut in Brand gesetzt wurden, knipste unter ihrer Sonnenbrille ein boshaftes Lächeln an. Sie griff sich den roten Stift vom Tisch und zielte auf mich, überlegte es sich dann aber anders und probierte ihn mit ein paar vibrierenden Strichen auf einem meiner Bilder aus. Anschließend setzte sie sich zu mir auf den Bettrand, was nicht nur meine Nierenschmerzen durcheinanderbrachte, riss sich die Sonnenbrille vom Gesicht und sah mich aus meerblauen Augen an.

Ton an: »Du« – ihr Zeigefinger pochte auf meine Brust – »bist also Feeelix Feeehling?« Ich brachte ein Nicken zustande. Sie spiegelte mein Nicken, übertrieb es ins Blödsinnige, wies auf die eigene Brust. »Ich«, begann sie, zog mit den Zähnen die Kappe des Filzstifts ab, beugte sich über meinen Gipsarm und beendete schriftlich das, was sie mündlich begonnen hatte. *A-ni-ta*: Während ihre Lippen stumm die drei Silben formten, blieb die weiße Kappe wie eine Kippe an ihrer Unterlippe kleben. ANITA. Ich las, was sie dem Gipsarm eintätowiert hatte, male heute noch einmal die fünf Lettern auf das Papier und frage mich, ob mich der Name schon damals so aufgeregt hat.

Anita: deine früheste Vorläuferin. Worüber redeten wir? Über meinen Gips. Dass mich die Nierenentzündung ans Bett fesselte, schien Anita mehr zu nerven als mich. Ihre Nörgeleien über mein ödes Spielzeug. Wie alt bist du? Anita war schon neun. Nach den Ferien würde sie auf meine Schule wechseln. Sie habe auf der Straße von mir und meinem Unfall gehört und aus Langeweile beschlossen, mich zu besichtigen. Ihr Seufzen, weil ich schüchtern verstockt war. Sie wollte schon wieder gehen, als sich ganz sachte ein Spalt öffnete und die verkrüppelte Hand meines Vaters den Türrahmen betastete. Langsam schob er sich ins Zimmer. Sein gespielt dummes Erstaunen darüber, dass sein Sohn Besuch hatte. Er erstickte einen Hustenanfall in der Armbeuge und kämpfte sich dann aus seiner speckigen, nach Kneipe riechenden Wildlederjacke, was Anita wegen seiner Gleichgewichtsschwankungen amüsierte. Als er die Jacke vor uns über die Stuhllehne hängte, hielt sie sich übertrieben angewidert die Nase zu, und ihr Kichern verwandelte sich in ein Grunzen.

Der Kinderstuhl, den er so drehte, dass er uns gegenüber saß, war eindeutig zu klein für seinen aus dem Leim gehenden Leib; trotzdem beugte er sich über seinen Trommelbauch weit nach vorn, als er den roten Namen auf meinem Gips entdeckte. Donnerwetter, sein Sohn fange ja früh an. Mein Gesicht wurde plötzlich so heiß, als würde sich das Fieber zurückmelden. Ich weigerte mich, ihm Anitas Unterschrift noch einmal zu zeigen, und schob den Gipsarm unter die Bettdecke, die ich mir am liebsten auch über den Kopf gezogen hätte, weil er Anita mit Witzen zum Lachen brachte, die auf meine Scham abzielten. Dann kam er auf eine Idee, wühlte in seinen Jackentaschen und zog etwas heraus, das ich zwar noch nie gesehen hatte, aber aus seinen Erzählungen kannte: seine Trickmünze. Sie war etwa so groß wie ein Fünfmarkstück und zeigte ein gekröntes, von einer Rostgloriole umstrahltes Haupt. Nur kurz beäugten wir das goldfarbene Ding in seiner verkrüppelten Klaue, denn mein Vater, der sich nach einer großspurigen Ankündigung seines Zaubertricks aus dem Kinderstuhl gemüht hatte und breitbeinig im Zimmer stand, lenkte unsere Aufmerksamkeit auf seine winkende Linke. Gleichzeitig schnappte seine rechte Klaue nach etwas, was sie nicht zu fassen bekam – ein Missgeschick, das die Vorführung zu sabotieren drohte: Schwer schluckend riss mein Vater die Augen auf, ließ die Linke wieder sinken, tastete mit ihr nach der Stuhllehne, nach seinem Bauch, dem Hals. Als er sich an die Kehle packte und Würglaute ausstieß, bekam ich es mit der Angst zu tun; endlich rang er sich ein unsicheres Lächeln ab, öffnete den Mund, und auf seiner Zunge lag wirklich und wahrhaftig die Münze. Anita schoss vor Begeisterung von der Bettkante auf, was mir so stark an die Nieren ging, dass ich vor Schmerz aufjaulte. In die Hände klatschend, rief sie meinem Vater Worte der Bewunderung zu (die er mit einer Verbeugung quittierte), wühlte in meiner Bettdecke nach ihrer Sonnenbrille, nickte die von ihm bestellten Grüße an ihre Mutter ab und war mit einem »Tschüss!« aus Zimmer und Wohnung verschwunden.

Sofort war das Lächeln meines Vaters erloschen. Unverständliches Gemurmel, und dann erklärte er, dass die arme Kleine von nebenan vor einem halben Jahr ihren Vater verloren habe. Sein trauriges Kopfschütteln. Als er mein Zimmer verließ, suchten seine Lippen ein Liedchen, fanden aber nur Kurzatmigkeit.

Nachdem mir der Gips abgenommen worden war, wurde ich auch meine Pullover los – die Fieberschwitzleibchen, denen Mechthild wegen des Gipsarms den linken Ärmel abgetrennt hatte; und weil ich nach langer Zeit mal wieder ein paar Zentimeter gewachsen war, wurde ich rundum neu eingekleidet. Noch etwas schwach auf den Beinen, besah ich mich im Garderobenspiegel: In der neuen Aufmachung wirkte ich vielleicht etwas schmächtig und nach wie vor ein bisschen zu klein, aber nicht mehr so verwachsen wie in Mechthilds schief gestrickten Seelenwärmern. Nur mein linker Arm war blasser und dünner als der rechte und ähnelte, wie zumindest Anita fand, einem Holzpinn.

Sieh doch selbst: Beide Arme ließ sie mich nebeneinander ausstrecken und behauptete, dass sie von nun an für immer ein ungleiches Paar bleiben würden. Sie schloss eine Faust um meinen linken Arm, würgte und kniff, befühlte die kleine

Narbe über dem Handgelenk (die, wie du nun weißt, nichts mit einem Messerangriff auf Voss zu tun hat) und bezweifelte, dass der Holzpinn lange halten oder auch nur die Sommerferien überstehen würde. Statt zu flennen, solle ich ihr lieber beweisen, dass in meinem Holzpinn noch Leben steckte.

Kinderspiele: Wir begannen mit Gewichten. Eine Flasche Wasser machte als Hantel den Anfang. Im Garten musste ich einen bepflanzten Blumentopf heben, absetzen, heben. Ein-, zwei-, dreimal schaffte ich einen Eimer voll Sand, bevor der Eimer mich schaffte. Klimmzüge an unserem vom Blitz erschossenen Pflaumenbaum. Mal ohne, mal mit Anita rittlings auf meinem Rücken absolvierte ich Liegestütze. Ich wurde zum Gaul, der samt Reiterin vom einen Ende des Rasens fast bis zum anderen kam. Eine zweite Runde, und dann blieb der Gaul zwischen Wäschespinne und Pflaumenbaum liegen. Aber mein Arm war noch heil, ich rot vor Stolz und Anita fürs Erste zufrieden.

Als ihre Prüfungen dafür gesorgt hatten, dass mein Holzpinn wieder wie ein Arm aussah, wusste sie, mit welchen Worten und Blicken sie mich dazu bringen konnte, auf jede erdenkliche Weise meinen Mut vor ihr zu beweisen: Aus der Regentonne zu trinken etwa oder eine Tasse Teichwasser, in der Kaulquappen schwammen. Ein Esslöffel Zucker stellte sich als Waschpulver heraus. Und doch wurde ich zu immer neuen Dummheiten durch die verlockende Tatsache verführt, dass sich ein Mädchen für meine Tapferkeit interessierte. Es genügte, wenn Anita mich von unten herauf ansah und fragte: »Wetten, du traust dich nicht?« Sie hielt mir einen Regenwurm vor die Nase, und als ich das, was sich in meinem Mund wand, hinuntergewürgt hatte, erklärte sie mir, der Wurm werde sich durch meinen Magen fressen. Ein anderes Mal drückte sie mir ein rotes Feuerzeug in die Hand und ließ mich vor dem Haus des glatzköpfigen Bockshudenbauern einen Haufen trockenes Heu anzünden. »Wetten, du traust dich nicht?« Wer weiß, aus welcher Schachtel sie die gekrümmte Zigarette gemopst hatte, die sie im Schutz der Kellertreppe aus einer kleinen Blechdose zog. Wieder kam das rote Feuerzeug zum Einsatz. Schon vom ersten Zug wurde mir übel. Ich spuckte, aber der widerliche Geschmack blieb. Nach der halben Kippe kribbelte mein ganzes Gesicht. Muss ich noch mal ziehen? Ich musste. Ich spürte, wie sich der Regenwurm in meinem Magen regte. Heiß brannten mir die letzten Züge auf der Zunge, bis mir die Hitze aus dem Hals schoss. Meine Seele kotzte ich mir aus dem Leib und würgte noch immer, als Anita schon das Weite gesucht hatte. Ihr Feuerzeug noch in der Faust, schleppte ich mich die Kellertreppe hinauf, war tagelang seekrank und für immer vom Rauchen kuriert.

Nicht nur beim Rauchen hatte Anita es mit dem Feuer. Überall hielt sie gestohlene Feuerzeuge versteckt: Aus einem Blumentopf oder einer Mauerritze, selbst aus den Beeten der Nachbarn buddelte sie ihre Flammenwerfer aus und reinigte das rostige oder von Gartenerde verstopfte Ding, um mit nervösen Fingern, die Nägel tiefschwarz, unter Zeitungspapier, trockenem Laub oder einer Pappverpackung ein Feuerchen zu legen. Ich folgte ihr, wohin mich ihre Abenteuerlust lockte – ob das nun die Bockshude oder der

Spielplatz ein paar Straßen tiefer war, wo sie im großen Sandkasten Löcher buddelte, Zweige und Papier hineinstopfte und brennende Papierkugeln wie Brandbomben hineinfallen ließ. Plastikspielzeug schmolz unter ihrer Aufsicht in sich zusammen und wurde als deformierter Klumpen mit Sand paniert. In der Telefonzelle am Rande des Spielplatzes rupften wir das halbe Alphabet aus den fest installierten Telefonbüchern; sobald das dünne Papier brannte, konnten wir riechen, dass die Kabine hin und wieder auch als Toilette missbraucht worden war.

Die Feuerzeuge waren auf einen Schlag langweilig, als Anita in meinem Zimmer eine kleine Lupe aus der Hosentasche zog. Sie stand mit einem meiner Filzstiftbilder in der Hand am offenen Fenster und hielt sich das Glas mit einem zugekniffenen Auge in wechselndem Abstand vor das Gesicht. Als ich auch mal durchschauen wollte, drehte sie sich um und nahm mich ins Visier: »Du Knirps«, sagte sie, und die Braue zog sich über dem riesig vergrößerten Auge zusammen. »Durch die Lupe siehst sogar du groß aus.« Sie beugte sich wieder über mein Bild und untersuchte es wie ein Kunstkenner durch ihr Glas. Ich war schon auf Mäkeleien gefasst, aber sie sagte nichts, sondern lehnte sich nur an den Fensterrahmen und hielt die Lupe starr auf das windschief gemalte Männchen gerichtet. Auf seinem Bauch zitterte ein Lichtfleck, der kleiner und heller wurde, ganz leicht zu qualmen begann und sich in ein braunes Muttermal verwandelte. Das Muttermal weitete sich zum Fleck und fraß ein schwelendes Loch ins Papier, durch das mich Anita, zufrieden mit ihrem Werk, einen Finger stecken ließ. Sie nahm ein zweites Filzstiftbild – eine Palmeninsel inmitten gekräuselter Wellen – und bündelte erneut mit der Lupe den Sonnenschein. Nach dem ersten Brandfleck war sie von ihrem Lupentrick aber schon wieder gelangweilt. Insel und Glas in Händen, sah sie sich nach einer Möglichkeit um, ihr Experiment zu erweitern. Sie entdeckte mein Kissen, legte es auf den Tisch, bettete die Insel darauf und wiederholte den Vorgang.

»Siehst du schon was?«

Eigentlich musste ich mal, ging in die Hocke, schoss wieder auf, trat mit einem Sockenfuß auf den anderen. Ich sah, wie unter Anitas konzentriertem Lupenblick an einer der beiden Palmen eine Kokosnuss reifte, im Zeitraffer wuchs, so groß und schwer wurde, dass sich die verfärbten Palmen unter ihrem Gewicht krümmten und schrumpften, zu stinken begannen – und im nächsten Augenblick war die ganze Insel in Flammen aufgegangen: Das Kopfkissen unter dem Papier brannte. Eher staunend als erschrocken riss Anita die Augen auf. Ich glaube mich zu erinnern, dass ihr dünnes Haar in der Hitzeströmung wehte, und dann weiß ich nur noch, dass mich mein Vater zur Seite zog und, einen meiner Pullover um die gesunde Linke gewickelt, das brennende Kissen aus dem Fenster stieß. Auch Mechthild war in mein Zimmer gelaufen und starrte die schwarz verfärbte Tischplatte an, drehte sich dann mit einem Ruck um und verpasste mir eine Ohrfeige. Von ihrer Standpauke bekam ich kaum ein Wort mit, weil ich Anita beobachtete, die mit glasigem Blick an der Tür stand. Sie gab meinem Vater, der in die Hocke gegangen war und auf sie einredete, keine Antwort. Er schien zu glauben, dass das arme Mädchen ganz verstört wäre, nahm sie in die Arme und sah mich über ihre

Schulter hinweg böse an. Sein Blick flößte mir ein Gefühl ein, für das ich keinen Namen hatte.

Für den Rest der Sommerferien hatte ich Stubenarrest, was vielleicht nicht so dramatisch gewesen wäre, hätte mein Vater nicht auch meine Malsachen konfisziert. Die Hände ineinandergelegt, saß ich am Tisch, ließ den Kopf auf den Arm sinken und war anfangs mit kaum etwas anderem beschäftigt, als meinem Vater mit einem imaginären Radiergummi die Zunge abzutrennen oder den Mund mit einer Reihe von Gedankenstrichen zuzunähen. Die Zeit wurde mir lang, und trotzdem war mir mein Spielzeug zuwider. Meine Autos taugten nur zu Massenunfällen, und Pinocchios Gehversuche scheiterten an verknoteten Strippen und dem Mangel an Hoffnung auf eine gute Fee, die aus ihm einen Jungen aus Fleisch und Blut machen würde.

Erst nach ein paar Tagen fiel meinem Vater ein, dass er sich bei Anitas Mutter für das Verhalten seines Sohnes entschuldigen müsse. Mechthild hielt das für eine dumme Idee. War es möglich, dass sie für mich Partei ergriff? Noch im Flur zettelte sie einen Streit an, der erst in die Küche verlegt wurde, dann im Wohnzimmer eskalierte und schließlich mit einem derben Fluch meines Vaters und der zuknallenden Wohnungstür endete.

Kaum war er fort, bemerkte ich eine Bewegung hinter dem Fenster: Anita stand in unserem Garten. Als sie sah, dass ich zu ihr hinausschaute, winkte sie mir zu. Was wollte sie? Vermutlich wusste sie von meinem Stubenarrest. Im Wohnzimmer näselten ein paar Streicher, wurden nach einigen Takten lauter gedreht und von einem Riesenorchester geschluckt – Lärm, in dem Anita dort draußen lautlos wirkte. Immer wieder einen Blick auf das Wohnzimmerfenster neben dem meinen werfend, lief sie hinüber zu unserem Pflaumenbaum. Dort blieb sie in halb geduckter Haltung stehen, biss sich auf die Unterlippe, und ihr spöttisches Grinsen schien mir zu sagen: Wetten, du traust dich nicht? Mein Kopf, das Zimmer, die ganze Wohnung waren nur noch der Klangkörper von Mechthilds Schneewittchensarg. Meine Großmutter vermutete ich bei einem Gläschen in der Küche. Wieso sollte ich mich nicht trauen, schließlich hatte ich auch ihre Brandstiftung ritterlich auf mich genommen. Niemand würde mich bei diesem Krach hören. Niemand interessierte sich gegenwärtig für mich. Ich traute mich.

Sie wartete an unserem Briefkasten. Sobald ich die Haustür hinter mir zugezogen hatte, lief sie, sich in gespielter Furcht immer wieder nach mir umsehend, die Straße hinunter auf eine Absperrung zu. Was ich wegen meiner Zimmerhaft nicht gewusst hatte: Ein Teil der Grimmstraße war neu asphaltiert worden. Ich lief Anita nach und blieb stehen, als sie unter der weißroten Absperrschranke durchtauchte. Kurz zögerte sie und schaute grinsend zu mir zurück, bevor sie einen Schritt in den frischen Asphalt machte. Ich weiß nicht, warum mir heute noch so deutlich der stechend versengte Teergeruch in die Nase steigt; ich sehe die pechschwarze, klebrig-poröse und noch Hitze abstrahlende Schicht, sehe ihren Fuß, dem mein Fuß folgt: zwei Abdrücke, die sich der Grimmstraße und meinem Gedächtnis nachhaltig eingeprägt haben.

Nachdem wir unsere Sandalensohlen eher schlecht als recht mit einem Ästchen von der schwarzen, klebrigen Masse befreit hatten, sagte Anita: »Komm, wir gehen zu mir, da bist du sicher.«

»Sicher wovor?«

»Na, vor deinen Eltern.«

Anita hätte mir gern den Fernseher im Wohnzimmer vorgeführt, aber ihre Mutter habe einen großen Hausputz in Angriff genommen und sie auf die Straße verbannt. Stattdessen wollte Anita mir etwas zeigen, was sie im Keller entdeckt habe. Meinen Fragen setzte der Zeigefinger vor ihrem Mund ein Ende.

Wir schlichen ins Haus und die Kellertreppe hinunter. Langsam öffnete sie die Tür und ging mir ins Dunkle voraus. Kein Licht. Ich tastete mich an der Wand entlang. Wohltuende Kühle. Kitzlige Spinnweben im Haar. Öl- und Kartoffelgerüche. Anitas Gegenwart nahm mir meine Kellerangst, die mir sonst in unserem Haus bis zum Panikanfall zusetzte. Anita blieb vor einer aus Sperrholzlatten gezimmerten Tür stehen und stieß einen Fluch aus, weil die Klinke erst streikte und dann der Riegel mit einem lauten Kreischen nachgab.

Ich sehe uns im engen und dunklen Vorratskeller stehen, von Holzregalen voll staubiger Einmachgläser umstellt, die uns mit roter Gummilasche die Zunge zeigten. Das alles, flüsterte Anita, stamme noch von den Vormietern. Der muffige Duft von feuchtem Holz. Das schmutzige Weiß der gekalkten Wände. Über das kleine, auf einen blinden Lichtschacht weisende Gitterfenster hatten Spinnen einen Schleier gewebt. Bei jeder Bewegung ein Knirschen unter den Sohlen. Allmählich gewöhnten sich die Augen ans Dämmerlicht. In den Einmachgläsern erkannte ich in trüber Brühe klumpige Formen, die an menschliche Organe oder Embryonen erinnerten und mit zunehmender Fensternähe an Farbe und Deutlichkeit gewannen. Anita griff nach einem Glas Kirschen, blies den Staub fort und reichte mir das überraschend schwere Gefäß, damit ich am eingerasteten Bügelverschluss meine Kraft ausprobieren konnte: das ploppende Geräusch, mit dem er nachgab, das Scheppern des zurückklappenden Deckels. Sie nahm mir das Glas wieder aus der Hand, hielt es sich dicht unter die Nase und ließ es dann langsam vor ihren Bauch sinken. Fast schwappte Wasser heraus, als sie sich mit einem Ruck auf die Fußspitzen stellte und den Kopf nach vorn reckte, so dass ihr Gesicht meinem ganz nah kam. Sie schloss die Augen und öffnete fordernd die Lippen. Endlich kapierte ich, fischte eine Kirsche aus dem Glas und steckte sie Anita in den Mund. Wie lautlos sie lachte, wie überrascht sie sich gab. Ich zog die Finger aus den saugenden Lippen, und wir mussten beide über das schmatzende Geräusch kichern. Sie schluckte, öffnete die meerblauen Augen, schob mit der Zunge den Kirschkern zwischen die Lippen, ließ ihn vor ihre Füße zu Boden tropfen. Das alles vollzog sich so langsam, so lautlos, dass ich erschrak, als im Erdgeschoss über uns aufgeregte Schritte zu hören waren. Bevor ich ein Wort darüber loswerden konnte, hatte Anita mir schon eine Kirsche in den Mund geschoben. Überrascht schloss ich die Augen und sah in dem Geisterreich hinter den Lidern noch immer, wie sie sich den Saft von den Fingern leckte. Über uns wurden Stimmen laut und von einem dumpfen Rumpeln, Klopfgeräuschen und unbestimmbaren Signalen der Putzaktion von Frau Hess überlagert. Ich schluckte die Kirsche, und was gäbe ich darum, dass ich mit Anita noch länger die Süße jenes eingeweckten Nachmittags ausgekostet und niemals den Krach in der Wohnung über uns gehört hätte, dem das Klirren zerscheppernden Glases und ein Schrei folgten – so durchdringend, dass Anita und ich sofort alle Heimlichkeit aufgaben und zur Wohnung hinaufliefen.

Ihre Mutter saß mit zerzaustem Haar auf der Wohnzimmercouch vor dem umgestürzten Esstisch. Die Tischdecke war auf den Teppich gerutscht und hatte ein Chaos aus Scherben und Nässe und verstreuten Schnittblumen angerichtet. Anita rief, was denn los sei. Keine Reaktion. Der Blick ihrer Mutter war auf einen unbestimmten Punkt festgebannt, der für uns durch die Platte des auf der Seite liegenden Tisches verdeckt war. Die fahrige Bewegung, mit der sie sich die Hand vor den Mund presste, ließ mich ahnen, dass die Katastrophe, deren Aura das Zimmer beherrschte, weitaus größer als nur ein umgekippter Tisch war. Anita feuerte immer die gleiche Frage ab. Sie sah nicht, was ich sah, als ich einen Schritt ins Zimmer machte: Unmittelbar hinter der Tischplatte zeigte mir eine Schuhsohle ihr Profil. Hätte Anita wie ich noch einen Schritt zur Seite gemacht, dann hätte sie gesehen, dass in dem Schuh ein Fuß steckte. Zwischen Socke und Jeans schimmerte ein Streifen behaarter Haut. Ein dritter Schritt, und ein zweiter Fuß wurde sichtbar. Das rechte Bein war leicht angewinkelt und nach innen verdreht. Über dem Hosenbund wölbte sich ein Bauch. Neben dem Bauch lag eine Hand. Die Hand rührte sich nicht. Sie hing auch nicht wie üblich als Klaue schlaff im Gelenk, sondern war fest geschlossen. Obwohl mich Frau Hess, die sich auf der Couch gegen Anitas Umklammerung wehrte, anschrie, dass ich auf der Stelle nach Hause laufen solle, ging ich in die Knie, um zu sehen, ob sich die Hand auf dem Teppich wieder beleben, zur Klaue öffnen, mir entgegenstrecken, mich beruhigen würde. Aber die Hand reagierte nicht. Ich nahm die leblose Hand meines Vaters, dessen Augen und Mund weit aufgerissen waren, so als wollte er einen Schrei ausstoßen oder mir noch ein letztes Wort zurufen. Keine Bewegung, kein Atem, nichts als der stumme, betäubende Moment des Begreifens. In seinem Mund – das schwöre ich dir – sah ich etwas glänzen. Noch bevor ich verstand, ahnte irgendetwas in mir, dass mein Vater noch einmal seinen Münztrick probiert und sich an seiner Dublone verschluckt hatte. Und noch bevor ich wahrhaben wollte, dass er tot war, hatte ich seinen Trick durchschaut: denn als ich seine rechte Hand streichelte, anflehte, überreden wollte, sich wieder zur Klaue zusammenzuziehen, entdeckte ich, dass sie eine Zwillingsmünze umschloss. Mein Vater hatte sein Publikum, das immer nur eine Münze sah, mit einer zweiten Münze getäuscht. Und als ich vor ihm hockte und seine Hand in der meinen hielt und um ein Wort, ein einziges Wort bettelte – weinte ich da allein über ihn oder auch ein wenig über die Entzauberung seines Tricks? Und hatte ich die Münze aus seiner Hand als Andenken genommen oder um sein Geheimnis zu wahren? Glaub mir: Ich weiß es nicht. Ich weiß nur, dass seine rechte Hand durch den Tod von ihrer Entstellung geheilt war, die ich ihr acht Jahre zuvor durch meine Geburt zugefügt hatte. Und selbst wenn es nicht so gewesen wäre, dann würde ich dir trotzdem erzählen, dass ich die zweite Münze – die, an der mein Vater erstickt war – auf seiner Zunge ließ, damit er sie dorthin mitnähme, wohin auch immer er nun unterwegs war.

Fünfter Tag

Nie wieder Vatergeschichten. Keine Kinderzimmerbesuche mehr nach verlängertem Sonntagsfrühschoppen. Niemand, der mir Bilder in die Hand erzählen, Familiengeschichten in den Kopf setzen würde. Was blieb, war Leonies Klage über den Sohn, dem sie unter Tränen ihr notorisches »Wie sein Vater!« ins Grab nachsandte. An das Begräbnis kann ich mich nicht erinnern, weiß aber noch, welch ein Trost es mir als seinem Mitwisser war, seine Zwillingsmünze in die Hand zu nehmen. Der Rest bleibt dunkel. Kein Bild, das mir einen Abschied von meiner Kindheit ermöglichen würde. Ich kann mit meinem Knastzellenblei nur den langen, schwarzen Wagen krakeln, der mit offener Heckklappe vor unserem Haus stand und seitdem jede Erinnerung zuparkt.

Die Totenruhe in unserem Haus hielt nur so lange, bis Mechthild Trost in ihrem Schneewittchensarg suchte. Vom Vormittag bis zum Abend saß sie vor dem geöffneten Glasdeckel, beide Hände auf die Sesselarme gelegt, und gab sich mit wächserner Abwesenheitsmiene dem Klangfluss hin. Sie stand nur auf, um mit der immer gleichen konzentrierten Hingabe die Nadel zu setzen. Endgültig süchtig nach den schwarzen Scheiben, erhöhte sie ihre tägliche Dosis, was sowohl Länge als auch Lautstärke betraf.

Auf den Postsendungen, die ihr regelmäßig neue Schallplatten bescherten, war in säuberlich-runder Schreibschrift Ingeborg Haupt als Absender vermerkt, Mechthilds Mutter, mit der sie nach dem Tod meines Vaters fast täglich telefonierte. Sie stand im Flur vor dem Telefontischchen, den Hörer zwischen Ohr und Schulter geklemmt, das Gesicht der Garderobe zugekehrt, fast von den leeren Jackenärmeln umarmt; wie leise sie sprach, die Sprechmuschel mit einer Hand abgeschirmt und uns mit Blicken verscheuchend, so dass wir wussten: Cuxhaven. Ihre Telefonate hätten für mich Momente wohltuender Stille sein können, wäre ich nicht so versessen darauf gewesen, von meiner Zimmertür aus ihre Flucht- und Rückkehrgedanken zu belauschen, die sie der Muschel anvertraute. Wie devot Mechthild sich anhören konnte – ganz Tochter, die den Bedingungen der Elternseite nachgeben musste. Offenbar kam man zu einem Ergebnis, denn eines Tages schloss Mechthild ein für alle Mal den Schneewittchensarg und teilte uns mit, dass sie für eine Weile Abstand brauche von allen Fehlings der Welt.

Sie ging, wie sie neun Jahre zuvor gekommen war: im regennassen Mantel, die verweinten Augen vom Geschmier ihrer Schminke bunt unterlaufen. Bevor sie in den Zug stieg, versprach sie mir mit erstickter Stimme, mich nach Cuxhaven nachzuholen, sobald sie ihren Eltern Großelternfreuden beigebracht haben würde. Einmal noch drehte sie sich in der Zugtür mit abwesendem Blick zu mir um. Ich hing an der Hand meiner Großmutter, begriff nichts von der Abreise und sah, wie Mechthild eher abwinkend als zum Gruß eine Hand hob und verschwand.

Kurz darauf zog ich mit meiner Großmutter aus der Grimmstraße in ein Hochhaus im Nordosten von Ruhberg. Vierzehn Stockwerke ging es hinauf – hoch genug, dass ich, das zu kurz geratene Kind, mich im Fahrstuhl auf die Zehenspitzen stellen musste, um an den Knopf zu kommen. Unser neues Heim hatte zwei Zimmer, die selbst mir klein vorkamen. Ach Felixchen, das ist doch nur für den Übergang. Offenbar glaubte meine Großmutter das selbst, denn die mannshoch gestapelten Umzugskartons blieben unausgepackt im Flur stehen.

Wann immer ich dir als Tobias Voss von der Beengtheit meiner Leipziger Plattenbauherkunft erzählt habe, diente mir die Wohnung meiner Großmutter als Vorlage. In meinem Zimmer rückten mir die Wände auf die Pelle, und vom Fensterblick aus dem vierzehnten Stock wurde mir schlecht; trotzdem ließ meine Großmutter mich nicht aus der Wohnung, weil ihrer Meinung nach die Gegend nichts für ein Kind wie mich sei. Also lag ich die meiste Zeit im Bett und wartete auf das Ende unseres Übergangs. Warten macht hungrig, und so wohnte ich mit erzwungener Geduld Leonies Kampf mit den Herdplatten bei, die besonders am Abend ein unkontrollierbares Eigenleben entwickelten. Der Herd spinne, beschwerte sie sich, das verdammte Ding habe seinen eigenen Kopf. Als würde der Herd ahnen, dass sie im Laufe des Tages immer vergesslicher wurde, entwickelte er selbsttätig Hitze und flutete die Wohnung mit dem Gestank und dem Qualm von angebrannten Speiseresten oder versengtem Verpackungsplastik, das sie auf den Platten hatte liegen lassen. Ich lernte, mich an schwarze Spiegeleier und gepanzerte Bratwürste zu gewöhnen, an den apfelähnlichen

Biss noch fast ganz roher Kartoffeln und an dicke, ranzig schmeckende Klumpen als Suppeneinlage. Wenn ich Leonie nicht an unseren Hunger erinnerte, vergaß sie ihn glatt und veranlasste mich so zu heimlichen Rohkost-Fressorgien. Ich stellte mir während ihrer ausgedehnten Nickerchen Mahlzeiten aus Zwiebeln, Erbsen und saurer Milch zusammen. Fiel meiner Großmutter auf, dass der Kühlschrank leer war, schloss sie mich in die Wohnung ein und kehrte manchmal erst in der Abenddämmerung mit klimpernden Tüten und der Begründung zurück, sie sei unterwegs auf dem Friedhof gewesen. Kaum hatte sie den Friedhof erwähnt, brach sie in Tränen aus und brannte mir mit einer klammernden Umarmung das süßlich-herbe Geruchsgemisch von Schweiß, Alkohol und Erfrischungstüchern ein. »Wie sein Vater!«, klagte sie, und ich wusste nie, ob sie damit ihren Sohn meinte oder mich.

Das Hochhaus war – zumindest für mich – tatsächlich nur ein Provisorium, denn auf Geheiß meines Cuxhavener Großvaters Hans Hermann Haupt wurde ich noch im gleichen Monat in jenes Internat geschickt, das dir schon aus Vossens Erzählungen bekannt ist. Wenn ich den Internatsschüler Felix Fehling befrage, was ich dir Neues über seine Zeit in Schulhaft erzählen soll, höre ich nur sein ständiges »Weiß nicht«, das schon seine Lehrer zur Weißglut trieb und hinter dem nicht Tobias' Verweigerungshaltung steckte, sondern meine Resignation.

Zehn Jahre tote Zeit, für die ich eine Vermisstenanzeige aufgeben müsste. Gesucht wird: Felix Fehling, Schüler und Insasse des Bodelschwingh-Internats für Jungen der Stadt

Werck. Alter: acht bis achtzehn Jahre. Größe: von Anfang bis Ende deutlich zu klein, weshalb er von seinen Mitschülern gern mit einem Sandsack verwechselt wurde. Freundschaften? Dazu fehlte es seinen Mitschülern schon allein an Geduld. Besuche von Mechthild? Im Anfangsjahr noch jeden Monat, wurden dann seltener und galten eher dem Rektor; später wurden Mechthilds Besuche durch Postkarten ersetzt. Als zuletzt selbst zu Weihnachten kein Wort aus Cuxhaven zu hören oder zu lesen war, schwor ich mir, Mechthild nie wieder Mutter zu nennen. Und in den Ferien? Blieb ich im Internat. Wie fühlte sich das an: Ferien im Internat? Weiß nicht. Hattest du viel Ärger, Angst, Heimweh auszustehen? Weiß nicht. Aber ich weiß noch, dass mir nicht nur im Unterricht mein Zeichenzwang das Wochen-, Monate- und Jahretotschlagen erleichterte. Meine Neugier, früher vom Lexikon meiner Eltern genährt, beschränkte sich auf das unterrichtsferne Studium von Bedienungsanleitungen und technischen Broschüren, durch das ich mir nach zwei Ehrenrunden das schulische Überleben sicherte: Ich machte mich unentbehrlich als Vermittler zwischen der bequemen Lehrerschaft und dem renommiersüchtigen Rektor, der im Alleingang die Anschaffung modernster Geräte durchsetzte. Nachdem der Matrizendrucker ausgemustert worden war, wurde ich bei jedem Papierstau, jeder leeren Tonerkartusche von einem hilflosen Lehrer zum Fotokopierer gerufen. Das Grauen der Sekretärin, sobald ohne Vorwarnung das Faxgerät losratterte und aus dem Nichts eine Botschaft ausspuckte. Ich, ansonsten nur als Unterrichtsstoff zerkritzelnder, unwilliger Weißnichtschüler bekannt, verdiente mir meine Noten als Pannenhilfe im Lehrerzimmer oder Sekretariat. Und wenn der Kopierer oder das Faxgerät, der Nadeldrucker oder Computer des Rektors zu lange störungsfrei funktionierten, dann sorgte ich eben selbst für einen kleinen behebbaren Schaden.

Geständnisse: Ich scharte keine Gleichgesinnten um mich wie Voss und wagte auch nie, Flugblätter zu streuen oder Widerworte zu geben. Als Einzelgänger, der nur seine Ruhe haben wollte, bin ich jedem vermeidbaren Konflikt aus dem Weg gegangen. Mein Interesse an allem, was außerhalb meiner selbst lag, schrumpfte mehr und mehr auf den nächtlichen Lichtkreis meiner Taschenlampe unter der Bettdecke zusammen, wo ich gefahrlos Ersatzwelten erkundete. Den mit Romanen prallvollen Kopf zog ich erst nach bestandenem Schulabschluss wieder aus der Bettdecke hervor, voll von Abenteuern, die ich nur stellvertretend erlebt hatte.

Zeitsprung: Achtzehnjährig und von Kopf bis Fuß die eins vierundsechzig messend, aus denen bis heute keine eins fünfundsechzig geworden sind, wurde ich aus dem Internat entlassen. Da ich jeden Kontakt mit Mechthild meiden wollte und nicht wusste, wohin, machte ich mich auf den Weg nach Ruhberg. Busfensterblicke: Das Ortsschild an der steil ins Kaff hinabführenden Hauptstraße löste Beklemmungen aus. Auf Höhe der mitten im Ortseingangsgefälle links abzweigenden Grimmstraße schaute ich lange nach rechts. An der Esso-Tankstelle stieg ich aus, schulterte meine Reisetasche und nahm die lange, stetig ansteigende und ostwärts zur Hochhaussiedlung führende Straße. Das Klingelschild erinnerte mich daran, dass meine Großmutter im vierzehnten Stock wohnte. Als ich vor ihr stand, erkannte sie mich genauso wenig wieder wie ich sie. Die Wangen eingefallen, der gebeugte, vom Kittel umschlotterte Leib wie geschrumpft, hatte das verdorrte Gespenst mit dem wirren Silberdrahthaar wenig Ähnlichkeit mit der Großmutter meiner Kindertage. Misstrauisch beäugte sie mich, fasste sich dann mit geschlossenen Augen an die Stirn, so als müsste sie sich unter enormem Konzentrationsaufwand auf meine briefliche Ankündigung besinnen, und ließ mich mit einem Schritt zurück ein.

Im Wohnungsflur stapelten sich Heftchen und Fernsehzeitschriften. Neben dem Wohnzimmersofa standen Einkaufstüten mit zerschlissener Kleidung, Wollresten, Strickruinen. Die Küche stank. Nur das Schlafzimmer war eine Insel der Ordnung: Leonies Bett war gemacht, es herrschte nicht das übliche Chaos aus herumliegendem Krimskrams. Ich richtete mir mein Nachtlager auf dem Wohnzimmersofa ein und blieb dort auch morgens, mit geklauten Büchern aus der Inernatsbibliothek versorgt, so lange wie möglich liegen. Meine Großmutter verzog sich meist in die Küche und war nur als Geklirr, Gemurmel und Geschepper anwesend. Wenn sie von ihren Unterhaltungen mit abwesenden Familienmitgliedern genug hatte, kam sie ins Wohnzimmer und schaltete den Fernseher ein, vor dem sie dann regelmäßig einnickte.

Ich trieb mich in den Feldern im Ruhberger Norden herum, ohne zu wissen, was ich hier eigentlich suchte. Ich fühlte mich krank, und es dauerte nicht lange, dass mich jene Schwindelanfälle wieder zum Hochhaus zurücktrieben, die du noch immer für gewöhnliche Kreislaufprobleme hältst. Manchmal blieb ich in der Wohnzimmertür stehen und beobachtete meine vor sich hin redende Großmutter; sobald sie abends in Richtung Bett gewankt war, wickelte ich mich auf dem Sofa fest in die alte Wolldecke und las im Schein der Stehlampe in meinen Büchern. Und dann jeden Morgen das beiderseitige Erschrecken, wenn sich Leonie als Nachthemdgespenst vom Türrahmen über die Sessellehne ins Wohnzimmer vorantastete und feststellte, dass jemand, der ihr im ersten Moment unbekannt war, unter der Decke auf ihrem Sofa lag. So früh am Tag war sie ein zittriger und unberechenbar böswilliger Spuk; in ihrer Verwirrung redete sie mich manchmal als Christian an, und als würde mich mit dem Namen auch der Geist meines verstorbenen Vaters heimsuchen, machte ich mich, sobald ich mich besser fühlte, aus dem Staub.

Weil ich die Grimmstraße möglichst weiträumig mied, streifte ich südwärts in Richtung Dorfzentrum. Die steile Kirchstraße führte am katholischen Friedhof vorbei, an den ich keine Erinnerung hatte und nur aus Familienerzählungen kannte. Mein Bedürfnis nach Stille trieb mich dem kleinen, zweiflügeligen Törchen zu. Im Zickzack über Steinplattenwege, und wie jeder Friedhofsbesucher studierte ich die Grabsteininschriften. Erst nach zwei oder drei Dutzend Namen wurde mir bewusst, dass ich nach jemandem suchte – jemandem, der Felix hieß und den Mechthild zu meinem Vornamenspatron gemacht hatte. Einen Felix fand ich zwar nicht, stieß dafür aber auf meinen Familiennamen: Als ich plötzlich vor den Gräbern meines Vaters und Großvaters stand, war ich so überrascht, dass ich über meine eigene Dummheit lachen musste.

Glaub mir: Auch wenn ich an den Gräbern ringsum niemanden sah, war mir mein Heiterkeitsanfall peinlich. Kaum hatte ich mich wieder im Griff, brachte mich der Anblick einer verfärbten, hinter Heinrichs Grabstein halb in die Buchsbaumhecke eingewachsenen Plastikgießkanne grundlos zum Kichern. Selbstberuhigungsversuche: Nach vorn gebeugt, mich erst auf das eingravierte FEHLING, dann auf die platte, mit Unkraut bewachsene Graberde konzentrierend, atmete ich tief ein und aus – ein Friedhofsyoga, bei dem ich mir selbst so lächerlich vorkam, dass ich an meiner Faust kaute, kurz entschlossen kehrtmachte und den Friedhof so eilig verließ, als hätte ich das Grab meiner Ahnen geschändet.

Mit der Ruhberger Fußgängerzone war ich nach einer Viertelstunde fertig, den Besuch eines Schreib- und Bürowarenladens eingerechnet, in dem ich mein letztes bisschen Geld in ein dickes Skizzenbuch und ein Set von Bleistiften anlegte. Als ich dann auf der hüfthohen Steinmauer des kleinen Marktplatzes saß und mit ein paar Rechtecken und Quadraten die klotzige Zweckbauhässlichkeit des Rathauses einzufangen versuchte, grübelte ich über die Tatsache nach, dass meine Halbwaisenrente und die mickrigen Zuwendungen aus Cuxhaven nicht ausreichen würden, um Ruhberg zu entkommen.

Am nächsten Morgen packte ich mein Skizzenbuch und das bisschen essbare Verpflegung, das ich in Leonies Küche aufstöbern konnte, in einen dunkelblauen Nylonrucksack (den ich im Wandschrank mit dem Stromzähler fand und der, wie ich mich zu erinnern glaubte, einmal meinem Vater gehört hatte). Wie immer, wenn ich die Wohnungstür öffnete, sah Leonie mich nur entgeistert an, und als ich den Fahrstuhl betrat, rief sie mir ihr »Wie sein Vater!« hinterher.

Als blinder Passagier mit Sitzplatz auf dem Klo fuhr ich mit dem Zug über Schwerte nach Dortmund. Für mich, der noch nie eine größere Stadt als Werck mit ihren zwanzigtausend Einwohnern gesehen hatte, war Dortmund eine Metropole. Ich sah mich staunend auf dem Bahnhofsvorplatz um, lief auf dem Weg zur Einkaufsmeile beinahe in den Straßenverkehr, setzte mich an der Reinoldikirche auf eine Bank und sog mit dem Skizzenbuch in der Hand gierig auf, was ich sah: wie die Leute händchenhaltend an mir vorübergingen oder sich stritten und hastig Richtung Bahnhof eilten, wie Kinder nach einem Eis plärrten oder Alte sich mühsam dahinschleppten, wie manch einer fraß, qualmte und an der Flasche hing, in Gesprächslaune war oder mauerte. Zeichnend brachte ich mich selbst zum Verschwinden und ging ganz in meine Porträts ein, von einer unsagbaren Freude über diese Existenzen erfüllt, die für die Dauer, in der das chaotische Lebensgewimmel auf dem Papier Konturen annahm, auch die meine waren.

Bei den täglichen Zugtrips nach Dortmund hatte ich es bald satt, den Leuten in der Fußgängerzone beim Shopping zuzusehen. Mich zog es vom Bahnhof in die entgegengesetzte Richtung, an Durchgangsstraßen entlang und Wohnwabenhochhäusern vorbei in die nördlichen Armeleutegegenden der Stadt. Drei- und vierstöckige Häuserzeilen, durchsetzt mit deutschen, türkischen, griechischen Imbissbuden und Eckkneipen, in denen man sich hinter dunklen Buntglasscheiben oder nikotingelben Gardinenschleiern vor meiner Neugier schützte. Zum Leutebeobachten eigneten sich öffentliche Plätze wie der vom Straßenverkehr umzingelte Nordmarkt – eine übergroße, von Gebüsch und Gras bewachsene Verkehrsinsel, auf der die gestrandeten Existenzen des Viertels zusammenkamen: die üblichen Bierdosenalkoholiker etwa, oder man sah eine alte Frau in Morgenmantel und Pantoffeln über den Platz schlurfen oder sonst jemanden, der lauthals in eine Auseinandersetzung mit sich selbst verwickelt war. Ich zeichnete Dutzende Straßenporträts, so als müsste ich mein Skizzenbuch mit möglichst vielen fremden Leben füllen, bis kein Platz und keine Notwendigkeit mehr sein würde für mich selbst: Frührentner mit Staublungenhusten, mobile Einkaufswagenexistenzen und Schulschwänzer, zwei oder drei Jahre jünger als ich, die im Halbkreis zusammenstanden, den Boden vor ihren Füßen bespuckten und mit maskenhaft abwesenden Gesichtern einen rhythmisch aufglühenden Joint kreisen ließen. In mein Skizzenbuch gingen die Immigranten der Dortmunder Nordstadt ein, die Türken, Jugoslawen, Zuwanderer vom Balkan und aus Nahost, deren Blick sich verklärte, wenn sie einander Fotos in ihren Brieftaschen zeigten. Mir fielen die zahlreichen Plastiktüten auf, alles Hab und Gut der Gegend wurde in Einkaufstüten von Aldi und Lidl verschoben, das Gepäck der Nordmarktbevölkerung, Auswüchse ihrer Leiber, vollgestopft mit Ramsch, Abfall und Plunder, mit Wäsche, die nach Schweiß und Elend roch, mit billigem Schnaps, Sonderangeboten aus dem Supermarkt und Pfandflaschenschätzen – Zeug, das man nur abstellte, um einander im Tonfall von Beleidigungen Grüße und kurze Dialoge an den Kopf zu werfen. Hier scherte sich niemand um den zu klein geratenen jungen Mann, der den halben Tag lang auf einer Bank saß, an einem Brötchen kaute und den Blick zwischen dem Buch auf seinem Unterarm und den vorüberlaufenden Objekten seiner Neugier pendeln ließ. Ich blieb so lange sitzen, bis es dämmerte, der Vorrat in meinem Rucksack aufgebraucht war und ich mich vor der Rückfahrt nach Ruhberg an einem bis in die Nacht geöffneten Kiosk in der Bergmannstraße verpflegen musste.

Laufkundschaft, die in Jogginghose und Badelatschen aufkreuzte, um mit ein paar Flaschen Bier oder einer Schachtel Zigaretten wieder zu verschwinden. Hin und wieder blieb jemand unter dem beleuchteten Ladenschild, das dem Kiosk den Namen *Trinkhalle* gab, am Fenster für ein Schwätzchen mit der Verkäuferin stehen: Stammgäste, zu denen irgendwann auch ich selbst gehörte. Wie tröstlich es war, als ansprechbare Person wahrgenommen zu werden. Heiko, ein bärtiger Hüne mit dünnem, schulterlangem Haar, der fast jeden Abend hier an seinem Freilufttresen klebte, und Doris, die in der Fensterluke hockende Kioskbesitzerin, ließen mich an ihrem Austausch von Kieznachrichten und harmlosen Lästereien teilhaben. Aber von was sollte ich ihnen erzählen? Weil es über mich selbst nicht viel zu berichten gab, kam es vor, dass ich nach ein paar Flaschen Bier meine Biographie mit Anekdoten frisierte, die nicht unbedingt aus meiner Erinnerung stammten.

Eines Abends verpasste ich über dem Erzählen den letzten Zug. Eine Bahnhofs- oder Parkbanknacht befürchtend, reagierte ich entsprechend sauer, als Heiko an meinem Rucksack zupfte und vorschlug, ich könne doch in meinem Schneckenhaus übernachten. Als er begriff, dass mir nicht nach Witzen zumute war, bot er mir zur Versöhnung ein Bier und einen Schlafplatz in seiner Küche an.

Eine alte Matratze, die nach Zwiebeln roch, weil er sie hochkant in der Vorratskammer seiner Küche aufbewahrte. Die laut tickende Wanduhr und der hin und wieder fast menschlich aufächzende Kühlschrank: Es dauerte, bis ich schlief. Mitten in der Nacht wachte ich kurz auf, wälzte und wunderte mich, nicht das Knarren der Sprungfedern in Leonies altem Sofa zu hören. Gegen Morgen der Albtraum, ich würde wieder in meinem Internatsbett liegen, und als das Licht eingeschaltet wurde, wusste ich nicht gleich, wer sich da vor mir in Jogginghose und T-Shirt streckte und dabei seinen behaarten Bauch sehen ließ.

Nach einem kargen Frühstück verließen wir gemeinsam das Haus. Heiko lief im Blaumann zur Arbeit, während ich, in Gedanken Einwohner spielend, durch die Nachbarkieze streifte. Mit der U-Bahn in die Innenstadt und ein kaltes Mittagsmahl in einer Stehbäckerei. Die übliche Zeichensitzung auf dem Nordmarkt, und als ich abends wieder vor der *Trinkhalle* stand, war ich von meinem Freiheitsgefühl derart enthusiasmiert, dass ich zu später Stunde eine lange Kneipengeschichte meines Vaters zu erzählen begann und auf halber Strecke abwürgen musste, um nicht wieder meinen letzten Zug zu verpassen. Meinen Rucksack schon geschultert, ließ ich mich von meinen beiden Zuhörern so lange zum Hierbleiben beschwatzen, bis ich mir die Pointe meiner Vatergeschichte zurechtgelegt hatte. Nach ein paar weiteren Runden Bier, zu denen ich Internatsanekdoten servierte, nahm ich ein zweites Mal Heikos Angebot zum Nachtasyl an.

Horrorgeschichten: Am Wochenende lud Heiko mich nach dem Frühstück mit der Frage in sein Zimmer ein, ob mein Gemüt eigentlich so zart sei, wie ich aussehen würde. Zwei Armstühle, die genauso nach Trödelmarkt aussahen wie das Nierentischchen dazwischen. Mit welcher Andacht er die Vorhänge zuzog und sich vor ein breites Regalmöbel kniete (über dem sich ein Skelett an die nackte Brust einer lasziv erregten Filmplakatschönheit schmiegte). Ich bemerkte, dass sich das Haar auf Heikos Hinterkopf schon lichtete, als er die bekritzelten Etiketten von Hunderten Videokassetten durchging. Seine Wahl fiel auf *Hellraiser*, einen Film, den er so oft gesehen hatte, dass er den Höllenkreaturen soufflieren konnte. Weil er sich den Spaß an Häutungen, Köpfungen, Folterszenen nicht von der deutschen Zensur verderben lassen wollte, sah er sich Horrorfilme aus Prinzip nur in der ungeschnittenen Originalversion an. Dass ich Schwierigkeiten nicht nur mit der englischen Sprache, sondern auch mit seinem Filmgeschmack hatte, lag seiner Meinung nach an der falschen Einstellung, gegen die aber ein Kraut gewachsen sei. Das Kraut stopfte er in seine bräunlich beschlagene Wasserpfeife und reichte sie mir. Keine Sorge, durch das Wasser spürst du den Rauch beinahe nicht. Meine Lungen waren da anderer Ansicht, beinahe hätte ich mich über das Nierentischchen erbrochen. Für die Dauer meines Hustenanfalls pausierte Heiko den Film, und als er wieder lief, stellte ich fest, dass das Kraut tatsächlich wirkte: Plötzlich war mir über die Sprachbarriere hinweg alles verständlich, einfach alles, und das versetzte mich in einen so euphorischen Zustand, dass ich beim Anblick eines von Eisenhaken zum Zerreißen auseinandergezerrten Gesichts vor Kichern vom Sessel rutschte. Horrorfilmbilder: eine blutige Kreatur ohne Haut; zerfetzte Leichen auf einer Straße, hingerichtet von einer südamerikanischen Drogenmafia; Schlachtvieh, in engen Käfigen einander erdrückend, die Mäuler mit verdrehter Zunge in die Eisenstangen verbissen; und erst als ich in die riesigen Augen hungernder Kinder in Afrika sah, dämmerte mir, dass der Film längst aus war und wir die Nachrichten schauten.

Es folgte eine Sondersendung, deren Anmoderation mit den verwackelten Bildern einer Massendemonstration unterlegt war. Parolen in deutscher Sprache. Massive Polizeipräsenz. Das Erregende an der abstrakten, aber deutlich fühlbaren Gefahr. Ich fragte mich, warum die Leute auf die Straße gingen, und entnahm Heikos Lachanfall, dass ich die Frage laut ausgesprochen hatte. Was wir sahen, war ein zusammenfassender Rückblick auf Ereignisse, die ich bislang nur am Rande wahrgenommen hatte: Flüchtlinge in den Botschaften von Warschau und Prag; Menschen, die sich mitten im Pulk in die Arme fielen; eine Kolonne von Trabbis fuhr unter Applaus durch die Menge; die rittlings der Berliner Grenzmauer aufsitzenden Enthusiasten. Ich kannte die Bilder, hatte mich aber nie sonderlich für ihre Geschichte interessiert. Je länger mir Heiko, der sich über meine Ahnungslosigkeit amüsierte, im Wechsel mit der Stimme im Off von der Wende erzählte, desto stärker griff seine Bewunderung für den Mut dieser Menschen auf mich über. Als der Kommentator von einer *Revolution* sprach, ließ mich die berauschende Wirkung dieses Wortes auch dann nicht mehr los, als meine Lungen gegen meine Hände protestierten, die reflexhaft die Wasserpfeife von

Heiko entgegengenommen und an meinen Mund geführt hatten.

Unter Heikos Hochbett fand ich eine Gelegenheit, mich für das Obdach in seiner Wohnung zu revanchieren. Die Gelegenheit stand auf seinem Schreibtisch (eine Platte, zwei Böcke), war ein schon etwas betagter C 64 und nach Heikos Auffassung kaputt. Zwar leuchtete nach dem Einschalten die rote POWER-Diode, aber der Bildschirm blieb schwarz. Das an eine Brotkiste erinnernde Computergehäuse. Ich zog den Netzstecker und öffnete den Kasten, rüttelte an den Steckmodulen, prüfte ein paar Kontakte, kontrollierte das Floppy- und Monitorkabel und machte dann das Gehäuse wieder dicht. Ich gebe zu, eine fachkundige Reparatur hätte anders ausgesehen; aber auch so erschien auf dem Monitor das gewohnte READY mit blinkendem Eingabecursor. Und weil Heiko erst die Wiederbelebung seines Computers, dann meine Geschicklichkeit bestaunte, verwies ich ihn auf meine Vergangenheit als inoffizieller technischer Hilfsarbeiter der Internatslehrerschaft.

Vielleicht hätte ich ihm gegenüber mit meinen Fähigkeiten etwas weniger dick auftragen sollen, denn Heiko ließ sich nun nicht mehr von seinem Versprechen abbringen, sich nach einem passenden Job für mich umzuhören. Überhaupt wundere es ihn, dass ich noch keinen Gedanken an eine Jobsuche verschwendet hätte, schließlich könne ich doch nicht ewig so weiterleben. Ob ich denn nicht eine eigene Wohnung haben wolle? Er wisse von einer Unterkunft direkt am Nordmarkt, aus der eben erst ein Bekannter ausgezogen sei. Weil er fand, dass ich auf seinen Vorschlag zu zurückhaltend reagierte – eine Besichtigung verpflichte schließlich zu nichts –, übernahm er den Anruf bei der Hausverwaltung.

Heikos Horrorfilmquelle hieß Bo und besaß nicht nur eine ständig wachsende Privatvideothek und zwei rund um die Uhr laufende Videorekorder, sondern er verfügte auch über einen festen Kundenkreis mit Raubkopiewünschen. Zu seinen Abnehmern gehörte ein gewisser Fuchs, der wegen seiner Haarfarbe Rotfuchs genannt wurde und ein Geschäft für gebrauchte Bürotechnik führte. Weil er flexibel genug war, um auch mit Autoradios, Uhren und allem zu handeln, was ihm ein fester Kreis von Zwischenhändlern zutrug, konnte er es sich erlauben, mich als Helfer einzustellen.

Sein Geschäft lag in der Bornstraße zwischen einer Kneipe und einem türkischen Reisebüro. Vielleicht hatte es mit der Lage, vielleicht mit dem Fehlen eines Ladenschilds oder der lieblosen Schaufensterdekoration zu tun (ein paar Telefone, die eine elektrische Schreibmaschine umzingelten), dass ich so gut wie nie Kundschaft zu sehen bekam. Die Öffnungszeiten waren ohnehin nur ein falsches Versprechen, denn sobald sich der Rotfuchs auf den Weg zu einem Zwischenhändler machte, schloss er den Laden kurzerhand ab und ließ mich mit meinen Aufgaben im Hinterzimmer allein.

Von Regalen, Kisten und Kästchen voll Netzstecker und Ersatzteilen umgeben, saß ich an einem langen Tisch und schloss testweise Hi-Fi-Komponenten an einen Verstärker, Videorekorder an einen Fernseher an. Jedes Mal machte mir der Rotfuchs eine Szene, wenn bei seiner Rückkehr eine Schallplatte oder ein Film zu Testzwecken lief. Überhaupt seine Ungeduld: Er reagierte allergisch, wenn er mal eine seiner erratisch knappen Anweisungen wiederholen musste. Brauchte ich für eine Aufgabe länger als vorgesehen, lag das grundsätzlich nicht an seinem illusorischen Zeitplan.

Die Menge an ein- und ausgehender Ware bestaunend, lernte ich, Walkmen und Kassettendecks aufzumöbeln (Wechsel des Riemens, Reinigung des Tonkopfs), mit dem Lötkolben alten Röhrenradios zu Leibe zu rücken, Effektpedale zwischen E-Gitarre und Verstärker zu schalten und Faxgeräte über eine Faxweiche mit dem Telefonanschluss zu verbinden. Schon nach einer Woche konnte ich Computer aufrüsten und mit neuer Software ausstatten.

Am Tag nach meiner Anstellung beim Rotfuchs folgte ich einem heftig schnaufenden Hauswart über die – wie es schien – sich endlos wiederholende Treppe des immer gleichen Stockwerks, bis wir mit der letzten Stufe unmittelbar vor einer weißen, nicht besonders großen Tür stehen blieben, der Hauswart einen Schlüsselbund hervorzog und mit eingezogenem Kopf vor mir eintrat.

Einen Flur gab es nicht, mit dem ersten Schritt stand man im einzigen Zimmer der Wohnung. Die straßenseitige Dachschräge sah gemütlich aus, machte das Zimmer aber noch kleiner. Die Küche war mit zwei Personen überfüllt. Ein Wandschrank entpuppte sich als Bad: Dusche und Klo waren so dicht beieinander installiert, dass man zum Duschen auf der Toilette sitzen musste. Der Hauswart sah mich lächelnd an und sagte, die Wohnung sei doch wie für mich gemacht.

Ich ging zur Dachschräge ans Fenster. Der Nordmarkt sah

von hier oben winzig aus. Bewegungsmuster: zwei Passanten, die sich von verschiedenen Seiten symmetrisch dem Platz näherten; ein Fußgängertrupp machte aus einem der Bürgersteige eine Ameisenstraße; daneben die im anderen Tempo und Zeitmaß fließende Kolonne von Autos; Grüppchen, die auf dem Platz zusammenstanden, sich mit anderen Grüppchen vermengten, Haken schlugen und sich in Einzelerscheinungen auflösten – eine Choreographie, die sich in einer seltsam enthobenen Stille vollzog.

Als ich hinter mir ein von Schlüsselgeklimper begleitetes Räuspern hörte, drehte ich mich um und sagte dem Hauswart, ich würde die Wohnung nehmen.

Kellergeschichten: Du weißt, welche Beklemmungen fensterlose Keller in mir auslösen. Als mein Vater noch lebte, stand ich jedes Mal Todesängste aus, wenn ich für ihn die Ölkanne auffüllen musste und an einer finsteren Stelle unter der Haustreppe vorbeimusste. Auch jetzt, längst aus dem Kindesalter heraus, ging es mir im Ruhberger Hochhaus nicht besser. Dutzende Gitterboxen, aneinandergereiht und an Hundezwinger erinnernd. Dass es hier unten keine geschlossenen Wände gab, ließ mich immerhin hoffen, ich würde meine Angst in Schach halten können. Natürlich hatte meine Großmutter nicht mehr gewusst, dass sie den Schlüssel in einer Küchenschublade aufbewahrte. Ihr Chaos aus Kleidersäcken und Kartons. Ich stöberte nach irgendetwas, das mir in meiner Wohnung nützlich sein könnte, und fand einen Kochtopf, in dem meine Großmutter alte Socken und Feinstrümpfe aufbewahrte. Ein Sofakissen war mit dem gleichen Stockfleckenmuster verziert wie der beige

Schirm einer Tischlampe. In einem Karton stieß ich auf Relikte aus meiner Kindheit: die Pinocchio-Marionette, die Holzeisenbahn, die schon meinem Vater gehört hatte, und die Ritterburg. Pinocchios Strippen hatten sich heillos verheddert. Aus der Ritterburg fiel ein rotes Feuerzeug, das noch von Anita stammen musste. Meine Überraschung, als es nach ein paar Versuchen tatsächlich zündete. Wenn ich in die Flamme starrte, rückten die Gitterwände aufeinander zu. Ich steckte das Feuerzeug in die Hosentasche und griff in die Ritterburg. Das Verließ war für meine Hand fast zu eng, aber ich konnte die Trickmünze meines Vaters herausziehen. Weil meine Hand stecken blieb, wurde mir auch die Käfigbox zum Verlies; gewaltsam zog ich die um die Münze geschlossene Faust heraus, ließ Lampe und Kissen, wo sie waren, griff nach dem im Weg stehenden Kochtopf, schmiss, ohne sie zu verschließen, die Gittertür hinter mir zu und türmte aus dem Kellergeschoss.

Münze, Feuerzeug und den Kochtopf warf ich in den Rucksack. Als ich meiner Großmutter erklärte, dass ich nicht zurückkehren würde, flackerte in ihren kleinen Mausaugen so etwas wie Zorn auf, den sie in einer erstaunlich festen Umarmung gleich wieder erdrückte. Welch ein knochiges, auf meine Größe geschrumpftes Bündel aus ihr geworden war. Mit der Umarmung presste sie ein heiseres Seufzen aus sich heraus, bevor sie sich von mir abstieß und einen halbvollen Wäschekorb packte, der ihr Schlagseite beibrachte. Im nächsten Moment war sie aus der Wohnung verschwunden. Die Tür ließ sie hinter sich offen; ich hörte, wie die Sohlen ihrer Pantoffeln an ihre Fersen schlappten, und als sich die Fahrstuhltüren geschlossen und der Lift surrend in Richtung des Waschkellers in Bewegung gesetzt hatte, nahm ich den Rucksack und lief über alle vierzehn Stockwerke die Treppe hinunter.

Nach einem Monat war mir meine vom Rotfuchs diktierte Hinterzimmerexistenz inmitten von Kabeln, Kontakten und Korrosion reichlich zuwider. Als anzulernender Hilfskraft zahlte er mir nur einen Hungerlohn, so als würde er darauf rechnen, dass ich mich zusätzlich mit meiner Halbwaisenrente über Wasser halten konnte. Es fehlte mir an allem. Heiko schwatzte ich die alte Küchenmatratze für eine Kiste Bier ab. Die Kiste ließ er als Einzugsgeschenk gleich in meiner Wohnung zurück, wo sie mir dann als Hocker diente. Weil ich zwar Leonies Kochtopf, aber keinen Kühlschrank besaß, aß ich an einem Campingklapptisch außer Butterbroten nur Nudeln, Fertigsuppen und Konservengerichte. Aus Mangel an Gläsern wurde ich zum Flaschentrinker. Die Abende brachte ich mit ein paar Büchern vom Flohmarkt herum, und ich ließ aus Fuchs' Hinterzimmer einen Radiorekorder mitgehen. In das Gerät war ein kleiner Bildschirm samt Fernsehempfänger eingebaut – eine schwarzweiße, höchst instabile Welt im Postkartenformat: Schon ein Wetterwechsel, eine leise Erschütterung der zur Matratzenecke auszurichtenden Antenne genügte, dass sie aus den Fugen geriet. Setzten mitten im Sonntagskrimi atmosphärische Störungen ein, musste ich mich mit einem Griff an die Antenne selbst zum Verstärker machen und durfte sie, auf der Bierkiste vornüber gekrümmt, bis zur Aufklärung des Falls nicht mehr loslassen.

Zur Weihnachtszeit lief die Nordmarktbevölkerung mit

offener Jacke, im Pullover oder sogar im T-Shirt durch die Straßen. Seit zwei Wochen kletterten die Temperaturen auf Werte bis zu 20 Grad, aber in meiner Nachbarschaft schien sich niemand von den alarmierenden Schlagzeilen und Fernsehberichten über den Klimakollaps, die globale Katastrophe die Laune verderben zu lassen. Eine Sonnenbrille auf der Nase, im Schlenderschritt spazierend oder auf einer Bank die Beine von sich gestreckt, genoss man den Vorsommereinbruch im Winter als einen Gratisurlaub für Arme. Auch ich feierte Weihnachten mit Heiko nachmittags draußen vor einer Kneipe, bevor wir uns in seiner Wohnung ein filmisches Gemetzel ansahen.

Der Jahresrückblick kurz vor Silvester bescherte mir ein Wiedersehen mit den schlierend weißen Gespenstern der DDR-Revolution, und in den folgenden Wochen flackerten ihre verzogenen Gestalten immer wieder in meinem Postkartenfernseher auf, wobei ich nicht immer verstand, was sie mit knarzender Stimme und bleichen, in Farbstichen aufflammenden Gesichtern sagten, bevor sie sich in einem elektrischen Schneegestöber auflösten. Ich erschrak, als sie eines Abends als übersteuerter Chor zurückkehrten; aus den Lautsprechern schrie es so lange *Stasi raus!*, bis mein Radiogerät vor Erregung mit einer Bildstörung reagierte. Als ich die Demonstranten wieder auf dem Schirm hatte, war ihnen inzwischen die Zentrale des Bösen geöffnet worden. Mir war nicht ganz klar, warum sie die Räumlichkeiten im Innern verwüsteten und um was für Papierstöße es sich handelte, die sie wie Jubelkonfetti aus den Fenstern warfen; aber ihr Zorn wirkte ansteckend auf mich, der ich meine Tage im Hinterzimmer eines kundenlosen Geschäfts fristete und diese Leute um ihren Mut beneidete. Sie hatten sich mit einem neuen Leben beschenkt, einem Neubeginn, einem Zurücksetzen des in den Sand gesetzten Entwurfs.

Ich weiß noch genau: Es war am letzten Montag im Februar, als ich frühmorgens von einem Knall geweckt wurde. Ich lauschte in die Stille, in der mein Schreck nach und nach wieder verhallte, und war von der Wirklichkeit des Geräuschs schon nicht mehr ganz überzeugt. Mit den Gedanken beim bevorstehenden Arbeitswochenbeginn wälzte ich mich herum und nahm einen metallischen Geruch im Zimmer wahr. Meine Leselampe wollte nicht. Ich tastete im Dunkeln nach meinem Bleistiftetui, suchte und fand Anitas Feuerzeug. War es das Feuerzeuggas, was so zischte? Sämtliche Lampen und Steckdosen tot. Meine Nase führte mich zum Campingtischchen, auf dem es nach verbranntem Plastik stank: Den Radiorekorder hatte ein Kurzschluss zur Strecke gebracht, der Bildschirm war schwarz angesengt. Mir wurde übel. Ich stülpte einen Pappkarton vom letzten Einkauf über das Radio und riss das Dachfenster auf. Frische Luft. Unten war der Nordmarkt noch dunkel und unbelebt. Im Laternenlicht waren die Konturen der Hausdächer auszumachen. Und dann wurden die Gebäude schlagartig dunkler, weil hinter mir ein helles Licht tanzte – durch den Karton hatten sich Flammen gefressen und schon die Decke über dem Tischchen gerußt. Wabernde Flecken in der Luft, die auch von meiner Schreckbetäubung herrühren konnten. Wie lange starrte ich tatenlos in die Flammen? Rettungsversuche: Jemand, der nur wie an Strippen gezogen handelte, riss die Wolldecke von der

Matratze und warf sie über den brennenden Campingtisch. Jemand, der ich gewesen sein musste, sah zu, wie das Tischchen umkippte, die Decke Feuer fing und der Brand sich auf den Teppich ausweitete. Unter Schock suchte jemand, der damals noch auf den Namen Fehling hörte, das Allernötigste zusammen, packte es in den Rucksack und schritt am Feuer vorbei auf die Wohnungstür zu. Ohne auch nur einen einzigen Gedanken fassen zu können, lief ich die Treppe hinunter und aus dem Haus.

Glaub mir: Wenn du jetzt hier in meiner Zelle wärst, mir in die Augen sehen und versprechen würdest, dass alles gut werden und ich bald wieder frei sein würde – ich würde es nicht übers Herz bringen, dich nach deinem Urteil über Felix Fehling zu fragen. Um ihn dir zu beichten, seine Herkunft, seine Lebensdefizite und Vorbelastungen, musste ich erst meine Skrupel überwinden; aber als ich einmal den Mut gefasst hatte, entwickelte er ein so ureigenes, mir die Haftzeit vertreibendes Eigenleben, dass mir jetzt viel zu früh das Papier ausgeht. Nur noch ein einziges Blatt, dabei würde ich erst in zweieinhalb Wochen als Tobias Voss deinem Vater begegnen.

Ich muss also hoffen, dass morgen einer der Schließer meine pantomimischen Bitten um mehr Papier richtig deuten wird, denn ein zweiter Anruf wird mir nicht zugestanden. Ohne meine Klapptischchenbekenntnisse bliebe mir nichts anderes übrig, als die klinkenlose Zellentür anzustarren, den nächsten Schwindelanfall abzuwarten und mich immer aufs Neue zu fragen, wer von Felix Fehling wissen konnte und mich aus welchen Gründen kaltgestellt hat.

Aber die Zellentür antwortet mir nichts anderes, als dass ich dich vermisse – dass ich deine geduldige Anteilnahme und dein Vertrauen brauche, um nicht nur dich davon zu überzeugen, dass in meinem Leben alles auf jenen Tag hingearbeitet hat, an dem ich vor einem Wohnungsbrand zum Dortmunder Bahnhof flüchtete. Ich stieg in den erstbesten Zug, um mal als blinder Klopassagier, mal als zahlender Gast über zunehmend zielstrebig gewählte Zwischenstationen im Kopfbahnhof von Leipzig zu enden – dort, von wo aus mich die Revolutionsbilder im Postkartenformat erreicht hatten. Ich wurde von einem Sturm empfangen, einer Menschenmasse, einer Stadt im Ausnahmezustand.

Zweiter Stoß

Siebter Tag

Ein Heulen kam über die Menge, das Gebrüll einer Sturmbö, irrsinnig, betäubend, unheilverkündend. Alles vibrierte: die Kolonne von Einsatzfahrzeugen, die im Wind nickenden Ampeln, der Laternenmast in meiner eiskalten Hand. Ich zerrte an der Kapuze meines Anoraks, die mir vom Kopf explodiert war, und lief auf den pulsierenden Widerschein von Blaulichtern zu. Gegen Schultern, Rücken, Bäuche anrempelnd, hatte ich mit einem Mal nichts als glänzende Finsternis vor Augen, nasse Regenschirmhaut im Gesicht. Überall zogen Hände an Jacken, an Ärmeln, an anderen Händen, drückten, schoben, stießen sich ab, und mittendrin ein langgezogener Schrei, viele Schreie: Vor mir riss der Pulk auseinander, um einem taumelnden Ladenaufsteller einen Durchlass zu öffnen. Das Ding knallte keine zwei Schritte neben mir gegen einen metallenen Absperrzaun, sank zu Boden und entpuppte sich als ein mit zackigen Lettern bemaltes Demonstrationsschild. Ich zwängte mich durch eine Lücke zwischen zwei Zaunelementen hindurch, zerrte den feststeckenden Rucksack nach und lief mit wild flatternder Kapuze in eine Seitenstraße, die der Regen in schwarze Tinte getaucht hatte. Von dort torkelte ein bleicher Riesenfalter auf mich zu und schwebte mit einem einzigen Schlag seiner Schwingen in die nasse Lichtaura einer Laterne, wo er sich in einen strahlend hellen Zeitungsbogen verwandelte; von einem Wirbel erfasst, sank er ein paar Schritte vor mir zu Boden. Durch eine große Pfütze lief ich auf einen tiefen Hauseingang zu, von dem aus ich die Metamorphose auf dem Leipziger Ring beobachtete.

Die vieltausendköpfige Menge war von der Orkanbö im Nu auseinandergesprengt worden. Letzte Fußgänger flohen geduckt zu den Menschenansammlungen vor den Gebäuden, nur ein verlorener Statist blieb mitten auf der großen Kreuzung stehen und trug mit dem Wind einen sinnlosen Kampf um seinen Regenschirm aus. Hinter den im Gleichtakt blinkenden Ampeln hatte sich die Plane eines Baugerüsts halb losgerissen und blähte sich als Sturmgespenst über die Straße. Durch das Rascheln des Kapuzenstoffs drangen wie aus einer anderen Welt Sirenengeheul und die Gewehrschüsse herabstürzender Dachziegel. Tief atmen. Regendunst und der vage Geruch von verbranntem Gummi. Ein geräuschloses Aufflackern der Wolkenmassen, und dann wälzte sich eine Lawine fernen Lärms über den Himmel – und mit einem Mal, so als hätte jemand einen Schalter umgelegt, prasselte ein heftiger Regenguss auf die Dächer der am Straßenrand parkenden Trabbis.

Und dann sah ich es.

Auf der anderen Straßenseite lag eine Gestalt auf dem nassen Asphalt; ob Mann oder Frau, war in der Dunkelheit nicht zu erkennen, ich sah nur den verdrehten Rücken und dass die Beine unter einen schwarzen Wagen ragten. Im gleichen Augenblick, in dem ich der Person zu Hilfe kommen wollte, sprühte mir der Sturm eine Regenwoge ins Gesicht, der Zeitungsbogen fiel mich mit einem Satz an und klatschte mir gegen die Hüfte. Ich trat zurück und blieb mit dem Fuß an irgendetwas hängen; die Straße machte eine Drehung um eine schiefe Achse, meine Hände tauchten mit einem stechenden Schmerz in Nässe ein, und dann hatte ich nur noch das geriffelte Profil eines Autoreifens vor Augen. Ich lag der Länge nach auf der Straße und sah, dass der Verletzte einen Arm auf seinen Kopf gelegt hatte. Mühsam rappelte ich mich auf und riss mir den Zeitungsbogen vom Leib, aber das nasse Papier wickelte sich mit einem widerwärtigen Eigenwillen um mein rechtes Bein. Als ich mich endlich mit einem Fußtritt von ihm befreit hatte, schrak ich zusammen, denn etwas – jemand – fasste mich am Arm.

Ich wandte mich um und stand einem buckligen Riesen ohne Kopf gegenüber – einer jungen Frau, die sich die Jacke mit einer Hand so tief über den Kopf gezogen hatte, dass von ihrem Gesicht kaum mehr als eine auffallende Blässe zu erahnen war. Sie gab es auf, gegen den Wind anzubrüllen. Der Griff an meinem Arm wurde fester; ich stolperte, von ihr gezogen, durch die große Wasserlache zurück auf den Bürgersteig. Als wir in einer Einfahrt standen, machte ich sie auf den Verletzten auf der anderen Straßenseite aufmerksam. Dort, in der Dunkelheit vor dem schwarzen Wagen, rührte sich der halb auf dem Gehsteig liegende Körper in heftigen Zuckungen. Er bewegte erst den einen, dann den anderen Arm, ließ, heftig im Wind erschauernd, kurz das blaue Innenfutter des schwarzen Anoraks sehen, zuckte ein zweites, ein drittes Mal wie unter Stromstößen und erhob sich bei der nächsten Bö wie an der Schnur gezogen von der Straße, bis er jeden Bodenkontakt verlor. Flatternd, atmend, zu voller Leibesfülle aufgebläht, wirbelte der leere Anorak davon, die Kapuze von einem transparenten Luftschädel gerundet, und schwebte, einen dicken, schlaffen Arm winkend erhoben, als Geistererscheinung in den Abendhimmel.

Spukgeschichten: Als ich mich umwandte, war das Mädchen mit der Lederjacke verschwunden. Aus der stockdunklen Einfahrt drang ein im heulenden Wind zwar nur schwach, aber deutlich vernehmbares metallisches Ticken. Möglich, dass sich dort etwas bewegte, kurz aufschimmerte und wieder in der Finsternis versank. Ein vorsichtiger Schritt in die nach Urin, nassem Beton und Benzin riechende Dunkelheit. Über mir, direkt unter der Decke, stöhnte ein weißliches, rundes Ding auf: eine Kugellampe, in der es hohl tönend vibrierte. Noch ein Schritt, und ich konnte einen Umriss ausmachen – ich spürte ihn eher als eine Anwesenheit, eine flimmernde Verkürzung des Raums. Wieder das Geräusch, ein metallisches Reißen, und dann war da ihre Stimme, und das erste Wort, das sie an mich richtete, lautete »Feuer«.

Es brauchte einen Moment, bis ich kapierte und in den Anoraktaschen nach Anitas Feuerzeug suchte. Meine kalten Finger brachten nur eine Serie von Fehlzündungen zustande, sodass ich in ruckhaften Stroboskopbildern sah, wie sich das blasse Mädchen mit einer Kippe im Mund über meine Hände beugte, bevor sich mit der Flamme auch ihre Gesichtszüge stabilisierten. Der Flackerschein warf über ihre Wangen und Augenlider Schatten, radierte sie aus, schraffierte erneut dunkle Flächen. Die Zigarettenspitze glühte auf. Das Mädchen erhob sich, strich sich eine nasse, pechschwarze Strähne aus dem Gesicht. In ihrer Hand blitzte meine Feuerzeugflamme auf, von ihrem silbernen Zippo reflektiert, das der Regenguss außer Gefecht gesetzt hatte. Ihre neugierigen blauen Augen – und dann versank alles wieder in Dunkelheit, begleitet von meinem Fluch, weil sich meine Finger am heißen Feuerzeug verbrannt hatten.

Sie reichte mir ihren dünnen, fest gedrehten Stängel. Warum in aller Welt zog ich daran? Schon nach dem zweiten Zug war meine Kehle in Brand gesetzt, was sie fast genauso amüsierte wie meine Erklärung, dass ich mir das Rauchen einfach nicht angewöhnen könne. Ich fragte sie, in was für einen Massenauflauf ich eigentlich geraten sei.

»Du kommst wohl nicht von hier? Von drüben? Hört man dir gar nicht an.«

»Und du? Du bist von hier?«

»Jahrelang habe ich alles versucht, damit ich mich wie eine echte Hamburgerin anhöre. Hat wohl nicht funktioniert. Was hat dich denn hierher verschlagen?«

»Ich bin über die Grenze geflohen.«

Das hatte wie ein Witz klingen sollen; da sie aber weder lachte noch sonst etwas sagte und nur der Wind in der Kugellampe zu hören war, behauptete ich, dass mich die Neugier nach Leipzig gelockt habe. Kein Wort über meine Panik wegen des Wohnungsbrands, die mich auf meiner Reise hinter den gelüfteten Eisernen Vorhang begleitet hatte, dazu ohne Geld und Dach über dem Kopf, ständig begleitet von der diffusen Angst, der Vorhang könnte sich hinter mir wieder schließen. Stattdessen wollte ich unterwegs eingenickt und erst kurz vor Leipzig wieder aufgewacht sein. Da sei ich nun also, ohne Unterkunft oder Plan.

»Und um das Chaos perfekt zu machen, bist du jetzt auch noch gleich an Vivian geraten.«

»Du heißt Vivian?«

»Nein, so heißt das Sturmtief. Ich bin Nica.«

Als ich ihr meinen Namen genannt hatte, sagte sie: »Hör mal, Felix«, verstummte aber gleich wieder. Ich sah, wie an der brennenden Zigarettenspitze eine zweite Kippe angesteckt wurde, und dann (von kurzen, hastigen Zügen unterbrochen, bei denen sie glimmende Lichtsignale in die Dunkelheit sandte) erklärte sie mir, dass sie wegen *Vivian* eine Verabredung verpasst habe. Wenn ich wolle, dann könne ich mich mit ihr auf die Suche machen – sie nach ihrer Verabredung, ich nach einer Unterkunft.

»Und wo fangen wir an?«

»Wo jetzt alle da draußen hingehen.«

Vivian hatte sich zum launischen Starkwind beruhigt, und der Regen war nur noch eine Nieselfeuchtigkeit im Gesicht. Der nasse Lärm des Autoverkehrs wurde von einer unsichtbaren Straßenbahn durchschrillt, als wir der wiedererwachten Betriebsamkeit auf dem Ring entgegenliefen. Weil ich zwar in Leipzig, mein Kopf aber noch in Dortmund war, hätte ich im ersten Moment gar nicht sagen können, ob das leuchtende, hypnotisch langsam rotierende Doppel-M auf dem Dach eines Hochhauses nicht doch eine entstellte Version des U auf dem Dortmunder Brauereihochhaus war.

Im Licht der Straßenlaternen sah ich, dass Nica etwa in meinem Alter und einen halben Kopf größer war als ich. Keine Leichtigkeit, ihren langen Schritten auf den Fersen zu bleiben: Meine Knie, noch feucht vom Sturz, fühlten sich taub an, statt Beine hatte ich steifgefrorene Holzglieder, und bei jedem Schritt versetzte mir oben der durchnässte

Rucksack einen Stoß ins Kreuz, ließ mich unten der rechte Schuh meine nasse Socke sehen: Er war vermutlich bei meinem Sturz am Innenrist aufgerissen. Immer wieder schoben sich mir Leute in den Weg oder äfften spiegelsymmetrisch meine eigenen Ausweichmanöver nach. Ich hatte das Gefühl, alle diese entweder zu grau oder zu bunt gekleideten Menschen würden mich angaffen, obwohl Nicas Lederjacke und ihre Cowboystiefel mit den laut klappernden Sohlen schon für genug Aufmerksamkeit sorgten.

Ich schloss zu ihr auf und fragte sie, ob es hier eigentlich immer so voll sei. Ihre Antwort, dass wir unterwegs zu einer Montagsdemonstration seien, hielt ich erst für einen Scherz. Ich hatte keine Ahnung, dass noch immer demonstriert wurde – die Mauer war doch schon offen, die Revolution beendet? Als ich hier und da in der Menge Schilder und zusammengerollte Banner sah und mir dämmerte, dass sie die Wahrheit gesagt hatte, wurde mir vor Aufregung ganz übel – oder lag das am Fußgängerstrom, der so dicht geworden war, dass wir nur noch langsam vorankamen? Und bildete ich mir das nur ein, oder huschten tatsächlich hier und da grell geschminkte Gestalten durch die Menge und tauchten jedes Mal so schnell wieder ab, dass sie nur einen vagen Eindruck von Herzchenwangen, Knollennasen und bunten Perücken hinterließen? Wie schwindlig mir auf einmal war. Die Langsamkeit, das dichte Geschiebe, die Stimmen von allen Seiten – eine einzige Überreizung meiner Sinne. Du hast nie ganz begreifen wollen, was das mit mir macht: Ich war so benommen, dass ich abrupt stehen blieb und wie eine Marionette vornüber sackte. Ich hörte Nicas heiseren Ruf. War ich das, dem sie unter die Arme griff? Für einen

Augenblick war alles, was ich sah, ihr besorgtes Gesicht, in dem eine Ader blau, sehr blau durch die blasse Haut schimmerte. »Atmen«, sagte sie, und da erst fiel mir auf, dass ich wie ein Hund hechelte. Meine Finger waren in ihre Lederjacke gekrallt. Wie fein sich die Ader von ihrer Schläfe über die Wange verästelte. Ich müsse ruhiger atmen, sagte sie, sonst würde ich Lebenszeit vergeuden. Lebenszeit? Die Ader erklärte mir, dass für jeden Menschen nur eine bestimmte Anzahl an Herzschlägen vorgesehen sei. Man müsse mit seinem Pulsschlag haushalten. Ob ich Sport treiben würde? Nein? Wie klug von mir, Sport sei nämlich Teilselbstmord.

Lachen half, auch wenn Nica nicht mitlachte. So ernst, wie sie mir ihre Lebenszeitatemtheorie erklärt hatte, fragte sie mich, was da gerade eigentlich mit mir los gewesen sei: In fünf Minuten hätte ich eine ganze Woche verbraucht. Ob mir solche Aussetzer öfters passierten? Soweit sie wisse, würden Krankheiten immer nach dem ersten Patienten benannt. Wie mein Nachname laute – Fehling? Dann hätten wir es bei der spontan auftretenden Vergeudung wertvoller Lebenszeit mit einem klaren Fall von *Fehlismus* zu tun.

Als ich so weit wiederhergestellt war, dass ich Nica durch den Menschenstrom folgen konnte, sah ich Ballons, Fetzen von gestreiftem und gepunktetem Stoff, Schminkgesichter und kapierte endlich, dass der heutige Montag ein Rosenmontag war. Kurz hinter der Oper leitete uns die Menge fast ohne unser Zutun vom Ring ab nach rechts. Im Gedränge wurden unsere Schritte kleiner und kleiner, und dann öffnete sich vor uns ein weiter Platz – so riesig und von einer so gewaltigen Menschenmasse erfüllt, dass ich beinahe den nächsten Anfall von Fehlismus erlitt.

Menschen, überall Menschen: Wir drückten uns an Bierständen vorbei und durch Spaliere von Verkaufstischen. Auf Pappschildern wurden *Demowurst* und *Demokuchen* angeboten oder Gebäck, dessen aufdringliche Zimtnote im Kälteeinbruch wie ein verspätetes Weihnachtsversprechen in die Nase stieg. Der Duft einer dampfenden Gulaschkanone erinnerte meinen Magen daran, dass ich seit meiner Abreise vom Dortmunder Bahnhof nichts mehr gegessen hatte. Nica, noch immer um mich besorgt, drehte sich oft zu mir um. Überall Stimmen: An schräg aufgebockten Auslageflächen wurde in Ost- und Westdialekten um den Preis für emaillierten, gedruckten, genähten DDR-Ramsch gefeilscht. Wahlhelfer trotzten unter flatternden Markisen dem Wind, die roten Gesichter von Girlanden aus bunt flirrenden Parteiwimpeln umrahmt, und gaben an die sich vorüberwälzende Masse zu heißem Kaffee ihre politischen Faltblattverheißungen aus. Hier und da verteilten zornige Bürger ihre handgeschriebenen und hektographierten Handzettel, die als Wegwerfware den nassen Boden glitschig machten.

Wie lange es dauerte, bis wir uns zu einer gedrungenen Litfaßsäule vorangekämpft hatten, die von oben bis unten mit Wahlplakaten und Bekanntmachungen tapeziert war. Nica umrundete die Säule, machte sich auf Zehenspitzen einen ganzen Kopf größer als mich, kniff enttäuscht die Lippen zusammen. Weiter. Im Kielwasser eines stämmigen Kerls, der einen Bauchladen voll kleiner Fläschchen durch das Geschiebe schubste und immer wieder »Schnaps ist gut für die Tra-la-laaa!« rief, bewegten wir uns auf den steil aufragenden Obelisken des Mendebrunnens zu. Das Gewimmel dünnte hier allmählich aus; ganz hinten standen nur noch einzelne Grüppchen windgeschützt in breiter Reihe vor dem Gewandhaus zusammen, das beleuchtete Foyer mit dem Farbrausch des riesigen Deckengemäldes im Rücken und eine mit Damenbadekappen kostümierte Gruppe von Straßenmusikern vor sich: Gitarrengescholler und Saxophon, begleitet von einem Schellenkranz und dem Bummbumm einer Spaßpauke.

Drei breite Treppenstufen stellten mir dreimal ein Bein. Ich humpelte (der aufgerissene Schuh) hinter Nica zu einer der beiden bogenförmig um den Brunnen gemauerten Bänke. Sie schaute mit langem Hals zur Litfaßsäule hinüber. Weil ich nur Rücken und Schultern sah, stieg ich auf die von Schaulustigen besetzte Bank und hatte mit einem Mal ein Meer von Köpfen vor mir: Was für ein Anblick! Stell dir hunderttausend Menschen auf einem Platz vor, und noch immer strömten Demonstranten aus der Richtung des Bahnhofs nach, wo Busse und Straßenbahnen im Minutentakt Nachzügler ausspuckten. Zur Mitte hin schob sich die Menge immer dichter zusammen, staute sich vor der Oper, wo vor dem erhöhten Portal eine noch leere, aber schon ausgeleuchtete Bühne errichtet war. Oben, am Rande des Lichtkreises, beugten sich Männer in Anzugjacketts über die niedrigen Opernbrüstungen und sahen zum Getümmel hinunter, das vor der Rednertribüne am dichtesten war. Überall wurde gepfiffen, skandiert, flatterndes Schwarzrotgold geschwenkt, und ich stellte mir vor, wie in der aufgeheizten Menge ein aus den Lautsprechern gellender Aufruf, ein Pistolenschuss das Chaos eines Umsturzes entfesseln würde. Ich atmete tief durch, löste gewaltsam den Blick von der Masse und sah, wie sich über der Szenerie – dort, wohin die Spitze des Obelisken wies – die strahlend helle Sichel des Mondes durch die aufreißende Wolkendecke pflügte.

»Was gibt's denn da oben zu sehen?«, rief Nica zu mir herauf. Sie hatte sich eine Zigarette in den Mund gesteckt und bat mich mit einer Geste um Feuer. Unsere Hände berührten einander, als wir die Flamme beschirmten. Ihre dünnen, von der Kälte geröteten Finger steckten meine Finger mit Zittern an. Der erste, erlösende Zug, und dann quoll ihr der Rauch aus Nase und Mund. Mit der kleptomanischen Selbstverständlichkeit des Rauchers steckte sie mein rotes Feuerzeug ein: schließlich wolle sie mir nicht alle fünf Minuten mit ihrer Sucht auf den Wecker fallen.

Vorn an der Oper tat sich etwas. In der Mitte des Lichtkreises, zwischen seilgespannten und sich wie Segel im Wind bauschenden Parteibannern, wurden Türen geöffnet, und ein fülliges Paar in Meistersingertracht trat auf die breite Operntreppe. Aus den Lautsprechern schmetterte eine Blechfanfare auf die Menge herab. Das Paar streckte die Puffärmelarme in die Höhe und wiegte sich im besungenen »Glück auf, Glück auf«. Als ein triumphierendes *Tamm-da-da-damm!* das Bühnenglück besiegelte, antwortete die Menge mit Erlösungsgeschrei. Ein blau bekittelter Helfer – Hausmeistertyp – hievte oder rollte einen länglichen Kubus herbei, steckte ein Mikro an, und fertig war das Rednerpult, auf dem vorn in großen Lettern *Allianz für Deutschland* prangte und in Politkürzelsprech *DA DSU CDU*.

Jemand sprach: Ein Mann mit biblischem Bart richtete das Wort an das Volk. Er begann so bedächtig, Aufbau und Abwanderung gegeneinander abzuwägen, dass ich sofort den Faden verlor – was vielleicht ein rhetorischer Trick war, denn ohne Vorwarnung ging er zu einer Reihe von scharf geschossenen Fragen über. Seinem eigenen Echo ins Wort fallend, stellte er die Zuhörer vor die Entscheidung, ob sie bleiben oder fortgehen wollten. Eine Frage, die Nica wörtlich nahm: Mit einem Schrei riss sie beide Arme in die Höhe, drehte sich kurz mit einer entschuldigend erhobenen Hand zu mir um und war weg. Ich sah, wie sie sich fast mit Gewalt durchdrängelte und eine Wellenbewegung erzeugte, die sie zu jemandem spülte, der sie neben der Litfaßsäule erwartete. Groß war er, deutlich älter als sie und in einer dünnen Jeansjacke, deren Anblick mich frösteln ließ. Die beiden umarmten einander und suchten, um gegen den Lärm anzukommen, Wange an Wange das Ohr des anderen. Kurz darauf tauchten sie unter brandendem Applaus in der Menge ab.

Vorn war die Bühne vorübergehend verwaist, der Platz ohne Rednerstimme und ich ohne irgendjemanden, der mir zu einem Dach über dem Kopf verhelfen könnte. Wie betäubt stand ich auf der Bank und reagierte erst gar nicht, als ich von einem Kauz angesprochen wurde, der so schief neben mir stand, als brächte ihn die Last seiner Umhängetasche aus dem Gleichgewicht. Seine schleppende Zunge: Ob mir nicht kalt sei. Ich sähe aus, als könnte ich einen Wärmespender gebrauchen. Er zog eine längliche Flasche aus seiner Tasche und zeigte mir das Etikett: *Demoschnaps*. Zufrieden mit meinem Fünfmarkschein machte er sich eilig davon.

Das Zeug hatte eine leicht bräunliche Färbung. Ich schraubte die Flasche auf: scharf und steril. Nach dem ersten

Schluck musste ich keuchend Hitze ablassen. Kalte Luft half gegen das Medizinaroma. Hatte man den Schnaps einmal heruntergebracht, dann blieb eine innere Wärme zurück. Ich nahm einen zweiten, weniger vorsichtigen Schluck. Ein Pfeifkonzert gellte los, als vorn auf der Opernbühne ein Anzug mit Schlips und Kragen anmoderiert wurde. Der Schnaps dämpfte die Wirkung des Lärms auf meine fehlismusanfälligen Sinne. Mein kaputter Schuh und die nasse Socke waren vergessen, der Rucksack mit einem Mal weniger schwer. Mit welcher Aufmerksamkeit ich mich in die Entzifferung von Spruchbannern vertiefte: *Lasst Euch nicht verKOHLen! Wir lassen uns nicht BRDigen!* Und dann merkte ich, dass an meinem Ärmel gezupft wurde: Nica war zurückgekehrt.

Wie nervös sie wirkte. Zittrig drehte sie sich eine Kippe. Als sie sich den Docht angesteckt hatte (mein Feuerzeug wanderte wieder in ihre Jackentasche zurück), trat sie dicht an mich heran und klopfte mit dem Knöchel an die Schnapsflasche. Sie rief die Frage in mein Ohr, was das denn sei.

»Gegen die Kälte.«

»Dann muss dir aber verdammt kalt sein.«

»Ich dachte, du wärst abgehauen.«

»Und da wolltest du dir Mut antrinken?«

»So ungefähr.«

»Tut mir leid. Aber keine Sorge, ich habe dich und deine Zimmersuche nicht vergessen.«

Vielleicht lag es daran, dass mir der Schnaps Tränen in die Augen getrieben hatte und sich die Lichtaura um Nicas Kopf, hinter dem die Oper gleißend hell strahlte, nicht wegblinzeln ließ. Ihre Verunsicherung: Was ist denn los, habe ich irgendwas im Gesicht? Ja, sie hatte was im Gesicht: Ihre Ader, die auf der linken Schläfe das Blau ihrer Augen wiederholte und, sich auf der Wange verzweigend, ihre alabasterne Blässe marmorierte. Zerbrechlich wie Porzellan wirkte dieses Gesicht im Kontrast zum noch regenfeuchten, tiefschwarzen Haar und dem dunklen Leder ihrer Jacke. Und dass sie nach meiner Flasche griff und einen mutigen Zug nahm, hatte etwas Verzweifeltes an sich, so als wollte sie die Fahrigkeit hinunterspülen, die sie von ihrem Treffen mit der Jeansjacke mitgebracht hatte. Das, gab sie zu, habe jetzt gutgetan. Als sie mir die Flasche zurückreichte, bemerkte ich auf ihrem linken Handrücken eine aufgekritzelte Telefonnummer. Um mir meine Neugier nicht anmerken zu lassen, nahm ich noch einen Schluck aus der Flasche und gab sie wieder an Nica zurück. Über die Lautsprecher beschwor jemand einen historischen Augenblick. Hunderttausend Menschen waren in Statisten verwandelt. Nicas halbgeschlossene Augen, als sie die Flasche ansetzte. Sie blinzelte erschauernd, fasste mein Handgelenk, wollte mir, der sie um einen halben Kopf überragte, etwas sagen und zog mich fast von der Bank. Weil ich sie nicht verstand, brüllte ich ihr Fragen ins Gesicht: Wer war das vorhin? Ist das die Telefonnummer von dem Kerl in der Jeansjacke? Ihre Augen wanderten zur Seite, dann winkte sie ab, so als wäre es für ein Gespräch zu laut oder eine Antwort zu kompliziert.

Ende der Vorstellung: An der rechten Seite des Platzes öffnete sich die Menge zum Spalier, um einem Ungetüm Platz zu machen: Schubweise fauchend, pirschte es sich langsam, mit bebenden Flanken und langer Schnauze durch das Gewühl, ließ Lichter auf Lack und Chrom blitzen, leuchtete aus rundem Augenpaar Beine, Rücken, Gesichter an und zeigte sich als Oldtimer-Limousine, das Verdeck geöffnet, chauffiert von einem Blinden mit schwarzer Brille und dreigepunkteter Oberarmbinde. Auf dem Beifahrersitz saß ein knallroter Teufel, gaffte aus schwarz umrandeten Augen um sich und stach mit seinem Dreizack nach der dichtstehenden Menschenbeute. Applaus und fröhliches Gelächter, übertönt von der keckernden Melodie der Riesenhupe mit ihren drei Schalltrichtern. Dem Wagen folgten goldbeflügelte Engel mit Heiligenscheinen, die beim Kamellenwurf in wippende Erregung gerieten. Zehn Honecker-Doubles, das Pappgesicht zehnmal lächelnd erstarrt, in gestreiften Sträflingsanzügen. Bärtige, grell geschminkte Damen mit lila Perücken. Ein marschierender Trupp von musikalischen Affen, und zuletzt stelzte auf übermannshohen Beinen ein riesiger Clown hinterdrein; er hielt ein Gewehr im Anschlag, legte auf die Rednerbühne an und feuerte einen Strauß Blumen ab. Was noch? Ich lasse ein Piratenschiff durch die Menge schwimmen mit einem Pappkameraden im Ausguck, über dem am besenstieldünnen Mast die Frage flatterte, wohin die Reise gehen solle, liebe DDR.

Niemand, der hätte antworten können, denn der Politik war inzwischen der Ton abgedreht worden. Das Karnevalsvolk hatte einen kleinen Jungen auf die Rednerbühne gehoben. »Zicke zacke zicke zacke!«, piepste seine Kinderstimme ins Mikrophon, und zigtausend Kehlen antworteten: »Hoi hoi hoi!«

Ein tastender Schritt von der gemauerten Bank in den Abgrund. Entweder der Rucksack oder ich hatte Schlagseite. Im Schädel ein Bienennest, oder waren das schon die Kopfschmerzen von morgen? Nica, jetzt wieder einen halben Kopf größer als ich, klammerte sich an meine Schulter und nuschelte mir irgendetwas ins Ohr.

Kinder waren noch auf, plärrten, quengelten, kreischten, brachten mit der Waffe in der Hand Wildwest in den Osten. Ein Clown, den uns der Karneval vor die Füße spuckte, hängte sich als singende Klette an Nica. Habe ich ihm wirklich mit einem Arschtritt gedroht? Irgendwo hämmerte eine Basstrommel einen Herzschlagrhythmus vor sich hin. Wessis auf Fotojagd knipsten wahllos Demogänger im Alltagskostüm. Schau mal, da drüben: Zivilbeamte hinter Taschendieben her. Tiefe Bluseneinblicke und knappe Röcke trotz *Vivian*. Eine hochschwangere Frau schob ihren Bauch durch die Menge, drückte plötzlich ringsum alle Leute von sich, schrie, kreischte, spreizte die Beine zur Sturzgeburt und brachte inmitten eines weiß aufpulvernden Federschnees ein schlaffes Kissen zur Welt.

Fast Nacht. Fastnacht Fantastnacht am Mendewendebrunnen. Verfrühte Aschermittwochsgedanken: Die Narrenzeit habe zwei Tage nach dem Mauerfall begonnen, und in zwei Tagen sei alles wieder vorbei. Die Bildergirlande meiner nur noch vagen Erinnerung an Nica, die mit gespitzten Lippen an einer endlosen Kette von Kippen saugt.

Ich bin obdachlos, Nica. Dann nimm meine Hand. Nimm Nicas Hand und folge den grauen Altersflecken auf ihrem Lederjackenrücken, die auf der Netzhaut in Bewegung geraten, ausschwärmen, sich mehren, pulsierend aufblähen und als Irrlichter den ganzen Platz zum Tanzen bringen. Sieh, wie das von beiden Seiten strömt und flirrt und zuckt und auf Abwege weist. Nicas Ader spricht: Wie süß du bist. Wie zart. Fünf Finger leiten durch fünf Finger Strom. Dicke, krummzinkige Weiber, die Finstergesichter mit Ruß eingerieben: Mensch Nica, da kriegt man's ja mit der Angst zu tun. Ach Nica, meine Panica, mein Nicarneval, ich weiß noch immer nicht, wohin heute Nacht, unserer Fastnacht Fantastnacht Antastnacht.

Orangegelb flackerndes Licht: Straßenkehrer schoben Scherben, Becher, Flugzettel zu großen Müllhaufen zusammen. An eine mit Wahlplakaten zugekleisterte Wand pinkelte ich meinen eigenen Schatten. Nicas Versuch, einen leeren, über die Straße treibenden Kunststoffbeutel zu fangen, der im Wind einen Katzenbuckel machte und mir vor die Füße sprang. Wo sind wir?

Eine Straßenbahnhaltestelle irgendwo auf dem Ring. Gemeinsam, jeder an einem Flügel, zogen wir eine Tür auf. Der Anfahrtsruck ließ uns einander in die Arme torkeln. Der säuerliche Mief der zu stark beheizten Ledersitze. Wie Nicas Lächeln sich auf die Unterlippe biss. Meine Hand auf ihrem Knie, von ihren beiden Händen umfasst. Das Knistern, das meine Fingerkuppen auf ihrem Legginsbein entfachten, bis sie nach meiner abwandernden Hand griff (ihre roten Fingerspitzen) und sie sich auf die Wange legte.

Mein Filmriss hat zensiert, wer von uns beiden mutig war. Zum ersten Mal schmeckte mir Nikotin. Meine Lippen erkundeten das Geäder auf Nicas Wange, wurden eifersüchtig, verwischten die tintenblaue Telefonnummer auf ihrem Handrücken. Und dann löst sich die Welt in Nebeln auf, versinkt hinter der beschlagenen Scheibe, und ich sehe nichts anderes mehr als den irrlichternden Widerschein vorüberziehender Straßenlaternen.

Achter Tag

Gib zu: Du bist genauso eifersüchtig wie ich. Den Anrufen von Zawadzkis Sekretärin hast du, ohne ein einziges Wort zu verstehen, so beharrlich amouröse Absichten unterstellt, dass dein Vater einen anderen Unterhändler für unsere polnischen Geschäfte einsetzen musste. Überhaupt deine Zweifel an der Echtheit meiner Termine: Wie oft mussten dir dein Vater und seine Sekretärin nicht schon bestätigen, dass ich wirklich nur auf einer Geschäftsreise war? Ich erinnere mich an die von dir halluzinierten Kratzwunden und fremden Parfums. Aber ich wäre der Letzte, der dir deine Liebesverdachte übelnehmen würde. Dass auch bei mir regelmäßig falscher Alarm ausgelöst wird, weiß ich selbst, bin mir aber sicher, dass wir einander eigentlich niemals wirklich anzweifeln, sondern unsere Eifersucht nur der Ausdruck des Wunsches ist, die ganze Welt solle von unserer Zusammengehörigkeit wissen. Wünsche richten sich an die Zukunft, während selbst noch die Vergangenheit eifersüchtig machen kann; weil aber unsere Vorgeschichte mit Nica beginnt, werde ich dir alles, auch von der Rosenmontagsnacht vor fünfeinhalb Jahren erzählen.

Liebesgeschichten: Die Nacht war ein gemeinsamer Balanceakt zwischen Wachen und Schlaf, eine somnambule Folge von Umarmungen, zu denen uns die tiefe Kuhle in der Matratze anstiftete. Auf der Schwelle zum Traum suchte ich immer wieder den Körperkontakt mit Nica, wobei ich mich seltsam unempfindlich, wie aus Holz fühlte und jede Berührung mit der Wahnempfindung eines Phantomschmerzes wahrnahm. Rausch und Übermüdung verwandelten meinen Verstand in ein einziges heißes Strömen von Intensität, ich war in einem Erregungszustand, in dem ich bis gegen Morgen wach lag, als sich die Konturen eines Zimmers mit seltsam ungleichmäßigem Grundriss aus der Schwärze herausschälten und das ferne Knattern von Zweitaktmotoren und das Pressluftseufzen eines Busses zu hören waren. Nica drehte sich zu mir auf die Seite, das Kinn weit nach oben gereckt und die Lider mit hochgezogenen Brauen auf eine Weise geschlossen, dass man dachte: Dort, wohin sie sich träumte, müssen ihre Augen ganz weit geöffnet sein.

Als ich aufwachte, war heller Tag. Irgendwo vor dem Fenster hämmerte mir ein Handwerker sein metallisches *Tingping! Ting-ping!* auf die Schädeldecke. Von Nica waren nichts als ihre Lederjacke und die Cowboystiefel zu sehen. Den Kopf zu heben fühlte sich an, als würde ich mir eine Gehirnerschütterung zuziehen. Wo war ich? Umrankt von einem tapezierten Halluzinogen aus Rautenmustern, das die Zimmerecken wie eine ebene Fläche aussehen ließ und an einer unsauberen Nahtstelle einen Knick in der Wand vortäuschte, der dort nicht war. Von oben starrte das Messingauge eines Leuchters auf mich herab, eines für das kleine Zimmer viel zu wuchtigen, siebenarmigen Monstrums mit Kugelleib. In meinem Kopf lärmten noch immer die hunderttausend Kundgebungsbesucher von gestern. Endlich kapierte ich, dass mein Zittern nichts mit meiner überdrehten Schlaflosigkeit in der vergangenen Nacht zu tun hatte – ich fror ganz einfach. Meine Kehle war ausgetrocknet, der Rachen fühlte sich an, als wäre er aus trockener Pappe. Kein Heizkörper im Zimmer. Misstrauisch befühlte ich den Kachelkoloss neben mir: kalt.

Auf dem Rücken liegend brachte ich es fertig, mich in meine auf dem Boden verstreuten Klamotten zu kämpfen. Mein Erstaunen darüber, dass mir der Rucksack nicht abhandengekommen war. Den Anorak unterzog ich einer Leibesvisitation: Die Brieftasche war noch da. An den Kachelofen gelehnt, schnaufte ich gegen den Brechreiz an. Ich musste aus diesem Zimmer und eine Toilette finden, und zwar sofort.

Ein langer Flur. Barfuß auf rotbraun lackiertem Dielenboden. Eine rundverputzte Biegung nach links. Mit einer Hand tastete ich mich an der Wand entlang. Vor der ersten Tür hielt ich den Atem an und brachte das Kunststück fertig, mich trotz meines Zustands nach vorn zu beugen. Durch das altertümlich große Schlüsselloch war nichts zu sehen. Ich lauschte am Holz, verfluchte das mir noch immer den Schädel zerhämmernde, wenn auch schwächer gewordene *Ting-ping! Ting-ping!* Ich befragte erst die Klinke, dann den Türspalt nach einem Klo, fand aber weder eine Toilette noch Nica. An der zweiten Tür machte mich meine Blase forscher, fand aber auch hier keine Entlastung. Hinter die Flurbiegung spähen: Eine der Türen war niedriger als die anderen, und ihr geriffelter Milchglaseinsatz machte mir Hoffnung. Die Angeln schrien nach Öl. Ein enger Schacht mit Waschbecken und Klo. Vom Schachbrettmuster der Fliesen wurde mir so schwindlig, dass ich mich an dem winzigen Waschbecken festhalten musste; eingetrockneter Rasierschaum und Haare, die man kaum von den Rissen im Porzellan unterscheiden konnte. Der grünliche Kalkbart des Wasserhahns. Ein Stück Seife, mit der man besser nicht in Hautkontakt kam. Auf der Ablage feierten ein halbes Dutzend Zahnbürsten eine Orgie. Ich selbst im Spiegel: ein Anblick, den ich besser ignorierte.

Was war dringender? Sollte ich mich auf die Kloschüssel setzen oder über sie beugen? Kaum saß ich, raffte ich die Hose wieder über den Schoß – unmittelbar hinter mir, neben mir oder direkt aus der Kloschüssel sprach eine Stimme. Ich wandte mich um: nichts als eine kopfhohe Wand. Eine zweite Stimme fiel der ersten ins Wort, und im gleichen Moment, in dem ich realisierte, dass das Nica war, wurde das Geistergespräch von meinem losbrechenden Strahl übertönt.

Ich folgte den Stimmen nach nebenan. Eine Küche. Nica saß mit einem jungen Mann am Tisch, dessen Haar ähnlich schwarz war wie ihres. Weil er Händchen mit dem Mädchen hielt, das gestern Abend noch mit mir Händchen gehalten hatte, bemerkten sie meine Anwesenheit nicht. Gewisper, aus dem Worte aufzischten und einen Streit über die Frage erahnen ließen, ob man es mit einer Sechs oder Acht zu tun habe. Er verdrehte ihr sanft die Hand, um sich das Tintengeschmier auf ihrem Handrücken genauer anschauen zu können, und ich kapierte: Die beiden versuchten, die Telefonnummer zu entziffern.

War das Erleichterung oder mein Kater, was mich aufseufzen ließ? Sofort sahen die beiden auf. Nicas Hand schlüpfte aus seiner, und als die beiden genug Kommentare zu der an den Türrahmen gelehnten Schnapsleiche gegeben hatten, schlug der Schwarzhaarige vor, mich mit einem Kaffee von den Toten aufzuerwecken.

»Was ihr Kaffeesachsen so Kaffee nennt«, sagte Nica und beobachtete mit einem so kritischen Blick, als würde er explosive Substanzen mischen, wie er am Herd braunes Pulver mit heißem Wasser aufgoss. Sie reichte mir die Tasse mit der Bemerkung, dass sie mir unter gewöhnlichen Umständen keinen Muckefuck zumuten würde, aber ich sähe so aus, als wäre mir das im Moment ziemlich egal.

Resteverwertung: Zwei Scheiben Brot mussten sich eine Scheibe Käse teilen. Nica unternahm einen Versuch, mich mit dem schwarzhaarigen Jonas bekannt zu machen. Jonas wollte meine, ich musste seine Hand schütteln. Das Kauen war anstrengend, aber immerhin ein Grund, keine Antworten zu geben. Als ich das Brot hinuntergewürgt hatte, den insistierenden Fragen von Jonas und Nica nachgab und von mir als so etwas wie einem Elektrotechniker zu erzählen begann, kam jemand in die Küche, der vielleicht Ende zwanzig und damit rund zehn Jahre älter war als wir. Seine mir ins Wort fallende Frage, ob ihre Wohnung jetzt ein Auffanglager für Wessis sei, erlöste mich von meinem Gestammel. Der hochkonzentrierte Ausdruck in seinem fusselbärtigen Asketengesicht, als er – Jonas nannte ihn Dietrich, Nica Herrn Satzsch – sich mit dem restlichen heißen Wasser einen Tee aufgoss und von Nica erzählen ließ, dass wir uns gestern auf der Kundgebung kennengelernt hätten.

Worüber beklagte er sich? Über den zweiten Wessi im Haus; dass die ganze Stadt unter Invasion stehe; die Montagsdemos seien zu einem Treffen von Touristen und Nazis verkommen. Ich hörte seine helle, schnarrende Stimme, ohne noch länger seine Worte zu verstehen, und dann war unmittelbar hinter mir ein gepresstes Seufzen zu vernehmen und der tiefe Stoßlaut einer gastrischen Erleichterung. Erschrocken wandte ich mich um – erst zu dem roten Kunststoffvorhang links neben dem Fenster (eine Dusche, mitten in der Küche!), dann sah ich rechts eine offene Vorratskammer. Wie es schien, wurden durch die Kammer zwischen Küche und Klo nicht nur Geräusche, sondern auch Gerüche ausgetauscht.

Wir hörten die Spülung, eine Gürtelschnalle, die Klotür, und dann rief jemand im Flur, dass es Zeit sei. Ein großer, bärenhaft korpulenter Blonder erschien in der Küchentür, klopfte mit dem Knöchel gegen den Rahmen und fragte uns, ob wir mal auf die Uhr geschaut hätten, wir müssten los. Damit war unsere Tischrunde aufgelöst, und als wir in den von hektischer Aufbruchstimmung erfüllten Flur traten, fragte ich mich, wie viele junge Männer hier eigentlich wohnten. Ratlos stand ich vor der Choreographie von Bücklingen und in Jackenärmel stoßenden Armen. Sollte, musste, durfte ich endlich mit Nica? Aber Nica war schon mit Jonas hinter der Flurbiegung verschwunden. Irgendjemand fragte mich, was mit mir sei; bevor ich ihm hätte antworten können, kehrte Nica wieder zurück und drückte mir im Vorbeigehen meine Schuhe und meinen Anorak in die Hände. Ich folgte ihr und dem aufgeregt tuschelnden Jonas in die Küche. Sie reichte ihm ihre Zigarette, setzte sich, strich sich das schwarze Haar hinter die Ohren und kämpfte sich mit zwei gewaltsamen Rucken in ihre Cowboystiefel.

Als ich meine Schuhe angezogen hatte, drei Schritte gelaufen war und der kaputte Treter dreimal das Maul auf- und zugeklappt hatte, sagte Dietrich, er wisse nicht so recht, ob er meine Treue zum Objekt bewundern oder bedauern solle. So oder so: Ein neues Paar Schuhe müsse her. Permanent einander ins Wort fallend, so dass ich alles mindestens zweimal zu hören bekam, erzählten mir die Bewohner, dass es auf dem Ring ein Zelt gebe. Reno habe auf dem Martin-Luther-Ring ein Verkaufszelt aufgebaut. Bei dem Zelt der Schuhladenkette Reno handle es sich um einen Vorposten der Kolonisierung von drüben. Der improvisierte Laden des Renokonzerns bestehe aus zusammengetackerten Zeltbahnen. Weil die Renozelthaut nur zusammengetackert sei, sei die kolonialistische Kette anfällig für subversive Aktionen. Am Martin-Luther-Ring stehe ein Zelt, in dem man nachmittags als gewöhnlicher Kunde Schuhe anprobieren könne. Passende Schuhe lege man an den Nahtstellen der Zeltwand zurück, um sie abends mit langer Hand aus dem kapitalistischen Warenkreislauf zu befreien. Als Nica mit laut polternden Cowboystiefelschritten aus der Küche zurückkehrte, forderte man sie auf, sich zusammen mit mir im Renozelt neue Schuhe zu besorgen.

Während der Blonde mit einem anderen, ebenso großen und korpulenten Blonden (die Gebrüder Wehrnot, wie Nica mir verriet) irgendetwas aus den Tiefen der Wohnung holte, lief ich mit den restlichen Bewohnern zwei Stockwerke eines heruntergekommenen Treppenhauses hinab. Überall

Zahnlücken im Geländer. Die gekalkten, fleckigen Wände vom Ausschlag befallen. In den Buntglasoberlichtern fehlten einzelne Glaseinsätze, was für zugige Kälte sorgte. Klingelschilder waren überflüssig: Die Namen der Bewohner waren in großen Lettern direkt auf die Wohnungstüren geschrieben. Beim Anblick des Treppenhauses, sagte Nica, könne man ganz gut verstehen, warum hier niemand Miete zahlen wolle. Es dauerte eine halbe Treppe, bis ich kapierte, dass ich in einem besetzten Haus übernachtet hatte.

Draußen erwartete uns das hämmernde *Ting-ping! Ting-ping!*, das mich aufgeweckt hatte. Auf einem halboffenen Hof, der hinter einer brusthohen, mit Graffiti übersäten Mauer lag, ragten ein Paar Beine unter einem mit Backsteinen aufgebockten Kleinwagen hervor. Nica folgte meinem Blick und erklärte, der Torso gehöre zum Wartbürger. Wenn der nicht gerade unter seinem Wartburg liege, dann sei er auf Jagd nach Ersatzteilen; auf der Straße würden schon Wetten umgehen, ob er seine Karre jemals wieder ans Laufen bringe.

Ich sah mich um: eine Seitenstraße mit verfallenen Altbauten, teils dreistöckig, teils eher ländlich anmutend mit einem Giebeldach und Gauben gleich über dem Erdgeschoss. Aus Mangel an Balkons waren viele der Fensterbänke mit etwas begrünt, das Jonas »kasachisches Gras« nannte. Banner auf tiefbraunem Putz: ein schwarzes Anarcho-Ⓐ, mit roten Lettern zu ⒶMOR ergänzt. Über dem Hauseingang, aus dem wir eben gekommen waren, stand in riesigen roten Buchstaben:

NIE WIEDER VERSCHISSMUS

NAZIS RAUS!

»Alles besetzte Häuser«, sagte Nica. »Sieht so aus, als wärst du unter die Stöckartisten geraten.«

»Stöckartisten? Ich kenne noch nicht mal den Unterschied zwischen Sozialisten und Kommunisten.«

»Stöckartismus ist die zwanghafte Besetzung von Häusern in der Stöckartstraße, kurz *die Stö* genannt.« Ihr Grinsen galt nicht mir, sondern Jonas, der die Stöckartstraße hinunterwies (die inzwischen, solltest du sie im Stadtplan suchen, ihre Umlaute verloren hat) und mir erklärte, dass die Bewohner der vierzehn besetzten Häuser zwar Strom und Wasser, aber aus Prinzip keine Miete zahlen würden. Mich interessierten aber weder die hiesigen Mietbedingungen noch die Frage der Nutzungsverträge mit der Stadt, über die er sich ausließ, als die beiden dicklichen Wehrnotbrüder aus dem Haus traten und einen Kasten von den Ausmaßen eines klobigen Plattenspielers zu einem grünen Trabbi schleppten. Auf den zweiten Blick erkannte ich, dass das, was sie in den Kofferraum luden, ein Faxgerät war.

Als wäre die Verladung ein Signal, tippte Jonas Nica auf die Schulter, und sie erklärte mir, dass die beiden jetzt wegmüssten. Wohin? Das zu erklären würde zu lange dauern. Keine Ahnung, wann sie wieder zurück sein würde, ich solle mit den Stöckartisten fahren und wir würden uns dann später in der Wohnung sehen. In Ordnung?

Was hielt mich davon ab, nein zu sagen? Vielleicht ihr Gesicht, das meinem so nahe kam, dass ich ihre Schläfenader anstarrte; oder der Kuss, den sie mir zwar flüchtig, aber wenigstens auf den Mund gab. Und dann lief sie Jonas nach, der mit einem Fahrrad auf der Straße stand und auf meine vielleicht schon ehemalige Geliebte wartete. Sie setzte sich die Kapuze ihres Pullovers auf, schwang sich auf den Gepäckträger und schlang die Arme um seine Taille; nach einer schlingernden Anfahrt hatten die beiden Tempo aufgenommen und waren fort.

Wie viele Personen passen in einen Trabbi? Wir waren zu fünft. Ich kauerte auf dem Rücksitz, von der breiten Statur eines der beiden Blonden fast auf den Stöckartistenschoß links neben mir gedrückt. Der andere Blonde fuhr. Wie lange dauerte es, bis ich kapierte, dass der Kolben rechts neben dem Lenkrad (den der Fahrer in erratischen Kombinationen in die Armatur drückte, auf und ab bewegte und wieder herauszog) eine Gangschaltung war? Auf dem Beifahrersitz Dietrich, der sich mit dem Blonden über den Krach des hell knatternden Motors hinweg ein Gespräch zuschrie. Zwei der fünf Insassen – darunter der magere Dunkelhaarige links neben mir – steckten sich eine an und machten aus dem kleinen Auto eine fahrende Räucherkammer. Mehr noch sorgte ich mich auf der ersten Trabbifahrt meines Lebens aber über die unzuverlässigen Bremsen. Wann immer der Fahrer das Tempo drosseln musste, fuhr er um der zusätzlichen Bremswirkung willen so weit rechts an den Bürgersteig, dass die Reibung der Reifen am Randstein deutlich zu hören war. Nicht zu wissen, wohin ich mit den vier Stöckartisten überhaupt unterwegs war, wirkte auch nicht gerade beruhigend auf mich. Um mir meinen Zustand nicht anmerken zu lassen, überbrüllte ich den Trabant mit der Frage, was sie mit dem Faxgerät Marke Klassenfeind im Kofferraum vorhätten.

»Kopieren!«, schrie mir der Stöckartist links neben mir zu, obwohl wir uns aus Platzmangel fast umarmten. Ich fragte, wie er das meine, als vor uns die Ampel auf Rot schaltete und der Wagen den Reifenkontakt mit dem Bordstein suchte. Unter Stoßseufzern wurde der Trabbi von einer Erschütterung erfasst, die mich unter das Autodach nach einem Halt greifen ließ, der dort aber nicht zu finden war, verlangsamte gerade noch rechtzeitig und kam unfallfrei zum Stillstand. Der Zeigefinger spielte an der Gangschaltung wie an einem Pistolenzug, während die Fußgänger – darunter einige geschminkte Karnevalisten – über die Ampel marschierten. Ich starrte die Straße hinunter, so als könnte ich Nica dort draußen irgendwo finden: Sie, auf dem Fahrradsattel, die Arme um Jonas' Taille geschlungen, womöglich die Wange an seinen Rücken geschmiegt.

Die Ampel sprang wieder auf Grün, und die Tachonadel zeigte den rapide ansteigenden Lärmpegel an, gegen den mir meine vier Mitfahrer Erklärungen zubrüllten: Ihrer Meinung nach sei ein Faxgerät nur ein Kopierer mit eingebauter Faxfunktion, und einen Kopierer bräuchten die Stöckartisten, weil sie unter dem Titel *gegensinn* eine eigene Zeitschrift herausgäben. Dass ihr Blatt sicher nichts sei, was jemand wie ich lesen würde, hielt sie nicht davon ab, mir die Themen der kommenden Ausgabe vorzustellen: kommentierte Zeitungsausschnitte von drüben, um über Westpropaganda aufzuklären. Unter der Überschrift *Die Annexion öffentlichen Terrains* werde mit den Verkaufsrummeln von PENNY, Coca-Cola und Jacobs Kaffee abgerechnet. Ob ich schon von der Umweltzerstörung in den Gebieten südlich von Leipzig gehört hätte? Der gewissenlose Tagebau habe eine Mondlandschaft hinterlassen. Selbst bei wolkenlosem Himmel werde die Sonne von der Dreckluft verschleiert. Eine Pseudokruppepidemie habe aus Dutzenden Kindern asthmatische Greise gemacht. Nahe der Brikettveredlungsindustrie müsse morgens vor Öffnung der Kitas und Schulen eine dicke Aschestaubschicht wie Schnee von den Straßen gefegt werden. Was noch? Hinweise auf Konzerte und sogenannte *kunstlos*-Ausstellungen: Kultur in besetzten Häusern. Um den Austausch zu fördern, informiere man über Treffen von Basisgruppen. Ein paar Stöckartisten würden sich an literarischen Texten versuchen.

Damals wusste ich noch nicht, dass mir die Themen der Stöckartisten einmal als Gesprächsstoff zwischen Voss und deinem Vater dienen würden. Von ihnen hat Voss überhaupt die Grundzüge seiner revolutionären Gesinnung sowie die Zeitschriftenpläne samt der Auffassung, man müsse ein Zeichen setzen, dass der Kampf um ein gerechteres Leben mit dem Mauerfall noch längst nicht vorbei sei. Stell dir mein Erstaunen vor, als ich hörte, dass die erste Nummer des *gegensinn* schon im September erschienen sei – also noch zur Wendezeit vor fast einem halben Jahr. Ein ganz normaler Zeitrahmen für ein Zeitschriftenprojekt in der DDR, wo man nie an geistigen, dafür immer an materiellen Engpässen leide. Das beginne beim chronischen Papiermangel (ein Bekannter habe für die Erstausgabe über einen kleinen Verlag Altpapier beschafft) und setze sich beim Problem der Vervielfältigung fort. Im September hätten sie ihren *gegensinn* in einem Jugendpfarramt drucken können, sich aber mit dessen Leiter wegen der fehlenden Druckgenehmigung dauerhaft überworfen. Weil damals nach nur dreißig Exemplaren Schluss gewesen sei, suchten die Stöckartisten nun nach einer Möglichkeit zur eigenen Vervielfältigung ihres Magazins. Aber warum ein Faxgerät? Das habe ihnen Kuhlacker angedreht; der habe in seinem Geschäft schon zu Vorwendezeiten verbotene Schätze unter der Ladentheke verkauft. Mit dem Gerät allerdings hätten sie nur ein verschwommenes Druckbild zustande gebracht, und das Papier tauge noch nicht mal für eine Loseblattsammlung.

Während man auf der Rückbank dem Frust über die Fehldrucke freien Lauf ließ, was die beiden vorn sitzenden Stöckartisten zu einem Loblied auf Kuhlacker provozierte, starrte ich, betäubt vom Stimmengewirr im Motorlärm, hinaus auf die anonyme Straße mit den verwahrlosten Häusern, auf der ich noch immer nach Nicas Gespenst Ausschau hielt. Wir wurden langsamer, bis der Fahrer das Kunststück fertigbrachte, den Trabbi ohne Bordsteinbremsung an den Straßenrand zu parken. Als wir ausstiegen, wunderte es mich, dass es schon dämmerte; mir schien es, als wäre ich eben erst aufgestanden.

Über der vergitterten Glastür stand auf einem vergilbten Schild *An- und Verkauf*. Ob der Laden geöffnet, womöglich für immer verrammelt oder überhaupt ein Laden war, hätte man als Uneingeweihter kaum sagen können. Ein Wehrnot-Bruder trug das Faxgerät und musste auf dem Bürgersteig vor einem Tritt in einen Haufen gewarnt werden: Ein Hund hatte mitten vor dem Geschäft sein Geschäft gemacht. Dietrich öffnete vor ihm die Tür, und eine Art Kuhglocke schollerte unsere Ankunft in einen tiefen, muffig duftenden, mit Krimskrams vollgestopften Raum.

Bücher-, Werkzeug- und Kleiderschränke verdeckten die großen Fenster, so dass das Vorabendlicht nur durch die flaschengrünen Oberlichter einsickern konnte. Wir suchten uns einen Weg zwischen kreuz und quer stehenden Kommoden und einem Arsenal von Schreib- und Nachttischlampen, die teils noch aus den Kindertagen des elektrischen Lichts stammen mussten. Ich folgte den Stöckartisten an alten Radios und Fernseherleichen vorbei, auf denen Kollektionen von Taschenuhren, Thermometern und Barometern ausgestellt waren, und stieß mir im Halbdämmer das Knie am Arm eines Sessels, der seinen Zwilling huckepack genommen hatte.

Die Stöckartisten stellten das Gerät auf der breiten, von Kartonstapeln belagerten Ladentheke ab, und Dietrich tippte auf eine Klingel, wie man sie aus Filmhotels kennt. Irgendwo war eine Tür zu hören, dann bewegte sich hinter der Theke ein Vorhang und wurde nach dem zweiten, dritten Versuch, ihn zu greifen, von einer mit Altersflecken übersäten Hand zur Seite gerafft. Hinter dem Vorhang prasselte ein Regenguss – eine akustische Täuschung, wie mir aufging, als ich im Hinterzimmer Dutzende durcheinandertickende Wanduhren sah. Der Ladeninhaber schloss die Tür hinter sich, die geregnete Zeit setzte aus, und der Vorhang sank wieder in sich zusammen.

Kuhlacker: ein altersgebeugter Mann mit dünnem, halblangem Silberhaar. Er starrte mit offenem Mund und rot unterlaufenen Augen abwechselnd das Faxgerät und Dietrich an, der einige Papiere aus seiner Jacke zog, sie auseinanderfaltete und als Beleg für die Untauglichkeit des Kopierers auf den Tresen legte. Kuhlacker, sein Alter vergessend, richtete sich mit erhobenem Kinn auf und ließ uns wissen, was er mit dem Fax nicht selbst alles kopiert habe: Quittungen, Fotos, Rezepte. An seine Mahnung, das Gerät vor dem Kauf erst zu testen, konnte sich keiner der Stöckartisten erinnern. Es blieb dabei: Man war mit dem Kauf nicht zufrieden.

»Kein Wunder«, sagte ich. »Das ist ja auch Thermopapier. Tonerfarbe auf Thermopapier – damit kann man ganz bestimmt keine Zeitschrift drucken.« Meine Genugtuung, als ich hinzufügte, dass man mit einem Faxgerät übrigens auch faxen könne, und das funktioniere sogar wesentlich besser als kopieren.

Kuhlacker sah mich an, als hätte ich mich zu einer perversen Straftat bekannt, sank dann wieder zu seiner gebeugten Gestalt zusammen und forderte die Stöckartisten auf, sich in seinem Bestand nach etwas Passenderem umzusehen. Er zog den Vorhang zur Seite und öffnete die Tür zu den zeitregnenden Uhren. Als er sie vor meiner Nase wieder schloss, blieb ich allein mit dem Faxgerät und dem Verdacht zurück, dass sich hinter der Tür womöglich Kuhlackers eigentlicher Laden befinde, den er hinter dem mit Plunder vollgestopften Kulissengeschäft versteckte.

Warten, den Krimskrams auf der Ladentheke anstarren, und dann der Schreck: ein Geräusch, ein Zischen, so als würde Wasser auf einer kochend heißen Fläche verdampfen. Ich sah mich im Ladenraum um, aber da war nichts als das Chaos von Krempel. Aus den Augenwinkeln nahm ich eine

Bewegung im hintersten Winkel des Ladens wahr, eine fließende Verformung des Raums, die sich in der Düsternis als eine Armbewegung, eine aufsteigende und niedersinkende Hand materialisierte und mit der Silhouette eines Mannes verschmolz. Wieder das Zischen, und seine Hand, die an den Schaltern eines möbelgroßen Tonbandgerätes gespielt hatte, zuckte zurück. Er stieß ein Schnauben aus, und ich glaubte, das Wort »Schrott« zu hören. Blauer Seemannspullover zu schwarzer Anzughose. Sein aristokratischer Politikerkopf: Adlernase und korrekt gescheiteltes, aschgraues Haar. Als er bemerkte, dass ich ihn beobachtete, lächelte er mich an.

»Ich verstehe nicht viel von Technik«, sagte er. »Aber du offenbar schon. Dein kleiner Vortrag über das Faxgerät hat mich ehrlich gesagt überrascht.«

»Überrascht? Warum?«

»Weil man in einem Laden wie diesem nicht mit jemandem rechnet, der von irgendetwas eine Ahnung hat.« Er wies mit einem Nicken auf das Faxgerät neben mir. »Die meisten lassen sich hier jeden Mist andrehen, nicht wahr.«

In seiner rechten, rhythmisch gegen die Hüfte klopfenden Faust steckte etwas Ledriges, Zusammengerolltes – eine Peitsche? Als er auf mich zuschritt, nahm der Schatten unter dem Stuhl neben ihm einen schwachen Glanz an, belebte sich: weiße, blutunterlaufene Augen, Zähne, ein gebleckter Fang, und dann kroch unter dem Stuhl ein schwarzer Labrador hervor. Langsam, Pfote vor Pfote setzend, pirschte er neben seinem Herrchen mit gesenkter Schnauze auf mich zu, den Blick von unten herauf starr auf mich gerichtet. Als sich der Mann neben mich an den Verkaufstresen stellte und das Faxgerät inspizierte, nahm ich an ihm einen dezenten Mottenkugelgeruch wahr. Sein starrer Blick – er bewegte eher den Kopf als die weit auseinanderstehenden Augen mit den stecknadelkleinen Pupillen – erinnerte mich an den eines Vogels.

Dass ein Faxgerät für mich nichts Besonderes sei, weise mich als jemand von drüben aus. Für ihn dagegen grenze ein Fax an ein Wunder: Über eine ganz gewöhnliche Telefonleitung schriftliche Nachrichten senden zu können, ohne jede Zeitverzögerung über Ländergrenzen und ganze Kontinente hinweg, dazu noch als Brief in der originalen Handschrift des Verfassers, der damit gleichzeitig nah und fern, an- und abwesend sei – das sprenge doch unsere gewöhnliche, an Raum und Zeit gebundene Erfahrung. Aber was rede er da, jemand aus dem Westen finde sein Staunen vermutlich ein bisschen drollig, noch dazu jemand, der sich in technischen Dingen so gut auskenne wie ich. Ob ich übrigens in der Lage sei, ein Faxgerät anzuschließen?

Er stutzte, bat um Verzeihung und stellte sich mir mit einem festen Händedruck vor: Flackhaus. Dieses Land, fuhr Flackhaus fort, sei in technologischer Hinsicht hoffnungslos rückständig, und damit meine er nicht allein die Computerelektronik und das marode Telefonnetz, das noch aus den zwanziger Jahren stamme, sondern zum Beispiel auch Erzeugnisse wie diese. Er strich die *gegensinn*-Probekopien der Stöckartisten auf dem Verkaufstresen glatt, überflog ein paar Zeilen und ließ ein zähnefletschendes Lächeln sehen. Was er las, fand er offenbar interessant genug, um sich die Papiere gedankenlos in die Hosentasche zu stecken, bevor er mich fragte, ob ich ihm behilflich sein könne, das Faxgerät (er tippte mit dem Finger auf den Apparat) in seinem Archiv anzuschließen.

»In Ihrem Archiv?«

»Überleg es dir, mein Junge. Nur eine kleine Aufgabe, die du aber bestimmt nicht umsonst erledigen sollst.«

Die Schnauze des Labradors witterte an meinem Hosenbein: Ich konnte den heißen Atem des Tiers am Knöchel spüren. Mein linker Fuß trat auf den rechten, um den aufgerissenen Schuh zu verbergen. Täuschte das, oder waren Flackhaus' glänzende Budapester wirklich verschieden groß? Als ich aufsah, war mir mit einem Mal schwindlig; schwarze Flecken tanzten mir vor den Augen, und mir stockte der Atem. Wie hatte Nica gesagt: Ich müsse tief atmen, sonst werde mir der Fehlismus wertvolle Lebenszeit nehmen. Meine Hände verkrampften sich in den Anoraktaschen. Flackhaus teilte mir mit, wann er mich morgen vor dem Hauptbahnhof abholen werde, und ich hatte den Eindruck, er würde mir direkt ins Hirn sprechen. Möglich, dass ich die schollernde Kuhglocke und dann den Regen draußen hörte, war mir dann aber nicht sicher, ob der Regen nicht doch das vielstimmige Wanduhrenticken hinter dem Vorhang gewesen war, der nun beiseitegezogen wurde – Kuhlacker und die vier Stöckartisten kehrten zurück. Jeder der beiden Blonden trug eine ausladend große Schreibmaschine. Dietrich, eine Mappe unter dem Arm, inspizierte zum Abschied einen gefüllten Bücherschrank. Sein verächtliches Grinsen: Schund. Habe ich schon. Will ich nicht in der Ostausgabe. Trotzdem musste er von einem seiner Mitstöckartisten fortgezogen werden, damit wir endlich den Laden verlassen konnten.

Draußen war es inzwischen stockdunkel geworden. Es regnete nicht.

In der Wohnung warf ich einen Blick in die Küche, sah in unserem Matratzenzimmer nach, lief mit immer der gleichen Frage auf den Lippen durch den Flur und ließ mir von den Stöckartisten bestätigen, dass Nica und Jonas noch nicht zurück seien. Aus der Vorratskammer wurde reihum Bier gereicht, und wir wechselten von der Küche in eins der Zimmer kurz vor der Flurbiegung. Rituale: wie Dietrich den Fernseher einschaltete und jeder sich auf einem Sessel- oder Sofaplatz niederließ, um gemeinsam die Nachrichten zu schauen.

Ich glaubte erst, der Apparat wäre kaputt, aber man erklärte mir, dass die Bildröhre warmlaufen müsse. Schneegestöber erhellte den Bildschirm, in dem die Umrisse einer Gestalt sichtbar wurden. Dietrich stellte die Zimmerantenne um: Das Bild raute auf, ließ einen stumm sprechenden Darsteller erkennen, der mit einer Drehung der Antenne am oberen Bildrand geköpft wurde, mit einer weiteren Drehung aus dem unteren Bildrand wieder auferstand. Als sich die Störungen endlich auf eine stehende Flimmerlinie reduziert hatten, waren wir schon ein Bier weiter.

Was lief? Der Rest eines Fernsehfilms. Meine Mühe, den endlosen Dialogen und starren Kamerablicken zu folgen. Ihr langes schwarzes Haar machte aus einer der Darstellerinnen Nica. Ein Schauspieler wollte wissen, warum sie so spät nach Hause gekommen sei. Ihre kommentarlose Abwesenheit. Mich zurückzulassen als einzigen Wessi unter den Stöckartisten. Ob Nica sich mit diesem Kerl amüsiert habe, fragte der flimmernde Mann. Gespielte Tränen der Reue. Nach dem nächsten Bier war zwischen den beiden Schluss. Zeile für Zeile verebbte im oberen Flimmerstreifen der Abspann zu meinem Kopfkinofilm. Mühsam rang ich mir Geduld ab: Abwarten und Nachrichten gucken.

Was alles passieren musste, damit ich Nica vergessen konnte: In Ostberlin wurde der Opfer des Holocaust gedacht. Die Öffnungszeiten irgendeines Arbeitsamts wurden von zwei auf fünf Tage pro Woche erweitert. Im Privatdomizil des geflüchteten Schalck-Golodkowski wurde eine millionenschwere Gemälde- und Porzellansammlung sichergestellt. Aus Sicherheitsgründen ging im Kernkraftwerk Greifswald nun auch der dritte Reaktorblock vom Netz. Laut Untersuchungsbericht war es 1976 in dem Meiler beinahe zu einer nuklearen Katastrophe gekommen. Die erste Ostfiliale von Kaiser's Kaffee. Drüben war nicht nur der Kölner Karneval ins Wasser gefallen. *Vivian*, der vierte Orkan in vier Wochen, hatte zwar Dutzende Todesopfer gefordert, dafür aber Nica und mich zusammengebracht. Temperatursturz nach dem seit Jahrzehnten wärmsten Februarwochenende. Und nun zum Wetter.

Der Abend zog sich. Lag es an meiner Müdigkeit, oder kam der im Anschluss gesendete Krimi wirklich ohne Verbrechen aus? In die Fernsehdialoge mischten sich Gespräche über Stöckartisteninterna. Mir fielen die Augen zu, und als ich sie wieder öffnete, stand Jonas im Zimmer: lächelnd, händereibend, allein. Ich machte mich unter dem Vorwand, die leeren Bierflaschen wegzuräumen, aus dem Staub.

Die Zimmertür war nur angelehnt. Zwei Grabkerzen brachten die Wände wie in einem alten Stummfilm zum Zittern. Wieder stifteten die stumpfen und schiefen Zimmerecken in meinem Kopf Verwirrung an. Ob Nica wirklich schlief? Behutsam legte ich mich auf meine schmale Matratzenhälfte und lauschte: nichts. Auf der Zimmerdecke flimmerte der Krakenschatten des siebenarmigen Leuchters. Draußen kam allmählich der Restverkehr zum Erliegen. Ich seufzte, räusperte gegen Nicas Leblosigkeit an. Erst als ich mich herumwälzte und mit meinem Knie gegen ihr Bein stieß, hörte ich sie ins Kissen fragen, wer da sei. Ein langes Gähnen, und dann wusste sie wieder, wo sie und wer ich war, und gab mir einen flüchtigen Kuss.

»Du schmeckst nach Bier. Wie um alles in der Welt hast du denn schon wieder Alkohol runtergekriegt?«

»Gruppenzwang. Wir haben uns einen Film angesehen. Als Jonas dazugekommen ist, dachte ich, ich sehe mal, wo du bleibst.«

»Ich wollte eigentlich nur meine Stiefel loswerden und bin dann wohl eingeschlafen.«

»Das wäre ich bei den Stöckartisten auch beinahe. Hoffentlich hast du dich besser amüsiert als ich.«

»Bist du sauer? Nicht sauer sein.«

»Wieso sollte ich? Du kannst tun und lassen, was du willst.«

»Also gut, du *bist* sauer.«

»Wo warst du?«

»Ich musste mit jemandem sprechen.«

»Verstehe. Mit Jonas.«

»Mein Cousin hat mich nur begleitet.«

»Jonas ist dein Cousin?«

»Wenn ich dir erst alles erklärt hätte, wäre ich jetzt noch nicht weg.«

»Ich wusste nicht, dass er dein Cousin ist.«

»Ist das so wichtig?«

»Na ja. Hatte eure Verabredung mit der Telefonnummer auf deiner Hand zu tun?«

»Ich wollte eine Schauspielerin anrufen, aber die Nummer war nicht mehr zu entziffern.«

»Schauspielerin? Bist du ein Fan?«

»Würdest du bitte damit aufhören? Du hattest anscheinend ein Bier zu viel.«

»Jetzt bist *du* sauer.«

»Wir waren mit der Schauspielerin schon gestern verabredet, aber der Sturm kam dazwischen. Wir mussten heute durch die halbe Stadt, bis wir endlich wieder ihre Telefonnummer hatten. Sie hörte sich nicht besonders begeistert an, aber wir haben für morgen ein Treffen mit ihr vereinbart.«

»Also doch ein Fan.«

»Du nervst.«

»Warum willst du sie dann so dringend treffen?«

»Ich will mit ihr über jemanden reden.«

»Und über wen?«

»Meinen Vater.«

»Dein Vater arbeitet in einem Leipziger Theater?«

»Hat er mal. Nicht als Schauspieler, sondern als Beleuchter.«

»Warum redest du dann nicht einfach mit ihm statt mit dieser Frau?«

»Weil er seit elf Jahren tot ist.«

Neunter Tag

Ein neuer Tag: Früh hatten wir, Nica und ich, uns schlafen gelegt, und früh wurden wir wieder wach – zuerst Nica, die mich mit einem gedehnten Laut des Abscheus weckte. Sie kniete neben mir auf der Matratze, das Gesicht so dicht über meine Schulter gebeugt, dass ihr Haar meinen Hals kitzelte. Als sie bemerkte, dass ich Kontakt mit der Welt aufgenommen hatte, kniff sie sich die Nase zu: Ich sei reif für die Dusche. Sie wühlte ein paar Kleidungsstücke aus ihrer Tasche und verschwand in Slip und Shirt aus dem Zimmer. Als ich kurz darauf auf dem Klo saß, hörte ich sie nebenan in der Küche ein paar Worte mit Dietrich wechseln. Meine Verwirrung, als ich mir an dem kleinen Puppenwaschbecken das Gesicht wusch und den Hahn zudrehte, das Wasser aber noch immer rauschte. Ich stöhnte in das muffige Handtuch, weil mir einfiel, dass sich die Dusche in der Küche befand.

Dort saß Dietrich am Tisch, rührte rechts in einer Kaffeetasse und hatte links ein Taschenbuch auf Magenhöhe sinken lassen. Meinen Morgengruß, der ihn zusammenschrecken ließ und sein Lächeln auslöschte, beantwortete er mit hochgezogenen Brauen, bevor sein Gesicht hinter dem Buch verschwand.

Auf der zwergwüchsigen Kommode unter dem Fenster lagen Nicas Slip, T-Shirt und Badetuch. Der rote Duschvorhang wurde vom laufenden Wasser in die Kabine gesogen und suchte mit einem Ellbogen, einer Schulter Hautkontakt. Von wie vielen Hoffenstern aus konnte man die Küche einsehen? Ich bemerkte, dass Dietrichs Taschenbuch ganz langsam wieder nach unten sank. Sein klimpernder Kaffeelöffel rührte Wut in mir auf. Das Wasser versiegte, und vier Augen sahen zu, wie ein Arm aus dem Vorhang ragte und eine Hand nacheinander das Badetuch und die Textilien von der Kommode fischte. Als Nica aus der Dusche stieg, waren ihre Wangen rosa, die Lippen kirschrot gefärbt. Mit dem nassen, tiefschwarzen Haar sah sie noch jünger aus. Sie warf mir das Handtuch zu: Das bräuchte ich, um nach der Dusche trocken hinter den Ohren zu werden.

Ich weigerte mich zu duschen, solange Dietrich in der Küche hockte.

»Sei doch nicht so verklemmt!«, sagte er. »Wir sind hier frei von solchen Zwängen.«

»Von welchen Zwängen?«

»Von sexuellem Besitzdenken zum Beispiel. Typisch für das kapitalistisch deformierte Bewusstsein. In letzter Konsequenz führt das zu Hörigkeit und Prostitution.«

»Endlich sind wir mal einer Meinung, Herr Satzsch.« Wie böse Nica lächeln konnte. »Ich bin nämlich auch frei von jedem sexuellen Besitzdenken. Zumindest dir gegenüber.«

Woraufhin Herr Satzsch sein Dietrichgesicht zog und die Nase wieder ins Buch steckte.

Ende Februar neunzig, morgens in Connewitz: Ein beißend kalter Nebel lag in den Straßen, von keinem Lüftchen bewegt, eine Dunstglocke, unter der sich der Schwefelgeruch der Braunkohleöfen und die Abgase der Zweitaktmotoren konzentrierten. Von den eingedunkelten Fassaden der Altbauten bröckelten vierzig Jahre Sozialismus in dicken Placken ab und hinterließen Schadstellen im Putz, die im trüben Morgenlicht organischen Körperwunden ähnelten, über die man hier und da ein Transparent wie einen Notverband gespannt hatte. Ein paar Häuser neben dem Ⓐ*MOR* wurde ein *Besetzt!*-Zeichen an die Straße gesandt und gegen Mietwucher und den Abriss der alten Leipziger Bausubstanz protestiert – ein irrsinniges Anliegen, denn was wollte man hier noch retten? Bretterkonstruktionen, an Wildwestforts erinnernd, stützten einsturzgefährdete Balkone oder stabilisierten ganze Gebäude, in denen hier und da ein Gardinen- oder Vorhangfragment wie ein Fähnchen zur Kapitulation hing. Alte Fassadenaufschriften zeugten noch immer von Polstermöbelgeschäften oder Kohlenhandlungen, die schon vor Jahrzehnten, vermutlich gegen Kriegsende geschlossen worden waren; an jene Zeiten erinnerten auch die Einschusslöcher in manchen Hauswänden. Zerbrochene, mit Holz oder Pappe abgedichtete Fenster. Die von Farbflecken übersäten Haustüren wirkten wie für immer verrammelt, bis sich einer dieser toten Hauseingänge öffnete, und so als wäre sie nicht das Gespenst einer unbewohnbaren Ruine, kam eine vom Morgendunst verwischte Gestalt zur Straße heraus und mischte sich unter die Passanten, die auf mich den Eindruck von Überlebenden einer Katastrophe machten. Um diese Tageszeit waren vorwiegend Frauen auf den Straßen unterwegs, die sich mit einem Einkaufsnetz, manchmal mit einem Handkarren so langsam an den klaffenden Baulücken vorbeischleppten, als hätte hier die Mühsal der Trümmerfrauen niemals ein Ende gefunden. Eine Telefonzelle war laut Nica im Umkreis von mindestens zwei Kilometern die einzige, die auch tatsächlich funktionierte. Sie musste über mich lachen, weil ich, die leckenden Dachrinnen und Fallrohre anstarrend, in ein Schlagloch auf dem Gehsteig tappte und mir zusätzlich zum rechten fast auch noch den linken Schuh aufgerissen hätte. Als wir Hand in Hand auf die Karl-Liebknecht-Straße stießen, träumte ich mich beim Anblick der gedrungenen Autos mit den runden Scheinwerfern und dezenten Bonbonfarben in ein anderes Jahrzehnt – ein Gefühl, als würde ich die historischen Grenzen meiner Person überschreiten, was mich in eine mir selbst nicht geheure euphorische Stimmung versetzte.

»Du spinnst!« Nica zog mich an sich heran und gab mir einen Kuss. Sie schob die Hände in meine Jackenärmel und war überrascht, dass ich vor Kälte zitterte. *Vivian* hatte nicht nur kühlere Temperaturen mit sich gebracht, sondern auch den Himmel nachhaltig zugezogen. Noch bevor wir die nächste Haltestelle erreichten, wurden wir von einer Trambahn überholt, der Nica einen Fluch hinterherschickte: verpasst. Ich hatte seit zwei Tagen fast nichts gegessen und war heilfroh, dass wir die Karl-Liebknecht-Straße nicht allzu weit hinunterzulaufen hatten.

Liebesknecht stand in großen Lettern auf einem Banner, das zwischen zwei roten Fahnen über einen Hofzugang gespannt war. Der Hof gehörte zu einem Eckhaus, dessen Erdgeschossfenster von innen mit dunkler Plane verhängt waren. Auf der linken Hofseite, neben dem mit Plakaten beklebten Hauseingang, führte eine aus Ziegelsteinen gemauerte und von keinem Geländer gesicherte Außentreppe über die Tür hinweg auf einen halben Quadratmeter Unkraut zu, von dem aus es nirgendwohin weiterging. An der Stirnseite des Hofs wucherten über das ganze Mäuerchen Graffiti; rechts befand sich vor der fensterlosen Brandmauer des benachbarten Gebäudes ein flacher, an eine zu groß geratene Garage erinnernder Backsteinbau, in dem das *Café Liebesknecht* untergebracht war.

Nica öffnete die Eisentür, hinter der wir uns durch einen dicken Vorhang kämpfen mussten, um in die Atmosphäre eines überheizten Raums mit gedämpfter Beleuchtung und sanfter Hintergrundmusik einzutauchen. Ringsum nackte, warmrote Backsteinwände, die ab Bauchhöhe von Konzert- und Veranstaltungspostern tapeziert waren. Keine Fenster, sondern ein unter der Decke montiertes Labyrinth von Blechrohren versorgte das Café mit Sauerstoff. Die Hälfte der Gäste saß um diese Zeit schon beim Wein oder Bier. Junge Frauen mit wirr auftoupierten Frisuren und langen, bis auf die Schultern hängenden Ohrringen. Bärtige Nickelbrillen- und Baskenmützenträger lasen rauchend ein Buch oder eine Zeitung. Ein junger und trotzdem weißhaariger Mann beobachtete vom Nachbartisch aus, wie wir auf ein plüschiges Omasofa sanken. Nica sprach die schwarzgelockte Bedienung mit Namen an (sie hieß Rosa) und bestellte uns zum Frühstück extrastarken Kaffee. Sie lehnte sich zurück, legte den Kopf dem Sofa auf die Schulter und ein Cowboystiefelbein über meinen Schoß. Neben uns erhob sich der Weißhaarige, kritzelte in Richtung der Theke mit einem imaginären Stift in die Luft und verließ durch den Vorhang das *Café Liebesknecht*.

Weil ich damals schüchterner war als später bei dir und mir keine Worte einfallen wollten, beugte ich mich über Nicas Bein hinweg nach vorn und griff nach einem maschinengeschriebenen Informationsblatt, das auf allen Tischen auslag und über den *Aufbau des eigenständigen Arbeits- und Lebenszentrums LIEBESKNECHT* unterrichtete. Dem Blatt war die Ankündigung einer Vernissage beigefügt, mit der die Liebesknecht-Galerie im Hochparterre eröffnet werden würde. Eine Musik- und Theaterbühne sowie Büros und Gemeinschaftsräume würden folgen, während der dritte Stock als Wohnraum genutzt werden solle. Für die Stöckartisten, so Nica, seien solche halboffiziellen Nutzungspläne schon der erste Schritt zum Verrat an der Hausbesetzerszene. »Die spinnen«, sagte sie und sah mich mit einem Lächeln an, das vielleicht den Stöckartisten, vielleicht aber auch meiner Verlegenheit galt.

Bis das Frühstück kam, tauschten wir Fragen aus: Jonas war also wirklich Nicas Cousin? Zum hundertsten Mal: ja. Und er lebte hier in Leipzig? Genau. Ob sie in Hamburg einen Freund habe? Keinen Freund, nur eine Katze. Der Name der Katze? Katze. Ihre Mutter kümmere sich jetzt um das Tier, was für Katzes Zustand nichts Gutes ahnen lasse. Fast verschluckte ich mich an Nicas Frage, ob in Dortmund ein Mädchen auf mich warten würde, und beließ es bei dem Hinweis, dass ich meine Jugend in einem Jungeninternat verbracht hatte. Welches Sternzeichen? Ich weiß noch immer, dass Nica am 5. Januar Geburtstag hat. Wie lange ich in Leipzig bleiben wolle? Keine Ahnung. Dann sollten wir uns eine stöckartistenfreie Unterkunft suchen. Wie und wo, das werde das Leipziger Chaos schon richten. Vor drei Tagen noch habe Nica in Gohlis bei Jonas' Eltern auf dem Sofa übernachtet, aber dahin brächten sie keine zehn Pferde zurück. Warum? Funkstille wegen atmosphärischer Störung. Wie kam es, dass sie Verwandte in Leipzig habe? Weil Nica selbst gebürtige Leipzigerin sei. Ihre ersten sechs Lebensjahre habe sie hier verbracht und sei dann mit ihrer Mutter in den Westen gegangen. Und dein Vater? Der sei damals hier in Leipzig geblieben. Nica hielt inne, nippte am Kaffee und fragte, ob ich auch ab und zu an Gedankenkrebs leiden würde. An Gedankenwas? Gedankenkrebs. Kennst du das nicht? Wenn das Bett keinen Ausstieg mehr hat und das Licht zu hell, die Zeit zu lang und die Lunte zu kurz ist. Ich nickte, weil ihr Blick um Verständnis flehte. Sie räusperte sich. Also gut, hör zu. Stört es dich, wenn ich rauche? Wie gierig sie an ihrer Kippe sog. Mit dem Rauch stieß sie einen Fluch gegen ihre Mutter Gesine aus, so als hätte sie das Nikotin nur inhaliert, um ihre Worte zu vergiften. Während sie erzählte, fraß sie in hastigen Zügen Zigarette um Zigarette, während ich das Frühstück verschlang.

Familiengeschichten: wer dir was in welcher Version erzählt. Spät habe Nica damit begonnen, nach ihrem Vater zu fragen. Seit sie sechs war, lebte sie mit ihrer Mutter in Hamburg, ihr Vater saß hinter der Mauer fest, und schon der bloße Gedanke an das Gespenst seiner Abwesenheit war eine Überforderung. Was hätte sie auch von einem Vater halten sollen, für den das Risiko der illegalen Ausreise damals schwerer gewogen hatte als der Zusammenhalt der Familie. Der den beiden den Abschied verweigert hatte, so als hätte er schon im Vorhinein jede Erinnerung an sich auslöschen wollen. Nica erzählte mir von bunt bemalten Kinderpostkarten und Briefen, denen Papiercollagen mit Vatermutterkindmotiven beigelegt waren – einer Flaschenpost, die sie ihre Mutter in die zurückgelassene Kindheit habe schicken lassen. Keine Antwort. Nie rief jemand an, um die Stimme seiner Tochter zu hören. Und so ahnte Nicas Vater in seinem Niemandsland nichts davon, dass sie in der Schule eine Karriere als »die aus der Zone« machte. Nach und nach drehte ihr der Spott über ihren Dialekt den Ton ab. Erst als Pubertierende, nachdem sie sich ihre sächsischen Restlaute abtrainiert hatte, fand sie wieder in ganzen Sätzen zur Sprache. Und mit dem Dialekt hatte sie jede Erinnerung an Leipzig und ihren Vater abgelegt.

Fernsehberichte: wie die friedlichen Demonstrationen Mutter und Tochter an ihr Vergessen erinnerten. Nica habe nicht gleich begriffen, dass das, was sie in den Bildern aus Leipzig suchte, einen Namen hatte. Vielleicht steckt er da mittendrin, und wir können ihn sehen. Gesine zog nicht nur das Fernwiedersehen in Zweifel, sondern überhaupt alles, was sich drüben im Osten abspielte. Was die sich erhofften, habe mit der einbetonierten Wirklichkeit wenig zu tun. Denen sei der Platz des Himmlischen Friedens nicht Warnung genug. Gesines Bitterkeit, ihr leidenschaftlicher Argwohn: als würden die Demonstranten nicht gegen die Regierung, sondern gegen ihre eigene Flucht vor elf Jahren auf die Straße gehen. Als dann die Mauer fiel, hinter der auch die Familiengeschichte ruhte, wurde Nicas Mutter wortkarg und trug statt Freude Trauer zur Schau. Ihre einsilbigen Rückzüge ins Bett. Je drängender Nica sie zu einem Besuch der alten Heimat zu überreden versuchte, desto schwerer litt ihre Mutter an Gedankenkrebs. Nica wollte nicht einsehen, warum sie nicht ihre verdrängte Kindheit besichtigen und ihren Vater ein zweites Mal kennenlernen sollte. Sie redete so lange auf ihre Mutter ein, bis Gesine die Nerven verlor und ihrer Tochter kurz angebunden mitteilte, dass ihr Vater sich schon vor einem Jahrzehnt das Leben genommen habe.

Wie fühlt sich das an, wenn aus heiterem Himmel dein seit zehn Jahren toter Vater stirbt. Und wie soll man um einen Vater trauern, an den man kaum noch Erinnerungen hat. Wo Trauer hätte sein sollen, gab es nur Blitzlichter aus einem früheren Leben: jemand, der eine Geste war, eine streichelnde Hand oder ein tröstliches Kitzeln und Kratzen eines Dreitagebarts; jemand, der im Türrahmen stand und dem Bastellied lauschte, das Gesine und Nica so oft sangen: *Papier, Papier, dich falten wir! Papier, Papier, dich schneiden wir!* Sein Gespenst führte Nica an der Hand in die Tram Richtung Schule, aber ihre Erinnerung fuhr nicht mit.

Wie und warum hat er sich umgebracht? War er verzweifelt? Hast du ihn unglücklich gemacht? Warum ist er nicht mit uns in den Westen gegangen? Egal wie oft Nica bohrte – Gesine mauerte. Und als Nicas Fragen die Richtung wechselten und sie ihrer Mutter unterstellte, dass sie ihr die Wahrheit vielleicht verschweige, weil sie am Selbstmord ihres Vaters nicht ganz unschuldig sei, zog Gesine eine Linie: Bis hierher und nicht weiter. Nicas Vater sei jemand gewesen, den man auch als Tochter besser vergesse. Und damit genug.

Vor drei Tagen hatte auch Nica von dem sechzig Quadratmeter großen Schweigen genug. Sie machte die Adresse ihres Leipziger Onkels ausfindig und hinterließ ihrer Mutter auf dem Küchentisch die Nachricht, dass sie unterwegs sei nach drüben. Während der Bahnfahrt stiegen blasse Erinnerungen an ihren Cousin Jonas und sein viel zu ordentliches Kinderzimmer auf, daran, dass der Fenstervorhang nachts (sie hatte dort also übernachtet) von einer Straßenlaterne fahlweiß erhellt gewesen war. Als sie im Hauptbahnhof ausstieg, wurde sie von dem Eindruck eines Wiedererkennens überwältigt, dem sie keine Geschichte zuordnen konnte. Jonas' Eltern, Achim und Hannah Urspruch, waren ihr allerdings genauso fremd wie deren Gohliser Wohnung. Schon kurz nach der abwartend freundlichen Begrüßung setzte es Beschwerden über Gesines Verschwinden vor zehn Jahren, und zwar, wie Onkel Achim klagte, ohne Abschied. Ein ganzes Jahrzehnt kein einziges Wort von seiner Schwester, und jetzt tauche aus heiterem Himmel seine Nichte hier auf.

Es brauchte einen ganzen Nachmittag voll Demutsbekundungen, bis Nica ihre Verwandten dazu gebracht hatte, von ihrem Vater zu erzählen. Besonders viel hatten sie allerdings nicht zu berichten. Ihn, Klaus Haff, habe ihre Mutter als junges Ding – neunundsechzig oder siebzig sei das gewesen und Gesine damals nicht viel älter als Nica heute – in der Gohliser Bibliothek kennengelernt. Er, ein Schauspielstudent, habe sich wegen der hübschen Bibliothekarin von A bis Z durch die Romanliteratur gelesen, bevor er endlich den Mut fand, sie auf einen Kaffee einzuladen. Weil ihr seine Schüchternheit gefiel, half ihm ihre Entschlusskraft auf die Sprünge: Schon ein halbes Jahr nach dem Kaffee wurde Hochzeit gefeiert, und nach einem weiteren halben Jahr – da wohnten sie bereits in der Brandvorwerkstraße – war Nica unterwegs.

Zeitsprung: Nica war vielleicht drei oder vier, als ihr Vater nicht lange nach Beendigung des Schauspielstudiums seine beruflichen Ambitionen auf Eis legte. Über die Gründe verlor Gesine gegenüber der Verwandtschaft kein Wort. Er fing beim *Schauinsland*-Theater als Bühnenbeleuchter an – vorläufig, wie es anfangs noch hieß. Von nun an bekamen Achim und Hannah ihn immer seltener zu Gesicht: Mal hieß es, der Klaus sei bei der Arbeit, mal litt er an namenlosen Beschwerden oder traf sich mit Freunden, von denen noch nie jemand gehört hatte. Besuche und Einladungen wurden zum Ausnahmefall: Man hatte sich auseinandergelebt.

»Und deine Verwandten wissen nicht, was mit deinem Vater los war?«

»Sie haben mir nur von einem Gerücht erzählt. Kurz vor seinem Selbstmord soll mein Vater im *Schauinsland* gefeuert worden sein.«

»Warum?«

»Keine Ahnung. Mein Onkel hat dichtgemacht, und es sieht so aus, als würde er am gleichen Familienstarrsinn leiden wie meine Mutter. Ich habe nichts anderes mehr von ihm gehört als Vorwürfe: dass er sich um meine kranken Großeltern habe kümmern müssen, während wir es uns im Westen hätten gutgehen lassen. Oder dass er von der Stasi von unserer Flucht habe erfahren müssen. Die haben ihm und Hannah ein paar unangenehme Fragen gestellt, und das finden die beiden bis heute schwerwiegender als die Gründe für unsere Flucht.«

»Wie seid ihr damals überhaupt geflohen?«

»Eine Zugreise mit gefälschten Pässen. Ich habe nichts davon gewusst. Gesine hat mir ein Schlafmittel in den Saft gemischt, damit ich nicht im falschen Moment die Klappe aufreiße. Ich habe mich also in den Westen geträumt.«

»Und dein Onkel wollte gar nicht wissen, wie es euch im Westen ergangen ist?«

»Er meinte, dass er sich nicht die Probleme seiner Schwester aufhalsen will. Damit war offensichtlich auch mein Besuch hier in Leipzig gemeint. Er würde sowieso schon genug Ärger mit seinem eigenen Sohn haben. Ich habe also meine Tasche gepackt und bin in die WG seines schwierigen Sohnes gezogen. Jonas wüsste auch gerne, warum sein Onkel sich umgebracht hat, anstatt mit uns aus der DDR zu fliehen. Aber er hatte natürlich schon viel früher als ich rausgefunden, dass man mit seinem Vater nicht vernünftig reden kann.«

Also hätten sich Jonas und Nica auf eigene Faust im *Schauinsland*-Theater erkundigt, ob sich jemand noch an den Beleuchter Klaus Haff erinnern könne. Nach einer Aufführung sprachen sie in der Theaterkantine einige Darsteller an, aber wie es schien, war im Laufe eines Jahrzehnts das gesamte Ensemble ersetzt worden. Ein Schauspieler wies die beiden auf ein Plakat hin, das ein strenges, weiß geschminktes Gesicht vor einer sich im schwarzen Hintergrund senkenden Guillotine zeigte; das Poster kündigte die Neuinszenierung eines Dramas an, dessen Uraufführung, so der Schauspieler, im Herbst achtundsiebzig am *Schauinsland* für viel Wirbel gesorgt habe. Möglich, dass Nicas Vater damals noch an der berüchtigten Erstinszenierung des *Collot* mitgearbeitet habe, die schon nach ein paar Aufführungen verboten worden sei. Der Mann wies auf ein Podiumsgespräch nach der Premiere der Neuinszenierung Ende kommender

Woche hin, an der sich auch der damalige Hauptdarsteller beteiligen werde. Auch wenn es wenig wahrscheinlich war, dass der sich noch an einen Beleuchter von früher erinnern würde, hatte Nica Karten gekauft – schlimmstenfalls, sagte sie, laufe es auf einen langweiligen Theaterabend hinaus; vielleicht bekomme sie aber auch einen Eindruck davon, woran ihr Vater nicht lange vor seinem Tod Tag für Tag mitgearbeitet habe.

Mehr Hoffnung hatte ihr ein anderer Schauspieler gemacht, der sich daran erinnerte, dass seine frühere Kollegin Vera damals bei der Uraufführung des *Collot* mitgewirkt habe. Ein Gespräch wurde vermittelt, das am Montag hätte stattfinden sollen – und zwar zu jener Zeit, als Nica und ich uns in der Einfahrt begegnet waren. Der Sturm *Vivian* ließ das Treffen platzen; niemand war zum vereinbarten Zeitpunkt am vereinbarten Ort. Immerhin konnte ihr der Schauspieler (jener Mann in der Jeansjacke, den Nica auf der Kundgebung an der Litfaßsäule entdeckte) eine Telefonnummer geben, unter der Vera zu erreichen sein würde. Dass die Nummer nach unserer Schnapsnacht nicht mehr zu entziffern war, hatte zur gestrigen Fahndung von Nica und Jonas geführt: vom *Schauinsland*-Theater, wo sie das Ende einer Probe hatten abwarten müssen, über mehrere Cafés quer durch die ganze Stadt, bis endlich der Schauspieler gefunden und über ihn eine neue Verabredung für den heutigen Abend getroffen war. Nica, die nicht recht wusste, was sie sich von dem Gespräch erhoffen sollte, wollte unabhängig von ihren Nachforschungen bis zum Todestag ihres Vaters am 10. März in Leipzig bleiben, um an seinem Grab irgendwo im südlichen Leipziger Umland Abschied zu nehmen.

Wir klammerten uns eine Zeit lang stumm an unsere Tassen, bevor ich das, was uns schweigsam machte, zusammenfasste: »Scheiß Familiengeschichten.«

Wir blieben noch eine Weile in der fensterlosen, alle Sinnesempfindungen dimmenden Sofabehaglichkeit des *Café Liebesknecht* sitzen, in der sich unsere Familiengeschichten seltsam irreal ausnahmen – denn anders als dir konnte ich Nica ohne Vorbehalt davon erzählen, dass ich als vaterlose Halbwaise ihr Leidensgenosse sei. Ich wisse, sagte ich, wie es sei, den Vater zu verlieren.

»Siehst du«, sagte sie, »das weiß ich eben nicht.« Sie nahm meine Hand und legte den Kopf auf meine Schulter, und als mir schon fast die Augen zufielen, fragte sie mich nach meiner Mutter. Ich hatte aber keine Lust auf Mechthildgeschichten, kam sofort wieder vom Thema ab und brachte Nica mit meiner stöckartistischen Trabbifahrt am Vortag zum Lachen. Wie gelöst wir nach dem ernsten Gespräch waren. Ewig hätte ich noch mit Nica auf dem Sofa herumlungern und mich bei den Ostpreisen als spendabler Liebhaber aufführen mögen, aber sie, die es in ihrer kippenfressenden Nervosität nicht länger in den tief eingesessenen Polstern hielt, trieb es durch den dicken Vorhang in die Kälte und das schmerzgrelle Tageslicht hinaus.

Und was machen wir jetzt? Nicht ich, sondern Nica kam auf die Idee, mir ihr ehemaliges Wohnhaus zu zeigen, das von hier aus gar nicht so weit entfernt liege. Ohne ihre Verwandtschaft hätte sie die Adresse nicht mehr gewusst. Wir überquerten die Karl-Liebknecht-Straße und liefen eine der

Seitenstraßen hinunter, bis wir auf die Brandvorwerkstraße stießen. Nica blieb so lange vor dem Straßenschild stehen, dass ich glaubte, das Haus sei schon in Sichtweite, dabei stand uns noch ein zehnminütiger Marsch durch die lange Straße bevor. Je näher wir der 15 kamen, desto stiller wurde Nica. Als wir vor dem heruntergekommenen Altbauklotz standen, steckte sie sich eine Zigarette an und schien sich für das Haus nicht weiter zu interessieren.

»In welcher Etage habt ihr denn gewohnt?«

»In der zweiten.«

»Wo?«

Sie drehte sich um und wies auf die rechte Gebäudehälfte. Ich versuchte, mir hinter einem der Fenster eine sechsjährige Nica vorzustellen, auf die Zehenspitzen gestellt und beide Handballen auf die Fensterbank gestützt, neugierig darauf, wer wohl der Begleiter ihres älteren Ichs sei.

»Sollen wir rein?«, fragte ich.

»Die Tür ist doch zu.«

Ich stemmte mich mit der Schulter gegen die breite, zweiflügelige Haustür. Sie gab nach. Zwei Schritte in den Hausflur, aber Nica folgte mir nicht.

»Was ist los?«

»Wir können doch nicht einfach so reinspazieren.«

»Die Treppe da bist du als Kind jeden Tag hoch- und runtergelaufen? Welcher war euer Briefkasten? Wir können an eurer Wohnungstür klopfen. Am liebsten würde ich bei euch einbrechen.«

»Lass das, Felix.« Sie presste sich die Fäuste auf die Ohren.

»Wir können sagen, dass wir uns in der Hausnummer geirrt haben.«

»Lass uns gehen.«

»Aber du wolltest mir doch zeigen, wo du gewohnt hast.«

»Das habe ich doch.«

Sie trat ihre Zigarette aus und lief die Straße weiter hinunter. Ich folgte ihr, und als ich sie eingeholt hatte, war sie auf eine so überdrehte Art ausgelassen, dass sie mir am Ende der Straße noch einmal vorauslief und links hinter der Hausecke verschwand, um mir wie ein Kind aufzulauern. »Komm«, sagte sie und fasste mich an beiden Händen. Sie wollte mit mir in den Clara-Zetkin-Park hier in der Nähe.

Liebesgeschichten: kreuz und quer über die Ab- und Nebenwege des weitläufigen Parks. Ihr Arm war um meine Schulter, meiner um ihre Taille gelegt. Angeregt vermieden wir schwierige Themen und verloren Schritt für Schritt an Gewicht. Die kühle frische Luft schlug uns als Lachgas an. Mein kaputter Schuh war vergessen. Ganz langsam näherten wir uns einem kleinen Forst. Dann und wann zwang uns ein Kuss zum Stehenbleiben und nahm uns jeden Sinn für die Phantome anderer Flaneure. Nica schmeckte nach Rauch. Meine Hände waren ihr zu kalt. Ich setzte ihr die Kapuze ihres Pullovers auf und zog ihr Gesicht an mich heran. Laufen, stehen bleiben, laufen.

Verschnaufen am Teich: Ich schlang von hinten beide Arme um Nica, schmiegte die Wange an ihre Schulter und sah mit ihr aufs Wasser. Sie rieb meine Eishände, nahm all ihren Mut zusammen und wärmte sie unter Jacke und Pulli an ihrem warmen Bauch. Meine Finger konnten ihren Schauder spüren. Der Anblick des gespiegelten Februarhimmels. Nur wir und die Büsche und Bäume ringsum und die tiefer sinkende Sonne und kein Mensch weit und breit. Dann entdeckten wir auf der anderen Seite des Teichs das überdachte Halbdunkel eines verfallenen Rundpavillons. Mein die Spalten und Risse der Wände nachzeichnender Finger. Die Schuhspitze suchte unter dem Schutt nach Grund. Oben die urzeitlich anmutenden Reste eines Deckenfreskos. Felsenhöhlenlang schien uns der Nachhall unserer Sprachlosigkeit. Als wir die verwahrloste Laube erkundet hatten, fragte Nica nach meinem Familiennamen.

Eigentlich war ich froh, dass sie ihn wieder vergessen hatte, nachdem sie zwei Tage zuvor mit ihrer *Fehlismus*-Diagnose ein Krankheitsbild nach mir benannt hatte. Wie leise verschämt mir das *Fehling* über die Lippen kam. Nicas Spott galt aber nicht der sich wiederholenden Anfangssilbe meines Vor- und Nachnamens, sondern ihr selbst, weil ihr beides nicht in einem Zug über die Lippen kommen wollte. »Felix Feh-«, begann sie, blieb aber stotternd am doppelten *Feh-Feh* hängen und entschied dann, dass sie mich künftig so nennen wolle: Von nun an war ich Fefe, waren wir Fefe und Nica.

»Nica Fehling«, sagte sie, »klingt in der Mitte irgendwie nach einem Café, oder? Ni Caféling, geborene Haff. Wie hört sich das an?«

»Felix Haff wäre mir lieber.«

»Abgemacht. Dann lass uns heiraten.«

»Wann und wo?«

»Jetzt und hier, ohne Trauzeugen und Öffentlichkeit.«

Sie gab erst den Standesbeamten und dann die zu trauende Gattin. Ihr Jawort erklärte sie als ein Nein zur restlichen Männerwelt: Nein zu allen in kurze Abenteuer oder lange Dramen verliebten, nie zur Sache kommenden oder beängstigend zielstrebigen, zu einfach gestrickten oder sich in komplizierte Gefühle verwickelnden, sie zur Erhöhung oder Erniedrigung ihrer selbst missbrauchenden, mit Dauerpräsenz erstickenden oder chronisch unzuverlässigen, sich an Nicas Gedankenkrebs störenden Kerlen. Zum Glück sei ich da anders. Überhaupt sei ich anders. Während ich in deinen Augen vielleicht etwas eigen bin, aber nie ganz aus der Norm falle, freute sich Nica, mit mir nach Herzenslust anders sein zu können. Dann war sie wieder der Standesbeamte, der meine Hand in ihre legte und mich fragte, ob ich, Fefe, mit ihr, Nica, als Rosenmontagspaar den heutigen Aschermittwoch außer Kraft setzen und für immer in der fünften Jahreszeit bleiben wolle.

Feierlich schritten wir aus dem verwilderten Parkpavillon in die Vorabenddämmerung des letzten Februartages hinaus. Altes Laub, das in der Laube überwintert hatte, stieg wirbelnd über unseren Köpfen auf; wir hatten es als unsere eigene Hochzeitsgesellschaft in die Luft geworfen.

Glaub mir: Das alles war natürlich nur ein harmloser Spaß, und kaum hatten wir den Park verlassen, steuerten wir auf unseren ersten Ehekrach zu. Obwohl ich es ihr nicht versprochen hatte, war Nica enttäuscht, dass ich sie nicht zu ihrem Treffen mit der Schauspielerin Vera begleiten würde. Sie wollte wissen, warum ich ihr nicht eher von Flackhaus und meiner Verabredung mit ihm erzählt hätte. Weil sie ihre eigenen Pläne über meine stellte und unbedingt ihren Kopf durchsetzen wollte, machte ich ihr Vorwürfe: Gestern sei sie doch auch lieber ganz allein mit Jonas aufgebrochen und habe mich mit den Stöckartisten auf der Straße stehenlassen.

»Fefe, wir mussten sofort los, weil im *Schauinsland* Probenende war und bald niemand mehr dort gewesen wäre. Ich dachte, es würde nicht lange dauern. Wenn ich mich unter Druck entscheiden soll, bekomme ich einen Hirnstillstand.«

»Ich würde ja mitkommen, wenn ich nicht einen kleinen Job für Flackhaus erledigen müsste.«

»Einen Job? Hier in Leipzig?«

»Kein echter Job. Ich soll ein Faxgerät anschließen.«

»Und wo?«

»Keine Ahnung. Er holt mich am Bahnhof ab.«

»Wieso holt er dich ab? Warum gibt er dir nicht einfach seine Adresse?«

»Er meinte, dass sein Büro schwierig zu finden sei. Vor allem für jemanden, der sich hier nicht auskennt.«

»Fefe, du musst da nicht hin. Hier in Leipzig kommen wir doch sowieso fast ohne Geld aus.«

»Ich soll nur ein Faxgerät anschließen, Nica. Mehr nicht.«

Mir gefiel nicht, dass sie ein Gesicht machte, als würde sie ein Unglück kommen sehen. Meine Umarmung fiel etwas steif aus, als wir uns verabschiedeten und vereinbarten, uns später im *Café Liebesknecht* zu treffen: Wer zuerst zurück sei, würde auf den anderen warten.

Sag selbst: Wie hätte ich Nica erklären sollen, dass ich nach jedem sich bietenden Strohhalm greifen musste? Wie ihr in aller Kürze verständlich machen, dass vorgestern ein Kurzschluss nicht nur ein Feuerchen in meiner Dortmunder Wohnung gelegt, sondern auch meinen Kopf außer Betrieb gesetzt und ich die Wohnung dem Brand überlassen hatte? Eilige Erklärungen provozieren nur Missverständnisse, und hätte ich meine Verabredung mit Flackhaus verpasst, wäre ich deinem Vater niemals begegnet, wie wir uns auch ohne Nica niemals kennengelernt hätten. Es war Nica, die mich noch zu Voss machen sollte.

Zehnter Tag

Vor dem Bahnhof hatte ich schon eine ganze Weile im Menschenstrom und den Straßenbahnen nach einem bekannten Gesicht gesucht, als ich hörte, dass jemand auf der Straße meinen Namen rief. Endlich entdeckte ich ihn hinter einem halboffenen Autofenster. Den sich stauenden Verkehr ignorierend, winkte er mich heran. Worauf ich denn warten würde, schrie er. Ob ich eine Extraeinladung bräuchte. Sobald ich eingestiegen war, drehte Flackhaus den Kommandoton ab, sagte, er freue sich, dass ich gekommen sei, habe aber auch nicht daran gezweifelt, dass ich mein Wort halten würde.

Heute weiß ich, dass wir damals in östliche Richtung fuhren. Weil Flackhaus das Kassettendeck seines Autoradios lobte, glaubte ich, seinen Wagen loben zu müssen. Nein, lachte er, der Audi sei nicht sein Auto, sondern für den Verkauf bestimmt. Mit einem kleinen Importgeschäft könne man sich derzeit fast schon eine goldene Nase verdienen. In den grenznahen Bundesgebieten seien gebrauchte Westautos eine so rare Ware geworden, dass sie zu Fantasiepreisen an die trabantmüden Ossis verhökert würden. Offenbar habe es sich herumgesprochen, dass viele DDR-Bürger aus Angst vor der Entwertung ihrer Ersparnisse das Geld zum Fenster hinauswürfen. Aber Flackhaus wolle doch eigentlich über etwas anderes mit mir reden, nicht wahr.

Er parkte den Audi am Straßenrand hinter einem Wagen, dessen Motorhaube von einer mit Ziegelsteinen beschwerten Plane verdeckt war. Ich sah mich um: fast alle Hauswände von Lepra befallen. Eine verkrautete Baulücke weiter die Straße hinunter, und am anderen Ende hatte eine eingezäunte Ruine eine Schutthalde erbrochen. Hier und da war eine Haustür bis auf Brusthöhe zugemauert, und die gelben, teilweise vom Wind umgeworfenen Müllcontainer sahen aus, als gehörten sie selbst auf den Abfall.

Ich fragte mich, warum Flackhaus hier geparkt hatte, wenn wir zu seinem Büro noch ein paar menschenleere Straßen weiterlaufen mussten. Endlich, neben einem Schild, das für eine *Broiler Bar Ost* Reklame machte (wenngleich von einem Imbiss nichts zu sehen war), riss er ein großes Rolltor nach oben. »Tritt ein«, sagte er und ließ hinter uns das Tor wieder herunterrasseln. Leuchtstoffröhren klackerten unter der Decke an. Eine Garage, die Platz für vier Autos geboten hätte, aber nur ein paar gestapelte Kisten beherbergte. Flackhaus klopfte sich mit der Hand ans Bein, und fast im gleichen Augenblick war sein Labrador bei Fuß. Den Kopf lauernd geduckt, behielt mich das Tier im Blick, während wir rechts auf eine Tür zuschritten. Nachdem Flackhaus sie aufgeschlossen hatte, ließ er mir den Vortritt. Ein schmaler Raum mit unerreichbar hohen, vergitterten Oberlichtern. Der Kopierer neben der Tür stand nicht unter Strom. Keine Bilder, Kalender, Fotos an den Wänden. Der Schreibtisch wurde zur Hälfte von einem Computerbildschirm eingenommen und wirkte dennoch leer. Auf der anderen Stirnseite des Büros befand sich eine kleinere, mit zwei Schlössern gesicherte Eisentür.

Wo war das Faxgerät? Flackhaus hatte es in einem Karton aufbewahrt. Der Telefonanschluss befand sich unter dem Schreibtisch. Mit einer Faxweiche ausgerüstet (die als Zubehör im Karton lag), kroch ich unter die Tischplatte, wagte mich aber nach erledigter Arbeit nicht wieder hervor, denn neben Flackhaus' Beinen hatte sich die gefletschte Labradorschnauze gesenkt. Das Tier duckte sich so tief, dass der Bauch fast den Boden berührte. Ich starrte die zitternden Vorderläufe und Flanken an und erfand, dicht an die Wand gekauert, Schwierigkeiten beim Anschluss. Während ich vom Labrador in Schach gehalten wurde, hörte ich Flackhaus fragen, was mich eigentlich nach Leipzig geführt habe. Warum erzählte ich ihm von meinem Dortmunder Wohnungsbrand? Er amüsierte sich darüber, dass meine Flucht in den Osten unter seinem Schreibtisch ein Ende gefunden habe. Ich streckte versuchsweise ein Bein aus, aber der Labrador schnappte nach meinem Knöchel. Flackhaus' ungleich großes Paar Schuhe stellte mir weitere Fragen zu meiner Leipziger Situation. Weil ich ihn von meiner Untätigkeit ablenken wollte, erzählte ich ihm von Nica und mir. Dass ich bei den Stöckartisten untergekommen war, fand er lächerlich. Ob ich eigentlich noch lange unter seinem Schreibtisch untergetaucht bleiben müsse. Kaum hatte er das gefragt, war der Hund verschwunden. Als ich wieder hervorgekrabbelt war – langsam, rückwärts, auf ein Zuschnappen gefasst –, lag er wie eine Sphinx vor der mit zwei Schlössern versehenen Eisentür.

»Wohin führt eigentlich diese Tür?«

»Zu meinem Giftschrank.«

»Giftschrank?«

»So nenne ich das Archiv.«

»Was wird hier denn archiviert?«

»Das ist nicht weiter interessant.«

Flackhaus entnahm einer der Schreibtischschubladen ein maschinenbeschriebenes Papier. Die Nummer las er von einem Zettelchen ab. Wir hörten ein von Pieptönen durchsetztes Rauschen aus dem Inneren der Apparatur. Beide starrten wir so gebannt auf das Instrument, als erwarteten wir eine Geisterscheinung. Pause, dann wieder ein in variierender Lautstärke brabbelndes Rauschen, ein fast organisch klingender Kommunikationsversuch der Maschine. Die Phrase schloss mit einem hohen Ton, so als würde der Apparat eine Frage ins Ungewisse aussenden. Wie sich die Stille dehnte. Mit einer Geste gab ich Flackhaus zu verstehen, dass wir der Gegenseite Zeit geben müssten. Seinem Gesicht waren aufkeimende Zweifel anzusehen, die ich durch eine Rüttelkontrolle des Strom- und Telefonkabels, einen Check der Papierrolle unter der Haube eher schürte als beruhigte. Ein lauer Versuch, ihn und mich selbst zu beschwichtigen: Vielleicht sei auf der anderen Seite im Moment niemand erreichbar. Nicht ich, sondern Flackhaus gab die Qualität der Telefonleitungen zu bedenken. Und dann widersprach ihm das Gerät: Ein Knopf blinkte, und in dem Ding setzte sich seufzend etwas in Bewegung, bevor es ein bedrucktes Papier ausspuckte, das Flackhaus sofort an sich nahm, kurz überflog und mit einem Nicken in einer Schreibtischschublade verschwinden ließ.

Begeisterungsfantasien: wie Flackhaus sich so ein Gerät in jedem Haushalt vorstellte. Jeder könne mit jedem über die Telefonleitung schriftlich korrespondieren. Nie wieder Wartezeiten und verschwundene Post. Kein Nachrichtendienst, der das Briefgeheimnis aufdampfen würde. Niemand müsse vor dem Knacken in der Leitung erschrecken, denn was solle die Stasi mit aufgezeichneten Pieptönen anfangen? Flackhaus' Haaransatz, den das Lächeln nach hinten verschoben hatte, rutschte wieder nach vorn. Erstaunlich, dass ein derart kleines Gerät die Abhöranlagen der Stasi außer Kraft setzen könne. Um mir deutlich zu machen, was er meinte, beschrieb er mir das System hier in Leipzig, das rund um die Uhr gleichzeitig bis zu zweitausend Telefonate samt Erfassung der Wählimpulse und Uhrzeit habe mitschneiden können. Die Anlage sei erst gestern nach Ostberlin verfrachtet worden, um sie dort verschrotten zu lassen: Sechzehn Tonnen hochmoderner Elektronik, das entspreche einem Sachwert von mehreren Millionen Mark. Verschrottet! In einem technisch so rückständigen Land wie diesem sei das schlicht und einfach gewissenlos, nicht wahr. Dabei rede Flackhaus nur vom materiellen Verlust und gar nicht von dem Archiv, das mit den Magnetplattenspeichern vernichtet worden sei. Ein gewaltiger Chor kommunizierender Stimmen, allesamt Zeugen in dem großen Prozess, den wir Geschichte nennen würden. Das Material hätte als Beweis- und Druckmittel dienen können in der Frage, wer wen aus welchen Gründen bespitzelt oder verhört habe.

Wie Flackhaus den Blick hob: als würde er der Zimmerdecke einen Einfall ablesen. Ob er mir etwas anvertrauen dürfe. »Stell dir eine Maschinenhalle irgendwo in Ostberlin vor«, sagte er. »Nein, keine Blaumänner an ölverschmierten Apparaturen. Alle Maschinen stehen still, keine Schichten werden geschoben, in der Halle gibt es nicht einen einzigen Arbeiter. Trotzdem wird sie Tag und Nacht von Wachmännern gesichert. Warum? Weil darin das böse Gewissen des Landes verwahrt wird. Gerüchten zufolge tauchen dort regelmäßig Mitarbeiter des Innenministeriums auf, um ihr Sündenkonto zu löschen. Denn bei den stillgelegten Maschinen, mein Junge, handelt es sich um die zentrale Computeranlage der Stasi, heruntergefahren seit Mitte Januar wegen wiederholten manipulativen Zugriffs. Auf den Magnetspeichern sind nicht nur die aktenkundigen Schnüffeleien und operativen Maßnahmen gegen Millionen Bürger gesichert, sondern auch der Schlüssel zur Aufdeckung sämtlicher Stasimitarbeiter.« Flackhaus' Blick schwenkte von der Zimmerdecke auf mich. »Diese Daten, mein Junge, sind das wohl wichtigste Archiv dieses Landes und sollen in einem Metallaufbereitungswerk entsorgt werden: das böse Gewissen der DDR, eingeschmolzen und zu Löffeln und Kochtöpfen verarbeitet. Unfassbar, nicht wahr. Aber das Gleiche ist gestern auch mit der Leipziger Abhöranlage passiert.«

Eine Geste, und das Thema war vom Tisch. Mit einem Lächeln, an dem nur die Lippen beteiligt waren, legte Flackhaus mir eine Hand auf die Schulter. Seine Entschuldigung, weil mit ihm mal wieder die Pferde durchgegangen seien, denn für mich sei das Thema wohl kaum interessant. War sein Erstaunen echt, als ich ihm widersprach? Wie hätte ich denn nicht fasziniert sein sollen, als ich zum ersten Mal von der technischen Ausrüstung der Stasi hörte? Was Flackhaus erzählte, vermittelte mir einen greifbaren Eindruck von dem Ausmaß, das die Überwachung des eigenen Volks angenommen hatte. Ich versuchte, ihm das begreiflich zu machen, aber er sah mich mit seinem starren Vogelblick nur prüfend an, bevor er mich für den Anschluss des Faxgeräts lobte. Ob ich mir vorstellen könne, weitere Arbeiten für ihn zu erledigen – zwar nur Kleinigkeiten wie diese, aber in meiner Situation sicher geeignet, um mich fürs Erste über Wasser zu halten.

Der Labrador sah mir von seinem Platz vor der Eisentür aus direkt in die Augen; bei seinem Anblick fragte ich mich, was Flackhaus wohl in seinem Giftschrank verwahrte.

Als ich kurz darauf über den Ring lief, war die Stadt so menschenverlassen und dunkel wie in tiefer Nacht, dabei konnte es erst früher Abend sein. Ich weiß nicht, was ich mehr fürchtete: dass ich nicht mehr zum *Café Liebesknecht* zurückfinden würde oder dass Nica dort schon längst das Warten aufgegeben haben könnte. Als Analphabet der Himmelsrichtungen konnte ich mich nicht mehr an viel erinnern, ich wusste nur noch, dass ich immer am Ring entlangzugehen hatte, bis links oder rechts die Karl-Liebknecht-Straße abzweigen würde.

Ich war vom Hauptbahnhof aus vielleicht eine Viertelstunde gelaufen, als mir schon von weitem das große *Reno*-Logo auf einer garagenartigen Zeltkonstruktion ins Auge fiel. Meine Zehen waren eiskalt, und in dem kaputten Schuh fühlte ich mich wie von einem Klumpfuß behindert. Auf der straßenabgewandten Seite des Ladenzelts blieb ich stehen. Ein Blick zu beiden Seiten: Der breite Bürgersteig war verwaist. Das Prickeln in meinem Magen, als ich zwei festgetackerte Bahnen der Zeltplane auseinanderzerrte. Zwei kurze Rucke, und ich hörte das feine Geräusch von auf Blech fallenden Klammern. Die Öffnung war jetzt groß genug, dass ich fast meinen Kopf hineinstecken konnte.

Was sah ich? Regalreihen, zwischen denen Preistafeln wie kleine Verkehrsschilder aufragten. Eine Kollektion hochhackiger Damenschuhe erinnerte in der Dunkelheit an antike Bügeleisen. Ich legte den Kopf zurück und ließ etwas Licht ins Zelt fallen. Vielleicht, dass ich mit langem Arm einen Stapel Schuhkartons erreichen könnte. Wie hatten die Stöckartisten das gestern genannt? Eine subversive Aktion. Auch wenn ich niemand war, der einen Stein ins Getriebe werfen würde, konnte ich es mit meinem Gewissen vereinbaren, ein Paar Schuhe aus dem kapitalistischen Warenkreislauf zu befreien. Abgesehen von dem bisschen Abendverkehr, dem meine subversive Aktion hinter dem Zelt verborgen bleiben würde, war die Luft rein. Bis zur Schulter steckte ich den Arm durch das Loch. Ich griff ins Nichts, strich über eine Fläche, bekam den Deckel des obersten Kartons zu fassen. Im Karton befühlte ich Schnürsenkel, festeres Material, einen Schuh. Ganz langsam zog ich ihn durch die Öffnung heraus, begutachtete das auffallend glatte und leichte, im Laternenschein glänzende Lederimitat. Weil meinem rechten Fuß alles lieber war als meine Schuhruine, schlüpfte ich probeweise in den Treter, der mir aber mindestens drei Nummern zu groß war. Ich ließ den Schuh durch den Schlitz ins Zelt zurückfallen. Wieder der lange Arm. Fast lag ich aufrecht gegen die Zeltwand, um Fühlung mit dem nächsten Karton aufzunehmen. Mit den Fingerspitzen den Deckel herunterstoßen, einen Schuh an der Zunge packen. Das gleiche Modell, nur etwas kleiner, mir aber immer noch um etwa anderthalb Daumenbreiten zu groß. Ich sah auf meine Füße: Links ein grauer, sichtlich zu großer Herrenschuh, rechts mein schwarzer, kaputter Treter. Alles, an was ich noch heranreichen konnte, war das rechte Gegenstück zu dem, was ich links anprobiert hatte. Ich zog auch den zweiten Schuh an. Meine Zehen hatten so viel Platz, dass ich mir links und rechts eine aufgerollte Socke hätte hineinstopfen können. Vielleicht hätte ich auf meine Zweifel gehört, wenn sich nicht über den breiten Bürgersteig ein Paar genähert und mit langen Hälsen Interesse daran verraten hätte, was ich hier trieb. Ich ließ neben dem Zelt meine alten Treter zurück und musste mich im Laufschritt an meine neuen, mir zwei Nummern zu großen Schuhe gewöhnen.

Keine Spur von Nica im *Café Liebesknecht*. Selbstberuhigungsversuche: Wie viel Zeit es sie gekostet haben musste, vor ihrem Treffen erst Jonas abzuholen. Und woher sollte ich wissen, wie viel es mit der Schauspielerin zu besprechen gab. Möglich, dass Nica es mit unserem Wiedersehen nicht so eilig hatte und noch ein Weilchen mit Jonas zusammensaß, um über ihre Familie zu reden.

Ich setzte mich an einen der Tische und winkte den verschlafen aussehenden Kerl heran, der die Abendschicht im *Café Liebesknecht* übernommen hatte. Zweimal musste ich meine Bestellung wiederholen, bis er sich endlich an meinen übergroßen Schuhen sattgesehen hatte und zur Theke zurückkehrte. Das zweite Bier orderte ich stumm aus der Ferne; ich weiß nicht mehr, wie oft ich den Zeigefinger in der Luft kreisen ließ, bevor der dicke Vorhang vor der Eingangstür endlich Nica ausspuckte. Wie erleichtert ich war, dass sie ohne ihren Cousin kam. Der habe, erklärte sie mir nach einem zaghaften Wangenkuss, noch etwas anderes vor. Sie presste die Lippen zusammen und verkroch sich in ihre Lederjacke, so als hätte sie sich unterwegs eine Grippe eingefangen. Ihre miese Laune: Erst nach einer Reihe von sanften Annäherungsfragen durfte ich ihre Hand halten. Sie sank an meine Schulter und begann, mir von ihrem Treffen zu erzählen.

Eine halbe Stunde hätten Jonas und sie gewartet und schon beinahe die Geduld verloren, als die Schauspielerin mit suchendem Blick und dem sehr aufrechten Gang einer Ballerina das Café betrat. Während des gesamten Gesprächs habe sie, Vera, ihren über den Schoß gelegten Kunstpelzmantel wie ein ängstliches Tier gestreichelt. Jeder ihrer Antworten ging eine Denkpause voraus, an nichts konnte sie sich ohne langes Nachdenken besinnen: Erst wollte sie keinen Klaus Haff gekannt haben, dann erinnerte sie sich, dass sie mit ihm, dem Beleuchter, niemals ein Wort gewechselt habe. Endlich fiel ihr ein, dass man mit Nicas Vater nicht habe reden müssen, um über ihn Bescheid zu wissen: Das ganze Ensemble, so Vera, habe von den Problemen des Beleuchters Klaus Haff gewusst.

Nica verstummte. Ihr Zippo klackte, der Geruch von Benzin und Qualm stieg auf. Ihre an meinem Ärmelbund nestelnden, immer ein wenig geröteten Finger. Sie schmiegte den Kopf an meine Brust, so dass mir der Rauch direkt in die Nase stieg und die Kehle asphaltierte; trotzdem hustete ich nicht und beugte mich nicht nach vorn, um nach dem Bier auf dem Tischchen zu langen. Ein paar Züge, und dann war Nica in der Lage, ihren Frust loszuwerden.

Vera habe so wenig zu sagen gehabt, dass man sich genauso gut auch am Telefon hätte austauschen können. Aber ein Telefonat hätte sicher nicht Veras Neugier befriedigt. So stocksteif aufrecht auf dem Stuhl sitzend, als wäre die Lehne kochend heiß, habe sie Nica ins Gesicht gestarrt und ihre Fragen mit Gegenfragen über Gesines Lebensweg drüben im Westen beantwortet. Mühsam, aus ihr eine zusammenhängende Auskunft herauszubekommen, was es denn nun mit den Problemen des Beleuchters Klaus Haff auf sich gehabt habe. Dabei ließen sich seine Probleme ganz einfach zusammenfassen: Nicas Vater war ein Trinker gewesen. Er, Klaus Haff, habe zur Flasche gegriffen, wann immer ihn schwarze Gedanken geplagt hätten, und die hätten ihn oft geplagt. Mal seien an seinem Zustand die beneideten Schauspieler schuld gewesen, mal eine ausgefallene Tram oder ein Streit mit seiner Mutter, von der er den Alkohol als Universalrezept gegen alles geerbt habe. Anders als sie (die ihren Sohn nur um ein paar Jahre überlebt hätte) habe er seine Wut nicht ersoffen, sondern mit jedem weiteren Schnaps Öl ins Feuer gegossen, bis der ständige Streit zwischen ihm und Gesine eskaliert sei.

Was bedeutete das: bis der Streit eskaliert sei? Die Schauspielerin habe Nica angesehen, als würde sie an ihrem Verstand zweifeln, und dann mit einer Salve von Phrasen geantwortet: wie es eben in einer scheiternden Ehe so zugehen würde. Über Menschen, die sie nur vom Hörensagen kenne, gebe sie aus Prinzip keine Urteile ab. Vera habe noch nie zu jenen gehört, die in der dreckigen Wäsche anderer Leute wühlten. Sie könne nur sagen, was sie im *Schauinsland* mit eigenen Augen gesehen habe: dass der Klaus ab einem gewissen Zeitpunkt nicht mehr auf den oberen Galerien eingesetzt worden sei, weil man nie habe wissen können, ob er sein Gleichgewicht halten konnte oder nicht. Die Scheinwerfer abzurichten sei er nicht mehr in der Lage gewesen. Die Verbannung in den Probenbetrieb habe man ihm als seine letzte Chance angeboten; wie lange es dauerte, bis man ihn schließlich gefeuert habe, konnte Vera nicht sagen.

Was deprimierte Nica mehr: das traurige Ende ihres Vaters oder dass sie auf Erinnerungen aus zweiter Hand angewiesen war? Wie still sie war, als wir das *Café Liebesknecht* verließen. Schweigend liefen wir ein ganzes Stück die Straße hinunter, und als ihr der noch immer stark gehende Wind ein wenig Farbe ins Gesicht gebracht hatte, zog sie ein Resümee ihrer Reise in die Leipziger Familienvergangenheit: Ihr Vater sei also ein Trinker gewesen. Wenn er sich nicht erhängt hätte, dann würde er sich womöglich zu Tode gesoffen haben. Was sie selbst angehe, so taugten ihre Erinnerungen zu nichts als einem Gestotter von Bildern ohne jeden Zusammenhang. Sie habe die Lust verloren, sich die Neuinszenierung des *Collot* anzusehen, nur um sich nach der anschließenden Podiumsdiskussion weitere Peinlichkeiten über das Wrack erzählen zu lassen, das sie zum Vater gehabt habe.

Ihre eiskalte Hand erwiderte meinen Druck mit Verzögerung. Eine Tram fuhr uns entgegen, an uns vorbei und schluckte mit dem Wind meinen überraschten Ausruf, als Nica mir gestand, dass sie mich um meine Erinnerungen beneide. Sie sah starr geradeaus, die Augen im scharfen Gegenwind halb zusammengekniffen, die Lippen stumm von den

Gedanken bewegt, die ihr durch den Kopf gingen. Wie überflüssig ich mich fühlte, während sie meine Hand mit Kälte ansteckte. Zum ersten Mal meldete sich in mir der Wunsch, Nica würde ihren toten Vater in seinem Grab ruhen lassen.

Elfter Tag

Ich las die in großen, kindlich runden Lettern gemalten Namen auf der Wohnungstür (ein abtrünniger Bewohner war bereits ausgestrichen), während Nica aus einer Schadstelle zwischen Türrahmen und Wand einen Schlüssel klaubte. Aus der Küche schlug uns eine von Stimmengewirr, Bier- und Nikotindunst geschwängerte Atmosphäre entgegen: Acht oder neun Stöckartisten (die Hälfte der Gesichter waren mir neu) saßen und standen im Licht mehrerer Kerzen und einer die Spüle ausleuchtenden Schreibtischlampe zusammen. Am Herd fischte einer der Wehrnotbrüder mit einem Löffel irgendetwas Essbares aus einem großen Topf; neben ihm kroch jemand mit dem Kopf voran in den kleinen Kühlschrank. Wer eben noch so angeregt gesprochen hatte, wusste ich nicht, denn kaum standen wir in der Küchentür, herrschte Schweigen.

»Ich seh' schon«, sagte Nica, »ihr seid in eine eurer politischen Diskussionen vertieft.«

»Das hier ist eine Redaktionssitzung.« Wie immer klang Dietrich beleidigt.

Nica war nicht die Einzige, die sich fragte, wo da der Unterschied war. Eine rothaarige Stöckartistin – mit Ausnahme von Nica die einzige anwesende Frau – beschwerte sich, dass man auch in einer Redaktion ab und zu mal praktische Fragen zu klären habe. Dem Durcheinander an genervten Kommentaren entnahm ich, dass sie ein Reizthema aufgriff, als sie die Schreibmaschinen aus Kuhlackers Laden ansprach. Die *gegensinn*-Mitarbeiter stritten darum, wer welche Beiträge wie oft und mit wie vielen Durchschlägen abtippen solle.

»Stöckartisten«, sagte Nica. »Die würden selbst aus der Glückseligkeit noch ein Problem machen.«

Der magere Dunkelhaarige, dem ich im Trabbi beinahe auf den Schoß gedrückt worden wäre, sah an Nica und mir herunter und entdeckte meine neuen Schuhe. Wie schnell sich die Stöckartisten darüber einig waren, dass ich gut daran getan hätte, ihrem Rat zu folgen, auch wenn die Schuhe vielleicht ein bisschen zu groß für mich seien.

Vielleicht sah Nica mich so fassungslos an, weil sie meine Neuerwerbung noch gar nicht bemerkt hatte, vielleicht war das aber auch nur die passende Miene zu ihrem Rat, um Gottes willen niemals wieder einen Vorschlag der Stöckartisten anzunehmen. Um ihren Ärger, der ihr deutlich anzumerken war, etwas zu dämpfen, erzählte ich ihr von meinem erfolgreichen Job und der Aussicht auf einen zweiten Auftrag von Flackhaus. Kaum hatte ich angedeutet, dass ich für ihn einen Computer einrichten solle, würgte sie das Thema ab: Erstens sei jemand, der hier in Leipzig mit Jobangeboten für Wessis um sich werfe, mindestens so unseriös wie die Stöckartisten; zweitens sei sie vor Hunger nicht fähig, mir noch länger zuzuhören. Sie linste in den Topf auf dem Herd, aus dem sich eben noch einer der Gebrüder Wehrnot bedient hatte: große, orchideenförmige Nudeln. Die Stöckartisten waren längst wieder mit sich und ihren Redaktionsfragen beschäftigt. Blickgeschützt hinter dem breiten Wehrnotrücken, schmuggelten wir den Nudeltopf in unser Gästezimmer.

Glaub mir: Allein um dir ein vollständiges Bild von mir als Fefe zu geben (und weil ich alles, sogar die Eifersucht mit dir teilen will), erzähle ich dir von meinem Rückzug mit Nica. Umflackert vom Grabkerzenlicht, saßen wir uns auf der Matratze im Schneidersitz gegenüber. Nica hatte zwischen uns den Topf abgestellt, fütterte abwechselnd mich und sich selbst, wischte mir mit dem Daumen einen Soßenrest von den Lippen. Kaum war der erste Appetit gestillt, war uns der Nudeltopf auf der Matratze im Weg.

Waren wir nervös? So sehr, als stünde uns der erste Kuss noch bevor. Der Kachelofen war kalt und strahlte dennoch Hitze ab. Über uns glänzte im Kerzenschein der siebenarmige Spinnenleib des Messingleuchters. Ich folgte Nicas Wangenader zum Ohr, während sich Nica auf meinem Rücken zum Mond vortastete; wer weiß, wohin wir mit unseren Erkundungen von Ader und Mond gelangt wären, hätten wir nicht bemerkt, dass die Tür offen stand. Im einfallenden Flurlicht machten wir Dietrichs Umrisse aus. Wie lange hatte er dort schon gestanden, bevor er sich und uns mit seiner Nörgelstimme abkühlte? Das habe er sich schon gedacht, sagte er und zeigte neben die Matratze. Reflexhaft, so als wäre sie nackt, zog sich Nica die Decke bis zum Hals, als er neben ihr in die Knie ging und an beiden Henkeln den Topf packte. Den Kommentar, den er schon auf den Lippen hatte, wurde er nicht los, denn noch bevor er ein Wort hätte sagen können, hatte Nica ihn schon aus dem Zimmer geworfen.

War das Wut oder Scham, was ihr Gesicht färbte? Weil die Bettdecke keinen Zentimeter von Nicas Kinn abwärts wich, versuchte ich, für Entspannung zu sorgen. Dietrich habe nicht alles zurückerobert, was wir aus der Küche hätten mitgehen lassen, sagte ich und griff neben der Matratze nach einem abgegriffenen Stadtplan von Berlin. Der Plan hatte neben dem Herd auf der Spüle gelegen und mich auf eine Idee gebracht.

»Den müssen wir wieder zurückgeben«, sagte Nica. »Der Plan ist der ganze Stolz der beiden Wehrnots. Klapp ihn mal auseinander. Siehst du, Westberlin ist noch mit drin.«

»Nicht so wahnsinnig überraschend in einem Berliner Stadtplan.«

»In einem aus der DDR schon. Nach dem Mauerbau ist der Westen aus den Karten verschwunden. Hinter der Grenze war die Welt nur noch eine weiße Mondlandschaft. Man konnte noch nicht mal mit dem Finger auf der Landkarte in den Westen ausreisen.«

»Ich will mit dir nach Berlin, Nica. Als unsere Hochzeitsreise. Von hier aus ist es doch gar nicht so weit, oder?«

»Lass uns nach dem Todestag meines Vaters noch mal darüber reden, okay? Vielleicht steht mir dann der Sinn danach.«

»Ja, vielleicht.«

»Bist du sauer?«

»Nein.«

»Und warum steckst du dann deinen Kopf in den Rucksack?«

»Ich suche was.«

»Was ist das?«

»Nichts.«

»Für ein Nichts fühlt es sich aber erstaunlich fest an.«

»Na ja, ein Buch halt.«

»Komisches Buch, so ganz ohne Autor und Titel. Darf ich mal reinsehen?«

»Warum solltest du nicht reinsehen dürfen?«

»Weil das wie ein Tagebuch aussieht. Ach, das sind ja nur Bilder. Wer ist denn das hier mit der riesigen Hand?«

»Mein Vater.«

»Hast du das als Kind gezeichnet?«

»Nein, die Skizze ist noch aus dem Herbst, kurz bevor ich nach Dortmund gezogen bin.«

»Oh, war ich das? Die Zeichnung hier ist ganz verschmiert.«

»Das gehört so. Eine Landschaft, aus dem fahrenden Zug gesehen. Das war auf dem Weg nach Leipzig.«

»Das Buch ist ja schon halb voll! Und das ist alles von dir?«

»Ich brauche eigentlich immer einen Stift in den Fingern, so wie du deine Kippen. Zum Abreagieren. Aber – ...«

Nica warf sich über mein »Aber« und brachte es mit einem Kuss zum Schweigen. Ich hätte einen Knall, sagte sie, zum Glück hätte ich einen Knall. Sie gab mir einen zweiten, vom Lachen entstellten Kuss, bedeckte meine Stirn, meine Wangen, meinen Mund mit den Lippen und reichte mir schließlich das Skizzenbuch zurück: So ein halbleeres Buch mache ihr Angst. Bei so vielen weißen Seiten habe sie das Gefühl, dass alles vor der Zeit aus sei, so als wären auf halber Strecke einer Geschichte schon sämtliche Figuren verstorben, das Liebespaar auseinandergegangen.

»Du meinst, wie bei jemandem, der zu viel von seiner Lebenszeit veratmet hat? Dass alles im Fehlismus endet?«

»Sehr witzig. Wie wär's, wenn du lieber was zeichnest?«

»Und was?«

»Mich zum Beispiel.«

Sie sank auf einen Ellbogen zurück, wandte sich halb von mir ab und breitete die Bettdecke über sich. Ihre sich windenden Bewegungen, als sie sich unter der Decke BH und Höschen auszog. Sie drehte sich, schlug die Decke zurück und lag, das Gesicht mit den geschlossenen Augen nach links gewandt, bäuchlings vor mir auf der Matratze, den Kopf auf der Beuge des rechten Arms gebettet. Ob es so in Ordnung sei und sie ein gutes Modell abgebe. Natürlich, Nica, einfach hinreißend ... Mein über dem Papier vibrierender Bleistift zögerte, bevor er deine Vorgängerin ins Buch übersetzte. Wie unreif ich war: Aus Befangenheit verlor ich mich in den Anblick ihrer Wangenader, die sich unter meiner Hand zur Leblosigkeit beruhigte. Dann folgte der Zeichenstift der Schattenlinie ihrer Wirbelsäule (deren Konturen im Kerzenlicht zitterten und sich dunkel vertieften, als Nica ein Bein anwinkelte). Die leicht verschobene Symmetrie der Grübchen über den Pobacken. Die schraffierten Rundungen der Schulterblätter (darunter in roter Doppellinie der Abdruck ihres BHs). Für das Muttermal auf ihrer linken Schulter musste ich den Bleistift anspitzen, für das rechts über das Kissen gegossene tiefschwarze Haar hätte ich eine weichere Mine gebraucht. Wie sie den Nacken streckte und eine Anspannung durch ihre Arme ging, als ich mit dem Stift ganz sachte eine Linie zwischen ihre Schulterblätter zog, die dort nicht zu sehen war. Nichts war mehr zu sehen, weil mir das Sehen verging und sich auch jetzt im Flackerlicht meiner Erinnerung die Umrisse ihrer sinnlichen Erscheinung in verschwommene Flächen auflösen, eine andere Gestalt annehmen … Nica in jenem irritierend vieleckigen, von tanzenden Tapetenrauten begrenzten, fünfeinhalb Jahre zurückliegenden Zimmer: ein Bild, das nur ein Vorentwurf für dich war und an das ich mich nicht erinnern kann, ohne dass es zu dir überblendet.

Über unsere Schamhaftigkeit half uns das Gejohle eines Betrunkenen hinweg, der sich anhörte, als wollte er von der Straße aus unsere Liebe anfeuern. Vor Aufregung war mir der Bleistift aus der Hand gefallen; ich spürte ihn in meinem Kreuz, aber als ich ihn packen wollte, tastete ich unter der Decke vergeblich nach ihm. Auch Nica, die mir suchen half, konnte den Bleistift nicht finden, fand dafür aber Stellen, an denen ich kitzlig war. Die Grabkerzenflammen zitterten, dabei zog es nicht, war die Tür zu, suchte uns kein Stöckartist heim. Draußen wurde dem Schreihals mehrstimmig geantwortet. Nica verlor das Interesse daran, mich zu kitzeln. Der Widerschein eines Lichts zuckte unter der Zimmerdecke auf, gefolgt von einem Angstschrei auf der Straße, einem schweren Poltern in dumpfer Ferne. Der Blick aus dem Fenster: nur die Brandmauer eines benachbarten Hauses und der Hof mit dem im Funzellicht schimmernden Wartburg des Wartbürgers. Wenn wir den Hals verrenkten, konnten wir einen winzigen Straßenabschnitt sehen, zwei oder drei vorbeilaufende Gestalten erahnen; aber das war schon genug, um zu wissen, dass die Stöckartstraße in Aufruhr war – und mit der Stö Nica.

Was denn da draußen los sei, fragte sie mich. An meinem Arm konnte ich ihre Gänsehaut spüren. Ihre Stimme war tiefer als sonst. Egal, was draußen los ist, wir sind hier drinnen. Meine Beruhigungsversuche waren umsonst; hilflos sah ich zu, wie sie sich das T-Shirt wieder anzog, in die Leggins schlüpfte, die Tür öffnete. Mit frierend verschränkten Armen blieb sie im Flur stehen, sah zu mir zurück, bis ich ihr folgte.

Alle Vögel ausgeflogen. Selbst die Küche war leer. Der Lärm, den wir hörten, drang aus dem Treppenhaus. Als wir die Wohnungstür öffneten, hallten nur noch letztes Stimmengewirr und der dumpfe Laut der zufallenden Haustür zu uns herauf. Unschlüssig gingen wir ein paar Stufen hinunter. Das Buntglasfenster auf halber Treppe hatte links und rechts je einen transparenten Einsatz. Nicas Gesicht war in schwaches gelbliches Licht getaucht, als sie auf ihrer Seite nach draußen linste. Mäusekino: Seltsam klein sahen die Stöckartisten aus, die auf der Straße grüppchenweise einander ins Wort fielen. Erhobene Gesichter und Finger, die ringsum auf die Häuser zeigten. Jemand umarmte eine junge Frau, um ihr Klagegeheul zu ersticken. Die Grüppchen zerfielen, man zog sich zu den Haustüren zurück. Nica, in nichts als Leggins und Shirt, rieb sich die Arme, war aber nicht vom zugigen Fenster zu locken. Ihr Gesicht wurde heller: Ein Auto bog rechter Hand in die Straße ein, das Scheinwerferlicht erfasste die verbliebenen Stöckartisten. Gesichter, die sich geblendet zum schwarzen Wagen umwandten, und dann heulte der Automotor auf und feuerte ein paar knallende Explosionslaute ab. Die erschrockenen Stöckartisten flüchteten auf den Bürgersteig, und ich sah, dass von dem nachtschwarz glänzenden Wagen eine schimmernde Bewegung ausging, eine Lichtspur glomm direkt unter uns auf, und dann glaubte ich, das Haus würde von einer Detonation erfasst – die Scheibe zitterte an meiner Stirn, während auf der gegenüberliegenden Hauswand ein Lichtwiderschein aufzuckte. Von bösen Erinnerungen an das Feuer in meiner Dortmunder Wohnung gelähmt, starrte ich hinaus, bis Nica mich vom Fenster wegzog. Ich sah in ihr angstentstelltes Gesicht und hörte, wie draußen der Motor wieder ein paar Schüsse abfeuerte und das Treppenhaus von Gebrüll erfüllt war. Vielleicht zehn oder zwölf Stöckartisten stürmten an uns vorbei die Treppe hinauf. Man blaffte uns an, wir sollten sofort in die Wohnung verschwinden. Die Wehrnotbrüder, die den anderen als Nachzügler hinterherhechelten, erklärten uns hastig, dass Nazis die Stö angegriffen hätten, insbesondere dieses Haus sei wegen des *NIE WIEDER VERSCHISSMUS*-Banners zum Ziel ihres Anschlags geworden. Das sei nicht das erste Mal, antworteten sie uns, dass die Faschos hier mit Leuchtspurgeschossen und einem Brandsatz aufgetaucht seien. Und nein, die Bullen hätten an einer Lösung des Problems wenig Interesse, im Gegenteil ließen die sich bei einem Notruf aus der Stö mindestens eine geschlagene Stunde Zeit.

Zurück in unserem Zimmer (die Wehrnots waren den anderen aufs Dach gefolgt), warf Nica einen ängstlichen Blick aus dem Fenster. Außer dem Innenhof gab es nicht viel zu sehen, aber wir hörten Stimmen und undefinierbare Geräusche von oben. Schweigend legte sie sich zu mir auf die Matratze. Wir hatten längst die Grabkerzen gelöscht, und ich war schon beinahe eingeschlafen, als sie leise, aber bestimmt sagte, dass wir uns morgen nach einer anderen Unterkunft umsehen würden.

Als wir uns am folgenden Tag auf den Weg machten (Nica mit ihrer olivgrünen Leinentasche, ich hatte meinen Rucksack gepackt), stellten wir fest, dass das Haus nicht nur einen Brandsatz, sondern auch ein paar Farbbeutel abbekommen hatte. Weil Nica noch immer der Schreck ins Gesicht geschrieben stand, behauptete ich, dass die bunten Tupfer inmitten der rußdunklen Fassaden doch eigentlich eine Wohltat fürs Auge seien; selbst der Brandfleck neben der Haustür und dem angesengten Banner wirke irgendwie dekorativ. Sofort schlug Nica mir auf den Arm. Sie wisse nicht, was sie schlimmer finden solle, mein dummes Geschwätz oder die Angst, die ihr die Brandspuren einflößten. So oder so, wir müssten besser heute als morgen ein neues Dach über dem Kopf finden.

Auf Wohnungssuche im Osten: Wir streiften durch Connewitz, den Blick zu den Fenstern der Wohnhäuser erhoben, die Nica mehr über deren Innenleben zu sagen schienen als mir. Sie überließ es mir, an Haustüren zu rütteln, und als wir durch Flure schlichen, wusste sie intuitiv, ob hier eine Wohnung für uns frei sein könnte oder nicht. Wir klapperten Cafés und Geschäfte ab und befragten Kunden und Inhaber nach leerstehendem Wohnraum. Der Hunger hielt uns in einer gut besuchten Gaststätte fest, und beim Essen fiel Nica eine verödete Gegend ein, in die sie sich vor ein paar Tagen verirrt hatte. Sie hing ihrer Zuversicht Sehnsuchtsvorstellungen von einer Tür an, die wir noch an diesem Abend hinter uns zuziehen könnten, von fließendem Wasser und hoffentlich Strom und der Matratze natürlich, die wir uns von den Stöckartisten ausleihen müssten.

Im Zickzack liefen wir aus der Innenstadt und durch zunehmend engere Straßen. Hinter den drei- und viergeschossigen Häuserzeilen versank mit der Leipziger Skyline auch allmählich die Sonne. Die frei drehende Nadel meines Orientierungssinns richtete sich allein noch an Nicas Zielstrebigkeit aus. Ihre Leinentasche geschultert, ging sie mit langen Schritten voraus. Ich folgte ihr mit einer Aufgeregtheit im Bauch, die mich so schwerelos machte, dass ich die Szene nachträglich aus der Vogelperspektive sehe. Wir befanden uns unmittelbar vor dem Herzen des Labyrinths, in das sich mein Leben ohne Nica wohl niemals verirrt hätte und das mich schließlich zu dir führen sollte. Hand in Hand irrten wir östlich der Karl-Liebknecht-Straße durch eine Folge gleichförmig aussehender, heruntergekommener Fassaden und sich wiederholender Straßenzüge. Die beginnende Dämmerung setzte sich mit einem Flechtwerk von Schatten und Nässeflecken auf den Hauswänden fest. Obwohl wir uns noch immer mitten in der Stadt befanden, wurde die Stille immer unheimlicher. Kein einziges Fenster wird von meiner Erinnerung erleuchtet – wer sollte auch schon in den Ruinen dieses ausgestorbenen Viertels wohnen, dessen Straßen nach Persönlichkeiten benannt waren, von denen man noch nie etwas gehört hatte; man hätte meinen können, jede Straße würde den Namen ihres letzten, in aller Stille verstorbenen Bewohners tragen.

Als wir dem Einerlei von Kreuzungen und Fassadenreihen entkommen waren und auf die Kohlenstraße stießen, stürzte die Leere des östlichen Horizonts auf uns ein. Auf der anderen Straßenseite, jenseits des tausendfach geflickten, von Kopfsteinpflaster durchsetzten Asphalts, hinter kahlem Gebüsch, einer schadhaften, von Unkraut übersäten Mauer und einem halb eingesunkenen Gitterzaun, erstreckte sich ein Brachland von ungeheurem Ausmaß, überwölbt von einem Himmel in fahl leuchtenden Brauntönen, an dessen Rändern einzelne Lichter glommen. Von Osten her sickerte schon die nachtschwarze Finsternis ein. Weit drüben ragten einige Plattenbauten auf, vereinzelt und so willkürlich verstreut wie Grabsteine auf einem alten Friedhof. Sonst nichts, abgesehen von einem Schienengleis, das mitten in die Leere gebettet war und gen Norden in ein schwarz klaffendes Loch führte, in südlicher Richtung unter einer Brücke verschwand. Dorthin beschrieb die Straße einen Bogen, so als müsste sie der um sich greifenden Ödnis ausweichen. Kleine, fensterlose Ziegelbaracken waren hier als letzter Vorposten errichtet. Rechter Hand tauchten zwischen den Halbruinen der mehrgeschossigen Wohnhäuser niedrige Zweckbauten auf, deren Nutzen man sich nicht mehr vorstellen konnte. Die Straße wechselte den Namen, aber sie blieb totenstill und verwaist.

Wir blieben vor einem breiten Haus stehen, das selbst in dieser Gegend verlassen wirkte und deshalb Nicas Instinkt ansprach. Auf vier Etagen brannte je ein Dutzend Mal kein Licht. Wo die Kellerfenster nicht vergittert waren, waren sie zerbrochen. Rechts und links neben der Fensterfront ragte eine schwach strahlenden Straßenlaterne direkt aus der Wand, weshalb das Haus – zumal nirgends eine Tür zu sehen war – an ein Gefängnisgebäude erinnerte. An der linken Fassadenseite wurde es in stumpfem Winkel von einer schmalen, schräg zur Straßenecke stehenden Wand abgeschlossen, auf der ein Bildwerk aus Stuckatur zu sehen war: Ein antikisches Paar mit Amphore warf über der Jahreszahl 1934 und dem groß aufgeprägten Motto EIGNER HERD seinen Schatten. Folgte man den Lettern ums Eck in die Seitenstraße, waren zwei fast symmetrische Reihen von Einschusslöchern aus der Jugendzeit des Gebäudes zu sehen, niedrig genug, dass Nica sie auf Zehenspitzen mit dem Finger betasten konnte. Auf dieser Gebäudeseite waren sämtliche Fenster des Erdgeschosses mit Brettern vernagelt, und auch hier war kein Zugang zu finden. Ein von struppigem Unkraut und Grasbüscheln bewachsener Trampelpfad führte zwischen der Hauswand und einem großen verwilderten Garten, in dem Farne und kopfhohes Gebüsch wucherten, hinter einen Gebäudevorsprung. Eine Kellertreppe, von gelbem, schmutzigem Wellblech überdacht, erwies sich als Sackgasse; die Eisentür dort unten, wo der Boden von altem Laub, Abfällen und Kleiderfetzen übersät war, war so verrammelt, als wäre sie mit dem Türrahmen verschweißt. Wir pirschten uns ein paar Schritte weiter – und hier, neben dem Gebäudevorsprung, auf der breiten Rückseite des Hauses, stießen wir im Schatten eines Baumes endlich auf die Haustür. Sie klemmte, ließ sich aber mit etwas Mühe an der Klinke anheben, und als ich zusätzlich die Schulter gegen das Holz stemmte, gab sie mit einem fast menschlichen Ächzlaut nach.

Wir treten ein: Halbdunkelheit, an die sich unsere Augen erst noch gewöhnen müssen. Der Geruch von Feuchtigkeit und modrigem Holz. Beide wagen wir nicht zu sprechen. Mit dem Zeigefinger deutet Nica an, dass sie über das geräumige Treppenhaus nach oben will. Abends knarren alle Treppen. Das Geländer stößt unter der Hand erstickte Kreischlaute aus. Nicas Stiefelsohlen lassen sich durch nichts ruhigstellen. Zugluft dringt durch die Spanplatte, mit der das große Treppenhausfenster auf halbem Weg zur ersten Etage vernagelt ist. Absatz für Absatz halten wir inne, aber nichts ist zu hören: Totenstille im ganzen Haus. Wie lange es dauert, bis wir an ein Ende gelangt sind und vor einer eisernen Dachbodentür stehen, die so schief im Rahmen verzogen ist, dass sie sich durch bloßes Rütteln nicht öffnen lässt. Wir geben es auf, denn ein dumpfes Rascheln und Gurren hinter der Tür sagt uns, dass unser Versuch Tauben aufgeschreckt hat. Warten, bis wieder Ruhe herrscht, und dann eine Treppe zurück ins oberste Stockwerk, wo Nica neben ihrer Tasche in die Knie geht. Ich nehme den Rucksack ab und lehne mich gegen die Wand; Putz rieselt an meinem Rücken hinab. Nica nickt mit dem Kinn in Richtung des Gangs: Mut tanken und den kurzen Etagenflur erkunden.

Ich halte mich ein paar Schritte hinter ihr, während sie, ein Ohr an die erste Wohnungstür gepresst, sachte am Knauf rüttelt. Zwei weitere Versuche lassen mich schon an die Rückkehr in die Stö denken. An der vierten Tür schnellt Nicas Ellbogen ruckartig nach hinten. Erstaunt sieht sie den Knauf in ihrer Hand an. Das Ding habe nur lose in der Tür gesteckt, wispert sie mir zu. Sie dreht den Knauf in den Fingern, um ihn von allen Seiten zu begutachten, und zeigt mir dann ihre Hand, die ganz grau ist von Staub. In dieser Wohnung ist lange niemand mehr gewesen. Stellt sich nur die Frage, wie wir hineinkommen sollen.

Um nicht tatenlos dazustehen, klopfe ich meine Jackentaschen ab. In Krimis können Schauspieler mit der Scheckkarte jede Tür öffnen; weil ich keine Scheckkarte habe, probiere ich es mit meinem Personalausweis. Hilflos stochere ich in der Ritze zwischen Pfosten und Tür, ignoriere Nicas Aufforderung, ich solle einen Schritt zur Seite treten, schlage auch ihre zweite Warnung aus und erschrecke, als sie direkt neben mir Schulter und Knie gegen die Tür rammt. Zwei, drei Mal lässt sie im Flur den dumpfen Krach widerhallen. Beim vierten Mal folgt dem Poltern ein schleifendes Geräusch, und dann versetzt mir jemand einen schweren Hieb auf den Schädel, und ich sacke zu Boden.

Was ich noch weiß: Nica bückte sich, hob etwas auf und wandte sich zu mir um. Erst suchte sie auf meinem Kopf nach einer Schramme, dann zeigte sie mir, was mir den Schlag versetzt hatte: eine Türklinke, die unter Nicas Stößen vom Querbalken des Türrahmens gerutscht war. Ungeduldig schob Nica mich zur Seite und führte die Klinke in das Loch ein, in dem vorhin der Knauf gesteckt hatte. Sie sah mich mit hochgezogenen Augenbrauen an und öffnete ganz vorsichtig die Tür.

Zwölfter Tag

Letzte Nacht konnte ich nicht schlafen vor Angst. Es war still in meiner Zelle, so beklemmend still, als würde die Dunkelheit jedes Geräusch absorbieren. Ich lag auf meiner Liege mit vor Druck schmerzenden Ohren, die Kehle zugeschnürt, und wartete auf die erlösenden Schritte des Wärters, der nachts auf dem Gang seine Runde machte, um meine Angst zu bewachen – die Angst vor dem schwarzen Wagen etwa, der mich Nacht für Nacht durch meine Träume verfolgt und eskortiert wird von der üblichen Kolonne von Fragen. Warum war meine Geschäftsreise so schlecht geplant? In Arad war man auf meinen Besuch nicht vorbereitet gewesen, und unter der Adresse in Sibiu gab es keinen Herrn Weißmann. Man riet mir, mich in Kleinkopsch (Copşa Mică oder Kiskapus, jeder, den ich fragte, nannte den Ort anders) nach einer Produktionsstätte umzusehen, aber irgendeine zurückliegende Tragödie hat dort für die reihenweise Schließung von Industriebetrieben gesorgt. Und was hatte es damit auf sich, dass man in jenem kleinen Betrieb in Piteşti auf mein Angebot mit Drohungen und einem Rauswurf reagierte? Wurde ich schon auf der langen, schnurgeraden Fahrt von dort nach Craiova verfolgt? Warum habe ich seit meiner Festnahme vor bald zwei Wochen weder ein Wort von den Anwälten deines Vaters noch von einer gerichtlichen

Anklage gehört? Vielleicht werden sich die Warnungen vor der Bestechlichkeit der Behörden ausgerechnet in diesem Gefängnis bewahrheiten; dann würde meine Festnahme wohl auf eine außergerichtlich zu regelnde Auslösesumme hinauslaufen. Ist das der Grund, warum mir kein Übersetzer zur Seite gestellt wurde? Meine Fragen drehen sich umso schneller im Kreis, je mehr Angst mir der abermals zur Neige gehende Papiervorrat macht. Auf dem verbliebenen Rest muss sich meine Schrift kleinmachen, zusammendrängen aus Furcht vor der erzwungenen Wortlosigkeit. Der Bleistift ist zu einem nur noch mit spitzen Fingern zu fassenden Stummel geschrumpft, mit dem ich mir meine Erinnerungen erschreiben muss an die Tage mit Nica in unserer neuen Leipziger Bleibe.

Deren Türklinke diente uns, nachdem sie mir auf den Kopf gefallen war, als zu groß geratener Wohnungsschlüssel. Allerdings kam es in den ersten Tagen nur selten vor, dass wir ausgingen, unsere gegenseitige Anziehungskraft hielt uns die meiste Zeit in der Wohnung gefangen. Unser Vormieter, als dessen Wiedergänger wir uns einlebten, musste sie Hals über Kopf verlassen haben, denn wir fanden sie im Zustand eines konservierten, von grauer Zeit überpuderten Alltags vor. Als hätten sich hier Märchenpfade gekreuzt und das Tischleindeckdich wäre in einen Dornröschenschlaf gefallen, standen auf dem Küchentisch eine grüne, staubüberzuckerte Teekanne und ein Tässchen zur Fortsetzung einer endlos gedehnten ruhigen Minute bereit. Neben einer Backform (man hätte den Staub für Mehl halten können) hatte man eine halbvolle Schaufel graufleckiges Salz für ein nie ausgeführtes Backrezept stehenlassen, zu dem vielleicht auch der Margarinebecher gehörte, dessen Deckel verschlossen zu halten wir uns gegenseitig so feierlich versprachen, als hätten wir es mit der Büchse der Pandora zu tun. Und als hätte eben noch jemand hier gegessen, wartete ein Teller seit Ewigkeiten darauf, abgeräumt zu werden, wobei die Essensreste (Kartoffeln womöglich und ein schwer bestimmbares Gemüse) einen solchen Grad der Versteinerung erreicht hatten, dass wir sie mit dem Fingerspitzengefühl von Archäologen unter dem Messer untersuchten. Es gelang uns, den Zeitpunkt zu datieren, an dem sich unser Vorgänger in Luft aufgelöst hatte: Ein Küchenkalenderblatt, das unter dem Motto *Guter Rat* naiv gemalte Steinkrüge zeigte, gab eine Übersicht des Jahres 1989, und auf der Toilette (wo ein Restvorrat an Klopapier für uns bereitgestellt war und wir auf dem Spiegelbord eine Tube Zahnpasta, einen Rasierer fanden) lag als Klolektüre eine Tageszeitung mit den Schlagzeilen vom August des Vorjahres aus. Und wie eine Hinterlassenschaft des Vorbewohners an uns war auf dem Wohnzimmertisch ein Brief hinterlegt, der an seine und damit auch an unsere Adresse gerichtet war und uns seinen Namen verriet: Tobias Voss.

Dass wir das Kuvert nicht gleich öffneten, geschah nicht aus Achtung des Briefgeheimnisses, sondern aus der Lust, Mutmaßungen über seinen Inhalt anzustellen, so als müsste uns das absenderlose Schreiben Aufschluss geben über den Grund für das Verschwinden seines Empfängers. Nica ließ sich in den einzigen Sessel der Wohnung fallen und entwarf mit geschlossenen Augen, das Kuvert in der Hand, eine Nachricht von so großer Dringlichkeit, dass sie Vossens sofortige

Flucht veranlasst haben musste – eine anonyme, maschinengeschriebene Warnung vielleicht mit dem Inhalt, dass man seine Machenschaften entdeckt habe, oder man drohte ihm, dass man die von ihm betriebene Aufdeckung der Machenschaften anderer Personen zu verhindern wisse … Nachdem sie meine Neugier lange genug auf die Probe gestellt hatte, öffnete Nica den Briefumschlag und fand heraus, dass er leer war.

Wir warfen einen Blick in den Kleiderschrank: Vossens Jeans- und Cordhosen, Pullover und grobe Baumwollhemden verrieten uns, dass er ein ganzes Stück größer sein musste als Nica, und anhand seiner überschaubaren Plattensammlung konnten wir seinen Namen mit ein wenig Persönlichkeit füllen: Unter dem Wohnzimmerfenster lehnten rund anderthalb Dutzend Alben von Ostrockbands gegen die Wand. Wir suchten nach dem Plattenspieler, den wir, obwohl er mitten im Zimmer stand, anfangs gar nicht bemerkt hatten, denn er verbarg sich unter einer rechteckigen Fläche von Staub, in einem Gehäuse, dessen Größe Nica überraschte, das mir aber auf eine verstörende Weise vertraut vorkam. Wir öffneten den Glassturz und probierten die blankgegriffenen Knöpfe und Regler im Innern der Musiktruhe aus. Als Nica eine Platte auflegte und die ersten Takte die Stille durchbrachen, klopfte uns vor Aufregung das Herz – ihr, weil sie Angst davor hatte, entdeckt zu werden, während ich aus ganz anderen Gründen bestürzt in den Schneewittchensarg meiner Kindheit starrte. Meine Aufmerksamkeit wurde nicht von der Musik, sondern von dem sich drehenden schwarzen Rund aufgesogen, vom Anblick des Fussels, der sich an der Nadel zur Flocke sammelte, dem Ausschuss der Zeit, welche die Nadel brauchte, um immer enger aufs Loch zuzuschlingern.

Für die Musik war ich taub, bis Nica mich am Arm fasste, an sich zog und mit mir zu einer langsamen Nummer durch das im Dämmer liegende Wohnzimmer tanzte. Und als hätte sie auch meiner Erinnerung den Ton aufgedreht, höre ich nun wieder unsere über den staubigen Dielenboden schlurfenden Schritte und das Knistern und Knacken der Nadel in der Rille, das man mit geschlossenen Augen für ein prasselndes Kaminfeuer hätte halten können. Nica führte mich tanzend in den Flur; tanzend pfefferten wir unsere Schuhe in die Ecke und taumelten auf Socken in das kleine Schlafzimmer, wo Nica zum ersten Mal mein Geburtsmond aufging. Während ihre neugierigen Finger mein Kainsmal abtasteten, buchstabierte sie verschiedene Möglichkeiten durch, was die Sichel für mich und mein Schicksal zu bedeuten haben könnte.

Vergeblich versuchte ich in der vergangenen Nacht, mit der Erinnerung an die Musik die Stille in meiner Zelle auszublenden. Selbst mein eigener Atem war nicht mehr zu hören, obwohl er doch rasen musste vor Angst, die mir mit jedem Atemzug in die Lungen strömte und den wie auf die Pritsche festgenagelten Leib wach hielt – Angst, die sich von der Mutmaßung löste, dein Vater könnte von meiner falschen Passidentität erfahren und mich in diesem Gefängnis meinem Schicksal überlassen haben. In meiner Panik war ich irgendwann davon überzeugt, ich würde in meiner Zelle begraben liegen, die auf mir lastende Nähe des oberen, leeren Doppelstockbetts wäre der Sargdeckel und nur das zerebrale Restglühen meiner Nerven- und Hirntätigkeit hielte meine Einbildungsarbeit am Leben, die ich für Erinnerung halte und schon in kurzer Zeit enden und vergessen sein wird – spätestens dann, wenn mir mit dem Papier die Worte ausgehen werden. Ich beruhigte mich, als die Schritte des Wärters auf dem Zellentrakt zu hören waren, gleichmäßig wie ein Metronom, und mir meinen Herzschlag in Erinnerung riefen und sagten, dass ich einen weiteren Teil der Nacht überstanden hatte und überhaupt Zeit verging. Immer zu spät, wenn ich schon längst wieder der Stille überlassen war, fragte ich mich, warum ich seinen uhrwerksartigen Gang nicht mit einem Wort ins Stocken gebracht und ihm trotz der Sprachbarriere um meinen Fall befragt hatte, und sei es auch nur um der Versicherung willen, dass man mich in meiner Zelle nicht vergessen hat.

Meine Angst ließ erst nach, als morgens das Gestocher von Kasoks Schlüssel in der Zellentür zu hören war. Nachdem er das Frühstück auf meinem Klapptischchen abgestellt hatte, untermalte er sein unverständliches Geschwätz mit rudernden Gesten; ich hörte ihm die Verschlagenheit an und spürte den Blick seiner kleinen Brillenaugen auf mir, als er mir den Hocker vor das Klapptischchen stellte. Mir war allerdings der Appetit so gründlich vergangen, dass ich mich beim Anblick der faden Kost zum Hunger überreden musste, indem ich mir die Gier in Erinnerung rief, mit der Nica und ich über unser erstes Frühstück in der neuen Unterkunft hergefallen waren.

Nach einer unruhigen Nacht, in der ich immer wieder leises Getrappel, Schleifgeräusche und dumpf gurrende Laute von irgendwoher zu hören geglaubt hatte, mussten wir unfreiwillig bis weit in den Tag hinein fasten, da allein schon das Putzen des Kühlschranks den ganzen Morgen in Anspruch nahm. Ein halbes Jahr lang hatte er verfaulte Lebensmittel und braun angelaufene Gläser voll trüber Brühe frisch gehalten. Als wir uns auf den Weg machten, rechneten wir damit, erst noch die Nachbarschaft nach einem Konsum absuchen zu müssen, aber nicht mit dem uns bevorstehenden Gewaltmarsch weit über die Grenzen des Viertels hinaus. Und als wir endlich einen Laden gefunden hatten, mussten wir in einer Schlange für einen Einkaufswagen anstehen, ohne den man hier keine Einlassgenehmigung hatte. Im Innern, wo Raumnot herrschte zwischen den übersorgfältig bestückten Regalen, wurde unser Vorratseinkauf mit so giftigen Blicken bedacht, als wären wir Diebe, dabei gab es angesichts der Preise zum Diebstahl wahrlich keinen Grund. In der Kassenschlange mussten wir uns ein zweites Mal gedulden, da die Kassiererin mit den Kunden, während sie ihnen Rabattmarken ins Heft klebte, ins Plaudern kam.

Unter eisigem Schweigen verließen wir den Laden und wagten es erst nach dem nächsten Häuserblock, mit einer Flasche Limonade unseren quälenden Durst zu löschen. Der lange Heimweg weitete das Loch in unseren Mägen und machte uns so reizbar, dass aus Nica die Wut über die Menschen im Konsum ausbrach. Die Leute dort, sagte sie, hätten uns absichtlich so lange warten lassen, weil man uns den Westen ansehe.

Um das zu ändern, setzte sie mir nach unserer Rückkehr die altmodische Schlagmütze auf, die in Vossens Wohnungsflur an der Garderobe hing. Sie fand, dass mir der Opadeckel stehe, fast könne man glauben, einen waschechten Ossi vor sich zu haben. Ich behielt die Mütze auf dem Kopf und half Nica, die Einkäufe einzuräumen. Während wir kochten, tauften wir Vossens Wohnung in einer stotternden Zusammenziehung von *Fefe* und *Nica* auf *Finca* und hielten aus Dankbarkeit für Tobias Voss einen mit Besteck und Teller gedeckten Platz am Küchentisch frei. Beim Essen richteten wir hin und wieder das Wort an ihn und erkundigten uns, ob wir etwas für ihn in seinem Exil tun könnten, ein Carepaket ins Nirgendwo senden oder einen Kranz an seinem unbekannten Grab niederlegen, oder ob wir ihn einmal besuchen sollten in dem gottverlassenen Knast, in dem er womöglich steckte. Von nun an bezogen wir ihn in die Frage ein, was wir kochen oder welche Schallplatte wir auflegen sollten, wobei ich mich über die seltsamen Namen der Bands – *Silly*, *Karat*, *Die Puhdys* – amüsierte.

Wenn ich im Dämmerlicht an der Wohnzimmertür stand, unfähig, den Raum zu betreten oder ihn zu verlassen, verloren in den Anblick des sanften, aus dem Innern der Musiktruhe dringenden Leuchtens, dann fühlte ich, ohne zu wissen, warum, eine durch die Musik vermittelte Sympathie mit dem Eigentümer der Schallplatten. Was auch immer der Grund für sein Verschwinden gewesen sein mochte, von seiner Unschuld war ich so überzeugt, dass ich, wenn sich nach dem Essen einmal mehr unsere Fantasie an seiner Abwesenheit abarbeitete, seine Verteidigung übernahm. Vielleicht sei er noch vor der Wende eingebuchtet worden, nahm ich den Faden auf, unschuldig natürlich, ein Stasiopfer, das noch auf seine Rehabilitierung wartet.

»Oder«, sagte Nica, »es gibt einen weniger romanhaften

Grund. Er könnte auch abgehauen sein, nach drüben, und hat hier alles stehen- und liegenlassen.«

»Auch nicht gerade unspektakulär.«

»In jedem Fall ein interessanter Mann!«

Sie lachte und blies mir Zigarettenrauch ins Gesicht. Hustend kippelte ich mit dem Stuhl nach hinten, und als ich mich wieder an den Küchentisch heranzog, gab unter der Tischplatte etwas nach: eine Schublade, deren Knauf abhandengekommen war. Sie ließ sich nur ruckhaft aufziehen und barg außer losem Alubesteck zwei altertümlich große und langbärtige, an einem starken Metallring befestigte Schlüssel – Kellerschlüssel, wie Nica meinte.

Im Treppenhaus schienen uns unsere eigenen widerhallenden Schritte zu verfolgen. Bevor wir ins Freie traten, lugten wir wie Einbrecher, die sich auf dem Rückzug befanden, durch den Spalt der vorsichtig geöffneten Haustür nach draußen. Zum Keller gab es keinen anderen Zugang als die mit ockerfarbenem Wellblech überdachte Außentreppe. Als Nica die Schlüssel ausprobierte, zitterten ihre Lippen, und dann drückte sie mit der Schulter die erstaunlich lautlose Eisentür auf und tauchte in die Düsternis des Kellers ein.

Der Geruch von süßer Fäulnis. Es war so dunkel, dass Nica ihr Zippo anzünden musste. An der Wand neben der Tür fanden wir einen schwarzen Drehschalter. Mit einem lauten *Klack!* wurde der lange Gang vor uns von kleinen Glühbirnen erleuchtet, die der Linie einer unter der Decke verlaufenden Stromader folgten. Die Birnen glommen so schwach, dass der Gang wie ein leicht abschüssiger Stollen wirkte, an dessen Ende es so schwarz war, als würde sich dort ein Abgrund auftun. Wir passierten links und rechts Gittertüren und aus breiten Latten genagelte Verschläge. Wie ein Kerkermeister ging Nica von Tür zu Tür und probierte den zweiten Schlüssel aus – ohne Erfolg.

Am dunklen Gangende stellten wir fest, dass es eine Abzweigung nach links gab. Ein weiterer Drehschalter, und als die Funzellichter aufglommen, hatte ich den Eindruck, der Tunnel würde wirklich in die Tiefe hinabführen. Der Zementboden ging schon nach den ersten Metern in einen weichen, unsere Schritte dämpfenden Grund über, auf dem ölig schillernde und metallisch glänzende Lachen von Brackwasser standen. An den von Pilz befallenen Kalkwänden hatten gelbe Zungen von Feuchtigkeit die Umrisse von Stalagmiten angenommen, und die Eisenrahmen der Gittertüren waren von Rostaureolen umflammt. Wir näherten uns schon dem Ende des zweiten Stollens, als nach so vielen vergeblichen Versuchen der Schlüssel tatsächlich passte. Nica stieß die Tür auf. Das Ganglicht war zu schwach, um den Kellerraum zu erhellen. Wieder das Zippo; die Flamme schlierte dutzendfach an der gegenüberliegenden Wand als Widerglanz gewölbter Glasbehältnisse auf, bis Nica den Lichtschalter fand. Dann schlug ein Blitz in den Raum ein: Die von der Decke hängende Birne war beim Einschalten mit dem Knall eines Pistolenschusses durchgebrannt.

Nur langsam gewöhnten sich unsere geblendeten Augen wieder an die Dunkelheit, und aus der Düsternis hoben sich die Konturen eines Kellerraums ab. Ich sah an der Längswand gegenüber der Tür eine Batterie von Einmachgläsern, die neben Lackdosen und Schächtelchen voll Schrauben und kleinerem Werkzeug ein mehrgeschossiges Wandregal füllten. Links von uns, halb von der offenen Tür verdeckt, schimmerte das Stahlgerippe eines an der Wand lehnenden Fahrrads, und die dünne, längliche Form neben dem Hinterrad musste eine Luftpumpe sein. Nica stellte ihr brennendes Zippo auf dem Regal ab, zupfte mich am Ärmel und wies unter ein lichtloses, von außen verbarrikadiertes oder vielmehr von Erdreich verschüttetes Gitterfenster. Dort unter dem Fenster kauerte ein massiges Wesen, schwärzer und lichtloser noch als die Dunkelheit im niedrigen Kellerraum, nur der stark gebuckelte Rückenpanzer glänzte im Licht der Flamme, die Nica wieder zur Hand nahm. Sie machte einen Schritt auf das Wesen zu, das sich duckte, flach vor ihr zusammenkrümmte und als ein aufgeschütteter Haufen von Kohlebriketts entpuppte. Ob ich mich auch so erschrocken hätte, wisperte Nica, sie habe im ersten Moment geglaubt, da liege eine Leiche.

Sie deutete auf einen großen Eimer, über dessen Rand schwarz verschmierte Arbeitshandschuhe hingen, und wies mich an, den Eimer mit Kohle zu füllen. Das war zwar nicht sonderlich anstrengend, aber wie du dir vorstellen kannst, raste mir hier unten im fensterlosen Keller der Atem; und als ich mit dem schweren Eimer, der mir bei jedem Schritt gegen das Bein stieß, hinter Nica durch den Gang hastete, schien es mir, als wollten mir die Lungen platzen, noch bevor uns unser Aufstieg zur gelben Wellblechsonne unter der Kellertreppe zurückgeführt haben würde.

Zurück in der Wohnung, stellte ich den Kohleeimer mitten im Wohnzimmer ab, sank benommen in den Sessel und sah Nica dabei zu, wie sie sich im Schneidersitz vor die offene

Ofenklappe hockte und mit Anitas rotem Feuerzeug, das sie neben dem Ofen deponierte, ein aus Knäueln von Toilettenpapier bereitetes Kohlennest anzündete. Wir hatten beide nicht bedacht, dass die Kohle die Feuchtigkeit des Kellers aufgenommen hatte; dicker, beißender Qualm quoll aus der offenen Klappe und schien auch dann noch aus verborgenen Ritzen und Fugen des Ofens zu dringen, als Nica das Türchen geschlossen und die Klappe mit einem Rädchen zugeschraubt hatte. Sie riss das Fenster auf, was wir bisher aus Furcht vor Entdeckung vermieden hatten. Jetzt aber stand Nica im abziehenden Rauch, den man von der Straße aus für einen Wohnungsbrand hätte halten können, am Fenster und starrte durch den Qualm hinaus in die weite Ödnis hinter der toten Schienenspur, die zwischen unserem Haus und dem weiten Brachland wie eine Grenze verlief.

Was sie dort draußen sehe? Einen Geisterzug, der unterwegs sei zu ihrer Kindheit. Ihr sei ganz unvermittelt eingefallen, wie sie mit ihrer Mutter einmal durch den riesigen Glaskuppelpalast des Hauptbahnhofs gelaufen sei, den sie damals noch für den Nabel der Welt gehalten habe. Ihre Aufregung am Bahnsteig bilde sie sich vermutlich nur ein, schließlich habe sie damals nicht gewusst, dass dies ihre illegale Ausreise aus der DDR sein würde. Gesine habe ihr gegenüber von einer Urlaubsreise nach Prag gesprochen, und erst jetzt habe Nica sich daran erinnert, dass sie damals beim monotonen Geratter und dem öden Ausblick auf die dahinziehenden Felder und Dörfer in Schlaf gefallen sei und sich auf die Zinnen einer Märchenburg geträumt habe, wo ihr der Wind Gesines Haar ins Gesicht geweht und sie einen weiten Blick auf eine alte Stadt voll Türmchen und verwinkelten Gassen gehabt habe. Von dort oben sah sie auf der anderen Seite eines großen Flusses, der zu Füßen der Burg von einer steinernen Brücke überquert wurde, sich selbst an der Hand ihrer Mutter durch das Gewirr mittelalterlicher Bauten und hoch aufragender Fabeltürme mit spitz zulaufenden Walmdächern irren. Irgendetwas war nicht in Ordnung; die beiden hasteten achtlos an den Sehenswürdigkeiten ihres Märchenprags vorbei, immer wieder um sich schauend, so als müssten sie sich vor einer Gefahr in Sicherheit bringen. Und noch bevor sie aus ihrem Traum herausgefunden habe, sei sie gegen Ende der Zugfahrt drüben im Westen in einem anderen Leben aufgewacht, das auch das Ende ihrer Kindheit gewesen sei.

Nica schloss erschauernd die Fensterflügel. Wegen des kalten, auf dem Fenster stehenden Ostwinds war der Rauch mehr schlecht als recht abgezogen, aber wenigstens qualmte inzwischen die Kohle nicht mehr. Da es ohnehin kein anderes Sitzmöbel im Zimmer gab als den Sessel, kauerten wir uns auf den Boden und öffneten die Ofenklappe als Kaminersatz. Nica warf hin und wieder eine aufgerauchte Zigarette in die Öffnung und blies sachte in die Glut, und der Anblick ihres gelblich aufglimmenden Gesichts steckte mich mit einer eigenen Kindheitserinnerung an. Ich erzählte ihr von der Flamme, die ich in meinem Kinderzimmer jeden Abend vor dem Einschlafen unter der Decke tanzen gesehen hatte. Wie oft hatte ich beim Zubettgehen meine Mutter angefleht, dass sie die Tür einen Spalt weit offen und Licht im Flur brennen lassen solle, das heller als die Flamme hereinscheinen würde. Wenn ich im Laufe der Nacht erwachte, war das Flurlicht wieder gelöscht worden, und ich starrte in die Ecke mit dem über mir flackernden Lichtspuk. Sinnlos, dass ich mir einzureden versuchte, es würde sich um eine bloße Lichtprojektion des brennenden Ölofens handeln, an die Decke geworfen durch das Abzugsloch im gusseisernen Deckel; mir war nur allzu bewusst, dass dem Irrlicht die Schrecken unseres Kellers innewohnten, die ich jedes Mal auszustehen hatte, wenn ich zum Auffüllen der Ölkanne hinuntergeschickt wurde. Der grüne Heizöltank nahm fast den ganzen Werkzeugkeller ein. Ich musste auf einen Schemel steigen, um an den Knopf der elektrischen Pumpvorrichtung zu kommen, und ließ die braunrote, stechend riechende Flüssigkeit durch eine transparente Nabelschnur in die Ölkanne fließen. Wenn ich die schwappende Kanne durch den Kellergang schleppte, war ich mir sicher, dass ich aus der dunklen Nische unter der Haustreppe belauert wurde, weil ich dort mehr als einmal einen unnatürlich finsteren Fleck bemerkte, in dem sich ein Lichtschimmer bewegte, sobald man der Stelle keine Beachtung zu geben vorgab und sie nur aus den Augenwinkeln wahrnahm. Heilfroh, dem Keller entkommen zu sein, sah ich oben in meinem Zimmer meinem Vater dabei zu, wie er den Brennzylinder reinigte, indem er, schaurige Kreischlaute verursachend, mit einer langstieligen Schöpfkelle hauchdünn sich lockenden Ruß von den Innenwänden kratzte. Nachdem er den Ofen mit einer Reihe von Zündhölzern gefüttert hatte, bis endlich eine Stichflamme aufloderte, vergaß er manchmal, den Deckel des Brennzylinders zu schließen, und ich beugte mich mit heißem Gesicht über den offenen Schlund und konnte mich lange nicht vom Anblick der Flammenbrunst lösen.

Nica sah mich erst zweifelnd an und fragte mich dann so angeregt über meinen Vater aus, dass ich ihr seine falsche Goldmünze zeigte, die ich immer noch in meinem Bleistiftetui aufbewahrte. Aber sie unterbrach mich mitten in meiner Beschreibung seines Münztricks, um mir von ihrem eigenen Vater zu erzählen. Nichts von dem, woran sie sich mit einem Mal wieder erinnere, passe zu dem Trinker, von dem Vera gesprochen habe, oder zu einem Menschen, der sich das Leben nehmen würde. Für sie sei er jemand, der spuckesprühende Parodien eines Fernsehmoderators abgeliefert und sich beim Kochen in einen französelnden *Chef de Cuisine* mit Papiermütze verwandelt habe. Auf dem Sofa hatte sie ihre Kinderbeine über seinen Schoß gelegt, während er in einen Fernsehfilm vertieft war; seine linke Hand ruhte weich und warm auf ihrem Unterschenkel, die rechte wanderte zwischen seinem Mund und dem Aschenbecher auf und ab, den er im Laufe des Films so überfüllte, dass er die Zigarettenstummel nicht mehr ausdrückte, sondern wie beim Mikadospiel in den Berg aus Kippen und Asche steckte. Nica glaubte, sich an seinen Geruch erinnern zu können, ein scharfes, sogar noch durch den Nikotindunst hervorstechendes Aroma, von dem sie nicht wusste, ob sie es sich inzwischen als Schnapsfahne erklären oder mit dem Klebstoffgeruch ihrer Bastelstunden in Verbindung bringen sollte, an denen er allerdings nur als Zuschauer teilnahm. Er saß mit verschränkten Armen am Tisch und beobachtete stumm, wie Mutter und Tochter aus zerschnittenen Illustrierten absurde Collagen klebten; selten hatten die im wilden Mix gekleideten Papiermenschen zwei Arme und Beine, und die Gliedmaßen waren ihnen nicht immer an den richtigen Stellen gewachsen. Fotos von Wänden,

Dächern, Gärten fügten sie zu labyrinthischen Palastanlagen zusammen, deren kreuz und quer führende Treppen und Brücken die platte Wirklichkeit des papierenen Baugrunds um ein paar zusätzliche Dimensionen erweiterten. Wenn Nica mit Gesine aus farbigen Bastelbögen die simpel geformten Glieder von Figuren ausschnitt, um sie anschließend auf weißem Papier zusammenzukleben, lauschte ihr Vater mit wehmütigem Blick dem Kinderlied, das Mutter und Tochter beim Basteln sangen: *Papier, Papier, dich schneiden wir! Papier, Papier, dich falten wir!* Mit zittrigen Händen pinnte er die Figuren an die Wand, trat mit Kunstkennerblick einen Schritt zurück und erweckte sie zum Leben, indem er, der gescheiterte Schauspieler, ihre geduckte oder gestreckte Haltung oder die enthusiastische Pose ihrer hochgerissenen Arme annahm und ihnen eine Stimme gab, mit der er Gesine und Nica in einen urkomischen Dialog mit ihren Geschöpfen verwickelte. Manchmal übernahm Gesine die Stimme der Bastelmännchen, wobei sie das Gespräch nach und nach auf die in den Sand gesetzte Karriere von Nicas Vater lenkte, der wenigstens zu Hause vor einem Publikum aus Papierfiguren sein Talent ausleben könne. Wenn er ihr Widerworte gab, vergaß er seine Rolle, und die beiden gerieten in Streit; Nica wurde in ihr Zimmer geschickt, wo sie, beide Fäuste auf die Ohren gepresst, auf ihrem Bett kauerte und gegen den Lärm ihrer Eltern mit dem Bastellied ansang: *Papier, Papier, dich reißen wir!*

Während wir einander unsere Erinnerungen erzählten, legten wir mehrmals Kohle nach, so dass wir am Ende des Abends die Aschelade unter der Ofenklappe leeren mussten. Das Krematorium unserer Familiengeschichten, witzelte Nica, zog die Lade heraus, sah sich suchend nach einer Möglichkeit zur Entsorgung um und wies mit dem Kopf auf einen länglichen Blechbehälter auf dem Ofen. Ich nahm ihn herunter, öffnete den Deckel und stutzte: In dem Blechkästchen befanden sich Papiere, die wir gleich am Wohnzimmertisch sichteten.

Den Kassenbon eines Gaststättenbesuchs deutete ich als offene Spesenrechnung, Nica als Souvenir von einem Rendezvouz. Arbeitsvertrag und Kündigung erzählten uns das erste und letzte Kapitel von Vossens zweimonatiger Beschäftigung in einer Glaserei. Seine Fahrerlaubnis (die Klasse B war gelocht) wurde von ein paar Werkstattrechnungen kommentiert. Ein kleines Bündel zusammengefalteter Briefe machte uns ganz kindisch vor Neugier; als ich es auseinanderfaltete, fühlte ich etwas Festes von kleinem Format – etwas, von dem damals noch nicht zu ahnen war, welche Folgen es für mich haben würde: den Ausweis von Tobias Voss. Auf dem Passfoto sah mich jemand an, dessen Haar vielleicht etwas heller war als mein Dunkelblond, und dem Blau seiner Augen fehlte mein Stich ins Graue, und doch bestand zwischen ihm und mir eine gewisse Ähnlichkeit. Nica glaubte, ich würde einen Spaß machen, sah dann – ihr Lächeln wurde unsicher – ein zweites Mal auf das Passfoto, ohne sich festlegen zu wollen, ob ich nun recht hätte oder nicht. Sie fand, dass Vossens Brauen und Kinn schärfer geschnitten seien, was seinem Gesicht einen entschlossenen Ausdruck verleihe, der mir fehlen würde; außerdem sei Voss den Papieren zufolge anderthalb Jahre älter und zweiundzwanzig Zentimeter größer als ich. Weil ich ihre Zweifel in Abrede stellen wollte und selbst nicht mehr wusste, ob ich Ernst oder Spaß machte, legte sie mir eine Hand auf die Schulter und sagte, dass mir, ihrem Fefechen, die schlechte Laune nicht gut stehe. Um mich wieder lächeln zu sehen, wolle sie mir den größten Unterschied zwischen Fefe und Voss zeigen. Ihre Hand glitt unter meinen Pullover, und ich spürte, wie ein Finger auf meinem Rücken den sichelförmigen Umriss meines Geburtsmals nachzog. Das da, flüsterte sie, weise mich eindeutig als ihren Mann vom Mond aus.

Mehr noch als meine Ähnlichkeit oder Unähnlichkeit mit dem Passfoto interessierte Nica die Frage, warum Tobias Voss seinen Ausweis in der Wohnung zurückgelassen habe. »Wo er wohl steckt?«, fragte sie. »Wenn er seinen Pass hier aufbewahrt, könnte es dann nicht sein, dass er eines Tages in seine Wohnung zurückkehrt?«

»Vielleicht ist er schon da«, sagte ich, verschwand in den Wohnungsflur und kehrte mit Vossens Schlagmütze zurück. Lachend rückte Nica mir die Mütze in die Stirn und blies mir Zigarettenrauch ins Gesicht. Ich nahm die Briefe zur Hand und machte es mir im Sessel bequem. Dann solle ich mal vorlesen, sagte Nica und setzte sich, mit einer Fußspitze den Bodenkontakt wahrend, aufs Fensterbrett.

Wort für Wort glitt mein Finger über die mir unvertraute Schrift verschiedener Absender, die uns mit ihren Forderungen, Sorgen und Klagen einen Einblick in das Leben gaben, das ich schon bald für dich annehmen würde. Davon ahnte ich noch nichts, als ich Nica die auf Juli und August neunundachtzig datierten Schreiben vorlas. Ich begann mit den Briefen in einer weiblich-runden Schrift – Liebesbriefen einer Verehrerin, die mit dem Wunsch nach einem Wiedersehen begannen und der Verfluchung dessen endeten, der sich nicht mehr bei ihr blicken lasse. Mit Ausnahme einer Postkarte aus Ungarn waren die restlichen vier Briefe in immer derselben übersorgfältigen Handschrift verfasst. Viermal begann ich meine Lesung mit *Mein lieber Sohn* und endete viermal mit *Dein Vater*. Was dazwischen Platz fand, waren vor allem väterliche Ermahnungen, in denen von Tobias' leichtfertigem Umgang mit Geld, von seiner Lebenseinstellung, seiner Arbeitsmoral, seinem Mangel an Haltung und Respekt gegenüber dem Meister in der Glaserei die Rede war – von einem Widerstandsgeist, den Nica als bürgerlichen Ungehorsam deutete und dein Vater später noch an mir schätzen sollte. Nachdem mir das *Mein lieber Sohn* beim letzten Brief schon im Tonfall einer Drohung über die Lippen gekommen war, erfuhren wir noch von den Beschwerlichkeiten der Pflege irgendeines Grabes, mit der Tobias seine Eltern alleingelassen habe; außerdem gehe es Tante Fritz so schlecht, dass sie in die Klinik habe zurückkehren müssen. Zuletzt beschwor der Vater den Sohn, sich bei der Mutter für eine Kränkung zu entschuldigen, über die Nica gern mehr erfahren hätte. Eltern wie diese, sagte sie, hätten sich die Kränkungen ihrer Kinder hart erarbeitet.

Sie verließ ihr Plätzchen auf der Fensterbank, nahm Vossens Ausweis vom Tisch und klagte seinem Passbild, dass man sich seine Eltern nun mal nicht aussuchen könne. Was ich glauben würde, womit er seiner Mutter solchen Kummer bereitet habe?

Vielleicht ist sie eingeschnappt, sagte ich, weil ihr Sohn ein für alle Mal mit ihr abgeschlossen hat. Weil er ihr ins Gesicht gesagt hat, dass sie ein wandelnder Kühlschrank ist, das Eisfach auf Brusthöhe. Ihre gottverdammte seriöse Musik (sagte ich, und meine Hände krallten sich vor Wut in die Armlehnen des Sessels), mit der sie jedes Gespräch ersetzt. Die hat sich für immer in ihren Schneewittchensarg zurückgezogen. Was ich meine Mutter schon immer mal fragen wollte: ob sie schon vor oder erst nach meiner Geburt das Lachen verlernt hat. Jedenfalls sind das, was sie ihre Lachfalten nennt, nur die Krähenfüße einer Rabenmutter, rief ich, einer Mutter, deren Fürsorge an Bösartigkeit grenzt. Einer Mutter, die sich früh von ihrer Mutterschaft verabschiedet hat. Ich schnappte nach Luft. Mir war heiß geworden. Ich schoss aus dem Sessel auf und fühlte mich so leicht, als hätte ich mit dem Kopf unter die Zimmerdecke stoßen müssen, wenn Nica mich nicht mit einer Umarmung festgehalten hätte. Die Worte, die sie an meiner Wange ausstieß, waren unverständlich verrotzt, und meine gestammelte Dankbarkeit galt nicht allein ihnen; vielmehr empfand ich in meinem Aufruhr von Selbstmitleid, Trotz und Enthusiasmus eine erste Ahnung von jenem angsteinflößenden Glücksgefühl, das mich später bei der Abnabelung von meinem Leben als Felix Fehling erfüllen sollte.

Die bloße Erinnerung an dieses Glücksgefühl schnürte mir in der vergangenen Nacht die Kehle zu. Ich starrte in die Finsternis meiner Zelle und spürte, wie sich die gemauerte Enge ganz langsam um mich zusammenzog. Vielleicht war ich vor Übermüdung eingenickt oder zumindest auf der Schwelle zum Schlaf, als aus der Schwärze das Gesicht jenes Polizisten hervortauchte, der nach meinem Unfall durch das geschlossene Seitenfenster zu mir in die Fahrerkabine hereingesehen hatte. Ganz deutlich konnte ich in meiner Zelle die Fratze seiner Bestürzung erkennen und wie er mit stumm plapperndem Mund lautlose Worte an mich richtete, die mich nicht mehr erreichten, so als wäre ich nur noch eine Erinnerung meiner selbst, ein Schatten, losgelöst von dem, der ihn warf. Bald schon werde ich auch dir gegenüber verstummen, weil mir nicht nur das Papier ausgeht, sondern auch der Bleistift meine Hand vor Schmerz zur Klaue verkrampft hat. Meiner Schrift sind so viele Stacheln und Dornen gewachsen, dass du vermutlich Mühe hast, mich noch zu entziffern, sollte dich mein Bericht jemals erreichen; vielleicht hast du es schon längst aufgegeben, meine dichtgedrängten und unleserlich kleinen Bekenntnisse zu lesen, und ich lasse ganz umsonst und für niemanden als mich selbst den Schrumpfstummel Haken schlagen und Schlingen ziehen, aus Angst vor der wort- und papierlosen Stille.

Dritter Stoß

Fünfzehnter Tag

Als vorgestern die Zellentür geöffnet wurde und schweigend, mit ernstem Gesichtsausdruck Kasok eintrat, war mein erster Gedanke, dein Vater hätte endlich meine Freilassung erwirkt. Aber Kasok führte mich nur zu einer längst überfälligen Arztvisite ab (bei der sich der Gefängnisarzt übrigens weigerte, mein böses Bein zu untersuchen; es genügte ihm, meine Wunde – einen sich vom Knie bis zur Leiste ziehenden Riss, aus dem eine harzige Substanz quillt – mit einer braunen Paste zu bestreichen, Kompressen aufzulegen und das ganze Desaster unter einem Verband zu verbergen).

Gerade eben ist Kasok ein zweites Mal in meiner Zelle aufgetaucht – diesmal, um mich von zwei Tagen papierloser Zellenisolation zu erlösen. Du machst dir keinen Begriff davon, was es für mich bedeutet, mich endlich wieder verschriftlichen, an dich richten und ohne Platzmangel Wörter lassen zu können. Irritierend, dass sie mir nicht mehr grau, sondern blau von der Hand gehen: Kasok hat meinen Bleistiftstummel durch einen Kugelschreiber ersetzt, mit dem ich, in Gedanken schon längst wieder in Leipzig, meine Beichte, meinen Selbsterklärungsversuch, unsere Vorgeschichte fortsetzen will.

Liebesgeschichten: Die Flitterwoche, die ich mit Nica in der Finca verbrachte, wurde schon nach ein paar Tagen von atmosphärischen Störungen heimgesucht. Es begann mit ihrem Vorwurf, von mir komme keine Initiative, irgendetwas mit ihr zu unternehmen. Statt einer Antwort hielt ich ihr den Berliner Stadtplan vor die Nase; wenn es nach mir ginge, sagte ich, könnten wir sofort aufbrechen. Das machte sie nur noch wütender. Ich hätte den Plan den Stöckartisten zurückgeben müssen, sagte sie, und von Reiseplänen, die über die Stadtgrenzen von Leipzig hinausführen würden, wollte sie nach wie vor nichts hören. Was noch? Eine Geräuschphobie, an der das leere und stille Haus schuld war, machte sie unruhig. Wenn ich das Besteck in die Schublade warf oder mit einer Obsttüte knisterte, zuckte sie zusammen und zog ein Gesicht, als würde ihr der Schädel zerspringen. Ich hätte ja keine Ahnung, was Geräusche in ihrem Kopf anrichten würden – Geräusche, die sie auf dem Dachboden zu hören vermeinte, oder sie glaubte, jemand schleiche draußen durchs Treppenhaus und dieser Jemand sei zu leise für meine unempfindlichen Ohren. Ihre Reizbarkeit ging mir auf die Nerven, aber die Zärtlichkeit, mit der sie ihre Reue über jeden angezettelten Streit zum Ausdruck brachte, nahm mir im Handumdrehen wieder den Ärger. Sie brachte mir Tee und süßes Gebäck, lobte meine Geduld und entschuldigte sich für ihre Nebentage.

»Deine was?«

Sie winkte ab. Nebentage, das seien verlorene Tage, an denen sie ohne jeden Grund neben sich stehe. Ich nahm sie in die Arme, gab zu, dass ich sehr genau wisse, was Nebentage seien, und überließ sie ihrem Rückzug ins Schlafzimmer, wo sie für die Dauer ihrer Gedankenkrebskrise für Tröstungsversuche nicht mehr zugänglich war. Immerhin erhob sie auch keinen Einspruch, wenn ich die Finca verließ, um zu Flackhaus' Archiv aufzubrechen.

Bei meinem ersten Arbeitseinsatz hatte Flackhaus auf den Röhrenbildschirm gezeigt, der den halben Schreibtisch einnahm, und gefragt, ob ich mich auch mit Computern auskennen würde. Ich ließ ihn wissen, was ich beim Rotfuchs gelernt hatte: Software kopieren und installieren per Konsolenbefehl. Wartungen durchführen. Als ich ihm erzählte, dass ich für einen Kunden eine Datenbank erstellt hatte und Passwörter einrichten konnte, merkte Flackhaus auf: Er habe da einen zweiten Auftrag für mich.

Zunächst hatte ich aus einem ausgemusterten Rumpfcomputer und losen Komponenten – Speichermodulen, Diskettenlaufwerk und Festplatte – einen funktionstüchtigen Rechner zusammenzubauen. Es dauerte zwei Tage, bis der Computer ohne Aussetzer lief und Flackhaus mich anwies, einen Satz von durchnummerierten Disketten auf die Festplatte zu kopieren. Sein ungläubiges Gesicht, als er die Codes in der Befehlszeile sah. Seine Ungeduld, so als wüsste er damals schon von den späteren Lese- und Schreibgeschwindigkeiten. Um sich zu beherrschen, schritt er sein Büro mehrmals der Länge nach ab – von der Eisentür, hinter der er seinen »Giftschrank« unter Verschluss hielt, bis zum Kopierer, neben dem inzwischen ein hüfthoch gestapelter Doppelturm an Kopierpapierpacken errichtet war. Ab und an zwang er sich, neben mir stehen zu bleiben und sich mit starrem Blick auf den Bildschirm von der Fortschrittsanzeige auf eine Geduldsprobe stellen zu lassen, die sich mit jeder Diskette wiederholte.

Meine Frage, was wir da eigentlich kopierten, lenkte ihn für einen Augenblick ab. Keine Sorge, mein Junge. Er lächelte zwar, verbot mir aber jede weitere Nachfrage, wobei sein Verhalten meine Neugier nur noch anstachelte: Als ich die Datenbank zu Testzwecken öffnete, konnte er den Blick von der Tabelle voll Namen und Kürzeln kaum lösen. Kaum hatte er bemerkt, dass auch ich die ersten Zeilen überflog, befahl er mir, die Datei sofort zu schließen, nur um sich gleich darauf zeigen zu lassen, wie man sie wieder lud. Dann legte er seine Hände vor dem Kinn zusammen. Einen letzten Auftrag habe er noch, bevor ich seinen Computer nie wieder anrühren dürfe. Ich musste mit dem Gesicht zur Wand stehen, den knurrenden Labrador zu meinen Füßen, während er sein Passwort eintippte. Nach einem Moment, in dem nichts als das Hecheln des Hundes zu hören gewesen war, rief Flackhaus mich wieder zu sich, weil er nicht wusste, wie er sein Passwort speichern sollte.

Wenn ich abends in die Finca zurückkehrte, müde, erschöpft, das grüne Geflimmer des Monitors noch vor Augen, das Klackern der Tastatur, das Rattern und Seufzen der Diskettenmagnetscheiben im Ohr, traf ich Nica meist im Wohnzimmer an, wo sie bei leise spielender Musik im Sessel oder vor dem Ofen saß. Ihr gefiel nicht, dass ich bei Flackhaus war. Der Mann war ihr nicht geheuer, und sie zweifelte daran, dass er mich für meine Dienste auch wirklich bezahlen werde. Um eine Diskussion zu vermeiden, beschrieb ich ihr Flackhaus' Archiv als ein seriöses Büro und meine

Tätigkeit als einen wichtigen Beitrag, westliches Know-how in den Osten zu bringen. Vorsorglich verschwieg ich Nica die Ausfahrten, zu denen Flackhaus mich in seinem Audi mitnahm; was hätte sie auch sagen sollen zu seinen kurzen, mit einem Handschlag besiegelten Besprechungen am Straßenrand, denen ich nicht beiwohnen durfte, die ich aber sehr wohl aus dem Auto beobachten konnte? Als Flackhaus einmal bemerkte, dass ich während einer seiner Absprachen das Fenster heruntergekurbelt hatte, giftete er mich an, dass ich meine Finger von seinem Auto lassen solle. Er nehme mich sowieso nur mit, weil er mich nicht allein mit dem Labrador im Archiv zurücklassen könne. Ich fragte ihn, warum er dann nicht mit dem Hund statt mit mir seine Runden drehe. Weil Hundegeruch, mein Junge, den Wiederverkaufswert eines Autos drückt.

Vielleicht war Nica aber auch aus einem anderen Grund gegen meine Einsätze bei Flackhaus voreingenommen. Nach den ersten Tagen verließ sie, wenn ich zur Arbeit aufbrach, mit mir das Haus, und wir waren uns nicht immer einig, wer die Wohnungstürklinke mitnehmen sollte, ohne die man in die Finca nicht wieder hineinkommen konnte. Weil meine Arbeitseinsätze keine festen Zeiten kannten und ich manchmal schon nach zwei oder drei Stunden wieder zurückkehrte, glaubte ich, Anspruch auf die Klinke zu haben. Nica sah das natürlich anders. Eines Abends beschwerte sie sich, dass sie sich ausgesperrt fühle und keine Lust habe, sich jedes Mal fragen zu müssen, ob sie in die Wohnung hineinkommen würde oder nicht.

»Was machst du eigentlich in der Stadt, während ich arbeite?«

»Ich treffe mich mit Jonas.«

»Findest du nicht, dass ihr euch ein bisschen oft seht?«

»Fefe, wir haben elf Jahre lang nichts voneinander gehört.«

»Wenn du solche Angst vor dem Ausgesperrtsein hast, könntest du doch in der Finca bleiben.«

»Du willst mich einsperren?«

»So habe ich das nicht gemeint.«

»Aber dass man ohne die Klinke aus der Finca genauso wenig hinaus- wie hineinkommt, ist dir schon klar?«

Sie hockte auf dem Wohnzimmerboden, den randvollen Aschenbecher neben sich und das Gesicht von der Glut hinter der offenen Ofenklappe erleuchtet. Wenn es nach mir ginge, meinte sie, dann müsste sie wohl den lieben langen Tag in Blaubarts Burg mit niemand anderem als Voss verbringen. Aber im Gegensatz zu mir höre der ihr wenigstens zu. Sie nahm seinen Ausweis zur Hand und sah abwechselnd ihn und dann mich von Kopf bis Fuß an, so als würde sie seine eins sechsundachtzig gegen meine eins vierundsechzig abwägen. Ob ich nicht auch finden würde, dass sich aus den Briefen, die wir im Blechkasten gefunden hätten, auf Tobias Voss' Widerstand gegen jede Art von Bevormundung schließen lasse. Sein spurloses Verschwinden deutete sie als Nachweis seiner Absage an das System. Sie zog noch allerhand Vergleiche, bei denen ich grundsätzlich den Kürzeren zog und die sie mit der Bemerkung zusammenfasste, dass mir Vossens Klamotten eindeutig ein paar Nummern zu groß seien.

Weil Nica mich halb im Spaß, halb aus Ärger über meine Schlüsselgewalt tagelang damit aufzog, dass mir Vossens Klamotten ein paar Nummern zu groß seien, sorgte ich dafür, dass sie mir passten. Ich war schon eine ganze Weile von Flackhaus zurück, saß mit meinem Skizzenbuch lustlos am Küchentisch und scheiterte an dem Versuch, mich zeichnend von der Frage abzulenken, wann Nica endlich zurückkehren würde. Ich war gereizt, als ich den Voss-Pass aus dem Wohnzimmer holte, ihn auf den Tisch legte und im Skizzenbuch eine neue Seite aufschlug. Sein Kinn gelang mir nicht kantig genug, und die Bleistiftmine versagte vor seinen meerblauen Augen. Wie oft ich auch meinen Versuch korrigierte, das zu weiche Blei konnte die Furchtlosigkeit nicht finden, die Nica ihm ansehen wollte. Entnervt verdrückte ich mich aufs Klo und befragte mein Spiegelbild, und das Spiegelbild antwortete: entweder er oder ich. Folgsam schraubte ich den alten Rasierer auf, den Voss auf der Ablage hinterlassen hatte, und entnahm ihm die Klinge. Wie zum Hohn flackerte in meinem Gesicht über dem Waschbecken jene Entschlossenheit auf, die mir angeblich abging. Der Spiegel verlangte kurzen Prozess. Ich sah die Klinge in meiner Hand an und überlegte, ob ich es wirklich wagen sollte. Ein langer Blick in meine Augen, und als hätte ich mich selbst in Hypnose versetzt, ging ich zurück in die Küche, setzte mich an den Tisch und machte Voss mit der Rasierklinge um einen Kopf kürzer. Um Spuren zu vermeiden, zwang ich mich zur Geduld, wenngleich nur eine Kleinigkeit zu entfernen war – ein Detail, ein winziger Bogen. Ganz langsam öffnete sich unter der Klinge die obere Rundung der 8 zur 6, bis mich Voss, den Nica als einen jungen Mann von eins sechsundachtzig kannte, nur noch um zwei Zentimeter überragte.

Ich ging so konzentriert zu Werke, dass ich alles außer der Rasierklinge in meiner Hand vergaß und zusammenschrak, als Nica an der Wohnungstür klopfte. Sie sah aufgeregt aus, aber als sie in die Küche kam und sah, was ich angerichtet hatte, zog sie die Augenbrauen zusammen. Sie könne nicht fassen, sagte sie, was ich getan hätte – mit einem amtlichen Dokument! Dann aber bemerkte sie meinen dummen Gesichtsausdruck und hörte das Geständnis, ich hätte ein Ende machen wollen mit der alten Leier, dass mir Vossens Klamotten ein paar Nummern zu groß seien. Sie musste lachen – so ausgelassen lachen, dass es ansteckend war.

Dass unser Weinvorrat wie Säure schmeckte, konnte meiner Laune so wenig anhaben wie Nicas Bemerkung, dass sie sich heute schon wieder mit Jonas getroffen habe und er sie trotz der langen Trennung so gut wie sonst kaum jemand verstehe. Ohne die Gespräche mit ihm wäre sie in den letzten Tagen ganz sicher aufgefressen worden von dem Gedanken, damals ihren Vater im Stich gelassen zu haben – ihn, einen gebrochenen, dem Alkohol verfallenen Mann, der den Schlag, von Frau und Kind verlassen worden zu sein, nicht mehr verkraftet habe. Aber wenn jemanden eine Schuld an seinem Selbstmord treffe, dann doch wohl Nicas Mutter. Gesine habe damals für ihre Tochter mitentschieden und sie mit keinem Wort auf die Flucht von ihrem Vater und allem vorbereitet, was ihr vertraut war; im Gegenteil habe sie Nica vor der Ausreise sogar betäubt. Und trotzdem, so ganz beruhigen würden sie Jonas' Argumente nicht … Vielleicht könne ich jetzt besser nachvollziehen, warum es für sie so wichtig sei, mehr über ihren Vater zu erfahren. Dann würde ich vielleicht auch verstehen, was es für sie bedeutete, dass Jonas weiter nachgefragt und inzwischen jemanden gefunden habe – keinen Schauspieler, sondern einen Bühnenmaschinisten, der mit ihrem Vater im *Schauinsland* zusammengearbeitet habe. Er habe gesagt, dass er sich noch gut an ihre Eltern erinnern könne. Nica behauptete, sie sei erleichtert, ohne eigentlich zu wissen, wieso. Aber ich sah ihr vor allem Angst an – Angst vor einem Gespräch über ihren Vater, und diese Angst war der Grund, warum ich ihr ohne jedes Zögern zusagte, sie morgen zu dem Treffen mit dem Bühnenmaschinisten ins *Café Liebesknecht* zu begleiten.

Versöhnung und Weinrausch: Sie lag schon im Bett, als mein noch hellwacher Spieltrieb das Skizzenbuch und den Voss-Pass zu fassen bekam. Gedankenlos kopierte ich Vossens Unterschrift in mein Skizzenbuch – dutzendfach, seitenweise, bis mir die Physiognomie seiner Klaue, die Kreuzung aus hastigem Gekrakel und individualistischen Schnörkeln in Fleisch und Blut übergegangen war. Die sieben Lettern seines Namens (T O B I A S V) kombinierte ich zu Wörtern und die Wörter zu Wortfolgen wie Stasi-Ost-Basis und Ast-Obst-Biss-satt. Dann fügte ich andere, graphisch aus den Haken und Zacken der Voss-Schrift hergeleitete Buchstaben hinzu und probierte auf diese Weise das ganze Alphabet durch. Als ich mir seine Handschrift so weit angeeignet hatte, dass sie nichts mehr mit Felix Fehlings unschuldig rundem Schlaufenziehen gemein hatte, führte ich sie ihrer Bestimmung zu und hinterließ auf dem Küchentisch, dem Kopfkissen, vor dem Toilettenspiegel in Vossens Namen kleine, erregend verwirrende Botschaften an Nica.

Mit Nicas Freude über Vossens Liebesbriefchen war es vorbei, als wir am nächsten Tag feststellten, dass ihre Verabredung mit meinem letzten Flackhaus-Termin kollidierte. Müde, verkatert, verstimmt erklärte ich ihr, dass Flackhaus mich heute ausbezahlen würde. Er sei in den letzten Tagen viel unterwegs gewesen, und ich wolle ihn auf keinen Fall verpassen. Oder sollten wir uns am Ende ganz umsonst wegen meiner Dienste für ihn gestritten haben?

Nica sah mir so lange in die Augen, so als forschte sie in meinem Graublau nach Vossens Blau. Ich bräuchte nicht so böse zu werden, sie verstehe auch so, dass mir meine Treffen mit Flackhaus wichtiger seien. Die Tonlosigkeit ihrer Stimme: Hätte sie geschrien und mir Vorwürfe gemacht, statt mich ihre Resignation spüren zu lassen, würde ich wohl nicht nachgegeben haben. Immerhin schmeichelte mir, dass sie mich mindestens so sehr an ihrer Seite wünschte wie Jonas; und da ihre Verabredung eine Stunde eher angesetzt war als meine, würde ich immer noch eine Chance haben, Flackhaus in seinem Archiv anzutreffen.

Als wir aufbrachen, war Nica eine Tabakwolke von Nervosität. Um sie aufzuheitern, nahm ich Vossens Schlagmütze vom Garderobenhaken, und wir schauten gemeinsam in den Toilettenspiegel. Schwierig, in meinem Kopfschmerzgesicht Voss zu entdecken. Während Nica die Mütze etwas zur Seite schob, fletschte ich – das heißt er – die Zähne und lockerte mit einem imaginären Kaugummi die Kinnmuskulatur, schob dann den Unterkiefer zum Vossischen Kinn vor, verengte die Augen, über denen sich die Brauen wie von selbst zusammenzogen, und rang meinem Spiegelbild ein spöttisches Halblächeln ab, an dem Fefes Augen nicht teilhatten. »Steht dir gut«, sagte Nica und zog mich in den Wohnungsflur: Es sei Zeit. Ich packte noch meinen Rucksack, um mit meinem Skizzenbuch gegen langweilige Diskussionen gewappnet zu sein.

Abenteuergeschichten: wie ich Vossens Fahrrad zu nehmen vorschlug und von Nica prompt in den Keller geschickt wurde, um es zu holen. Weil Anitas rotes Feuerzeug oben vor dem Kohleofen lag, musste ich auf der spinnwebverklebten Wand nach dem Drehschalter tasten. Mein Tunnelblick konnte im Kellergang nichts als Enge und drohende Verschüttung erkennen. Vor der Abzweigung hätte ich am liebsten kapituliert, wollte aber nicht als Feigling zu Nica zurückkehren. Nur zwei Schlüssel, und trotzdem brauchte ich an der Tür zu Vossens Verschlag vier Versuche. Die Glühbirne war bei unserem ersten Besuch explodiert, aber da Voss genau wusste, dass sein Fahrrad links hinter der Tür an der Wand lehnte, fand ich mich auch im Dunkeln zurecht. Mein Schreck, weil ich nicht sehen konnte, woran das Rad hängen blieb – ich musste es gegen einen zurückschnellenden Widerstand aus dem Kellerraum reißen, so als hielte es jemand am Hinterrad fest.

Nica, die oben vor dem gleißenden Wolkenhimmel auf und ab ging und in fieberhafter Frequenz an ihrer Kippe sog, sah mir dabei zu, wie ich mich mit dem schweren Stahlross die Kellertreppe hinaufkämpfte. Mit der Kippe im Mund ging sie neben dem Rad in die Hocke: Die Reifen seien so schlapp, dass wir wohl kaum zwei Straßen weit kommen würden. Wir hätten doch eine Luftpumpe im Keller gesehen.

»Kann sein«, sagte ich.

»Wo das Fahrrad stand.«

»Ich bin mir nicht sicher.«

»Ich aber.«

Sie drückte mir ihr Zippo in die Hand, und ihr Blick ließ mir keine Wahl. Niemand (mit Ausnahme von dir) kann verstehen, was es mich kostete, im Feuerzeuglicht die Luftpumpe aus dem Keller zu holen und sie Nica zu bringen. Ganz mit ihrer eigenen Angst beschäftigt, wir könnten zu spät zu ihrer Verabredung kommen, gönnte sie mir keine Verschnaufpause. Mit den Reifen pumpte ich nach und nach auch meinen verlorenen Mut auf, so dass ich, nachdem ich für einen Moment nichts als Schwärze und ein Funkengewitter vor Augen gehabt hatte, leichtsinnig vorschlug, mich für meine auf dem Gepäckträger sitzende Geliebte abzustrampeln.

Nicht sitzend, sondern stehend, weil für den Sattel ein paar Nummern zu klein (er drückte mir gegen den Rucksackrücken), stieg ich im stürmischen Wind wie ein Wassertreter in die Pedale. Immer wieder rutschte ich mit der Sohle meiner zu großen Schuhe ab. Hinter mir musste Nica die Knie links und rechts bis neben den Sattel anziehen, an den sie sich vornübergebeugt klammerte. Nachdem sie mir beinahe von einer Bö geklaut worden wäre, steckte sie sich meine Mütze in die Jacke. Wenn wir abbogen (was unsere ohnehin schon schwankende Fahrt an den Rand eines Sturzes brachte), hörte ich, wie die Sohle einer ihrer Cowboystiefel über den Asphalt schrappte; hielten wir vor einer Ampel an, waren es nicht meine, sondern ihre Beine, die unseren großen Gaul im Gleichgewicht hielten, während ich vorsichtig mit einem Fuß von den Pedalen stieg und nach festem Grund tastete. Und jedes Mal der Gewaltakt, bei Grün mit der nachwippenden Rucksacklast wieder aufzuspringen und das Rad noch vor der nächsten Rotphase in Gang zu bringen. Hätte Nica mich nicht schreiend navigiert, dann wäre ich wohl immer nur geradeaus gefahren und hätte uns niemals bis zu den roten und heftig erregten Fahnen des *Liebesknecht* gebracht.

Sämtliche Straßenfenster des *Liebesknecht*, bei unserem ersten Besuch vor knapp anderthalb Wochen noch mit Planen verhängt, waren trotz des hellen Nachmittags von Neonröhren erleuchtet. Im Innern sah man hier und da jemanden, der in Fensternähe langsam durch die Räumlichkeiten des Hochparterres schritt. Auf der rechten, dem Hof zugewandten Gebäudeseite stand man dicht zusammen und war in Plaudereien vertieft – das übliche halbinteressierte Herumlungern bei einer Vernissage, zu der ein Plakat, das zwischen den Fenstern auf die kohlschwarze Hauswand geklebt war, *anlässlich der Eröffnung des Liebesknecht-Hausprojekts* einlud. Der Aushang war mit einem Kopierer von so miserabler Qualität angefertigt worden, dass die in Schwärze versinkenden Kunstfotografien Rorschachbildern ähnelten.

Nica setzte mir wieder die Schlagmütze auf und gab mir zum Dank für die Fahrt einen Kuss. Wir schoben das Fahrrad durch den Torbogen mit den *Liebesknecht*-Flaggen und lehnten es im Hof inmitten eines Pulks anderer Räder gegen die bunt bemalte Backsteinmauer. Einige Galeriebesucher vertraten sich hier rauchend die Beine, wobei sie mit großen Schritten den Pfützen auswichen, das Haar vom Wind zerzaust, die Schultern frierend angezogen.

Bevor wir eintraten, zog Nica den dicken Vorhang einen Spaltbreit zur Seite und linste hinein. Ich steckte den Kopf unter ihrer Achsel hindurch und entdeckte Jonas auf einem der Sofas. Ihm zur Seite saß an der Schmalseite des Tisches ein hagerer, älterer, vielleicht aber auch nur aufgrund seiner Magerkeit alt wirkender Mann. Aus seinem dürren Hals ragte der Adamsapfel wie eine Beule hervor. Die Hände um das Knie des übergeschlagenen Beins gefaltet, hörte er Jonas mit stechendem Blick zu.

Eigentlich sei ihr im Moment gar nicht nach Familiengeschichten zumute, sagte Nica. Sie steckte sich eine Kippe an, blies mit einem Stoßseufzer Rauch aus und zog mich an ihrer kippenlosen Hand ins Café.

Jonas sah kurz zu Vossens Mütze auf, erkannte mich aber nicht. Erst als Nica neben mich trat, schoss ein Stromstoß durch sein angewinkeltes Bein, was dafür sorgte, dass sich der Mann mit dem Adamsapfel von seinem Stuhl erhob. Ein vor Verlegenheit fast stummer Gruß, und Nica sank neben Jonas auf das durchgesessene Sofa und kämpfte sich sitzend aus der Lederjacke. Die Tischplatte anlächelnd, suchte sie unter dem Ärmelsaum ihres Pullovers nach der Ursache eines Juckreizes, die sie dort aber nicht fand, weil der Kitzel inzwischen auf ihre linke Wange gewandert war. Für mich blieb nur noch der dem fremden Mann gegenüberstehende Stuhl. Kaum saß ich, stand Rosa, die lockige Bedienung, neben mir und nahm unsere Wünsche entgegen.

Wie umständlich Jonas uns den hageren Mann vorstellte: Er, Falbe, würde seit über einem Jahrzehnt als Maschinist am *Schauinsland* arbeiten. Noch ein paar Worte über seinen beruflichen Werdegang, bis Falbe abwinkte: Das sei doch nicht weiter interessant. Er sah Nica an, die sich zwischen zwei Zigarettenzügen für sein Kommen bedankte. Falbe, seinen Adamsapfel versteckend, ließ das Kinn auf die Brust sinken, und für einen Augenblick herrschte Stille am Tisch. Nica sei also gekommen, um von ihm etwas über Klaus Haff zu hören. Mit einem tiefen Atemzug hob er den Kopf und starrte das verzweigte Blechrohrsystem unter der Decke an. Sein Gesicht sah aus, als würde er sich einen vor langer Zeit memorierten Text ins Gedächtnis rufen. Dann, als wäre ihm ein zündender Gedanke gekommen, wollte er von Nica wissen, in welchem Jahr sie geboren sei. Einundsiebzig? Herrje, so ein junges Ding. Zu jung vermutlich, um noch viel von den Zeiten zu wissen, von denen er uns erzählen wolle.

Sechzehnter Tag

Theatergeschichten: wie Falbe als nicht mehr ganz junger Mann den Werkzeugmacherberuf an den Nagel hängte und beim *Schauinsland* als Bühnenarbeiter anfing. Er hatte mit Anfangsschwierigkeiten zu kämpfen: Beim Auf- und Umbau der Bühne, dem Verschrauben von Requisiten und Versatzstücken, dem Straffen Dutzender Seile in den Winden, der Bedienung eines Kommandotaus von der Seitenbühne aus, als Lastträger von ein paar Quadratmetern mobiler Zimmerwand oder eines in die Requisitenhölle zu verbannenden Himmels – bei der Vielfalt seiner Aufgaben wuchs in Falbe die Überzeugung, die neue Arbeit würde ihn überfordern. Ihn lähmte schon der Gedanke, Teil der Bühnenmaschinerie zu sein, welche die magische Wirkung des Theaters erzeugte, und ihn wunderte, dass diese Maschinerie überhaupt funktionierte. Die Kollegen blafften einander so ausfallend an, dass der Bühnenmeister dazwischengehen musste; zwischen den Licht- und den Tontechnikern herrschten nur Spott und Rivalität, und alle zusammen lästerten über die Schauspieler in ihren dem Fußvolk der Handwerker enthobenen Scheinwerfersphären.

Falbe arbeitete noch nicht lange im *Schauinsland*, als einer der Beleuchter sich in einer Pause über ihn als »Männchen für alles« lustig machte. Ohne dass Falbe den Mann je beleidigt oder auch nur ein Wort mit ihm gewechselt hätte, hatte er von nun an in gemeinsamen Schichten mit gelockerten Schrauben, Stolperfallen aus Requisitenteilen und herumliegendem Werkzeug zu kämpfen. Einmal fiel drei Schritte hinter dem Beleuchter eine Leiter um und riss direkt vor Falbe den Bühnenvorhang mit sich. Zu protestieren war sinnlos; Falbe wurde vom Bühnenmeister dazu verdammt, den Vorhang auf einer langen, Schritt für Schritt zu versetzenden Leiter wieder in das Hakengebiss einzuhängen. Seine Kollegen lachten vor Schadenfreude, aber die eigentliche Zielscheibe ihrer Sticheleien war der Beleuchter; ob sein Scheinwerfer, fragten sie ihn, eigentlich Zielwasser brauche, oder warum er nie ohne eine Flasche zur Arbeit erscheine. Hoffentlich habe er, der Armleuchter, wenigstens andere Dinge im Griff, zum Beispiel seine Frau. Der Beleuchter schluckte den Spott, aber sein ohnehin schon rotes Gesicht verdunkelte sich ins Violette, und er nagte an seinen nikotingelben Fingern oder biss sich in die Faust. Wenn er genug hatte, verzog er sich auf einen der weiter oben gelegenen Arbeitsstege.

Falbe war nicht der Einzige, an dem der Beleuchter Klaus Haff seinen Frust ausließ. Als der Schauspieler Michael Ladegast bei den Proben zum Drama *Collot* eine Diskussion über eine Dialogpartie anzettelte, war Falbe vorerst seinen Plagegeist los. Ladegast, Passagen aus dem Textbuch vorlesend, wurde von einer Stimme weit oben auf den Arbeitsstegen unterbrochen, wo sich Nicas Vater hinter dem Scheinwerferlicht unsichtbar machte. Zum Kotzen, rief Klaus Haff, wie sich der Hauptstadtkünstler aufspiele, so also komme man heutzutage an Hauptrollen! Erst mit Hilfe der schwindelfreien Beleuchterkollegen gelang es dem Regisseur, dem

Gezeter ein Ende zu machen; und als hätte der Vorfall seine Autorität nicht nur oben auf den Stegen, sondern auch auf der Bühne angetastet, wies er Ladegast an, seine Diskussionslust auf die Zeit nach Probenende zu verlegen.

Vorhang zu: Theaterferien. Wann immer es möglich war, ging Falbe den Kollegen aus dem Weg. Froh, von Klaus Haff in Ruhe gelassen zu werden, der in den Arbeitspausen seine Schnapsfahne auffrischte, steckte er sich in einem Winkel der Seitenbühne die Finger in die Ohren und vertiefte sich ins Textbuch von Richard Franks *Collot*. Er las das Drama mehrmals, stolz darauf, dass es am *Schauinsland* uraufgeführt werden würde, und in der wachsenden Sorge, seine Begeisterung würde sich noch vor der Premiere abgenutzt haben.

Eines Nachmittags wurde Falbe von zwei Kollegen, mit denen er auf die Anlieferung eines Bühnenelements aus der Tischlerei wartete, darüber aufgeklärt, warum Klaus Haff ihn unter Beschuss genommen hatte. Falbe hatte schon geglaubt, hinter den Schikanen stecke ein ähnliches Aufnahmeritual wie jenes, das er noch aus der Fabrik kannte; aber wie sich herausstellte, hatte er kurz nach seiner Anstellung den Fehler gemacht, abends im Theatercafé mit Haffs Frau zu sprechen. Alles, woran Falbe sich noch erinnern konnte, war ein Gespräch über die Bühnen der Stadt und wie peinlich ihm seine späte Erkenntnis war, dass seine Gesprächspartnerin gar nicht am *Schauinsland* arbeitete. Für Klaus Haff war schon die kurze Unterhaltung Grund genug, um seiner Eifersucht freien Lauf zu lassen. Und das war kein Einzelfall, wie Falbe erfuhr.

Liebesgeschichten: zu was sich Eifersucht auswachsen kann. Wie jeder am Theater wusste, hatte Nicas Vater eigentlich Schauspieler werden wollen. Weil aus ihm aber nur ein Beleuchter geworden war, musste er sich hin und wieder mit einer Schnapsflasche trösten, und je größer sein Bedürfnis nach Trost wurde, desto strenger führte der Schnaps in ihm die Regie. Der Alkohol machte ihn misstrauisch, und sein Misstrauen richtete sich zuallererst gegen das, was Klaus Haff am meisten liebte: Nicas Mutter. Als sie, eine Bibliothekarin, die lieber Romane las, als ins Theater zu gehen, regelmäßig im *Schauinsland* auftauchte, schlug Haffs Misstrauen Alarm. Nicas Vater befragte den Schnaps, und der Schnaps nannte ihm den Grund für die entbrannte Theaterleidenschaft seiner Frau: den Schauspieler Michael Ladegast, der in der vorangegangenen Saison engagiert worden war und den er Abend für Abend ins rechte Licht zu rücken hatte.

Ladegast war aus Ostberlin ans Leipziger *Schauinsland* gewechselt, und sein Kopf steckte voller Hauptstadtansichten, die er den Kollegen in der Theaterkantine zur Diskussion stellte, um frischen Wind in das gutgeölte Ensemble zu bringen. Während das nicht jedem seiner männlichen Kollegen gefiel, lobten die meisten weiblichen Ensemblemitglieder seine mutigen Ideen und hielten seine Vorstellungen von einem engagierten Theater für richtig. Auf ihre Initiative verlegte Ladegast seine Gespräche in einen Arbeitskreis, der sich zu abendlichen Lesungen und kritischem Gedankenaustausch in der Privatwohnung eines Dichters traf. Dass auch seine Frau an den Treffen teilnahm, ärgerte Nicas Vater.

Von nun an wurde Ladegast Abend für Abend von Haffs glühender Eifersucht erhellt, deren Widerschein noch auf die ersten Zuschauerreihen abstrahlte, wo Nicas Mutter saß und die Aufmerksamkeit ihres Mannes auf sich zog. Der hatte Mühe, den Handscheinwerfer – Verfolger genannt – zu kontrollieren. Seine Hand erinnerte sich daran, was seine Frau zu seinen Vorwürfen gesagt hatte: dass er stolz darauf sein solle, einem so wichtigen Monolog zu Bedeutsamkeit zu verhelfen. Weil der Schnaps aber argwöhnte, dass Nicas Mutter auf jemand anderen als den Beleuchter stolz war, geriet das Licht während der Rede des Schauspielers in Aufruhr, wanderte seitwärts ab, kehrte den Spieß um, machte den Schauspieler zu seinem Verfolger, der das zitternde Irrlicht wieder einfangen und auf sein Gesicht bannen musste.

Szenenwechsel: wie Falbe erschrak, als er eines Morgens vom Bühnenmeister gefragt wurde, ob er sich auch eine andere Tätigkeit vorstellen könne. Er brauche jemanden, erklärte der Meister, der nicht nur zuverlässig und technisch geschickt sei, sondern auch ein gutes Gespür für den Inhalt und Ablauf eines Dramas habe. Außer Falbe kämen da nicht viele Bühnenarbeiter in Frage.

Noch am gleichen Tag wurde er vom Bühnenmaschinisten, der unmittelbar vor seiner Pensionierung stand, in einen Winkel der Seitenbühne geführt, wo ein massives, mit Metall verkleidetes Schaltpult stand, das Falbe an Steuerelemente in einer Fabrikanlage erinnerte. Mit einem Knopfdruck ließ der Maschinist aus der Bühnendecke eine Blechwand herunterfahren. Sein schiefes Lächeln, als er sagte, dass die Wand *Eiserner Vorhang* genannt werde. Bei einer

Brand- oder Rauchentwicklung müsse der Maschinist den Eisernen Vorhang fallen lassen, um das Bühnenhaus vom Zuschauerhaus abzudichten. Falbe werde also im Ausnahmefall Herr über Leben und Tod sein, habe sich ansonsten aber als das Gespenst des Bühnenraums zu verstehen, das allabendlich zur exakt gleichen Zeit seinen Spuk aufführe: Kulissen verschieben und verborgene Podien und Versenkungen in Gang setzen. Ein Missgriff, und die Aufführung sei im Eimer. Er werde mit dem Regisseur zusammenarbeiten, um auf dessen Anweisungen die Bühnenmetamorphose einzurichten.

Falbe war in erster Linie für die Untermaschinerie zuständig, sein Arbeitsplatz somit die Unterbühne unter den Brettern, die die Welt bedeuteten. Im funzligen Lampenlicht saß er auf einem Schemel, das Textbuch des *Collot* in Händen, in dem er wie in einer Dirigentenpartitur seine Einsätze markiert hatte. Über ihm bewegte sich die Himmelsscheibe der Drehbühne, und er hörte dumpf und doch gut verständlich die Stimmen der Schauspieler. Hin und wieder drangen die Regieanweisungen von jenseits der Bühne zu ihm, ferner, körperlos, wie eine innere Stimme, die an Falbes Vorstellungskraft appellierte, dem Bild, das er sich in seinen Katakomben vom Bühnengeschehen machte, schärfere Konturen zu verleihen. Deshalb übte es eine geradezu halluzinatorische Wirkung auf ihn aus, dass im *Collot* ein Stück im Stück, eine historische Theaterprobe zur Zeit der französischen Schreckensherrschaft, in Szene gesetzt wurde: Er befand sich gleichzeitig am *Schauinsland* und an einem Lyoner Theater fast zweihundert Jahre zuvor.

Als so viele Proben absolviert waren, dass er ganze Szenen

hätte soufflieren können, fragte eine weibliche Rolle, die hier eigentlich keinen Part hatte, mitten in einem Dialog: *Woher kommt das Kind?* Nirgends im Skript war von einem Kind die Rede. Jetzt wiederholte der Regisseur die Frage, gleichzeitig rief irgendjemand das Ensemble zur Ruhe auf, und mitten im Durcheinander hörte Falbe das Angstjammern eines Mädchens. Die Frauenstimme, die das Kinderweinen zu beruhigen versuchte, kannte er, aber er wusste nicht, woher. Als das Kind verstummte, war alles still. Falbe hielt den Atem an, noch immer das Textbuch in Händen, in dem die Szene nicht vorgesehen war. Von irgendwoher stampften Schritte, jemand passierte den Bühnenaufgang und ging quer über Falbes Kopf hinweg nach vorn an die Rampe, begleitet von einem Flüsterchor schockierten Gemurmels. Er hörte, wie Ladegast den Namen »Gesine!« rief, und die Aufforderung des Regisseurs, die Probe nicht länger zu stören. Fernes Gebrüll schnitt ihm das Wort ab, das Ladegast mit einer Drohung beantwortete. Falbe, das Drehbühnenrund über sich anstarrend, hörte dort oben eine ganze Armee mit vielen kleinen Schritten durcheinanderlaufen. Gesine Haff – er wusste nun wieder, wer die Frau war – rief ein langgezogenes »Nein!«, mehrmals brüllte sie »Nein!«, und dann folgte ein erregtes Chaos von Satzfetzen, das mit einem Schrei und dem dumpfen Niedersacken einer schweren Last erstarb. Direkt über Falbe war ein Röcheln zu hören. »Klaus!« Das war Gesine, und dann wieder ein »Nein!«, dieses Mal aber von Ladegast: »Gesine, nein!« Mitten im herrischen Gezeter des Regisseurs verlagerte sich das von Stimmengewirr begleitete Getrappel zur Hinterbühne.

Abwarten, bis alles still war, bevor Falbe seinen Posten unter der Bühne verließ. Oben wurde ihm von den aufgeregten Bühnenarbeitern berichtet, dass Ladegast Haff mit einem einzigen Faustschlag auf die Bretter geschickt habe; offenbar habe der Schauspieler von Haffs Provokationen endgültig die Nase voll gehabt. Klaus Haff, das Gesicht blutüberströmt, habe von seinem Widersacher getrennt und vor die Tür gesetzt werden müssen – und das alles vor den Augen seiner Frau, die mit ihrer Tochter zur Probe gekommen sei. Warum Gesine und Nica Haff überhaupt die Probe besucht hatten, das wusste niemand.

Falbe verstummte: Rosa stand an unserem Tisch und nahm eine neue Runde Bestellungen auf. Als sie fort war, nickte er still vor sich hin, so als bestätigte er sich selbst die Richtigkeit dessen, was er uns erzählt hatte. Ich nutzte die Pause, um unter den Tisch abzutauchen. Lange musste ich in meinem Rucksack suchen, bekam ein Buch zu fassen, das ich mir klammheimlich von den Stöckartisten ausgeliehen hatte, kramte mich durch eine Kollektion von Speise- und Getränkekarten (Souvenirs aus dem untergehenden Osten), stieß sogar auf Anitas Feuerzeug (von dem ich angenommen hatte, dass es in der Finca vor dem Ofen liegen würde), und als ich mit Skizzenbuch und Etui wieder in die Welt über der Tischplatte zurückgekehrt war und es aufschlug, fand ich zwischen den Seiten – dort, wo ich seine Unterschrift geübt hatte – den Ausweis von Tobias Voss. Unauffällig schob ich ihn ins Buch zurück, nahm einen Bleistift zur Hand und wollte schon die Szene im Café zu zeichnen beginnen, als mir meine Verabredung mit Flackhaus ins Hirn schoss; ich unterbrach Falbe, der, zur Decke aufschauend und seinen

Adamsapfel hervorreckend, wieder zu erzählen begonnen hatte, mit der Frage, wie spät es sei.

Nica, die nägelkauend auf die Tischplatte gestarrt hatte, schloss erst mit einem Stoßseufzer die Augen und sah mich dann ungläubig an. Jonas hatte ohnehin schon die ganze Zeit den Eindruck gemacht, als zweifelte er an meinem Verstand; Falbe dagegen schüttelte gleichmütig seine Armbanduhr aus dem linken Hemdsärmel und nannte die Uhrzeit. Eine Viertelstunde würde mir bleiben. Wie böse Nica mich anstierte. Ich steckte das Skizzenbuch in den Rucksack zurück, während Falbe, abermals zu den Rohren unter der Decke hinaufsehend, weitererzählte.

Was bei mir, der unter Zeitdruck nicht gut zuhören kann, von Falbes Bericht hängengeblieben ist: dass nach Ladegasts Fausthieb am *Schauinsland* gemunkelt wurde, Klaus Haff sei von Frau und Tochter verlassen worden. Zu den Proben tauchte der Beleuchter in einem Zustand auf, in dem man mit ihm kaum noch etwas anfangen konnte. Falbe sah ihn einmal auf einer Galerie stehen, schwankend wie ein Bootsmann auf hoher See und an den klobigen Scheinwerferkasten eines Verfolgers geklammert. In ruckhaften Schwenks blendete er die Schauspieler auf der Bühne. Monologe, die er hielt, als man ihn durch gutes Zureden nach unten zu bringen versuchte: Seine Frau, so redete der Schnaps aus Klaus Haff, sei auch nur eine von denen. Die habe ihm besser, als er selbst es jemals gekonnt hätte, die ganze Zeit etwas vorgespielt. Ein Stolperschritt, und das Licht schwenkte über die Bühne, so als würde er sie dort unten suchen. Als er glaubte, der Verfolger hätte sie eingefangen, lösten sich Gesines Konturen in nichts auf. Er leuchtete den ganzen Bühnenraum aus, vergeblich; und als dem Verfolger endlich das Licht ausgeknipst wurde, schickte der Regisseur den sternhagelvollen Beleuchter fristlos nach Hause.

Haff tauchte nicht mehr im Theater auf, aber die Gerüchte blieben. Angeblich verfolgte er nun überall in der Stadt Frau und Kind. Nächtliches Läuten und Weinkrampfgeschrei vor den Fenstern von Gesines Verwandtschaft und ihren Bekannten. Heimsuchungen der Gohliser Bibliothek während Gesines Arbeitsschicht, bis man ihm mit der Polizei und Hausverbot drohte.

Wie spät? Falbe gab mir noch fünf Minuten. Was ich noch hörte, während ich in Gedanken schon mit meinem Abgang beschäftigt war: dass Klaus Haff sechs Wochen vor der Uraufführung des *Collot* – das war ein halbes Jahr vor seinem Selbstmord – als verschollen galt. Mit ihm waren auch Gesine und seine Tochter spurlos verschwunden, und das heizte die Gerüchteküche im *Schauinsland* an. Hatten sie sich zusammengerauft und zu dritt rübergemacht? Oder war es mit Klaus Haff so weit gekommen, dass er erst Frau und Tochter und dann sich selbst ein Ende gemacht hatte?

Als der Adamsapfel kurz stillhielt und niemand ein Wort sagte, fragte ich noch einmal nach der Zeit: zu spät für Klaus Haff und im Grunde auch schon für mich. Ich stürzte mein Bier hinunter und brach auf, ohne den Rest von Falbes Geschichte abgewartet zu haben.

Siebzehnter Tag

Nach anstrengendem Ritt auf Vossens Fahrrad (ich hatte reichlich Schlagseite wegen des schon wieder stürmischen Wetters) erschien ich nicht allzu lange nach der vereinbarten Zeit vor Flackhaus' Archiv. Ein großer Transporter – ein bulliges, nach Nachkriegszeit aussehendes Ostmodell – stand mit laufendem Motor quer auf dem Gehsteig und blockierte den Zugang zum Rolltor. Er fauchte bei jedem Schub, als er langsam durch die parkenden Autos heraussetzte, stieß bitter-schweflige Abgase aus, streifte mit dem Dach den tiefhängenden Ast einer Birke und ließ, endlich den Gehsteig freigebend, in einer Ölpfütze einen schlierigen Regenbogen zurück. Erst als er fort war, sah ich, dass das Rolltor halb offen stand.

War das Nachlässigkeit oder Absicht? Das Tor war nur bis auf Hüfthöhe heruntergelassen, und das reichte, um es als Einladung an den Zuspätgekommenen zu verstehen. Schnell unter das graue Hindernis geduckt, und schon stand ich in der Garage. Schüchtern klopfte ich an Flackhaus' Bürotür an. Weil ich Betriebsgeräusche einer Maschine hörte, drückte ich sachte die Klinke. Ich sah Flackhaus vor dem arbeitenden Kopierer, statt der Anzughose trug er zum Seemannspullover eine gewöhnliche Jeans.

Ich machte mich mit einem Räuspern bemerkbar. Flackhaus' Überraschung sorgte für einen Wasserfall von Papier, der sich von seinem Arm direkt vor meine Füße ergoss. Fast stießen unsere Köpfe zusammen, als wir – er hektisch, ich zunehmend neugierig – die Papiere auflasen. Seine Frage, wie ich hier hereingekommen sei, war nicht scharf genug, um mir die Neugier zu nehmen: Bei den Kopiervorlagen handelte es sich um Aktenvermerke, Berichte und Gesprächsprotokolle. Ich solle die Dokumente auf den Schreibtisch legen, wies Flackhaus mich an und verschwand aus dem Büro, um die Garage zu schließen. Der Labrador lag schläfrig vor dem Kopierer. Ich hörte das Rasseln des Rolltors, und als Flackhaus wieder vor mir stand, hatte ich schon einen ganzen Packen Papier aufgesammelt und fragte ihn, was das sei und ob ich die Kopierarbeit für ihn erledigen solle.

Flackhaus' Blick glitt von Vossens Mütze bis zu den Füßen an mir hinab. Ob ich eigentlich kein Geld für vernünftige Schuhe hätte. Verschämt senkte ich den Blick und sah, wie die flache Hand gegen Herrchens Hüfte klopfte. Dass Flackhaus mir mit dem Finger gegen die Brust stieß, brachte den Labrador in Habtachtstellung. Flackhaus beugte sich vor (sein Mottenkugelgeruch) und fragte mich, ob ich jemals mit irgendwem darüber gesprochen habe, was und für wen ich hier arbeiten würde. Nein? Ich schüttelte den Kopf, und weil ich fand, dass es allmählich Zeit sei, von hier zu verschwinden, erkundigte ich mich nach meinem Lohn.

Sein zähnebleckendes Lächeln. Genau das sei es, was ihm an mir gefalle: keine Umstände machen und immer direkt zur Sache kommen. »Wie viel verlangst du? Zweihundert Mark? Zweihundertfünfzig? Westmark, versteht sich.« Ein Griff in die Hosentasche, und er zupfte die Scheine aus einer Geldspange. »Nichts im Vergleich zu dem, was du bei mir noch verdienen könntest, mein Junge – vorausgesetzt, dass du weiter für mich arbeiten willst. Und zwar in einer ganz anderen Position. Einer, in der du viel Geld machen könntest, genug jedenfalls, um dein kleines Dortmunder Problem vergessen zu können. Du müsstest nicht mehr bei linken Krawallbrüdern oder in verlassenen Bruchbuden hausen, sondern im besten Hotel der Stadt, im Anzug und in« – er zeigte auf meine Füße – »vernünftigen Schuhen.«

Sag selbst: Wie hätte ich, pleite und heimatlos, wie ich war, nicht daran interessiert sein sollen, was Flackhaus mir anzubieten hatte? Ähnlich wie bei deinem Vater wurde der Reiz seines Angebots durch die Eindringlichkeit nur noch verstärkt, mit der er mir Bedingungen stellte. Ob mir klar sei, fragte er, was es heiße, eine Geschäftsbeziehung mit ihm einzugehen. Das bedeute Verschwiegenheit um jeden Preis. Ich müsse meine Arbeit strikt vom Privatleben, von meinen Freunden und Bekannten, überhaupt von meiner Person trennen. Und was auch immer er von mir verlange, hätte ich ohne Fragen und Einwände zu erledigen. Es gebe nur ein grundsätzliches Ja oder Nein ohne Bedenkzeit und späteren Ausstieg.

Musste ich wirklich lange überlegen, oder gab ich mir nur den Anschein? Vermutlich sagte ich aus purer Abenteuerlust zu. Ich weiß nur noch, dass Flackhaus ernst nickte und mir das Herz im Hals klopfte, als er mit einem Seitwärtsschritt den Blick auf die Eisentür freigab und sagte, dass er mich nun in das Geheimnis seines Giftschranks einweihen werde.

Ein rascher Blick über die Schulter zu mir, bevor er die beiden Schlösser entriegelte und die Tür aufstieß. Der Schrank war kein Schrank, sondern ein fensterloser Nebenraum, der mit einem Stuhl und Tisch und einer Reihe von grünen Stahlschränken möbliert war. Flackhaus' Zischen galt dem Hund, der hinter uns knurrend auf der Türschwelle stehen geblieben war und augenblicklich verstummte.

»Hier drin, mein Junge, lagert mein Anteil am bösen Gewissen der DDR. Einen kurzen Einblick hast du dir ja schon vorhin verschafft.«

Er schob eine Tür zur Seite und ließ mich sehen, wovon er sprach: einen ganzen Schrank voll Papier, in Mappen aufrecht nebeneinandergestellt und zu Stapeln geschichtet. Er sehe es als seine Aufgabe an, die richtigen Akten an die richtigen Leute zu bringen. Das sei seine Vorstellung von Gerechtigkeit und die habe ihren Preis.

Ich nickte, wenngleich mir nicht klar war, wie Flackhaus mit Akten für Gerechtigkeit sorgen und sie zu Geld machen wollte. Und erst recht konnte ich mir nicht vorstellen, wie ich ihm dabei behilflich sein sollte. Er schwor mich auf ein morgiges Treffen am Georgiring ein. Der besiegelnde Handschlag, bevor er das Rolltor hinaufließ. Mit aufgestellten Ohren sah mir der Labrador zu, wie ich mit langem Schritt über die Ölpfütze auf Vossens Fahrrad zuging. Ich war schon ein paar Straßen weit gefahren, als mir auffiel, dass ich meinen Rucksack vermisste: Ich hatte ihn im *Café Liebesknecht* unter dem Tisch liegenlassen. Wenigstens die Wohnungsklinke hatte ich in einer Anoraktasche dabei.

Zurück in der Finca, setzte ich mich aufs Sofa, stellte mich dann an eins der Wohnzimmerfenster, legte mich ins Bett und saß irgendwann am Küchentisch, wusste aber auch dort nicht, was ich mit mir anfangen sollte. Erst vermisste ich den Rucksack mit meinem Zeichenzeug, dann Nica. Es wurde dunkel, und da sie immer noch auf sich warten ließ, legte ich wahllos eine von Vossens Schallplatten auf – leise allerdings, weil ich Nicas Klopfen an der Wohnungstür nicht überhören wollte –, so leise, dass mir die gedämpfte Ablenkung zu anstrengend wurde und ich den Tonarm von der Platte riss. Eine Zeitlang versuchte ich, mich auf den Wind im Ofenkamin zu konzentrieren. Dann und wann öffnete ich in einem Anfall von Hoffnung ganz sachte die Wohnungstür. Wie lässt sich Langeweile beschreiben? Weil mir nichts Besseres einfiel, als mit meiner Unruhe auch meine Müdigkeit fortzuschwemmen, entkorkte ich unsere letzte Flasche Wein.

Mitternacht war schon vorüber, die Flasche leer und unsere Finca einsam und ausgekühlt, als der im Kohleofen sausende Wind nach und nach Ruhe gab und mir einfiel, dass ich einheizen sollte. Mit altem Zeitungspapier und den letzten Briketts fachte ich im Ofen ein Feuer an. Die Glut zog so gut, dass es mich reizte, meiner Langeweile etwas Brennbares zu opfern. Mir fiel zuerst Vossens Klolektüre ein, aber seine neben der Toilette lagernden Zeitungen aus der Vorwendezeit (mit den amüsanten, freudig-anpackenden Meldungen zur Zukunft eines inzwischen im Koma liegenden Staates) hatten sich schnell in Asche und Rauch aufgelöst. Weil Ersatz hermusste, wickelte ich ein paar Rollen Klopapier ins Feuer ab. Mein Gesicht glühte, und die Flammen hinter der Ofenklappe verlangten nach neuem Futter. Noch bevor ich eigentlich wusste, was ich tat, hatte ich schon die Briefe von Vossens Vater an seinen Sohn verfeuert.

Ohne müde zu sein, legte ich mich ins Bett, auf jedes Knarren der Bodendielen, jeden wirklichen oder womöglich nur eingebildeten Laut im Haus lauschend. Ich glaubte, von irgendwoher ein Scharren und Schlurfen zu hören und Schritte, die direkt über meinem Kopf von einem Ende meines Oberstübchens zum anderen liefen. Dazu arbeitete sich meine schlaflose Fantasie an Nicas Ausbleiben ab. Ich halluzinierte, wie sie mit dem Finger meine Mondsichel unter Strom setzte, und redete mir irgendwann ein, sie wäre tatsächlich heimgekehrt und hätte auch ohne Wohnungsklinke in unser Bett gefunden – aber meine tastende Hand fand neben mir nichts als meine kühle Einsamkeit. Ich stellte mir vor, dass Nica und Jonas nach dem Gespräch noch ein paar Bier getrunken und die Vernissage im *Liebesknecht* besucht hätten; möglich, dass Jonas sie mit zu sich in die Stöckartstraße genommen hatte, und wer hätte schon ausschließen können, dass die beiden in seinem Zimmer beschlossen hatten, die Trennung von Kindheit an würde ihr Verwandtschaftsverhältnis außer Kraft setzen.

Als ich gegen Morgen in einen leichten Schlaf fiel, in den immer wieder Wirklichkeitsreste der Finca einsickerten, träumte ich Variationen der Wahnvorstellung, ich würde im Treppenhaus Nicas Schritte hören. Mir schien, als hallten bald auch Stimmen in meine Träume hinein, ich hörte, wie an Türen gerüttelt wurde, Tobias Voss war zurückgekehrt, sicher tastete er schon auf dem Querbalken der Wohnungstür nach der Klinke, und seine Wut darüber, dass er sie nicht fand, war nur ein Vorgeschmack auf den Zorn über den Eindringling, der in seinem Bett lag und ihn herbeiträumte. Ich wälzte mich von der Matratze, schlich durch den Flur zur Tür und presste das Ohr aufs lackierte Holz, und was ich aus dem Lärm dort draußen schloss, war, dass ich ihn selbst verursachte, während ich in meinem Traum auf der Suche nach meiner Geliebten durch einen langen Kellergang kroch und mit unserer Wohnungsklinke eine endlose Reihe von Türen ausprobierte. Hinter jeder verschlossenen Tür nahm ich ein Schnaufen und Kratzen wahr, ein lauerndes Knurren, dem die Vorstellung von gebleckten Lefzen entsprach, einem Fang, der darauf wartete, dass meine Klinke endlich passen und ich eintreten würde und er zuschnappen könnte.

Als ich erwachte, war es draußen schon hell. Höchste Zeit, die verwaiste Finca zu verlassen und mich auf die Suche nach Nica zu machen.

Ich zerrte Vossens Fahrrad aus den verwilderten Büschen hinter dem Haus hervor, in denen ich es gestern so gut versteckt hatte, dass ich es erst suchen musste. Ich war zu schlapp für den Versuch, mich durch das Trampeln abzuregen. Meine Kopfschmerzen durchbohrten die Müdigkeit. Als Nachwirkung des Weins gestern Abend hätte ich eine Regentonne aussaufen mögen, während ich mit dem großen Rad über Kopfsteinpflaster und Bürgersteigkanten fuhr.

Ich könnte nicht sagen, wie lange ich durch das Geflecht immergleicher Seitenstraßen irrte, bis ich mit der Karl-Liebknecht-Straße auf bekanntes Terrain stieß. In der Stö drängte sich mir wieder der Eindruck auf, dass man den Nazis für die Fassadendekoration eigentlich dankbar sein müsste. Unter dem Wartburg ragten die Beine des Wartbürgers hervor, ohne dass sein Hämmern zu hören gewesen wäre.

Wie immer konnte man durch die unverschlossene Haustür hineinspazieren. Im Haus herrschte mitten am Tag morgendliche Stille. Zaghaft klopfte ich zwischen den groß aufgemalten Namen an die Tür. Schritte, die sich irgendwo zwischen dem hinteren Teil der Wohnung und bloßer Einbildung bewegten. Nicht weil mir kalt war, sondern aus Ärger zog ich den Reißverschluss bis unters Kinn zu. Die Wohnungsklinke lag schwer wie ein Revolver in meiner Anoraktasche. Beim zweiten Versuch zielte mein Knöchel ins »O« von WEHRNOT. Noch einmal Schritte, jetzt aber mit dem typischen *Ta-tack! Ta-tack!* ihrer auf dem Dielenboden polternden Sohlen. Dann war hinter der Tür ein Rascheln zu hören, und plötzlich stand in Cowboystiefeln und Lederjacke Nica vor mir.

Ihr weder erstauntes noch entsetztes Gesicht, und dann warf sie die Tür wieder zu. Drinnen entfernte sich ihr *Ta-tack! Ta-tack!*, machte eine Pause, kam wieder näher. Die Wohnungstür wurde erneut aufgerissen, und nicht Nica, sondern mein Rucksack fiel mir an die Brust. Unser maulfauler Dialog aus »Du also hier« und »Wo denn sonst«, bevor sie an mir vorbei die Treppe hinunterstürmte. Erst hinter ihr, dann hinter mir fiel dumpf die Haustür ins Schloss. Weil sie mir auf der Straße meinen Abgang aus dem *Café Liebesknecht* vorwarf, hielt ich Kurzbeiniger zu der Langbeinigen Sicherheitsabstand – unsicher, ob ich sie angreifen oder mich verteidigen sollte.

An der Kreuzung lief sie links in die Fritz-Austel-Straße

und blieb an der nächsten Tramhaltestelle stehen. Sie sah aus, als wäre sie zu müde, um von mir genervt zu sein. Ihr Haar war noch feucht und pechschwarz von der Dusche. Auf die Straße starrend, fummelte sie eine kurze Kippe aus einer zerdrückten Packung *Juwel*. Rauchend, frierend die Arme vor der Brust verschränkt, tänzelte sie von einem Fuß auf den anderen. Als die Tram kam, trat sie mit einem seitlichen Trippelschritt die Kippe aus und stieg mit den nur halb an mich gerichteten Worten ein, sie wisse ja nicht, wo ich hinfahren wolle, sie jedenfalls sei auf dem Weg zum Bahnhof.

Obwohl es genug freie Sitzplätze gab, blieben wir im Gang stehen, ich mit gestrecktem, sie mit angewinkeltem Arm an eine Halteschlaufe geklammert. Ich könne nur hoffen, sagte ich zu niemand Bestimmtem, dass Nica die Nacht weniger einsam verbracht habe als ich. Ihre Hand würgte die Halteschlaufe, als sie mir zuzischelte, ob sie sich etwa so lange im Treppenhaus hätte herumdrücken sollen, bis ihr starrsinniger Freund heimgekehrt wäre. In meinem Rucksack – den ich als Souvenir für sie im *Café Liebesknecht* hätte liegenlassen – habe sie unsere Wohnungsklinke jedenfalls nicht finden können. Sie frage sich, ob Flackhaus seinen Lakai denn wenigstens ausbezahlt habe.

Ich gebe zu: Weil ich noch immer geladen war und Flackhaus mir zu schweigen auferlegt hatte, kürzte ich meine Auskunft auf die zweihundertfünzig Mark Lohn zusammen. Statt zuzugeben, dass ihre Zweifel unbegründet gewesen seien, schmollte Nica, wandte sich von mir ab, schaute zum Fenster hinaus. Dass wir das Neue Rathaus passiert und den Ring erreicht hatten, nahm ich kaum wahr, weil ich das feine Adernetz auf Ninas Wange studierte. An ihren Lippen knabberte Unruhe. Ihre Fingernägel dienten ihr als Zigarettenersatz. Ein tiefer Atemzug, der ihre Schultern anhob, und dann, spürbar nur als Ersatz dessen, was sie ungesagt ließ, seufzte sie: »Ach Fefe.« Und der, dem ihr Stoßseufzer galt, interessierte sich mit einem Mal auch brennend für das Straßengeschehen.

Eine Kolonne von Transportern schob sich durch den Verkehr. Als wir die Thomaskirche passierten, fiel mir auf, wie belebt die Seitenstraßen zur Innenstadt waren und dass überall Flaggen hingen mit doppelt gezackten, vom Wind zum Tanzen gebrachten und durchbrochenen Linien auf meist blauem oder blau-gelbem Grund.

Ich folgte Nica durch den mit zerfetzten Wahlplakaten tapezierten Fußgängertunnel in den Hauptbahnhof. Abseits der Warteschlange beobachtete ich, wie sie am Fahrkartenschalter zwei Tickets löste. Als ich vor knapp zwei Wochen in dem riesigen Gebäude ausgestiegen war, hatte ich mich zwischen den hohen, rußgedunkelten Wänden, inmitten des Lärms kreischender Bremsen und zischend entweichender Pressluft und den Schwaden industriellen Gestanks wie in einer gewaltigen Fabrikhalle gefühlt; jetzt, an den Verfall in der Stadt gewöhnt, im gedämpften Licht durch die Kuppelsäle laufend, den Blick nach oben zu dem vom Stahlgerippe getragenen Glasdach gerichtet, kam mir der Bahnhof eher wie eine Kathedrale vor, die festlich geschmückt war mit den gleichen blauen Wimpeln und Flaggen, die in der Stadt zu sehen gewesen waren. Aber hier so klein im ungeheuren Raum am Gleis zu stehen, von der Menge umgeben, war noch genauso betäubend wie vor zwei Wochen. Nica war anzusehen, dass es ihr nicht anders ging; im Eiltempo ihre Kippe aufrauchend, starrte sie mal das Gleisende, mal den gegenüberliegenden Bahnsteig an. Als sie einem Zug entgegensah, der unter dem *Robotron*-Schriftzug in die Halle einfuhr, machte sie ein Gesicht, als hätte sie noch stärkere Kopfschmerzen als ich.

Wir saßen uns gegenüber, ohne einander anzusehen. Nica tastete in einer Jackentasche nach ihren Zigaretten und steckte sich eine an. Die Kippe im Mund, kämpfte sie sich aus der Lederjacke und zog die Ärmel des gerippten Pullovers lang, den sie statt ihres Kapuzenpullis trug. Der Zug setzte sich in Bewegung, und sie blies mir mit dem Qualm die Frage ins Gesicht, ob ich ihr sagen könne, welcher Tag heute sei.

Ich sah sie fragend an.

»Ich verrate es dir. Heute ist Samstag, der 10. März. Du hast noch immer keine Ahnung, wohin wir jetzt fahren, oder? Läufst mir einfach hinterher und hast keine Ahnung, wohin es geht.«

»Wir fahren nach« – ich spähte zur Anzeige auf dem zurückbleibenden Gleis hinaus – »Altenburg.«

»Warum fragst du nicht einfach? Oder hast du gehofft, wir würden endlich deine verdammte Berlinreise machen?«

Sie zermalmte die halb aufgerauchte Kippe in der Aschklappe. Ihre Marmorwangen waren rötlich getönt. Ohne sich ein neues Stäbchen angezündet zu haben, sog sie die Lungen voll und erklärte mir, was sie mir angeblich schon etliche Male gesagt hatte: dass sich ihr Vater an einem

10. März das Leben genommen habe. Heute sei sein Todestag – sein elfter, um genau zu sein, aber der erste für seine Tochter, die an seinem Grab Abschied nehmen wolle von ihrem unbekannten Erzeuger.

Lange schwiegen wir, bis mit einem lauten Geräusch die Sohlen ihrer Cowboystiefel unter ihren Sitz zurückglitten, während sie sich zu mir nach vorn beugte und meine Hand nahm. Ob ich ihr böse sei. Nicht böse sein, Fefe. Seit dem Gespräch mit Falbe werde sie noch irre an ihrem Vater. Ein Alkoholiker, der während einer Probe niedergeschlagen worden sei – und zwar im Beisein von Frau und Tochter. Und die Tochter könne sich an nichts erinnern. Warum? So etwas könne man doch nicht vergessen? Gestern Abend habe sie sich außer ihrem Fefe nichts sehnlicher gewünscht als ein Gespräch mit ihrer Mutter, aber sämtliche Telefonzellen von Leipzig seien entweder kaputt oder mit Münzen überfüttert. Jonas zufolge müsse man ein West-Gespräch erst beim Fernamt anmelden und dann einen halben Tag lang in der Nähe irgendeines Anschlusses – und einen Anschluss habe in ihrem kleinen Bekanntenkreis niemand – auf eine Verbindung warten, die dann so schlecht sei, dass man einander anschreien müsse.

Nica verstummte und sah aus dem Fenster. In der Scheibe hob sich ihr gespiegeltes Gesicht blass vor der eingedunkelten Landschaft ab. Draußen hatte sich der Himmel mit einer aschgrauen, tiefhängenden Wolkendecke zugezogen, in der die Sonne als trüber Lichtfleck schwamm. Auf den Außenseiten der Scheiben sammelte sich in dunklen Tupfen rußiger Schmutz. Nica stand auf, zog das Fenster ein wenig herunter und sog mit gekniffenen Augen den Fahrtwind ein. Die hereinziehende Kälte brachte einen metallischen Geruch mit sich. Der Wolkendunst hatte sich so tief gesenkt, dass die Tannenspitzen in Nebel eintauchten; man hätte meinen können, der schwerfällig ratternde Zug hätte uns weit hinauf ins Gebirge gebracht.

Damals wusste ich noch nicht, dass dort, woher Nicas Vater stammte, die Berge nicht in den Himmel, sondern in den Erdboden wuchsen. Der Stoff, aus dem die Wolken gemacht waren, kam aus der Erde und wurde aus den Teerlungen maroder Fabriken ungefiltert durch Schlote in die Atmosphäre gepumpt – schwarzes Gold, in Rauch und Briketts verwandelt.

Am Bahnhof stiegen wir in einen Bus. Wir saßen ganz hinten, während sich vorne die Scheibenwischer mehr am Dreck als am feinen Regen abarbeiteten. Windböen zwischen den Dörfern. Ich erspare dir die verschmierte Aussicht auf Siedlungen, in der Ferne qualmende Fabrikschlote und zum See geflutete Senken des Tagebaus. Ich weiß nur noch, dass wir Rositz passiert und an einer Ortsdurchgangsstraße entlang nicht weit zu laufen hatten.

Der Friedhof war klein, von Wildwiesen und fern stehenden Baumreihen umgeben und rechter Hand von einer windschiefen Kirche durch einen Fußweg getrennt. Die Gräber waren zur Hälfte verwahrlost. Nicas Gesicht, als sie auf einem kleinen und schlichten Grabstein ihren Familiennamen entdeckte: noch einmal die Bestürzung über elf Jahre Unwissenheit. Ich blieb zwei, drei Schritte zurück. Ihrem Lederjackenrücken war nicht anzusehen, welche Worte sie in den Wind sprach. Die Beulen in ihren Taschen waren

Fäuste. Sachte setzte ich hinter ihr meinen Rucksack ab und schob meine kalten Hände in die Hosentaschen. Nica schritt links um das Grab herum, stellte einen Fuß auf die Erde und ging in die Hocke. Im Hintergrund neigten sich die Baumkronen nach links, und der Wind brachte einen stechenden Geruch mit sich. Meine Eishände strahlten durch das dünne Hosentaschenfutter auf meine Schenkel ab, während ich Nica dabei zuschaute, wie sie sich eine *Juwel* in den Mund steckte. Dieser Gestank, war das Benzin? Das Zippo versagte. Nica strich sich auf beiden Seiten das Haar hinters Ohr. Vielleicht wurde in den paar Häusern hinter der Kirche eine Autowerkstatt, eine Tankstelle oder Lackiererei betrieben. Ich hatte Nase und Mund in meine hohlen Hände vergraben, um Kälte und Gestank loszuwerden. Endlich flammte das Zippo hinter Nicas schirmender Hand auf. Die Flamme erlosch, die Baumwipfel richteten sich wieder auf und vertrieben den Mief, gaben aber gleich wieder Signal und fluteten uns mit einer kräftigen Woge von schwefligem Benzingeruch, in dem etwas enthalten war, das mich aus meiner Kindheit anwehte: der Mief über der frisch geteerten Grimmstraße mit ihrem tiefschwarz schimmernden, versengt stinkenden Asphalt, auf dem ich eines schrecklichen Tages mit meiner Kinderliebe Anita einen Fußabdruck tief in meinem Gedächtnis hinterlassen hatte.

Nica störte sich nicht an dem Teergeruch. Die Zigarette im Mund, die geröteten, erdverschmierten Finger am Jeansrock abreibend, kam sie ans Fußende des Grabes zurück. Ihre Rechte suchte nach meiner Linken, zog mich ein paar Schritte nach vorn und ließ mich neben Nica Wache stehen: Klein neben groß, kalt in warm hielten wir am Grab ihres

Vaters Händchen. Ihr Cowboystiefel hatte auf dem Grab eine bügeleisenförmige Spur hinterlassen. Als meldeten die Baumkronen keine Gefahr und als würde mir der Gestank nicht die Kehle zuschnüren, holte Nica tief Luft. Ihre Rechte presste alle Kälte aus meinen Fingern, ihre Linke hatte die brennende Kippe vergessen. Erstmals seit der Busfahrt fand sie wieder Worte.

Zu wem sprach sie – zu ihm oder zu mir? Den Blick auf seinen Grabstein gerichtet, erklärte mir Nica, dass Falbe gestern nach meinem Abgang noch etwas erzählt habe, was ihm nur widerwillig über die Lippen gekommen sei. Im Nachhinein frage sie sich, ob sie nicht doch besser den Mund hätte halten und sich jede Nachfrage verkneifen sollen. Falbe habe damals gehört, dass Klaus Haff im Rausch seine Frau verprügeln würde. Das sei mehr als nur einmal passiert. Am *Schauinsland* habe jeder gewusst, warum Gesine an heißen Sommertagen lange Ärmel, an dunklen Herbsttagen eine Sonnenbrille trug. Niemand habe verstanden, warum Nicas Mutter bei ihrem Mann geblieben sei. Als er damals, kurz nach seiner Entlassung aus dem Theater, spurlos verschwunden sei, habe die Mehrzahl der Kollegen geglaubt, er sei mit Gesine und Nica in den Westen geflohen. Nach ein paar Monaten sei er aber wieder auf der Bildfläche erschienen. Was er selbst gesagt habe: dass er zum Alkohol- und Familienentzug bei seiner Mutter untergekrochen sei. Und sie, Nicas vor fünf Jahren verstorbene Großmutter, solle später auf dem Dachboden mit einem Küchenmesser das Seil durchtrennt haben, an dem der Leichnam ihres Sohnes hing.

Nica zuckte mit den Schultern. Dann, mit einem Mal, presste sie sich beide Fäuste auf die Ohren und schüttelte den Kopf. Ihr Wutgeheul hätte man für Angstgewimmer halten können. Als sie sich beruhigt hatte, drückte ihre Hand so fest zu, dass ich ihren Zorn spüren konnte. Sie ließ erst locker, als ich selbst die Beherrschung verlor: Der Teergestank reizte meine Augen, meine Nase, war so beißend, dass das Grab vor uns verschwamm und mir ein Strom von Tränen und Rotze über Mund, Wangen und Kinn lief. Kaum nahm ich wahr, dass Nica meine Hand losließ und mich in die Arme nahm, von meinen Tränen selbst zu Tränen gerührt. Meine Wange an ihre kalte Lederjacke gepresst, konnte ich den Benzindunst im Vanilleduft ihres Haars vergessen und endlich auch meinen Tränenstrom trockenlegen. Wirklich beruhigt hatte ich mich erst, als wir wieder im Zug Richtung Leipzig saßen.

Achtzehnter Tag

Am nächsten Tag legte Nica sich nach dem Frühstück gleich wieder ins Bett, weil sie, wie sie sagte, nun schon die zweite Nacht in Folge kaum ein Auge zugemacht habe (was sie auf Geräusche im Haus schob, das von den üblichen Gespenstern ihrer Unruhe heimgesucht worden war). Als ich ihr mittags ein paar Butterbrote und Tee brachte, lag sie noch immer oder schon wieder mit offenen Augen im Dunkeln und klagte über ihr Unwohlsein. Sie fasste meine Hand – eine Geste, die an ihre Anschmiegsamkeit auf der Rückfahrt nach Leipzig anknüpfte. Wir sprachen nicht viel. Ihr Griff wurde bald schlaffer, ihr Atem regelmäßiger. Als sie eingeschlafen war, überfütterte ich im Wohnzimmer den verhungernden Ofen, nahm die Wohnungsklinke und machte mich auf den Weg.

Diesmal war ich zu früh. Lange stand ich wie Falschgeld neben dem Karl-Marx-Platz, starrte auf den Georgiring und wurde von dem bewegten Einerlei des Verkehrs schon ganz müde, als zehn Meter vor mir ein Auto mit eingeschaltetem Warnblinklicht hielt und jemand ausstieg, den ich erst auf den zweiten Blick erkannte. Seinen blauen Seemannspullover hatte er durch Jackett, Hemd und Krawatte ersetzt – einen Aufzug, in dem man ihn, dessen Scheitel wie immer korrekt gezogen war, für einen Politiker, Diplomaten oder Manager hätte halten können. Er hatte die Automarke gewechselt: Über der Kühlerhaube der schwarzen Limousine prangte der Mercedesstern. Das Wageninnere, geräumig und luxuriös, war die Entsprechung zu seinem Anzug. Als wollte er ihn mir verkaufen, zählte er mir während unserer Fahrt die Ausstattungsdetails seiner Neuerwerbung auf: Servolenkung. Scheinwerferwischer. Beheizte Ledersitze. Hundertachtzig PS. Wie sonnig über uns der Himmel durchs Schiebedach lachte. Ewiger Frühling dank Klimaanlage. Flackhaus' Freude an meinem Schreck, als er auf Knopfdruck neben mir die Seitenscheibe herunter- und wieder hinaufsurren ließ. Der Wagen sei zwar nicht nagelneu, aber scheckheftgepflegt. Angeschafft habe er ihn sich eigens zur Leipziger Messe.

Wohin fuhren wir? Durch ein Gewirr von Seitenstraßen immer tiefer in meine Orientierungslosigkeit hinein. Wir stiegen in einer schmalen Straße aus, die für bleibende Eindrücke zu unscheinbar war. Auf dem Bürgersteig gab sich Flackhaus geheimnisvoll, antwortete auf meine Fragen mit nichts als einem Lächeln, das sich über meine Unwissenheit amüsierte. Vor einem kleinen Schaufenster blieb er stehen, um den Sitz seiner Krawatte zu prüfen. Ob mir sein Anzug gefalle. Natürlich, sagte ich und sah durch Flackhaus' gespiegeltes Schaufenstergespenst die Auslagen hinter der Scheibe. In Ermangelung von Schaufensterpuppen waren die Anzüge, glänzenden Dederon-Hosen und breitschultrigen Blazer über die Auslagefläche gebreitet. Na, das freue ihn zu hören, Wrantschik habe nämlich extra für uns am heutigen Sonntag geöffnet.

Ein magerer, greisenhaft zerfurchter Mann stand mitten im Raum, die Hände vor dem Unterleib zusammengelegt, und sah zu, wie Flackhaus mich an beiden Schultern packte und erklärte, dass dies also der junge Mann sei. Wrantschik musterte mich von oben bis unten. Seine aufwärts zuckenden Augenbrauen, als er meine Schuhe sah. Wie er die dichtbehängten Garderobenständer an der rechten Längswand abschritt und durch seine Ware blätterte. Er zog einen dunkelblauen Anzug samt Hose, Hemd und Krawatte heraus und sah fragend Flackhaus an. Der nickte, und im nächsten Augenblick baumelte neben mir eine komplett eingekleidete, schlaff hängende Kreatur mit einem Kleiderhaken als Kopf an Wrantschiks dünnem Arm. Er verglich mich mit dem Anzug, den Anzug mit mir und schien über seine Fehleinschätzung erstaunt; ein zweiter Versuch mit dem gleichen Anzug in anderer Größe, und dann wies der Schneider auf eine Tür neben dem Besuchersofa, auf das Flackhaus sich inzwischen niedergelassen hatte.

Eine enge Umkleidekabine, in der ich meiner gespiegelten Ratlosigkeit gegenüberstand. Ich musste erst suchen, bevor ich auf den braunen Holzimitatwänden einen genauso braunen Doppelhaken fand. Nachdem ich in die Hose gestiegen war, stand ich einem Felix auf zwei knielosen Beinpinnen gegenüber – ein Anblick, als hätte jemand meinen Oberkörper auf die Beine eines Fremden genäht. Weil mir die Kabinenwände zu Leibe rückten, hielt ich mich bei dem Hemd nicht mit dem Aufknöpfen auf, tauchte kopfüber mit beiden Armen hinein und fand statt des Ausschnitts nur das Gefühl einer mir den Atem abschnürenden Beengung. Im Versuch, meine Arme wieder aus den Ärmeln zu ziehen, taumelte ich gegen die Kabinenwand und rang als ein mit erhobenen Händen gefesselter Rumpf nach Luft. Bis zehn zählen, atmen, den Schwindel beruhigen, und dann knöpfte ich mit zittrigen Fingern das Hemd auf und zwang mich, es ordentlich anzuziehen. Wie viele Versuche brauchte ich, um alle Hemdknöpfe in die richtigen Hemdlöcher zu bringen? Die Krawatte ignorierend, schlüpfte ich ins Jackett und floh aus der Umkleidekabine.

Wrantschik forderte mich auf, die Vogelscheuche zu machen. Die Vogelscheuche? Als der Schneider mir mit seinen langen und leberfleckigen Händen unter die Achseln griff, kapierte ich, breitete die Arme aus und ließ ihn an mir arbeiten. Er legte sein Maßband straff um den Hemdkragen, vermaß Schultern, Taille, Arme und Beine, zog Fäden, trennte die Jackettärmel ab, setzte sie etwas höher wieder an und steckte von den Schultern bis zu den Hosenbeinen die Konturen einer Person ab, die ich noch werden sollte. Dann trat Wrantschik einen Schritt zurück, betrachtete kritisch sein Modell, schritt einmal um mich herum und bat mich zuletzt, in der Kabine behutsam aus seinem nadelstarrenden Werk zu steigen. Er hängte es als leblos baumelnde Menschenhülle wieder zurück an die Garderobenstange und ließ sich von Flackhaus das Versprechen abnehmen, den Anzug bis spätestens morgen Abend auf mein Maß gebracht zu haben.

Draußen legte Flackhaus mir einen Arm um die Schultern. »Keine Sorge, mein Junge, deine Arbeitsgarderobe bezahle ich.«

Wir waren vom südlichen Ring auf die Windmühlenstraße abgebogen, wo Flackhaus im dichten Verkehr permanent zwischen drei Spuren hin und her wechselte. Im Rückspiegel schrumpfte der Märchenturm des Neuen Rathauses in sich zusammen, während uns von vorn eine Tram entgegenwuchs. Die Parade von Plattenbauten auf beiden Seiten. Wie verloren sich die paar Fußgänger auf den überbreiten Bürgersteigen ausnahmen. Hier und da waren auf einer DDR-Plakette die letzten beiden Buchstaben durchgestrichen. Durch die Straße des 18. Oktober und ein Zickzack von Abbiegemanövern, bis Flackhaus das Tempo verlangsamte und linker Hand durch das Seitenfenster auf ein stahlgraues Monstrum wies. Ich musste mich tief ducken, um es in seiner ganzen Größe sehen zu können: Hoch wie eine Kirche ragte ein Doppel-M in den Himmel. Unter den beiden Spitzgiebeln strömten Fußgänger in ameisenhaft winzigen Scharen einem weiten Areal zu. Ein kurzer, vorwiegend weißblauer Eindruck von Transportern und Flaggen, zwischen denen hier und da der lange gelbe Arm eines Kranwagens emporstrebte, bevor Flackhaus meine Aufmerksamkeit wieder auf das große Doppel-M lenkte. Das sei das Tor zu Merkurs Reich. Ob ich eigentlich wisse, wofür das Wahrzeichen stehe. Bevor ich hätte antworten können, legte er mir eine Hand auf den Arm und sagte, natürlich wisse ich das und ich bräuchte auch keine Ahnung davon zu haben, was sich hinter den Kulissen so alles abspiele; für mich sei schon die bloße Vorstellung genug, dass sich in Merkurs Reich in den nächsten Tagen unsere Kunden tummeln würden. Ins Geschäft kämen wir mit ihnen aber nicht hier vor Ort.

Flackhaus klopfte aufs Lenkrad, was mir eigentlich hätte sagen müssen, dass er mit seinen Erklärungen noch nicht zu Ende war. Mit seinem Finger geriet auch sein Vortrag aus dem Takt, als ich ihn zu dem dickwanstigen Turm befragte, der rechts vor uns auf freiem Grün aufragte (einem wuchtigen, rußbraunen Monument, das von weitem wie der Nazi-Traum einer aztekischen Pyramide aussah). Sein verständnisloser Blick erst auf den Turm, dann in mein Gesicht, bevor er sich ohne jede Antwort wieder auf den Verkehr konzentrierte. Ich war verwirrt, als wir nach links abbogen und das riesige Doppel-M wieder auftauchte, aber ich verkniff mir die Frage, wie wir mit einer einzigen Kreuzung eine komplette Runde um Merkurs Reich gedreht haben konnten.

An denselben Plattenbauten vorbei fuhren wir zurück auf den Ring. Wie dicht der Verkehr war. Mehr Westautos und Transporter als üblich. In den menschenvollen Seitenstraßen zur Innenstadt waren Banner mit bunten Schriftzügen und Firmenlogos quer über die Straße gespannt. Nationalflaggen – meist die der DDR – hingen an den Fassaden. Ich konnte mich nicht länger beherrschen und fragte ihn, wohin wir eigentlich wollten.

»Zum Merkur.«

»Zurück zu Merkurs Reich?«

»Nein, mein Junge, davon hast du genug gesehen. Wir werden unsere eigene Messe abhalten.«

»Wie meinen Sie das?«

»Das werde ich dir erklären, wenn wir beim Merkur sind.«

Unsere Fahrt endete auf einem Parkplatz in der Nähe eines Hotelkolosses, dessen Silhouette weithin alles überragte. »Fast hundert Meter hoch«, sagte Flackhaus, »vierhundertfünfzig Zimmer auf knapp dreißig Etagen. Vermutlich sind noch immer alle Telefone verwanzt und die Kellner dieselben, die sich jahrelang der Stasi angedient haben, von den käuflichen Damen erst gar nicht zu reden. Hier wirst du für uns arbeiten, mein Junge.«

»In einem Hotel?«

»Nicht in irgendeinem Hotel, sondern im Merkur.«

Flackhaus' Zeigefinger hatte auf dem Lenkrad wieder in den Takt gefunden. Er spähte zum überdachten Eingang hinüber und erklärte mir, dass die Nobelherberge eigens für devisenstarke Wessis gebaut worden sei. Jetzt zur Messe herrsche dort Hochbetrieb. Weil der Mauerfall die Schleusen für Kapitalströme aus dem Ausland geöffnet habe, sei in diesem Jahr alles ein bisschen anders als sonst. Die Bosse aus dem Westen seien nicht allein wegen der üblichen Geschäftsabschlüsse hier, sondern auch auf der Suche nach Fusions- und Investitionsmöglichkeiten. Den Markt sondieren, bevor er erobert werde. »Es herrscht Chaos, mein Junge. Und weil Manager auch nur Menschen sind, können sie nicht nein sagen zu einem Schnäppchen, ob nun aus betrieblichem oder privatem Interesse. Ich habe schon vor der Messe meine Fühler nach drüben ausgestreckt und potentielle Kunden ausfindig gemacht. Mit denen will ich in Verhandlungen kommen, aber dazu habe ich deine Hilfe nötig.«

»Meine Hilfe? Warum?«

»Weil wir vorsichtig sein müssen. Dich kennt hier niemand. Und du kommst aus dem Westen. Das schafft Vertrauen.«

»Was soll ich denn tun?«

»Mit den Kunden was essen oder ein Gläschen trinken,

das ist beinahe schon alles. Für sie bist du derjenige, der ansprechbar ist, ein Gesicht, ein Name. Deshalb habe ich für dich im Merkur ein Zimmer gebucht.«

»Aber ich weiß doch gar nicht, mit wem ich reden soll. Ich weiß noch nicht mal, um was es überhaupt geht.«

»Um Immobilien und Grundstücke zum Beispiel. Oder um Restposten der sozialistischen Warenproduktion. Ich werde dich noch genauer anweisen.«

»Aber wie wollen wir denn Grundstücke und Häuser beschaffen?«

»Wir haben Akten, die so manchem höheren Stubenhengst dabei helfen werden, die richtige Entscheidung zu treffen. Du brauchst nicht mehr zu wissen, als dass es dabei gerecht zugehen wird. Ich trete nur solchen Persönlichkeiten in den Arsch, die es nicht anders verdienen. Also: Hast du alles verstanden?«

»Weiß nicht.«

»Aber du weißt, dass du mir deine Dienste versprochen hast. Wir haben einen mündlichen Vertrag abgeschlossen.«

»Ja schon, aber ...«

»Nein, kein Aber. Für ein Aber ist es zu spät. Ich habe dich gestern gewarnt: Es gibt kein Zurück.«

Versagte die Klimaanlage? Ich drückte den Knopf, aber der elektrische Fensterheber regte sich nicht: Der Zündschlüssel war gezogen. Der Mercedes war der hermetisch geschlossene Sarg unserer Besprechung.

»Ist dir etwa nicht wohl.«

»Weiß nicht.«

Meine Finger tasteten nach dem Türgriff, zogen probeweise und zuckten zurück, als Flackhaus' Hand meinen

Arm berührte. Der Ledersitz unter ihm machte ein klebrig klingendes Geräusch, als er sich ganz nah zu mir herüberbeugte.

»Es geht um viel Geld, mein Junge. So viel, dass du dir eine neue Existenz aufbauen kannst. Was kostet es dich schon, im Merkur ein bezahltes Zimmer zu beziehen und ein paarmal mit Geschäftsleuten einen Happen zu essen? Männern, die etwas von dir wollen und nicht umgekehrt. Alle anfallenden Spesen übernehme ich.«

War ich erleichtert, als ich hörte, dass mein erster Termin erst für übermorgen geplant war? Flackhaus bestellte mich für morgen Nachmittag ins Archiv, um mir dort weitere Instruktionen und Wrantschiks Anzug zu geben.

»Wo bist du gewesen? Wie lange warst du eigentlich weg?«

»Nicht allzu lange. Ich habe mir die Messe angesehen.«

»Du warst auf der Buchmesse? Und ich dachte schon, du Traumtänzer hättest die vielen Messebanner und Plakate in der Stadt nicht bemerkt.«

»Ich habe das Messegelände mit diesem riesigen Doppel-M besichtigt. Aber nur von außen.«

»Das ist aber doch die Handelsmesse, oder? Warum warst du denn nicht auf der Buchmesse?«

»Weil ich lieber mit dir auf die Buchmesse gehen will.«

Ich gebe zu: Das war eine Notlüge, aber sie zauberte Nica ein Lächeln ins Gesicht. Sie hatte bis in den Mittag geschlafen, saß vor einer heruntergebrannten, um ihr Leben flackernden Kerze in der verqualmten Küche und stocherte mit der Gabel in einem mit Sauerkraut und Erbsen durchmengten Berg Kartoffelpüree. Ich hatte Vorwürfe erwartet;

stattdessen kramte sie eine zweite Gabel für mich aus der Tischlade, damit wir uns gemeinsam über den Teller hermachen konnten.

»Du siehst so ernst aus«, sagte sie. »Keine Sorge, Fefe. Mir geht's gut. Das ist nicht der Gedankenkrebs, ich habe einfach nur schlecht geschlafen. Ist auch ein bisschen schwer verdaulich, was ich von Falbe über das Arschloch gehört habe, das mein Vater war.«

»Ist schon in Ordnung, Nica. Aber …«

»Was aber?«

»Sollen wir nicht doch nach Berlin fahren? Heute? Jetzt?«

»Was ist denn los mit dir? Du zitterst ja. Komm, wir wollen uns nicht streiten. Schon gar nicht, wenn ich meine Nebentage habe.«

»Nein, Nica, du bist einfach nur wegen deinem Vater ein bisschen aus dem Gleis. Wenn hier jemand seine Nebentage hat, dann ich.«

»Weinst du etwa, Fefe?«

»Nein, das ist bloß der Kerzenrauch.«

»Dann puste den Stummel doch aus, sonst fackelt uns noch die Bude ab.«

Nach dem Essen erklärte Nica mir im Wohnzimmer vor der offenen Ofenklappe, dass sie in der letzten Nacht viel nachgedacht habe. Worüber? Über Gesine zum Beispiel. Wie wütend sie auf ihre Mutter gewesen sei, als sie erfahren musste, dass ihr Vater sich schon vor langer Zeit das Leben genommen habe. »Ich habe dir doch von meinem Traum erzählt«, sagte Nica, »von der Märchenstadt mit Burg, Brücken und mittelalterlichen Türmen. Inzwischen bin ich mir sicher, dass unsere Flucht für meine Mutter auch eine Flucht vor meinem Vater war und sie mir unsere Ausreise als ein Märchen in den Kopf gesetzt hat, um mir nicht erzählen zu müssen, was für ein Ungeheuer er in Wirklichkeit war.«

Am nächsten Tag bestand Nica darauf, dass wir die Buchmesse besuchten, versprochen sei schließlich versprochen. Zuerst aber wollte sie Jonas in der Stö abholen.

»Seid ihr denn verabredet?«

»Das nicht, aber er kommt doch heute Abend sowieso mit uns mit.«

»Wohin?«

Ihre Kippe im Aschenbecher ausquetschend, fragte sie, wie oft man mir eigentlich noch sagen müsse, dass wir Karten für die Neuinszenierung des *Collot* im *Schauinsland* hätten.

»Ist das schon heute Abend?«

»Stell dir vor: Die Premiere hat das Theater nicht ganz zufällig auf den Beginn der Buchmesse gelegt.«

Als ich meinen Rucksack packte, wusste ich nicht, ob ich mich gegen einen langatmigen Buchmessetag und Theaterabend wappnen oder insgeheim schon auf meine Übernachtung im Hotel vorbereiten wollte. Noch im Wohnungsflur erzählte Nica von ihrem Bammel vor einem Gespräch mit Michael Ladegast – dem Mann, der einmal ihren Vater vor dem versammelten Ensemble verprügelt hatte und heute Abend an der Podiumsdiskussion teilnehmen würde. Aus purer Gewohnheit wollte ich auch die Wohnungsklinke einstecken, aber Nica nahm sie mir aus der Hand, stellte sich auf die Zehenspitzen und legte sie mit langem Arm auf dem Türrahmen ab – dort, wo sie ursprünglich gelegen hatte, bevor sie mir auf den Kopf gefallen war. Sie sei es leid, von nun an würden wir uns die Schlüsselgewalt teilen, sagte sie, wobei sie geflissentlich unseren Größenunterschied ignorierte.

Jonas war nicht zu Hause, würde sich aber, so erzählte man uns, gegen Abend zu einer Stöckartistenversammlung auf dem Karl-Marx-Platz einfinden. Meine Erleichterung währte nicht lange, denn die Gebrüder Wehrnot ließen sich nicht ausreden, uns an seiner Stelle als orts- und messekundige Stadtführer zu begleiten.

Bevor wir aufbrachen, zeigten sie uns das erste vollständige und handgetippte Exemplar der neuen *gegensinn*-Ausgabe. Als ich das steife Bündel von Papieren in Händen hielt, die ein Bekannter an seinem Arbeitsplatz in einer Polsterei geklammert und in Heftform gebracht habe, gab ich leichtfertig zu bedenken, dass ich hier in Leipzig Zugang zu einem Kopierer hätte. Damit handelte ich mir nicht allein einen Kopierauftrag in Höhe von zwanzig Exemplaren ein, sondern auch eine Diskussion mit Nica: Sie habe gedacht, dass ich vorgestern ausbezahlt worden und mit meinen Arbeiten für Flackhaus fertig sei. Den ganzen Weg von der Stöckartisten-WG bis zur Tramhaltestelle musste ich ihr erklären, dass ich nur Flackhaus' Kopierer benutzen wolle und es für ihre Einwände ohnehin schon zu spät sei: Das Musterexemplar der neuen *gegensinn*-Nummer steckte schon in meinem Rucksack, und zur Belohnung für meine künftigen Mühen hatte ich auch gleich zwei Kerzen mitgehen lassen als Ersatz für den heruntergebrannten Stummel in unserer Finca.

Zu viert standen wir in einer hoffnungslos überfüllten Tram, die sich langsamer als sonst durch den von Transportern und Kleinlastern gehemmten Verkehr bewegte. An die Scheibe gepresst und den Rucksack zwischen die Füße geklemmt, sah ich an den Straßenrändern hier und da eine Gestalt neben einer offenen Autotür oder Kofferraumklappe stehen, wo von fliegenden Händlern Brillen, Computer oder Blumen zu schwankenden Wechselkursen verkauft wurden. Der Himmel hatte sich aufgeklart: Dünnejackenwetter.

Wir verließen die Tram inmitten einer großen Gruppe von Fußgängern, die mit uns vom Ring in die Innenstadt lief. Das Gedränge staute sich an der von einem Bauzaun eingehegten Thomaskirche, und wir kamen nur im langsamen Trott weiter. Messetransparente, quer über die Straße gespannt. Im schwachen Wind zuckten Wimpel und Flaggen. Die Hauswände hier und da mit Wahlplakaten beklebt. Der Duft von Bratwürsten und gebrannten Mandeln. An jeder Straßenecke sah man Bierstände mit improvisierten Sitzgelegenheiten. Auffallend viele Biermarken der BRD. Aus verschiedenen Richtungen durchwehte Straßenmusik das Gebrabbel der Menge – ich wurde ganz benommen von den sich ineinander verbeißenden Rhythmen und Melodien, durch die mal näher, mal ferner die Mahnung der Wahlhelfer und Parteiwerber orgelte, am kommenden Sonntag wählen zu gehen. Am liebsten hätte ich mir die Finger in die Ohren gesteckt, die Augen geschlossen und das Atmen eingestellt, um das mir zu Leibe rückende Engegefühl loszuwerden. Es war schon schwierig genug, an Nicas Hand den beiden durch das Gewühl lavierenden Wehrnots zu folgen.

Auf dem Markt nahm ich nur noch Gewimmel und Stimmen wahr und dass wir vor den Arkaden des Alten Rathauses stehen blieben. Ein Lieferfahrzeug, das im Schneckentempo durch die Menge über den Platz schlich, nahm alle meine Sinne gefangen, und dann war plötzlich Nicas Gesicht ganz nah vor meinem. Sie fasste mich an beiden Schultern, wies mich an, ihr in die Augen zu schauen, und machte mir tiefe Atemzüge vor. Ihr sich hebendes und senkendes Gesicht, die sich weitenden Nasenflügel, ihre Schläfenader, und dann zog sich der Kokon von Benommenheit wieder fester um mich zusammen. Mein Puls raste, während sich alles um mich herum in festgefrorenem Entsetzen verlangsamte.

»Fefe, bist du noch da?«

Weiß nicht.

»Ruhig atmen, sonst vergeudest du Lebenszeit.«

Ich weiß.

»Geht's wieder?«

Das wusste ich nicht, ich wusste nur, dass ich bald zu Flackhaus aufbrechen musste. Aber wie? Mein Rucksack war mit Helium gefüllt, meine Füße hatten den Bodenkontakt verloren – nicht ich, sondern meine leere Hülle hing an Nicas Hand, als wir auf ein großes Gebäude zuliefen. Ich tauchte hinter ihr durch den Äther bewegt lärmender Farben ins Buchmessehaus ein, und meine vom Fehlismus gestörte Erinnerung versuchte, uns zu folgen.

Einer der Wehrnots erklärte, dass nicht nur das Buchmessehaus, sondern alle öffentlichen Gebäude in Leipzig überheizt seien. Kein Wunder also, dass mir schon auf der ersten Treppe die Puste ausging, und als wir eine der Ausstellungshallen betraten, irrlichterten schwarze Punkte im Neonröhrenlicht. Große Hallen, durch Regalwände in

Lesekojen gerastert, in denen Bücher, Zeitschriften und Kataloge ausgestellt waren. Die Wehrnots blieben vor einer Stellwand mit großformatigen Bildbänden kleben. Nica ließ ein Buchkarussell kreisen, und mit dem Karussell rotierte die ganze Koje – ich musste mich an einem Regal festhalten, bis sich der schwere Seegang allmählich beruhigte. Besser, die Nase in ein Buch zu stecken und mich darin zu verlieren, bis sich meine Begleiter in die nächste Koje weitergeschmökert haben würden. Ich griff wahllos ins Regal und starrte über die tanzenden Buchstaben hinweg auf ein hochhängendes Schild, das den Weg zum Notausgang wies. Was das Schild mir sagte: Sobald Nica außer Sichtweite sein würde, müsste ich dem mir weiß auf grün vorauslaufenden Strichmännchen folgen. Ich überflog die ersten Seiten des Buchs in meiner Hand, während ich im Geiste hinter dem Notausgangsmännchen durch das Treppenhaus lief. Aus welchem Deutschland stammte der Autor? Das Männchen lief in anhaltender Panik ostwärts über den Markt, blitzte an der Goethe-Statue vor der Alten Börse auf und schoss im Zickzackkurs durch gerammelt volle Passagen. In meinem Buch verfolgte ich es quer über die Seiten, las, wie es auf einem Absatz kehrtmachte und seine spitzen Gliedmaßen einsetzte, um sich zwischen den Häuserzeilen der vollen Innenstadt vorwärtszudrängeln. Vor der Nikolaikirche wurde es von mehreren Busladungen Touristen behindert, und auf der Goethestraße blockierte der Andrang für eine Lesung den Bürgersteig vor der Franz-Mehring-Buchhandlung. Kurz sah ich auf, denn in der Buchmessenkoje fragte neben mir jemand »Wie spät?« Hoch oben auf dem Krochhochhaus wussten die beiden Glockenmänner, was die Stunde geschlagen hatte: Schon halb fünf, dem Männchen blieb nicht mehr viel Zeit, der Roman würde bald aus sein. Weiter hetzte es über den Karl-Marx-Platz zum Ring. Sämtliche Busse überfüllt, aber ein Strichmännchen findet selbst im dichtesten Gedränge Platz. Eilig blätterte ich ein paar Haltestellen vor und stolperte über den Namen Flackhaus. Durch einen Spalt – weiter war das Rolltor nicht hochgelassen – zwängte sich die strichdünne Panikfigur in die Garage. Auftritt der Romanperson Flackhaus. Dialogpartien: Der Schneider Wrantschik sei zwar schnell, könne aber nicht zaubern, schließlich würde ein gewöhnlicher Anzug dem Männchen nur am Leib schlottern. Ich las, dass mit dem Anzug auch eine Auflistung aller terminierten Kundengespräche nicht vor dem späten Abend im Archiv bereitliegen würde. Im folgenden Abschnitt versuchte Flackhaus, im Eiltempo das weiße Männchen zum Mann zu machen: Eine ganze Seite lang wohnte der Leser einem Einführungskurs in die Gesprächstaktiken von Alphamännchen bei. Ermüdend, wie oft das *Man muss, Man soll, Man darf auf keinen Fall* wiederholt wurde. Noch ein ernstes Versprechen, der übliche Handschlag bei der Verabredung für den späten Abend, und dann sprang das Männchen pünktlich, das heißt: mit einem langen, letzten Satz in den Bus, hastete durch die Straßen der Innenstadt und eine breite Treppe hinauf und kehrte an seinen Platz auf dem Schildchen zurück.

»Fefe, wir haben dich überall gesucht. Wo hast du denn die ganze Zeit gesteckt?«

»Das wüsste ich selber gerne.«

»Hast du uns verloren? Du bist ja immer noch außer Atem. Und schweißgebadet. Das sieht mir nach einem schweren

Fall von Fehlismus aus. Komm, lass uns von hier verschwinden.«

Eine kleine Propellermaschine kreiste über der Stadt und gratulierte auf einem langen Banner im Namen einer Elektrik AG der Messestadt Leipzig zu ihrem 825-jährigen Bestehen. Ich konnte nicht lange zum Himmel hinaufschauen, ohne dass mir das Licht in den Augen schmerzte; halb geblendet lief ich Nica, die sich hinter ihren frierend verschränkten Armen verpanzert hatte, und den Gebrüdern Wehrnot zum Karl-Marx-Platz nach, wo sich die Stöckartisten zu einer Generalversammlung verabredet hatten und wir Jonas abholen würden.

Als wir uns von der Goethestraße aus näherten, sahen wir schon von weitem einen vor dem Mendebrunnen aufragenden, tiefblauen und mit einer Friedenstaube bedruckten Heißluftballon. Er war noch nicht vollständig mit Gas gefüllt und wurde von mehr als einem Dutzend Helfern mit erhobenen Armen an einer schlaff eingedellten Seite gestützt. Aus den Reihen der Schaulustigen liefen Kinder an ihn heran, hielten dann aber doch Sicherheitsabstand und starrten ängstlich zur riesigen Friedenstaube auf. Am Ballon vorbei, durch das Gedränge von Ausflüglern und Messetouristen, liefen wir einer Abordnung von vielleicht zwei Dutzend Stöckartisten entgegen, die vor der Glasfront des Gewandhauses in ungeduldiger Lässigkeit auf den Rest zu warten schien.

Begrüßungsrituale: Während Nica sich von mir löste, um sich von Jonas auf beide Wangen küssen zu lassen, klopften die Gebrüder Wehrnot ein paar Leuten auf die Schulter, verkündeten, sie hätten das Vervielfältigungsproblem der zweiten *gegensinn*-Nummer gelöst, und erklärten, dass sie von dem trockenen Papier im Buchmessehaus ganz durstig geworden seien. Als sie herumfragten, wer an einer Sammelbestellung für den Stand der Kulmbacher-Brauerei neben der Litfaßsäule interessiert sei, erfuhren sie, dass man dort nicht etwa eine oder zwei, sondern allen Ernstes zehn Mark Pfand für jedes Glas verlange; die Bierpreise würden selbst den üblichen Messewucher in den Schatten stellen. Um sich einen anzutrinken, müsse man reich sein.

»Nur ein Vorbote«, sagte Dietrich. »Wir werden kolonisiert und bis aufs Mark ausgesaugt.«

»Keine Sorge, Herr Satzsch«, rief Nica ihm durch den Lärm zu. »Bei dir gibt's nicht viel auszusaugen. Höchstens Gift und Galle.«

Eine Zuckung ging durch Dietrichs weiten, ihm bis zu den Knien reichenden und an einen Käferpanzer erinnernden Mantel, der sein Gesicht noch hagerer wirken ließ.

»Du warst doch vorhin auf der Buchmesse?«, fragte er. »Darf ich fragen, was du da gesehen hast? Vermutlich nur Bücher, oder?«

Nica sah ihn ratlos an.

»Soll ich dir verraten, was *ich* auf der Buchmesse gesehen habe? Dass das Buch schon zur Ware verkommen ist. Noch vor ein paar Monaten sind wir für die Freiheit des Wortes auf die Straße gegangen.« Was er nun erzählte, habe ich später in der Rolle von Voss nahezu wörtlich gegenüber deinem Vater wiederholt: Dietrich habe die gleichgültigen Blicke der Messebesucher gesehen, den kalten Konsumblick auf ehemals verbotene Literatur, die höchstens auf ein Nischeninteresse gestoßen sei, so als wäre sie schon im Moment ihrer freien Zugänglichkeit veraltet. Jemand aus dem Westen könne vermutlich nicht verstehen, was für eine verstörende Erfahrung es für ihn sei, dass er heute vollkommen hilflos vor der Masse an Ansichtsexemplaren gestanden habe, ohne jeden Impuls, dem alljährlichen Ritual des Bücherklaus zu folgen und sich aus dem neuen Überangebot das eine oder andere Buch in seinen Messemantel zu stecken.

»Wenn Dietrich auf der Buchmesse keine Bücher mehr klaut«, sagte ein Stöckartist, »dann muss es wirklich schlecht um die DDR stehen.«

Nica sah erst den Spaßvogel, dann Dietrich an, und dann geschah etwas, was Herrn Satzsch genauso überrumpelte wie mich: Nica umarmte ihn. Noch bevor er seine Überraschung in den Griff bekommen hatte, stieß sie ihn lachend von sich und pochte mit dem Knöchel gegen seinen Mantel. Ob er sich etwa vor schießwütigen Bundis fürchte. Noch nie hatte ich Dietrich lächeln gesehen. Er knöpfte seinen Mantel auf, zog aus den großformatigen Innentaschen ein paar Bücher heraus und erklärte, dass er sie eigentlich nur aus Pflichtbewusstsein habe mitgehen lassen.

Mittlerweile waren Zehntausende auf dem Platz versammelt, auch der Kreis der Stöckartisten hatte sich um zehn oder zwölf Nachzügler vergrößert. Der Ballon war zur Seite gesackt und teilte wie ein Fluss die Menge. Mit einem Mal war der Platz von einem Rascheln und Rauschen, der Aura eines elektrischen Signals erfüllt, und eine verstärkte Stimme richtete einen Gruß an die Menge. Es gebe etwas Erfreuliches zu vermelden: Nach dem Aufruf in der vergangenen Woche hätten sich im Bezirk zwölftausend Bürger als Helfer für die Wahlvorstände gemeldet; damit könne am Sonntag die Wahl durchgeführt werden. Heute, so erklärte der Redner, solle die letzte Montagsdemonstration stattfinden, da inzwischen das erste und wichtigste Ziel der Wende erreicht worden sei: freie Wahlen.

Gab es Jubel, oder nahm der salbungsvolle Kirchenton der Menge die Euphorie? Einige Stöckartisten hatten sich im Schneidersitz auf den Boden gesetzt und ein um mannshohe Stangen gewickeltes Banner vor sich gelegt; andere standen mit verschränkten Armen, in den Hosentaschen vergrabenen Händen und ähnlichen Posen der Ablehnung vor dem Gewandhaus. Die Lautsprecher beschworen die Anfänge der Montagsdemonstrationen, als der Geist der Gewaltlosigkeit aus der Kirche getragen worden sei. Nica hakte mich bei ihr unter. Ihre kalte Lederjacke an meiner Hand. Die verzweigte Ader in ihrem Gesicht, aus dem nichts als eine ähnlich nervöse Anspannung sprach, die auch an mir nagte. Es dämmerte; über den Häuserblöcken am Georgiring brannten schon die Lettern der Neonlichtwerbung von Firmen, die mir nichts sagten und deren Logos nach Ostblock oder Vorkriegszeit aussahen. Es wurde kühl. In der Luft lag ein stechender Dunst, etwas von verbrannter Atmosphäre, die vielleicht von dem Gasbrenner des blauen Ballons herrührte, der nun zur vollen Rundung gefüllt war und sich wie eine blaue Wand vor meine Erinnerung schiebt. Er atmete, ein Zittern ging durch seine Außenhaut, ein letzter Widerstand gegen die Schwerkraft, und dann hob unter dem Applaus der Schaulustigen und dem Fauchen des Gasbrenners die Friedenstaube vom Boden ab. Ich sah das vor Aufregung gerötete Gesicht eines Mitglieds der Crew und die Europaflagge, die aus dem Korb heraus geschwenkt wurde. Lange schaute ich dem Ballon nach, und am liebsten wäre ich ihm in den eindunkelnden Himmel gefolgt.

Wie schnell sich der große Platz leerte: Alles strömte auseinander, den umliegenden Bierständen und Straßenhändlern zu. Zögerlich schlichen wir mit den Stöckartisten in Richtung Oper, ihrem entrollten Banner nach, auf dem ein rot durchgestrichenes Hakenkreuz prangte. Sie starrten zum Georgiring hinüber, wo ein schwarzer Adler aufflatterte, der mit einem Eisernen Kreuz geschmückt war und von Bannern mit Aufschriften wie *Ein Volk* und *Grenzen von 1937* flankiert wurde. Unruhe unter den Stöckartisten. Auf dem Platz setzte sich niemand in Bewegung, die letzte Montagsdemo drohte auszufallen. Nica wies auf die Uhr des Krochhochhauses, über dem der Heißluftballon in den dämmernden Vorabendhimmel schrumpfte. Es sei Zeit, sagte sie mehr zu Jonas als zu mir, die Vorstellung im *Schauinsland* werde bald beginnen; aber weder Jonas noch mir war nach Theater zumute, stattdessen folgten wir den Stöckartisten bis vor die Oper. Von dort aus sahen wir, was auch eine Fernsehkamera sah: wie sich nun doch ein Demonstrationszug in Gang setzte. Grüppchenweise gingen Kundgebungsteilnehmer mit den unvermeidlichen drei Farben am Stiel den Georgiring hinunter, warteten dort auf Nachzügler und skandierten aus vielleicht hundert Kehlen, wie wohl ihnen Helmut Kohl tue. Der Chor wurde von wild klingelnden Fahrradfahrern überholt, an deren Lenkrädern und Gepäckträgern grüne Fähnchen und Wimpel flatterten und die eine Gasmaskenpuppe in einem Anhänger spazieren fuhren. Nica zog nicht mich, sondern Jonas am Arm, aber Jonas ließ sich nicht ziehen und erklärte Nica, was sie schon längst wusste: dass er nicht nur ihr Cousin, sondern auch ein Stöckartist sei. Und die Stöckartisten würden heute Flagge zeigen gegen die Nazis. Während ich mich über die Farbenblindheit des Helmut-Kohl-Chors amüsierte, der den Grünen »Rote aus der Demo raus!« nachbrüllte, blieb der Demonstrationszug stehen. Ich stieg die Operntreppe hinauf, um besser sehen zu können, was ihn ins Stocken brachte. Eine Meute von Pressefotografen blockierte den Weg. Von der Seite, frontal oder im Kniefall von unten fotografierten sie erhobene rechte Arme und den flatternden Adler, unter dem »Deutsche Jugend für deutsche Einheit!« gerufen wurde. Und dann, als sich den Fotografen eine ganze Phalanx von Hitlergrüßen als Motiv anbot, stellte sich das durchgestrichene Hakenkreuz vor den Adler. Weil der Demozug noch immer stockte und mir etwas bange wurde beim Anblick der Stöckartisten, die sich in Kapuzen und Schals eingemummt hatten, gab ich endlich Nicas immer flehenderem Drängen nach. Bevor wir uns auf den Weg zum *Schauinsland* machten, sah ich noch, wie Jonas im Laufschritt seinen Freunden zum durchgestrichenen Hakenkreuz folgte.

Neunzehnter Tag

Theaterexkurse: Von dem Drama, das ich an Nicas Seite im *Schauinsland* sah, ist bei mir kaum mehr als der Titel *Collot* hängengeblieben und wegen des Titels die Hauptfigur gleichen Namens, und der Name ruft mir die Französische Revolution als geschichtlichen Hintergrund ins Gedächtnis. Woran ich mich sonst noch erinnere: an den geisterhaft weiß fluoreszierenden Kostümstoff und dass der Hauptdarsteller, als Einziger farbig gekleidet, marionettenhaft-albern vor einer Truppe von Schauspielerkollegen auf- und abmarschierte und mit Schreckschüssen, die er aus einem imaginierten Gewehr abfeuerte, das sehr stille Publikum zu wecken versuchte; ich erinnere mich an das gewaltige, sich im Zeitlupentempo auf die Bühne senkende Fallbeil einer Guillotine und an die Hand der Zuschauerin im Sessel vor mir, die alle fünf Minuten den Sitz ihres Dutts kontrollierte; und immer wieder verrieten mir Nicas an Leggins und Rocksaum zupfende Finger, dass wenigstens sie von dem Drama gefesselt war.

Wohltuende Verwirrung im Saal, als sich mitten im Zuschauerraum ein Mann erhob und, vom Lichtkreis eines Verfolgers erfasst, mit über dem Kopf schwenkenden Händen die Vorführung für vorzeitig beendet erklärte. Er lief über einen Seitenaufgang auf die Bühne, gab sich gegenüber dem

Publikum als Regisseur aus und schickte die Schauspieler vom Podium. Den Abbruch der Vorstellung entschuldigte er in einem Redeschwall damit, dass der *Collot* im Besonderen und das Drama im Allgemeinen versagt hätten und jede Inszenierung daher zum Scheitern verurteilt sei. Ehrlich gesagt: Ich war froh über den Staatsstreich des Mannes, auch wenn er etwas spät erfolgt war und zu Beginn der anschließenden Podiumsdiskussion erklärt wurde, dass der Eklat Teil der Inszenierung gewesen sei. Der vermeintliche Regisseur, so referierte der Moderator, sei ein Ensembleschauspieler und die ihm in den Mund gelegte Verurteilung des *Collot* stamme von dessen Autor selbst.

Warum der sein eigenes Stück verdammt hatte, wurde mir in der Diskussion nicht deutlich – was vielleicht daran lag, dass der Autor nicht ganz nüchtern war und prinzipiell allem widersprach, was ihm der vor Formulierungseifer stotternde Moderator an Bedeutungsabsichten unterstellte. Wie er sich auf dem Stuhl fläzte: eine schiefe, ungekämmte, unrasierte Erscheinung, die Füße weit von sich gestreckt, die Hände mal in die Hosentaschen gesteckt, mal mit schlingernden Gesten seine pampigen Antworten unterstreichend. Ein Raunen ging durch das Publikum, als er es ablehnte, die Französische Revolution und deren erstrittene, bleibende Werte mit der deutschen Revolution der Jesuslatschen und protestantischen Marxbärte zu vergleichen.

Meine Aufmerksamkeit ging von ihm auf Nicas Handballen über, mit dem sie den Plüschbezug ihres Sessels bearbeitete, so als wollte sie einen Fleck ausreiben. Sie kaute auf der Unterlippe, den Blick mit zusammengezogenen Brauen starr auf die Bühne gerichtet – allerdings nicht nach links auf den redenden Autor, sondern nach rechts, wo Michael Ladegast saß. Ob der Schauspieler, auf den sich vor zwölf Jahren Klaus Haffs Eifersucht eingeschossen hatte, damals schon so füllig gewesen war? Mit einem Ellbogen auf die Armlehne seines Stuhls gestützt, den Blick leicht erhoben, glich er einem aufmerksamen Zuhörer, der sich im Kopf schon eine Antwort zurechtlegte.

Nicas Handballen ließ von der Sitzfläche ab, als sich der Moderator an Ladegast wandte. Schon mit den ersten Worten füllte der Schauspieler, nach seinen Erinnerungen an die Uraufführung befragt, den Bühnenraum mit seiner sonoren Stimme. Wegen eines Witzes des damaligen Regisseurs über die Zensur (die, weil sie von Natur aus abergläubisch sei, die Premiere schwänzen werde) erinnere er sich noch daran, dass der *Collot* am Freitag, den 13. Oktober 1978 uraufgeführt worden sei. Schon nach ein paar Vorstellungen sei die Inszenierung verboten worden; ein Schreibtischbeschluss, ein Krakel unter einem Papier habe die monatelange Arbeit aller Beteiligten – und damit meine er vom Regisseur über die Schauspieler, den Bühnenbildner und Gewandmeister bis zum Bühnenarbeiter wirklich alle – zunichtegemacht.

Der Moderator erwähnte, dass Ladegast drei Monate nach der Absetzung des *Collot* inhaftiert worden sei; er fragte den Schauspieler, ob die Verhaftung mit dem Verbot des *Collot* in Zusammenhang stehe.

Indirekt schon, antwortete Ladegast. Die offizielle Anklage habe auf staatsfeindliche Hetze gelautet und sich auf sein Engagement in einem Gesprächskreis mit literarischen und gesellschaftlichen Themen bezogen. Er sei dort nicht der einzige Teilnehmer aus dem Umfeld des *Schauinsland* gewesen – vielmehr habe man hier auch ausgiebig über Theaterfragen diskutiert –, aber außer ihm sei nur der Lyriker Enno Benzmann festgenommen worden, in dessen Wohnung sich der Kreis getroffen habe.

»Wurde der Kreis von der Stasi infiltriert?«

»Wir hatten keinen Besuch von den üblichen stummen Fremdkörpern, wenn Sie das meinen. Wir kannten jeden Teilnehmer persönlich.«

»Sie wurden also denunziert?«

»Die Vermutung liegt nahe.«

»Wie gehen Sie mit diesem Wissen um? Sie haben immerhin acht Monate lang in Untersuchungshaft eingesessen, bevor sie von der Bundesrepublik freigekauft wurden.«

Ladegasts Ansichten über Unschuld und Schuld, individuelle Verantwortung und kollektives Versagen verloren sich in derart abstrakte moralische Sphären, dass mein Verstand sich irgendwann weigerte, ihm noch länger zu folgen. Als die Diskussion endlich beendet war, bemerkte ich, dass Nica sich wie ein Kind mit den Handballen die Augen rieb, das Gesicht von einem Aufruhr unklarer Gefühle gerötet. Das Ritual des Aufstehens und Hinaustrottens aus den Klappsitzreihen, und dann trieben wir mit der herausströmenden Menge in Richtung Foyer.

Die Theaterkantine war schon bei unserem Eintritt gut besucht und reichlich verqualmt. Unschlüssig blieb ich mit Nica an der Wand gegenüber des Eingangs stehen, den sie ununterbrochen im Blick behielt: Falbe habe ihr versprochen, Ladegast hierherzulotsen.

Weil sie nicht redete, fragte ich Nica, wie ihr die Aufführung gefallen habe; da sie mich nur mit hochgezogenen Brauen ansah, behauptete ich, mein Arm habe während der Vorstellung als Blitzableiter für ihre Hochspannung herhalten müssen. Ich gebe zu: Das war vielleicht nicht ganz wahr, aber die kleine Flunkerei war sicher nicht böse gemeint und stand in keinem Verhältnis zu Nicas Zornesausbruch.

»Ich hoffe«, sagte sie, »du hast die Aufführung genossen, während ich mich mit Selbstvorwürfen gequält habe.«

»Warum?«

»Warum? Ich wäre am liebsten aus dem Theater und zurück auf die Demo gerannt. Wer weiß, wie Jonas und die Stöckartisten das Zusammentreffen mit den Rechten überlebt haben.« Keine Sekunde habe sie sich auf die Vorführung konzentrieren können, krank vor Sorge um ihren Cousin und um ihren eigenen Verstand, weil sie sich weder an den Theatersaal noch an Michael Ladegast habe erinnern können. Laut Falbe habe sie aber doch als Kind dort oben schon einmal gesessen und mit ansehen müssen, wie Ladegast ihren Vater vermöbelt habe. Sie stockte, starrte zur Eingangstür. »Ich komme mir ganz unwirklich vor. Hier hat meine Mutter früher einmal mit Falbe gesprochen, und mein Vater hat sie dabei beobachtet und zu Hause vermutlich spüren lassen, wie wenig ihm das gefiel.«

»Meinst du, Ladegast kommt noch?«

»Im Moment bin ich mir nicht mehr so sicher, ob ich überhaupt noch mit ihm sprechen will.«

»Kann ich gut verstehen. Warum verschwinden wir dann nicht einfach von hier?«

In einer einzigen Bewegung wandte Nica sich zu mir um und verpasste mir eine Ohrfeige. Ich war so erschrocken, dass ich nur ihr Gesicht anstarrte, in dem ihre eigene Überraschung erst blankem Zorn und dann einem Grinsen wich. Ihr angsterregendes Kichern, als sie noch einmal ausholte und mir ein zweites Mal eine klebte. Das habe gut getan, sagte sie. Manchmal hätte ich Holzkopf auch ein Herz aus Holz. Und dann schloss sie ihr Holzpüppchen Fefe, das gar nichts mehr verstand, in die Arme.

Über ihrer Schulter sah ich, dass unsere kleine Szene für Neugier gesorgt hatte. Von einem Halbrund aus interessierten Gesichtern umgeben, stand ein peinlich berührter Falbe neben Michael Ladegast, der ihm beruhigend den Arm tätschelte und auf uns zuschritt.

Er war bis zur Lächerlichkeit höflich. Wie albern, dass er, der eben erst auf der Bühne eingeführt worden war, sich uns namentlich vorstellte. Sein Lächeln, sein dröhnender Bariton: Wie er sehe, habe Nica das Temperament ihrer Mutter geerbt.

»Wegen ihr hatten Sie Ärger mit meinem Vater.«

»Mag sein.«

»Hatten Sie und Gesine ...?«

»Eben hast du mich an deine Mutter erinnert, jetzt erinnerst du mich an deinen Vater. Der hat mir das auch unterstellt, und ich habe ihm damals das Gleiche gesagt wie jetzt dir: Nein, ich hatte kein Verhältnis mit deiner Mutter.«

»Haben Sie meine Mutter im Westen wiedergesehen?«

»Nein. Um ehrlich zu sein, habe ich deiner Mutter damals die Flucht ein wenig übelgenommen. Einfach alles aufgeben und sich wegstehlen – eine so gescheite und mutige Frau! Heute würde ich darüber vielleicht anders denken.«

»Aber es muss doch einen Grund dafür gegeben haben, dass mein Vater meine Mutter …«

»… geschlagen hat? Muss man dafür nicht eher den Grund bei ihm selbst suchen? So etwas ist durch nichts zu entschuldigen.«

»Und Sie? Sie haben ihn bewusstlos geschlagen. Vor den Augen meiner Mutter. Und in Anwesenheit von mir, seiner Tochter.«

»Das stimmt nicht ganz. Ich weiß nicht mehr, wer es war, aber als die Situation eskalierte, hat dich irgendjemand aus dem Saal gebracht.«

»Mein Vater war doch nur noch ein Wrack.«

Ladegast hatte Mühe, seinen durchdringenden Bass zu mäßigen, als er Nica von den Gerüchten erzählte, welches Unheil das Wrack über Frau und Tochter gebracht habe. Wie Gesine die verstörte Nica bei Onkel, Tante und dem kleinen Jonas abgegeben habe, um sie aus der Schusslinie ihres Vaters zu bringen. Wie Gesine, das Gesicht verfärbt, die Lippen geschwollen und die Arme auf die Rippen gepresst, zur Nachtzeit von Bekannten habe beruhigt werden müssen. Und Klaus Haff, der nach ein oder zwei Tagen Familienabstinenz den Münzschlitz einer Telefonzelle für Nachforschungen gefüttert habe. Das Viertel habe ihn grußlos sämtliche Kneipen abklappern sehen, und jemand am Theater habe von einem lautstarken Auftritt vor der Bibliothek gewusst, wo Haff kurz nach Feierabend Gesines Kollegen abfing. Ladegast sei weiß Gott nicht der Einzige gewesen, der nicht habe verstehen können, warum Nicas Mutter immer wieder zu ihrem gescheiterten Schauspieler zurückgekehrt sei. Womöglich habe sie sich nur deshalb nicht von ihm scheiden lassen, weil sie über einen Ausreiseantrag nachgedacht habe, und für einen Ausreiseantrag habe man verheiratet sein müssen. Und als sie ihn endlich doch verlassen habe, sei Klaus Haff seiner kleinen Familie auf Schritt und Tritt gefolgt. Er habe die beiden regelrecht observiert, so obsessiv sei er gewesen; eigentlich ein Wunder, dass er trotzdem von der Flucht nichts geahnt habe.

Eine kurze Pause, in der Nica verarbeitete, was sie gehört hatte, und dann änderte Ladegast den Tonfall.

Familiengeschichten: was man vielleicht besser nicht erzählt bekommen hätte. Wie rücksichtslos der Schauspieler Nica einer biographischen Folter aussetzte. Lieferte ihm eine Nachfrage von Falbe das Stichwort (wenngleich der an etwas ganz anderem, nämlich Ladegasts erster Zeit im Westen interessiert war), oder kam er von selbst, Falbes sanfte Ablenkungsmanöver ignorierend, darauf zu sprechen, was Nicas Vater ihm angetan hatte?

Im Dezember achtundsiebzig, so Ladegast, sei Klaus Haff nach fast viermonatiger Abwesenheit wie aus dem Nichts als Zaungast im *Schauinsland* aufgetaucht. Vielleicht habe man die Gegenwart des ehemaligen Kollegen bei den Proben nur deshalb toleriert, weil nach dem Alkoholentzug und der Flucht seiner Familie von dem alten Klaus Haff nicht mehr viel übrig geblieben sei. Seine langsame, gedämpfte Sprechweise. Der frühere Quälgeist sei auf eine verletzliche Weise in sich gekehrt gewesen. Ausgesehen habe er, als hätte er das Schlafen verlernt. Bleich, aus tief umschatteten Augen vor sich hin starrend, drückte er sich bei den Bühnenarbeiten in einem Winkel der Hinterbühne herum, oder er saß wie ein Zuschauergespenst irgendwo am Rand der Sitzreihen. Man amüsierte sich darüber, wie heftig er zusammenschrak, wenn man ihn ansprach. Ansonsten vergaß man ihn, und fiel sein Verschwinden auf, tauschte man sich über die Mutation seines Charakters aus, zu der auch seine Annäherungsversuche gegenüber Michael Ladegast zählten: Er, Klaus Haff, suchte ausgerechnet zu jenem Mann Kontakt, der ihn noch vor ein paar Monaten vor dem versammelten Ensemble mit einem Fausthieb auf die Bühnenbretter geschickt hatte.

Er fing Ladegast draußen vor dem Theatergebäude ab. Eine Filterlose nach der anderen in sich hineinfressend, fragte Haff den Schauspieler demütig, fast hoffnungslos, ob er einem Treffen des Arbeitskreises Lyrik und Drama beiwohnen dürfe, dessen Sitzungen Ladegast inzwischen mit organisierte. Lange sah Ladegast ins Gesicht dessen, der einmal Klaus Haff gewesen war. Nicas Vater hielt Ladegasts Blick nicht stand und schrak regelrecht zusammen, als der Schauspieler ihm sagte, der Kreis stehe jedem Interessierten offen, auch ihm.

Klaus Haff nahm an insgesamt drei Januarsitzungen in Enno Benzmanns Wohnung teil. Er saß auf dem Boden, bleich und still, den Blick von Trauer, Übermüdung und der Gravitation seiner Gedanken zu Boden gezogen, an denen er niemanden teilhaben ließ. Man redete über Texte, die von Gastautoren zur Diskussion gestellt wurden und deren Veröffentlichung zurückgehalten worden war, über Dialogpartien eines unaufgeführten oder in Arbeit befindlichen

Dramas oder über Fragen der Inszenierung. Die Gespräche gingen manchmal nahtlos zu politischen Themen über, und wenn Ladegast die Mutlosigkeit der Kulturschaffenden geißelte, sah er, wie Klaus Haff schwerfällig nickte und dabei den ganzen Oberkörper vor- und zurückwiegte. Meistens saß er in sich zusammengesackt auf dem Boden und betrachtete seine mit einer Kippe oder den Fingernägeln beschäftigten Hände. Selbst wenn er, halb liegend, das Gewicht auf die Ellbogen verlagerte, blickte er niemanden an, sondern sah sich im Zimmer um und fixierte mit fast zusammengekniffenen Augen irgendetwas – die Deckenlampe, das Sofa, einen Teppichläufer –, wobei er stumm die Lippen bewegte. Manchmal überkam ihn ein Zittern (das Ladegast auf Haffs Abstinenz zurückführte, da in der Gruppe reichlich viel Wein konsumiert wurde), manchmal fiel er durch einen Grunzlaut auf, einen falschen Atemzug, der in seiner Kehle für eine Explosion sorgte, etwas, das einem Schluckauf nicht unähnlich war – eine Unbeherrschtheit, die er gleich wieder erstickte, indem er sich in die Faust biss.

Alles, was Ladegast uns noch erzählte, musste Falbe ihm mit sichtlichem Widerwillen bestätigen. Als der Arbeitskreis Ende Januar neunundsiebzig zusammenkam, fehlten drei Teilnehmer: Nicas Vater, der Lyriker Enno Benzmann und Michael Ladegast. Die beiden Künstler waren von Beamten »zur Klärung eines Sachverhalts« abgeholt worden und blieben verschwunden. Wo Nicas Vater steckte, wusste niemand, bis er nach einer Woche im *Schauinsland* aufkreuzte. Er war kaum ansprechbar und stieß gegen jedermann schwer verständliche Drohungen aus. Seine ehemaligen Kollegen schleppten ihn zur Toilette, tauchten seinen Kopf in die Kloschüssel und drückten ein paarmal die Spülung. Zwischen seinen Brechkrämpfen rief er Selbstbezichtigungen in die Schüssel: Er sei nichts wert! Er habe das nicht gewollt! Was genau er damit meinte, brachten die Fäuste von drei oder vier Männern aus ihm heraus.

»Mein Vater war derjenige, der Sie und diesen anderen Mann –«

»– Enno –«

»– denunziert hat?«

»Ja.«

Nica presste sich eine Hand auf den Mund. Tränen schossen ihr in die Augen, und trotzdem glaubte Michael Ladegast in aller Deutlichkeit wiederholen zu müssen, was Nica längst verstanden hatte: Nicht im Vollrausch, zur Zeit der Alkoholsucht und verminderten Zurechnungsfähigkeit, sondern nach dem Entzug, als er Frau und Tochter längst für immer verloren hatte, habe Nicas Vater Michael Ladegast aus billiger Rachsucht ans Messer geliefert. Acht Monate Isolationshaft – wir könnten uns nicht vorstellen, was das mit einem Menschen mache. Ladegast könne bis heute kaum eine Nacht durchschlafen. Was Nicas Vater ihm angetan habe, sei durch nichts zu rechtfertigen.

Sag selbst: Hätte ich tatenlos zusehen sollen, wie Ladegast seinen Hass stellvertretend an Nica ausließ? Noch bevor ich mich hätte bremsen können, war meine Wut schon übergekocht. Zischend stieß ich gegen den Schauspieler alle Beleidigungen aus, die mir beim Anblick von Nicas Tränen einfielen. Ich hatte mich noch nicht wieder beruhigt, als ich Ladegast schon längst vergrault hatte, Falbe ihm nachgelaufen war und Nica so aussah, als wollte sie mir die dritte Ohrfeige des Tages verpassen.

»Was sollte der Auftritt? Was glaubst du eigentlich, wie ich mich jetzt fühle?«

»Dafür hat *er* doch gesorgt und nicht ich. Konnte er denn nicht sehen, wie dir seine Geschichte an die Nieren ging? Hätte er nicht einfach den Mund halten können?«

»Es geht hier aber nicht um Geschichten, sondern um meinen Vater. Ich muss doch wissen, wer mein Vater war. Aber das scheint nicht in deinen Schädel zu gehen.«

»Ach ja? Ist mein Vater etwa nicht tot?« Die Frage, so wenig sie passte, setzte eine Kaskade von selbstgerechten Vorwürfen frei. Ich überbrüllte Nicas Einwände, dabei wusste ich so gut wie sie, dass ihr Vater erst seit kurzem elf Jahre lang tot war. Warum, schrie ich sie an, wolle sie ihn aus dem Grab zerren, in das er sich freiwillig gelegt habe. Warum einer Kindheit nachtrauern, an die sie vielleicht gerade wegen ihm keine Erinnerung habe. Für sie habe damals im Westen ein neues Leben begonnen, mich aber habe mein Vater im Stich gelassen. Nica wollte mich an den Armen fassen und verhindern, dass ich Atem zu holen vergaß und wertvolle Lebenszeit vergeudete – meine letzten Momente mit ihr –, aber ich schüttelte ihre Hände ab und schrie, dass sie mir mit ihren ewigen Familienproblemen auf den Nerv gehen würde, sie igle sich in ihren Phantomschmerz um einen Vater ein, an den sie sich sowieso kaum noch erinnere, und davon hätte ich inzwischen die Schnauze voll.

Nicht nur meine Stirn, mein ganzes Gesicht war nass, und ich brauchte eine Weile, bis ich begriff, dass das nicht allein Schweiß war. Ohne Sinn für den Zustand, in dem ich Nica zurückließ, oder für die kollektive Neugier ringsum raffte ich meinen Rucksack an mich und lief aus dem Theatercafé nach oben ins Freie.

Als ich in den kalten Wind hinaustrat, brannten mir zwei Rinnsale auf den Wangen. Dass ich die Gottschedstraße in Richtung Ring und nicht weiter westwärts lief, war blinder Zufall. Zum zweiten Mal an diesem Tag an der Thomaskirche vorbei und geradeaus ins Stadtzentrum, wo noch einzelne Gestalten unterwegs waren. Alle Bierstände und Buden inzwischen verrammelt. An den Straßenrändern Lachen von Papier, Glasscherben, Abfall. Je weiter ich lief, desto entschiedener ging mein wütender Trauerzustand in eine auf Flackhaus gerichtete Entschlossenheit über.

Ortswechsel: In meiner Erinnerung ist der lange Marsch kurz. Kaum war der Karl-Marx-Platz überquert, sehe ich mich – so als hätte ich niemals mit Orientierungsproblemen zu kämpfen gehabt – schon am Rolltor zu Flackhaus' Archiv. Auf mein Klopfen reagierten nicht das übliche Hundegebell und Zurückzischen des Labradorherrchens. Flackhaus' Frage, wer da sei, und sein die Straße kontrollierender Blick, als ich eintrat, das Gewicht seines Schweigens beim Betreten des Büros – sein ganzes demonstratives Heimlichtun sagte mir, dass irgendetwas anders als sonst war. Wo war der Labrador? Kein Geknurr in der Garage, neben Flackhaus' Beinen starrte mich kein Augenpaar über dem gefletschten Fang an. Als wir das Büro betraten, spürte ich wie üblich seine lauernde Anwesenheit hinter der Tür, aber im Büro erwartete uns kein Hund, sondern ein großer, in einen schwarzen Anzug gekleideter Mann mit soldatisch kurzgeschorenem Haar. Vom Blick seiner runden Brillengläser gebannt, glaubte ich im ersten Moment, hinter ihm würde eine zweite Person stehen, aber dort hing nur mein Anzug aus Wrantschiks Schneiderei an der halboffenen Tür zu Flackhaus' Giftschrank.

Da sei ich also, sagte Flackhaus, legte einen Arm um meine Schulter und sah den Mann an. Der grüßte nicht, gab mir nicht die Hand, stellte sich mir nicht vor, sondern blieb nur stumm im Büro stehen und beobachtete, wie Flackhaus, nachdem er den Mann als seinen Kompagnon vorgestellt hatte, mir eine maschinengeschriebene Liste in die Hand drückte. Er fragte mich, was ich ihm zu seiner Liste sagen könne.

Meine Angst machte mich zum Analphabeten: Statt zu lesen, hörte ich das Surren des Computers.

»Du musst dich schon konzentrieren, mein Junge.«

Die Liste war nur eine Liste von Namen und verriet mir nicht, was Flackhaus von mir hören wollte. Der Brillenträger verschränkte die Arme vor der Brust und hob das Kinn, ohne den Blick von mir zu lassen. Weil ich nichts sagte, erklärte mir Flackhaus, dass ich ein Verzeichnis meiner Kundengespräche in den nächsten drei Tagen in Händen hielte. Ich müsse natürlich wissen, mit wem ich es als Merkurbewohner zu tun bekommen würde. Wieder schlang er seinen Arm um meinen Nacken, während sein linker Zeigefinger über die Listenspalten wanderte. Neben dem Namen seien die Firma und die berufliche Position des jeweiligen Kunden angegeben. Hier würde ich Ort und Zeit jedes Treffens sehen. Und in der Spalte daneben, worum es in meinen Verhandlungen gehen werde.

Meine Augen folgten dem Finger, aber mein Kopf war langsamer als Finger und Augen und kam erst jetzt bei meinem Streit mit Nica an. Mein Magen spürte schon erste Symptome der Reue. Was ich von Flackhaus' Erklärungen aufschnappte: Mal ging es um die Beschaffung von Grundstücken oder Immobilien, mal um Sanierungsaufträge, Kunstgegenstände, Wettbewerbsvorteile und Restbestände siecher Betriebe. Die Beträge lagen im vier- und fünfstelligen Bereich: Untergrenze und Wunschbetrag für jede unserer Provisionen.

Als ich eine Frage herausgebracht hatte, antwortete Flackhaus erst nach einem Blickkontakt mit dem schwarzen Anzug. »Dein Anteil wird hoch genug sein, dass du schon aus eigenem Interesse mit einer überzogenen Summe in die Verhandlungen einsteigen solltest. Von dort aus musst du versuchen, die Zielprovision zu erhandeln. Bleibt ein Interessent unter dem Mindestbetrag, ist das Geschäft geplatzt. Verstanden? Und: Das sind Geschäftsleute. Die sind es gewohnt, ihren Verhandlungspartner zu manipulieren. Lass dich also auf keine Spielchen ein und halte dich einfach an unsere Regeln, dann machst du dir das Leben nicht unnötig schwer. Hast du noch Fragen. Hörst du mir überhaupt zu.«

Natürlich hörte ich ihm noch zu, auch wenn ich mit meinen Gedanken woanders war. Was, wenn ich Nica meinen Wutausbruch als eine Entladung von Empathie erklären würde, eine Reaktion auf die Grauenhaftigkeit dessen, was Ladegast uns über ihren Vater erzählt hatte? Während ich Nicafragen wälzte, presste Flackhaus' Arm mir einen Rest Aufmerksamkeit ab. Um ihm zu beweisen, dass ich ganz

Ohr war, fragte ich, was die Zahlen- und Buchstabencodes am Ende jeder Zeile zu bedeuten hätten.

»Aktensignaturen. Für dich nicht wichtig.«

»Warum ist das für mich nicht wichtig?«

»Weil du keinen Zugang zu den Akten hast. Solange du nichts von irgendwelchen Akten weißt, weiß ich auch nichts von einem Wohnungsbrand in Dortmund. Wenn du mich nicht kennst, kenne ich auch niemanden, der sich aus seiner brennenden Bude abgesetzt hat, ohne sich darum zu scheren, ob das ganze Wohnhaus abfackelt oder nicht.«

Er löste den Arm von meinem Nacken.

»Ich glaube, du hast mich verstanden. Du machst deine Arbeit, und für unsere Kunden erfüllt sich der Wunsch wie von Zauberhand. Mehr gibt es nicht zu wissen. Für dich ist ganz allein wichtig, dir vor jedem Termin einzuprägen, was im Dossier steht.«

Mit einem Kopfnicken forderte Flackhaus seinen stummen Besucher auf, ihm aus dem Büro in die Garage zu folgen. Seine runden Scheinwerfer auf meine Augen gerichtet, schlich der Mann ganz nah an mir vorbei, mit geweiteten Nüstern, so als witterte er meine Angst. Er fasste mit einer Hand mein Kinn und hob mein Gesicht, so dass ich unmittelbar in die Augen hinter den kleinen Gläsern schauen musste. Er war schon, einem weiteren Kopfnicken Folge leistend, in der Garage, als Flackhaus sich zu mir umwandte und mir die Anweisung gab, ich solle mir meine Dienstkleidung anziehen, während er seinen Kompagnon hinauslassen würde.

Ich nickte mechanisch, obwohl mein Kopf noch immer mit der Frage beschäftigt war, ob die Aktensignaturen für mich nun wichtig seien oder nicht. Meine Hände entschieden, dass Flackhaus falsch lag: Als ich in der Garage Getuschel hörte, machten sich meine Hände an der Tastatur des Computers zu schaffen. Weil ich es für ihn eingerichtet hatte, stellte das Passwort für mich kein Hindernis dar. Meine Hände, die mehr wussten als ich, tippten in die Suchmaske der Datenbank »Haff«. In der Garage fielen die beiden mühsam gedämpften Stimmen einander immer wieder ins Wort. Verhörte ich mich, oder zweifelte Flackhaus' Kompagnon an meiner Eignung? Seltsam, den Namen von Nicas Vater auf dem Bildschirm flimmern zu sehen. Der Computer wusste, dass eine Stasiakte über Klaus Haff existierte. Ich prägte mir die Signatur ein, schloss die Datenbank und öffnete die mit meinem Anzug behängte Tür zum Giftschrank.

Orientierungsprobleme: Die Aktenschränke waren mit Signaturschildchen versehen, und trotzdem ließ mich die Angst mal in diesem, mal in jenem Fach suchen und immer wieder eine falsche Akte herausziehen. Nicas Vater fand ich in der unteren Hälfte eines gesonderten Stapels von mehr oder minder ramponierten Mappen. Der von Brandspuren marmorierte Umschlag war wie ein Grabstein mit einem Anfangs- und Enddatum versehen. Zur Kontrolle schlug ich die Akte auf. Wieder entschieden meine Hände für mich, brachten die Giftschrankpapiere ins Büro und öffneten den Rucksack, während mein Kopf mit den aus der Garage dringenden Schleif- und Stöhnlauten beschäftigt war: Wurden dort Lasten geschleppt? Weil die Mappe Rußspuren hinterließ, wischte ich mir die Finger am ohnehin schon zerknitterten Rohexemplar des stöckartistischen *gegensinn*-Magazins ab und schloss dann den Rucksack.

Als das Rolltor hinauf- und wieder heruntergelassen wurde, hatte ich mich schon so weit umgezogen, dass Flackhaus bei meinem Anblick eine Lobeshymne auf Wrantschik anstimmte. Mein alter Anorak mache ihm keine Sorgen, den würden die Kunden ohnehin nicht zu Gesicht bekommen, weil kein einziges Treffen außerhalb des Hotels stattfinden werde. Nur mit meinen großen Tretern war er nicht zufrieden – aber damit müssten wir für den Moment leben. Jetzt seien andere Dinge wichtig, nicht wahr.

Zum Beispiel, wie man Verhandlungen führt. Ich weiß nicht mehr, wie lange Flackhaus mich erneut mit gestellten Gesprächen quälte, in denen er wechselweise einen misstrauischen, nervösen, geizigen und auf Einschüchterung setzenden Kunden gab. Gib acht auf die Machtspielchen schon vor der Begrüßung: Wer auf sich warten lässt, wer aufsteht und sitzen bleibt. Geh nicht auf Ablenkungsmanöver ein. Haltung, mein Junge. Aber das war gar nicht so einfach. Eine endlose halbe Stunde lang, in der Flackhaus an meinen Schultern ruckte, mir eine Faust ins Kreuz drückte und einschärfte, niemals die Ellbogen auf die Tischplatte zu stützen oder breitbeinig zu sitzen, dann zwei Finger aus meiner Faust zupfte, um mir zu zeigen, wie man unter Geschäftsmännern eine Bestellung aufgebe, musste ich mich beherrschen, um nicht auf der Stelle den Rucksack an mich zu reißen und mit meiner Beute zu verschwinden.

Zur Eingewöhnung und Vorbereitung meiner Rolle sollte ich noch an diesem Abend mein Hotelzimmer beziehen und vor dem Spiegel üben, aber Flackhaus brachte mich in seinem Mercedes nicht weiter als bis zum Hauptbahnhof; er war der Meinung, dass er es nicht riskieren könne, in der

Nähe des Merkur mit mir gesehen zu werden. Vor unserem Abschied ließ er mich Ort und Zeit unseres Treffens nach meiner Mission wiederholen – dreimal musste ich unsere Verabredung aufsagen, so als wüsste er, dass ich mit den Gedanken bei der Akte von Nicas Vater war. Sie sollte meine Versöhnungsgabe für Nica sein. Als Flackhaus' Mercedes verschwunden war, beschloss ich, zur Finca zu laufen.

Vom Hauptbahnhof zur Finca: Zu Fuß war das weit, zumal in meinen zwei oder drei Nummern zu großen Schuhen. Ich nahm eine Tram und stieg auf der Karl-Liebknecht-Straße schon kurz hinterm Ring aus, denn noch immer brachte ich alle Linien durcheinander und konnte mir die Namen der Stationen nicht merken. Aber auch von hier aus verlief ich mich. Auf meinem Zickzackkurs durch stockdunkle Straßen war ich gleichzeitig ungeduldig, bang und froh über jeden Meter, der zwischen mir und der bevorstehenden Aussprache mit Nica lag. Je länger ich unterwegs war, desto schwerer hatte ich an den Beleidigungen zu schleppen, die ich ihr mit meinen Vorwürfen an den Kopf geworfen hatte; und doch war ich auch von der Hoffnung erfüllt, dass Nicas Wut in Rauch aufgehen würde, da ich ihr mit der Akte genau das brachte, wonach sie über alle biographischen Schmerzgrenzen hinweg am meisten verlangte: Gewissheit darüber, wer ihr Vater war und was er getan hatte.

Ich malte mir schon eine Versöhnung im romantischen Licht der beiden Kerzen aus, die ich vor dem Buchmessenbesuch aus der Stöckartisten-WG geklaut hatte, als ich auf einen Zaun stieß, hinter dem das tote Schienengleis und die weite Ödnis jenseits der Finca zu sehen waren. Ich musste nur noch am Gleis entlanglaufen; das Einzige, was mich jetzt noch beschäftigte, war die Frage, ob Nica zu Hause sein würde oder einmal mehr im Zorn zu den Stöckartisten ausgewichen war.

Meine Erleichterung, als ich in den straßenseitigen Fenstern der Wohnung Licht sah. Es brannte heller, als sonst unsere Vorsicht zuließ. Im dunklen Treppenhaus wurde der Rucksack mit jeder Stufe schwerer. Ich blieb auf jedem Treppenabsatz stehen und lauschte, hörte aber nichts als meinen eigenen schweren Atem. Ich sah, dass die Wohnungsklinke nicht mehr auf dem Querbalken des Türrahmens lag, auf dem Nica sie vor unserem Gang zur Buchmesse abgelegt hatte. Als ich anklopfte, bemerkte ich, dass die Tür nicht geschlossen war. Ich drückte sie auf und betrat den Wohnungsflur.

Aus dem hinteren Teil der Finca war ein schweres Poltern zu hören, so als würden Möbel verrückt. Etwas – die Atmosphäre von Gefahr – veranlasste mich, im Flur stehen zu bleiben und zu lauschen. Einen Augenblick lang herrschte Stille, und dann waren aus dem Wohnzimmer Worte und Zischlaute zu hören, die gleich von einer männlichen Stimme überschrien wurden. – Eindringlinge hatten unser Liebesnest ausgehoben, die Finca besetzt, und sie hörten sich nicht wie freundliche Menschen an. Ich floh aus der Wohnung, in der irgendetwas mit einem Knall zu Boden fiel. Hinter mir Gebrüll, und als ich an der Treppe angelangt war, schien es mir, als würden von unten Schritte heraufstampfen. Mir blieb nur der Weg zum Dachboden hinauf. Während Rufe und Kommandos durchs Treppenhaus hallten, rüttelte ich an der eisern klemmenden Dachbodentür, bis ich endlich die richtige Kombination aus Dreh-, Zug- und Hebelbewegungen zustande gebracht hatte. Ein spitzer Schrei von Metall an Metall, und mit der Düsternis empfing mich der Geruch von Holz, Staub und Geheimnis. Mit einem kräftigen Ruck zog ich die Tür hinter mir zu; schlagartig klangen die Stimmen gedämpft und schienen aus wachsender Distanz zu mir heraufzudringen, bis sie dumpf hallend ineinander verwischten, die Geräuschhaftigkeit von rauschenden Wasserleitungen oder starkem Regen annahmen und bald nur noch bloße Einbildung waren. Irgendwo fiel eine Tür schwer ins Schloss, und dann war für einen Augenblick Stille, die so gespannt war, dass sie beim kleinsten Geräusch wieder riss: Ich hörte, dass sich in der Dunkelheit etwas raschelnd bewegte und gleich wieder Ruhe gab. Ganz langsam öffnete ich meinen Rucksack und nahm, ohne irgendetwas sehen zu können, eine der beiden Kerzen aus der Stöckartisten-WG heraus. Es brauchte eine Weile, bis ich das alte rote Feuerzeug fand, und es dauerte noch länger, bis ich es anzuzünden wagte – gerade lange genug, um einen flüchtigen Eindruck von den Ausmaßen des Dachbodens zu gewinnen und vor einem weißlichen, unter dem Giebel heftig aufflatternden Flügelwesen zu erschrecken, von dem ich nur hoffen konnte, dass es eine Taube war. Niemand, der mir in der Finsternis auflauern würde. Ich machte wieder das Feuerzeug an. Mitten im langgestreckten Raum, unter dem nackten Gebälk, lag neben einem Haufen von losen Brettern eine alte Matratze. Es war zugig; als ich die Kerze ansteckte, musste ich die Flamme mit der Hand abschirmen. Zögerlich stellte ich erst die Kerze, dann den Rucksack ab und setzte mich auf die Matratze. Eine Zeitlang, so dämmerte mir, würde ich hier oben abwarten müssen, bevor ich mich wieder hinauswagen könnte. So lange musste ich die Ungewissheit darüber aushalten, wo Nica steckte und was mit ihr geschehen war.

Zwanzigster Tag

Allein dir will ich von meiner einsamen Nacht auf dem Dachboden erzählen, von der Stille, unter deren Decke ich kroch, um den Lärm in mir zu ersticken, vom Licht zweier Kerzen, das den zitternden Raum so unwirklich nah an mich heranrückte, dass ich glaubte, in einer fackelbeschienenen Höhle zu liegen. Mein Herz raste, wann immer es plötzlich in den Bodendielen oder Balken knackte oder in einem finsteren Winkel des Dachgebälks das raschelnde Gespenst einer Taube fast menschliche Stöhnlaute ausstieß, bevor wieder alles still war und ich nur noch das Blut in meinen Ohren rauschen hörte. Zusammengekrümmt auf der Matratze liegend, redete ich mir ein, dass da niemand sei, der mit fast unhörbaren Schritten durch das Dachbodenhalbdunkel schlich, und was die Kerzenflammen in Aufregung brachte, sei wirklich nur Zugluft. Angst, die betäubt werden wollte: Wie von selbst tastete meine Hand nach dem Rucksack und zog die Aktenmappe heraus.

Man sah ihr an, dass sie ins Feuer gegangen war. Der Pappeinband war angesengt und an den Ecken verkohlt, das dünne Papier gewellt, gefleckt, verfärbt. Schwarz umrandete Löcher, die sich meinem Gedächtnis eingebrannt haben. Meine Fingerkuppen wurden schmierig von dem fettigen Film, den das Papier in der Brandhitze ausgeschwitzt hatte. Ich las, was zu Asche hatte gemacht werden sollen: Protokolle, Vermerke, Berichte. Hunderte Seiten getipptes und gekrakeltes Bürokratendeutsch. Lange Sätze wanden sich unter der Überlast an Informationen. Freund und Feind in Genitivketten gelegt. Kryptische Kürzel sorgten für einen zackigen Ton. Beigefügte Kopien sprangen beliebig durch Raum und Zeit. Ich las: Die Einschätzung der zu bearbeitenden Person. Ich las: Die Schaffung einer geeigneten Quelle. Ich las: Unter strikter Wahrung der Konspiration. Und vielfach, dutzendfach, hundertfach las ich den Namen Klaus Haff.

Nicht Nica, sondern dir erzähle ich, was ich aus der Akte ihres Vaters erfuhr: dass Klaus Haff in den Monaten, in denen er als spurlos verschwunden galt, keineswegs auf Entzug bei seiner Mutter war. Offenbar bekam er, der seiner Frau und Tochter Tag und Nacht nachgestellt hatte, Wind von der vermeintlichen Urlaubsreise nach Prag. Ich stelle mir vor, wie er nicht lange überlegte, Wäsche in einen Koffer warf, den beiden am Bahnhof auflauerte und in einen anderen Waggon desselben Zuges stieg. Angenommen, er blieb ihnen in Prag auf den Fersen und mietete sich ein Pensionszimmer in der Nähe ihres Hotels. Auf der gegenüberliegenden Straßenseite tauchte sein Gesicht hinter den Vorhängen ab, sobald die sechsjährige Nica an der Hand ihrer Mutter das Hotel verließ. Drei Tage lang legte er hinter den beiden straßauf, straßab durch das Altstadtlabyrinth eine Spur von Zigarettenstummeln. Ich stelle mir vor, wie sich hinter Mutter und Tochter, blieben sie vor einem Haus oder Laden stehen, jemand noch in die trostlosesten Schaufensterauslagen vertiefte. Vielleicht, dass Nicas Vater seine Familie im Gewühl auf der Karlsbrücke aus den Augen verlor und Selbstmörderblicke ins Wasser warf. Auf Schritt und Tritt musste er der Versuchung widerstehen, seine Unsichtbarkeit aufzugeben. Aus Angst, die Entdeckung seiner Familienbeschattung würde den Schlussstrich nur noch dicker ziehen, flüchtete er sich gelegentlich in eine Kneipe, um nach einer hochprozentigen Zigarettenpause wieder seinem heillosen Verfolgungszwang nachzugeben.

Mutmaßungen: Angenommen, Nicas Vater war nur noch der Schatten seiner Familie, körperlos, ohne Sinn und Gewissen, einzig auf eine bleibende Nähe zu Frau und Tochter bedacht; angenommen, er, der Schatten, verlor von heute auf morgen das Objekt, das ihn warf, lauerte zwei verheerende Tage vergeblich hinter den Vorhängen auf ein Lebenszeichen der beiden, und einzig ihre Namen, vom Mann an der Rezeption radebrechend wiederholt, hielten ihn noch länger in Prag; angenommen, es war so – und die Akte ließ keinen anderen Schluss zu –, dann wurde er, Klaus Haff, aus heiterem Himmel von seinem Verfolgungszwang erlöst.

Prag, August 1978. In seinem Pensionszimmer raffte Klaus Haff, der seinen Posten hinter den Vorhängen nur noch selten aufgab, den Stoff zur Seite, lichtete den Nebeldunst der Gardinen und spähte zur Straße hinunter. Die Schwingtür des Hotels spuckte den Rezeptionisten in Begleitung zweier Herren aus. Zu dritt blieb man dort unten auf dem Bürgersteig stehen. Die Halbglatze des Hoteliers drehte sich mal in Richtung des einen, mal des anderen dunklen Haarschopfs, während er mit kreisenden Händen etwas erklärte. Haff stellte sich auf die Zehenspitzen und atmete einen grauen Fleck an die Scheibe, ganz einem nervösen Interesse hingegeben (denn langes Warten macht neugierig auf alles). Sein Versuch, einen weißen, leicht gezackten Strich auf einem der beiden Köpfe zu entziffern – er glaubte zunächst, der Strich sei eine Narbe, wollte dann aus der Narbe einen breiten Scheitel machen und schwankte noch immer zwischen Scheitel und Narbe, als man dort unten schon wieder auseinanderging. Die beiden Männer verschwanden aus Haffs Blickfeld, hinter dem Rezeptionisten schwang die Glastür des Hoteleingangs zu, oben flossen die Gardinen zusammen, ruckte ein Vorhang zurück.

Vielleicht, dass kurz darauf zwei Männer an Haffs Tür klopften. Einer der beiden – sagen wir: der mit dem gezackten Strich auf dem Kopf – wollte wissen, ob sie Klaus Haff vor sich hätten. In einem Tonfall, der keinen Widerspruch zuließ, luden sie ihn zu einer Reise ein. Den Koffer zu packen und das Zimmer zu kündigen nahm man ihm ab. Während die drei unterwegs waren (wobei ich nicht weiß, ob ich sie mir in der Bahn oder im Flugzeug vorzustellen habe), wagte Haff nicht zu fragen, wohin man ihn bringe und ob seine Frau ihn entdeckt und angezeigt habe.

Wie habe ich mir die Ankunft vorzustellen? Vor einem Bahnhof oder Flughafengebäude lasse ich die drei Reisenden auf einen grauen Kleintransporter zumarschieren, an dessen Flanke zwei rauchende Männer in Arbeitskitteln lehnten. Ein wortloses Nicken als Gruß. Während einer der Fahrer die Seitentür des Frachtraums aufschloss, griff sein Begleitposten in seinen Kittel, tastete suchend, kramte etwas hervor, packte Haffs Hände und ließ ein rundes Flügelpaar einrasten. Metallisch blinkte die Hochsommersonne an Haffs Handgelenken auf, machte den grauen Wagen weiß und ging unter, als Nicas Vater ins offene Maul des Transporters stieg. Sieben Zellen beherbergte das kastenförmige Heck. Den Kopf unter die niedrige Decke geduckt, die gefesselten Hände auf die angezogenen Knie gelegt und an allen Seiten von warmen Blechwänden beengt, saß Haff lange mit dem Rücken zur Fahrtrichtung im Bauch des Wagens und schunkelte im Rhythmus zahlreicher Kurven. Ein winziges Lämpchen gab so wenig Licht, dass seine eigenen Hände wie auf einem alten Gemälde aussahen. Er hörte, wie draußen der Verkehrslärm abnahm und bald wieder großstädtisch wurde, glaubte, ganz nah Gemurmel und ein schlagendes Herz wahrnehmen zu können, von dem er nicht wusste, ob es sein eigenes war. Erst glaubte, dann hoffte er, wegen des Sauerstoffmangels das Bewusstsein zu verlieren. Einmal dämmerte er tatsächlich weg, und als hätte man ihn dabei ertappt, wurde plötzlich die Zellentür aufgerissen, jemand rüttelte ihn und rief, ob er noch da sei. Dann ging es weiter, zusammengesackt über den eisernen Handschellengriff, der sich in der Dunkelheit wie ein Knoten in seinen Armen anfühlte.

Der Transporter wurde langsamer, scherte ein, setzte zurück, blieb stehen. Geräusche, Anweisungen, eine zuschlagende Autotür bei laufendem Motor. Dann öffnete sich das Maul und entließ Haff in ein blendendes Licht. Schweißnass und benommen von Hunger und Durst, kniff er die Augen zusammen und sah nicht, was ich sehe: eine von Scheinwerfern hell erleuchtete Garage. Uniformierte, die ihm die Handschellen abnahmen. Ich sehe, wie sie ihn durch eine vergitterte Seitentür schoben und über einen langen Gang abführten, vom grellen Weiß der Garage mitten in die Schwärze eines Brandflecks hinein.

Nie habe ich dir erzählt, dass ich, geleitet von einem ortskundigen Führer, vor Jahren einmal Haffs Reiseziel besichtigt habe. Bilder, die ich seitdem nicht mehr loswerden kann: eine enge, fensterlose Kammer, möbliert mit nichts als einem Stuhl. Ein Uniformierter, der hinter sich die Tür schloss und Nicas Vater befahl, er solle sich ausziehen. Ich stelle mir vor, wie nicht Haff, sondern seine Finger Knopf für Knopf gehorchten. Das Hemd machte aus der Stuhllehne ein eckiges Schulterpaar. Als Haff in die Hocke ging, zitterten seine Beine, schwankte er einen Augenblick, musste er sich mit beiden Händen auf dem Linoleum, Beton, Estrich abstützen. Er brauchte eine Weile, bis er das Gleichgewicht wiederfand. Mühsam kämpfte er sich aus den Schuhen, pellte sich die Socken von den Füßen.

Ich will mir nicht vorstellen, wie Nicas Vater erst auf dem einen, dann auf dem anderen Bein aus der Hose stieg. Behutsam, so als wollte er das Geklapper der Gürtelschnalle vermeiden, legte er die Hose dem Stuhl auf den Schoß. Ich will mir nicht vorstellen, wie sich seine Gedanken in den Anblick des Stuhls zu retten versuchten, auf dem in Hemd und Hosen mit schlaff hängenden Armen ein Gespenst seiner selbst saß. Sauber zusammengelegt wirkte die Unterwäsche auf den dunklen Hosenbeinen abstoßend weiß.

Jemand, der in Uniform ein kurzlebiges Land repräsentierte, suchte den Nackten nach staatsfeindlichen Ansichten ab. Sah ihm zwischen die Beine und gab den Befehl, die

Vorhaut zurückzuziehen. Ordnete an, er solle sich mit dem Rücken zur Uniform drehen und weit nach vorn beugen. Die Beine gespreizt, musste sich Nicas Vater mit beiden Händen die Backen auseinanderziehen. Die Uniform bückte sich und suchte zwischen Haffs Arschbacken nach einem Geheimnis, fand aber nur Angst.

Tastende, wühlende, sortierende Hände. Beschlagnahmt wurde aus der Brieftasche des Haff: der Ausweis, in Leipzig ausgestellt. Zugfahrkarten. Ein mickriger Geldbetrag in zwei Währungen, auf Heller und Pfennig aktenkundig gemacht. Eine Fotografie, nach der ich die beiden Mappen vergeblich durchsuchte (Gesine und Nicas sechsjähriges Zahnlückenlachen, für immer verloren, vermutlich verbrannt). Kassenbons. Hingekritzelte Adressen und Telefonnummern, die es zu erfassen, zu überprüfen, auszuwerten galt. Was noch? Hose, Hemd, Schuhe. Ein Koffer voll lieblos zusammengeworfener Wäsche. Die Schlüssel zu einer Leipziger Wohnung. Ein Feuerzeug und eine Armbanduhr, von der Haff noch nicht wusste, wie wertvoll sie war.

An den rechten Rand zeichne ich ein längliches Rechteck, das Haff als Holzpritsche dienen soll. Links steht ein schmales Tischchen, das sich nicht gegen die Wand klappen lässt wie meins. An das Tischchen stelle ich einen Hocker, dessen Beine mir etwas zu lang geraten sind, weshalb sich Nicas Vater immer wieder die Knie an der Tischkante stößt. Aus meiner eigenen Zelle kopiere ich Waschbecken und Klo. Statt eines vergitterten Fensters zwei versetzte Reihen Glasbausteine – ein großer Lichtblock, der die Welt draußen auf die Abstraktion einer Tageszeit reduziert. Eine kurze Linie, mittig und dick an der unteren Stirnseite gezogen, soll die Zellentür sein. Alle Zellentüren haben ein Auge: Von einem genieteten Metallring eingefasst, linst eine gläserne Pupille in Haffs Zelle.

Was ich mir alles vorstellen kann: wie Haff, von Staats wegen in einen blauen Trainingsanzug gesteckt, auf dem Hocker sitzt, der Tür ins Auge starrt und sich müht, der Wirklichkeit keinen Glauben zu schenken. Die Finger sehnen sich nach einer Kippe, die Eingeweide nach einem Schnaps. Das Türauge sieht, wie Haff die ausliegende Hausordnung liest. Wie er auf dem Hocker kippelt, sich wieder die Knie stößt, aufsteht. Mit nur zwei oder drei lautlosen Filzlatschenschritten hat er den unteren Rand meiner Skizze erreicht. Am Waschbecken versucht er, seinen Schnapsdurst zu stillen. Hat er Schritte gehört? Er geht zur Tür, presst das Ohr ans kalte Metall, horcht. Die Fingerspitzen beider Hände an die Tür gelegt, schrickt er zusammen: Kein Mensch, sondern die Tür selbst bricht in ein rasselndes Hohngelächter aus.

Der Versuchung widerstehen, sich auf die Holzpritsche zu legen. *Während der Tageszeit*, so schreibt die Hausordnung vor, *darf die Lagerstätte nur mit besonderer Genehmigung benutzt werden.* Im eingekachelten Spiegel das schweißglänzende Gesicht. Irgendwann nähern sich draußen auf dem Gang erneut Schritte, bleiben stehen. Kann ein Türspion blinzeln? Der Gefangene hält den Atem an, lauscht. *Dem Inhaftierten ist untersagt, sich vor das Sichtfenster der Verwahrraumtür zu stellen.* Diesmal war er beinahe auf das metallische Gelächter der Tür gefasst. Die Schritte entfernen sich, und auch das Lachen beruhigt sich mit überschnappendem Atem und lässt ahnen, dass es von der zurückpendelnden Klappe hinter dem Glasauge herrührt: Metall schwingt heiser reibend an Metall.

Das Geräusch klingt noch in ihm nach, als nach ein paar Minuten die Schritte zurückkehren und das Türauge wieder blinzelt.

Irgendwann wird Schlüsselgeklapper laut, der Riegel stößt einen zackigen Schrei aus, die schwere Eisentür wird geöffnet. *Beim Aufschluss bzw. Betreten des Verwahrraumes haben sich die Inhaftierten von ihren Plätzen zu erheben, ihren Standort in der Nähe des Verwahrraumfensters einzunehmen, ihr Gesicht der Tür zuzuwenden und die Hände locker an die Seite der Oberschenkel zu legen.* Ein Schließer baut sich breitbeinig in der Zelle auf und fragt den Gefangenen nach seinem Namen. Kennt keinen Klaus Haff, wiederholt die Frage, weiß auch nach dem dritten, dem vierten Versuch nicht, wer das sein soll: Klaus Haff. Ob er nicht wisse, dass es hier keinen Klaus Haff mehr gebe. Der Schließer befiehlt dem Gefangenen, mit seiner Zellennummer Meldung zu geben. Beendet seinen Besuch, kehrt aber gleich wieder in die Zelle zurück und wiederholt so lange das Spielchen, bis er vom Gefangenen die richtige Nummer hört. Dann hat die Nummer, die einmal Nicas Vater gewesen ist, dem Schließer auf den Zellentrakt zu folgen.

Die von Vorhängen gerahmte Aussicht auf Gardinen und Gitter. Hinter einen Schreibtisch, der mit einem kleineren Tisch zum T zusammengestellt war, hatte sich ein Mann verbarrikadiert, den ich mir groß, mager und mit kantigem

Knochengesicht denke. Über die Tischplatte gebeugt, las er in einer Aktenmappe und tauchte nur kurz mit stechendem Blick aus den Unterlagen auf, um dem Gefangenen das Wort »Setzen« vor die Füße zu werfen. Nicas Vater sah sich nach einem Stuhl um; im hintersten Winkel des Zimmers, neben der Tür, stand ein Hocker. Er wollte ihn heranziehen, zog vergeblich, stutzte und sah, dass der Hocker fest mit dem Boden verschraubt war. Ganz vorn auf der kleinen runden Holzfläche sitzend, wartete er ab. Starrte nicht das in die Akte vertiefte Knochengesicht an, sondern zählte die Eschenlaubschatten des Tapetenmusters. Viel zu bunt lächelte der Staatsratsvorsitzende Honecker von der Wand herab. Ihm gegenüber barg ein Panzerschrank Aktengeheimnisse. Ein geräuschvolles Umblättern schreckte Haff auf, machte seine Finger, in denen keine Zigarette steckte, so zittrig, dass er sie knetend beruhigen musste.

Endlich kam Bewegung in das Knochengesicht. Der Mann sah von seiner Lektüre auf, schloss die Akte und legte ein weißes Blatt Papier vor sich auf den Tisch. Dehnte ein »Also«. Fragte den Gefangenen, warum man ihn hierherverbracht habe. Sein Unverständnis über dessen Ratlosigkeit, aber der Inhaftierte wusste noch nicht einmal, wo er hier war. Niemand wisse das, erklärte ihm das Knochengesicht. Er sei der Welt abhandengekommen. Gestorben. Niemand interessiere sich noch für ihn, mit Ausnahme von seinen Vernehmern. Kapiert? Dann also noch mal von vorn. Warum hat man Sie zu uns gebracht?

Weil der Gefangene schwieg, widmete sich das Knochengesicht wieder den Dokumenten, so als könnte er dort Antworten finden. Lesend ließ er die Frage fallen, warum er denn eigentlich gezögert habe. Gezögert womit? Gezögert mit seiner Flucht. Welcher Flucht? Seiner geplanten Republikflucht. Auf wen oder was er gewartet habe. Warum er geblieben sei, während seine Frau und Tochter schon längst. Während Frau und Tochter längst aus Prag. Während Gesine und Nica über alle Berge. Während sie mit gefälschten Papieren ins nichtsozialistische Ausland.

Vor dem Fragesteller lag ein Blatt Papier, auf dem er für mich mitprotokollierte. Einen Kugelschreiber in der Hand, starrte er Nicas kreideweißen Vater an. Aus dem Protokoll, das ich elfeinhalb Jahre später auf dem Dachboden las, ging nicht hervor, wie lange niemand ein Wort gesprochen hatte, bis der Vernehmer endlich sagte: Gut, dann fangen wir eben noch mal von vorn an.

Viereinhalb Stunden lang, von abends halb neun bis nachts um eins, fing das Knochengesicht immer wieder von vorn an mit seiner Suche nach einer Geschichte, die statt Nica nun du erfährst. Viereinhalb Stunden, in denen ihrem Vater kein überzeugendes Ende für seine Familiengeschichte einfallen wollte. Nur ein paar Seiten Protokoll wurden dem langen Verhör abgepresst. Ich stelle mir Haffs Übermüdung vor, und trotzdem wird er in seiner Zelle kein Auge zugemacht haben. Kaum war die Leuchtstoffröhre unter der Decke erloschen, wurde eine Kugellampe über der Tür eingeschaltet. Das lidlose Zellentürauge warf einen Kontrollblick auf den Inhaftierten in seinem Bett, und dann ging das Licht wieder aus. Immer wieder musste er die drei verrutschenden Matratzenteile auf der Pritsche zurechtrücken und lag dann mit geballten Fäusten im Dunkeln. In seinen Eingeweiden arbeiteten noch die Fragen, die ihm das Knochengesicht ins Hirn gebohrt hatte, und die Anschuldigungen, mit denen er wenig anfangen konnte: versuchte Republikflucht, staatsfeindlicher Akt, Landesverrat. Mitwisserschaft und unterlassene Anzeigepflicht. Die sozialistische Staats- und Gesellschaftsordnung geschädigt. Dem Feind in die Hände gespielt. Fünf oder zehn Jahre Bautzen, unter Vergewaltigern und Mördern. Ob er etwa glaube, dass sie mit Leuten wie ihm nicht fertig würden. Bis jetzt habe man hier noch jedes Arschloch zum Singen gebracht. Aber zum Singen fehlte dem Gefangenen der Text. Alles, was er hatte, waren seine eigenen Fragen: wo er war, wie lange er hier eingesperrt bleiben würde und was mit ihm werden solle. Dazu die wachsende Gewissheit, für alle Zeit von Frau und Tochter verlassen worden zu sein.

Licht an: Jemand wies ihn zurecht, dass er auf dem Rücken zu liegen habe, die Hände sichtbar über der Decke an die Oberschenkel gelegt. *Während der Ruhezeiten ist das Gesicht nicht mit der Schlafdecke zu bedecken.* Die Kugellampe erlosch, und die Tür brach in ihr heiseres, die Nachtruhe verspottendes Lachen aus. Alle zehn oder zwanzig Minuten beobachtete das Auge im Licht der Lampe, wie sich der Gefangene unter hausordnungswidrigen Magenkrämpfen wand. Was das Türauge nicht sah: den Schmerz in jedem einzelnen Muskel. Die Übelkeit. Den Schweißausbruch unter der Decke. Die Zunge und Kehle aus Löschpapier. Jedes Mal, wenn das Licht wieder ausgeschaltet wurde, blieb ein grauer Fleck auf Haffs Netzhaut zurück, wanderte, wohin er den Kopf auch drehte, vor seinen Augen durch den Raum und blieb schließlich oben unter der Zellendecke haften.

Und dann hörte er ein Liedchen, das ihm meine krankhaft assoziierende Vorstellungssucht eingibt – das Bastellied von Tochter und Frau: *Papier, Papier, dich schneiden wir! Papier, Papier, dich kleben wir!* Mit dem Lied im Ohr schlief er ein und träumte, was ich ihn träumen lasse: von der sechsjährigen Nica, die drei leicht gezackte Köpfe ausschneidet. Von Gesine, die ihrer Tochter bei den ovalen Bäuchen, den Armen, den biegsamen Beinen hilft. Der Stift in Nicas Hand malt Stecknadelaugen, L-förmige Nasen, im Halbkreis lächelnde Münder. Auf die Jacken kommen riesige Knöpfe, unten zwei Mal Schnürsenkelsalat. Nicas Mutter klebt der größten der drei Figuren henkelförmige Ohren an, in welche die beiden Bastlerinnen *Papier, Papier, dich falten wir!* singen. Haff träumt, wie Gesine aus kleinen weißen Quadraten Möwen faltet, die Nica durch einen blauen Papphimmel segeln lässt. Verlieren könnte Haff sich in diesem Blau, streckt die Hand nach den drei Papierfiguren aus und berührt Gesine, auf der ein schwarzer Punkt zurückbleibt. Der Punkt weitet sich aus, schwelt, brennt ein Loch ins Familienbild und lässt Haff in seiner Zelle im Licht der Kugellampe aufschrecken. Jemand befahl: *Schlafposition einnehmen!* Trotz seiner Magenschmerzen dämmerte er wieder weg, den Lichtfleck vor Augen und Geräusche im Ohr, Gesichter und Stimmen, ein leises Klopfen und Rascheln, von dem er nicht wusste, ob er es sich bloß einbildete oder ob es von seinen eigenen Zuckungen unter der dünnen Decke herrührte.

Was ich mir alles vorstellen muss, um die Brandlöcher der Akte zu stopfen: wie Haffs rebellierender Magen die Nahrung verweigert und Schleim abstößt. *Dem Inhaftierten ist untersagt, die sanitären Anlagen zu verunstalten, zu beschmutzen oder zu zerstören.* Die Augusthitze. Seinen Durst, den er am Waschbecken zu stillen versucht. Das im Abfluss gurgelnde Liedchen: *Papier, Papier, dich falten wir!* Er säuft die Stimmen seiner Tochter und Frau, bis er keine Luft mehr bekommt. Er fragt sich, ob er vom Wasser oder vom Schweiß so durchnässt ist. *Papier, Papier, dich schneiden wir!* Jemand, der seine Zellennummer als Namen trägt, brüllt gegen das Lied in seinem Kopf an. *Dem Inhaftierten ist untersagt, zu lärmen, zu pfeifen, zu klopfen, zu rufen, zu singen oder auf andere Art und Weise die Ruhe und Ordnung zu stören.*

Und dann gehen alle Lichter aus. Rund um die Uhr totale, von Gummiwänden eingeschlossene Finsternis. Niemand, der sich hier, in der Blackbox meiner Mutmaßungen, um Verstöße gegen die Hausordnung schert. Ohne dass jemand ihn hört, darf sich der Gefangene den kalten Entzug von der Seele toben. Boxhiebe in die stehend heiße Luft der Rußfinsternis. Blinde Irrgänge auf der Suche nach einer Wand, an die man sich lehnen könnte, nach dem Eimer für die Notdurft, der sich so leicht mit dem Eimer für seine Essensausgabe verwechseln lässt. Rennt in seiner tagelangen Nacht gegen die Gummiwände an, tastet sie ab, glaubt, dickes Papier zu fühlen – einen Pappdeckel, unter dem es vor Hitze schwelt. Der Brand frisst von innen braune Flecken in den Deckel. Im Versuch, den Brand zu löschen, greift er in die Schwärze um sich, die nachgibt, seine Hände schluckt, ihn in sich aufsaugt und in seiner Zelle wieder ausspuckt.

Vernehmerlogik: Die schon vor der Abreise vollzogene Trennung von Frau und Kind, der Bezug verschiedener Quartiere in Prag, der Scheinaufenthalt über mehrere Tage – alles deute auf eine gründliche Planung hin. Die gründliche Planung sei wiederum ein Indiz für eine hohe Tatintensität, und angesichts der hohen Tatintensität stelle die Leugnung jeglicher Fluchtabsicht die Mithilfe des Gefangenen beim staatsfeindlichen Menschenhandel unter Beweis. Staatsfeindlicher Menschenhandel: kein kleines Verbrechen, ob ihm das eigentlich klar sei. Dazu kämen noch Landesverrat und was dem Haftrichter sonst noch so alles einfallen würde. Man wisse von den gefälschten Papieren, und zwar vom Fälscher selbst. Der jedenfalls sei inzwischen zur Vernunft gebracht worden. *Der Inhaftierte hat den Untersuchungsführer mit Herr bzw. Frau und Dienstgrad anzusprechen. Beim Gespräch ist eine aufrechte Haltung anzunehmen.* Das Knochengesicht wollte Namen hören: Zu wem hatten Sie Kontakt. Welche Personen sind sonst noch beteiligt. Wer außer Ihnen hatte die Absicht, das Land illegal zu verlassen. Gibt es in Ihrem Umfeld Kontakte zu westlichen Medien oder zur Kirche. Wenn Sie mir keine Namen nennen, wird der Haftrichter Ihnen eine Schlinge aus Paragraphen um den Hals ziehen. Also noch mal von vorn.

Anfangs wurde Haff alle paar Tage zum Verhör abgeholt, dann nur noch wöchentlich und immer seltener von der Isolation erlöst. Er war allein in diesem Gefängnis. Das Gefängnis existierte nur für ihn. Wenn der Schlüssel in das Meer von Stille stocherte, stellte er sich mit steifen Marionettenbewegungen vor den Glasbausteinen auf und gab Meldung mit seinem dreistelligen Namen. Er hatte dem Wärter, Läufer genannt, als Schatten durch fensterlose Gänge zu folgen, im Sicherheitsabstand und mit auf dem Rücken verschränkten Händen. Sein vor Reizarmut ausgehungerter Blick sog sich am zackig über die Zellentürrahmen verlaufenden Alarmdraht fest, am Ampellicht an den Wegkreuzungen oder den Nackenwülsten des Uniformierten, wenn der zur Ampel hinaufsah. Dann das absurde Lampenfieber vor dem Vernehmerzimmer, wenn mit dem Befehl *Gesicht zur Wand!* die gepolsterten Doppeltüren geöffnet wurden. Zu Beginn jedes Verhörs steckte sich das Knochengesicht eine Kippe an, um mit der Nikotinsucht des Gefangenen auch dessen Nerven zu reizen, aber sobald der Vernehmer das Wort an ihn richtete, empfand Nicas Vater nichts als Dankbarkeit für das Ende der Stille. Fangen wir noch einmal von vorn an. Wie oft ihn das Knochengesicht wiederholen ließ, seine Frau und Tochter hätten nichts von seiner Mitreise gewusst. Die Erwähnung von Eheproblemen zog eine Kette von Fragen nach sich: Welcher Art waren diese Probleme. Wie kam es zu den häufigen Arbeitsausfällen Ihrer Frau. Welcher Art waren Gesine Haffs Provokationen gegen Sie. Erläutern Sie die politischen Ansichten der Gesine Haff. Warum haben Sie die staatsfeindlichen Aussagen Ihrer Frau nicht zur Anzeige gebracht. So kommen wir nicht weiter.

Lange kamen sie nicht weiter. Es war schon Ende Oktober, als der Gefangene dort oben im Vernehmerbau in ein anderes Zimmer geführt wurde. Der Raum sah aus, als hätte man ihn von dem des Knochengesichts abgepaust: Die zum T zusammengestellten Tische. Die gleichen von Vorhängen gerahmten Gardinen vor dem vergitterten Fenster. Hoch aufragend der Panzerschrank, an der Wand gegenüber das übliche Gesinnungsporträt. Alles wie zuvor, nur dass der Raum stickig war von trockener, abgestandener Heizungsluft.

Haffs Akte wusste von einem neuen Vernehmer – jemandem, von dem ich mir vorstellen könnte, dass er dem Inhaftierten eine Zigarette anbot. Statt zum hundertsten Mal von vorn anzufangen, interessierte sich der Mann für Haffs Beruf und erkundigte sich nach Aufführungen, bei denen er mitgewirkt habe. Wie hätte Haff, der noch viel länger ohne jedes Gespräch hatte auskommen müssen als ich, nicht über Schauspieler und Dramen plaudern sollen. Wie hätte er gegen einen Vernehmer Widerstand leisten sollen, der ihn fragte, ob er ganz offen mit ihm reden könne. Der nicht verstand, warum es sich der Befragte selbst so schwermache, schließlich verlange man von ihm doch nichts Unmenschliches. Er solle nur dabei helfen, ein paar Sachverhalte zu klären. Seine Familie sei doch sowieso schon drüben. Die werde er nicht wiedersehen. Nie wieder. Er müsse jetzt an sich selbst denken. Zeigen, dass er kooperieren wolle. Sich beispielsweise über seine Eheprobleme äußern. Man wisse doch ohnehin schon Bescheid.

Und dann schlug der Vernehmer eine Aktenmappe auf und gab dem Gefangenen einige Kostproben des archivierten Wissens, an dem elfeinhalb Jahre später auch ich, siebzehn Jahre später auch du, aber niemals Nica teilhaben sollte.

Überprüfung einer Person: Schon Monate vor Gesines Flucht Befragungen von Kollegen in der Gohliser Bibliothek über die politische Einstellung der Haff, Gesine. Ablehnende Haltung zur gesellschaftlichen Entwicklung in der DDR. Abfällig über die Kulturpolitik unseres Staates geäußert. In einer Liste der Schauspieler, mit denen die H. verkehrt hatte, stand Ladegasts Name. Auch von vermehrten Arbeitsausfällen war die Rede, die eine Kollegin auf Handgreiflichkeiten ihres Mannes zurückführte.

Kurz vor der Flucht der Einleitungsbericht zur Operativen Personenkontrolle gegen Haff, Gesine. Familienstand: verheiratet mit Klaus Haff, ein Kind: Nica Haff. Parteizugehörigkeit: ohne. Vorstrafen: keine. Begründung der Notwendigkeit der Einleitung der OPK: Die Haff wurde dem MfS als Teilnehmerin des »Arbeitskreises Lyrik und Drama« im Haus des Benzmann, Enno, durch operative Aufklärung bekannt.

Beigefügt waren Kopien ärztlicher Atteste. Ich stelle mir Nicas Vater auf seinem Armesünderstuhl vor, das Gesicht in den Händen vergraben, während der Vernehmer eine Chronik der Misshandlungen entwarf, die er seiner Frau zugefügt hatte: Prellungen auf beiden Unterarmen. Zerrung am rechten Handgelenk. Hautverfärbungen. Hämatome. Schwellungen. Rippenprellung. Würgemale am Hals. Blutung der Mundvorhofschleimhaut. Schürfwunden an beiden Knien. Ich sehe eine sechsjährige Nica vor mir, in ihrem Zimmer hockend, beide Fäuste auf die Ohren gepresst. Und stelle ihr die achtzehnjährige Nica zur Seite, die ihr Gedächtnis dafür hasste, dass es sie vor Erinnerungen an ihre Kindheit bewahrt hat.

Nicht ihr, sondern dir erzähle ich, wie ich einmal in Leipzig auf einer Dachbodenmatratze lag und das Datum des nächsten Protokolls anstarrte. Mehr als einen Monat lang hatte man Nicas Vater allein gelassen in seinem Zellengrab, bis er im Dezember wieder in den Vernehmertrakt hinaufgeführt wurde. Den Reißverschluss meines Anoraks bis zum Kinn hochgezogen, folgte ich ihm im Licht zweier Kerzen über löchriges Aktenpapier und brandgeschwärzte Stellen ins Vernehmerzimmer hinauf. Über dem Heizkörper flimmerte die Luft, sachte und wie von Geisterhand bewegten sich die Gardinen. Hinter dem Schreibtisch saß der Vernehmer. Wo sein Gesicht sein sollte, klaffte ein Brandloch. Eine schwarze Gloriole krönte den Kopf. Drumherum warf das Papier Wellen und beugte seinen Oberkörper nach vorn über den Tisch, während er seine gekreuzten Füße unter den Stuhl schob.

Was mir die Fragmente am Ende der Akte erzählten. Auf der einen Seite des Tisches ein Vernehmer, der, ohne sich zum Richter aufzuspielen, auf Gesines Misshandlungen zurückkam. Auf der anderen ein Gefangener, der vermutlich in Tränen ausbrach. Trostworte: Auch fehlgeleitete Leidenschaft ist menschlich. Sie haben ja nicht ohne Grund so gehandelt. Verstehen Sie mich wirklich nicht oder wollen Sie mich nicht verstehen. Anders gefragt: Wie gut kennen Sie Michael Ladegast. Dann wussten Sie nichts von der Affäre. Aber wir wissen es. Wir wissen, was Sie schon immer geahnt haben. Warum sonst wäre Ihnen die Hand ausgerutscht. Auch zwischen Ihnen und Ladegast ist es zu Handgreiflichkeiten gekommen. Woher kannten sich Ihre Frau und er. Wo trafen sie sich. Sie meinen den Arbeitskreis Lyrik und Drama. Hatten Sie dort selbst. Hat Michael Ladegast Ihrer Frau negative Vorstellungen. Für möglich, dass er plant, ihr nach drüben zu folgen. Wegen ihm Ihre Tochter niemals wiedersehen werden. Ladegast Sie nicht nur als Mann, sondern auch als Vater ersetzen. Hat Sie vor versammelter Belegschaft niedergeschlagen. Vor den Augen Ihrer Frau. Müssen entscheiden, ob Sie auf seiner oder unserer Seite. Ob Sie für ihn eine lange Haftstrafe.

Einundzwanzigster Tag

Ich weiß nicht mehr, wie oft ich die Akte las und ob ich irgendwann auf dem Dachboden kurz eingenickt bin; jedenfalls hielt ich es irgendwann nicht mehr aus, packte den Rucksack und drückte mit der Schulter die kreischende Eisentür auf. Wie dunkel das Treppenhaus war. Stufe für Stufe tasteten meine Füße nach Grund. Auf jedem Treppenabsatz hielt ich inne und lauschte in die nächtliche Stille. Unten lief ich beinahe gegen die Haustür. Im Garten war ich immer noch auf jeden meiner Schritte bedacht, rannte dann aber in die Seitenstraße hinein, als wäre mir jemand auf den Fersen.

Wohin? In die Stöckartstraße, um Nica die Akte zu zeigen. Wie stolz ich auf meinen Fund war. Die Dokumente setzten Ladegasts Behauptung, Klaus Haff habe den Schauspieler aus berechnender Rachsucht verraten, das Argument einer langen Isolationshaft und psychischen Erpressung entgegen. Meinen Wutausbruch gegen ihn sah ich nachträglich ins Recht gesetzt. Würde ich als Überbringer des fehlenden Kapitels von Nicas Familiengeschichte nicht rehabilitiert sein? Ich ging davon aus, dass Nica nach unserem Streit gar nicht erst zur Finca zurückgekehrt, sondern wie beim letzten Mal in der Wohnung der Stöckartisten untergekrochen war.

Eile macht kopflos: Ich weiß nicht, wie oft meine Annahme enttäuscht wurde, schon an der nächsten Kreuzung auf die Karl-Liebknecht-Straße zu stoßen. Das Signal einer nächtlichen Tram lotste mich endlich auf den richtigen Weg. Erst in der Stö wurde mir bewusst, dass ich einen Anzug trug (meine eigenen Klamotten hatte ich in Flackhaus' Archiv zurückgelassen). Noch immer hing das brandgezeichnete *NIE WIEDER VERSCHISSMUS*-Banner an der Fassade. Sämtliche Lichtschalter im Haus streikten. Dreimal klopfte ich an, dreimal blieb alles still. Ich hämmerte mit der flachen Hand gegen die Tür – nichts. Was wog schwerer, meine Enttäuschung oder die sich zurückmeldende Sorge um Nica? Selbstberuhigungsversuche: Wenn niemand öffnete, war sie sicher noch mit den Stöckartisten unterwegs. Was aber nichts an meinem eigenen Problem änderte: Für diese Nacht würde ich kein anderes Dach über dem Kopf haben als das reservierte Zimmer im Merkur.

Als ich, vom Ring kommend, in der Ferne den beleuchteten, in den nachtschwarzen Himmel ragenden Klotz sah, schwor ich mir, das Hotel gleich morgen früh wieder zu verlassen, Nica die Akte ihres Vaters auszuhändigen und in den Westen zu verschwinden. Die Akte war mir eine Warnung, von Geschäften, die aus solchem Wissen Profit ziehen wollten, die Finger zu lassen.

Vor dem überdachten Hoteleingang zog ich meinen Anorak aus, wendete ihn auf links (in der Hoffnung, das Innenfutter würde für das eines Mantels durchgehen) und legte ihn über den Rucksack. Als ich mich überwinden konnte, das Hotel zu betreten, war mir schon lange kalt. Mein kläglicher Versuch, mich nicht sonderlich beeindruckt zu geben von dem Glanz und den Ausmaßen der Lobby. Auf dem tanzsaalartigen Boden spiegelten sich überall die Lichter der Decken- und Wandlampen. Trotz der nächtlichen Stunde liefen zwei Mäntel an mir vorbei auf den Ausgang zu und warfen einen Seitenblick auf eine Frau, die mit übereinandergeschlagenen Beinen in leicht schiefer Haltung auf einem Sessel saß und mit der Kontrolle ihrer Fingernägel beschäftigt war.

Um mir Mut zu machen, sagte ich mir, dass der Rezeptionist in der breitschultrigen Dienstuniform zu jedem Gast höflich zu sein hatte. Sein »Willkommen im Merkur« kam ohne Lächeln aus. Der Kugelschreiber glitt eine lange Liste von Namen hinab. Mir wurde flau, als Herr Fehling um Vorlage seines Ausweises gebeten wurde. Verstohlen wie ein Dieb zog ich meine Brieftasche aus dem gewendeten Anorak. Beim Ausfüllen des Formulars zögerte ich, bevor ich die Wohnadresse am Dortmunder Nordmarkt angab. Dass ich mit dem Ausweis einen Schlüssel erhielt, fühlte sich wie ein Versehen an. Der Rezeptionist wünschte Herrn Fehling eine gute Nacht, und Herr Fehling war so verwirrt, dass er sich zu bedanken vergaß.

Im Fahrstuhl erinnerte mich die lange Reihe von Knöpfen ans Ruhberger Hochhaus, und meine alte Kabinenbeklemmung begleitete mich bis in den zwölften Stock. Die Erleichterung, als endlich die Fahrstuhltür aufglitt. Vor dem Zimmer zauderte ich, so als hätte ich Angst, man könnte mir wie in der Finca auflauern. Ganz leise drehte ich den Schlüssel im Schloss und lauschte in den Raum, und als alles still blieb, war ich heilfroh, hinter mir die Tür schließen zu können. An die Klinke hängte ich den Wunsch, in Ruhe gelassen zu werden, warf Rucksack und Anorak neben einem Sessel ab, ignorierte die Fensteraussicht auf nächtliche Stadtlichter und zog den Vorhang zu, der den Schlafbereich vom Rest des Zimmers abtrennte. Ich warf den Anzug auf den Sessel, ließ mich ins Bett fallen und schlief sofort ein.

Als ich erwachte, starrte ich den geschlossenen Vorhang an und wusste einen Moment lang nicht, wo ich war. Es war noch früh. Die Versuchung, einfach liegen zu bleiben, war trotz meiner Fluchtpläne groß. Unter der Dusche wälzte ich Zweifel: Wie sollte ich Nica die Herkunft der Akte erklären, ohne dabei auf Flackhaus zu sprechen zu kommen und die Lage, in die er mich gebracht hatte? Vor den Stöckartisten würde ich als armer Sünder im maßgeschneiderten Anzug dastehen, der ihnen beichten müsste, dass er das Musterexemplar ihres *gegensinn*-Revolutionsmagazins zerknittert und mit Rußflecken verschmiert hatte.

Ich trat ans Fenster. Hinter den klotzigen Bauten der Altstadt ragten aus dem Häusermeer die Türme von Hochhäusern, Kirchen und dem Neuen Rathaus auf. Dass mir schwindlig wurde, lag nicht allein an der Höhenangst, sondern vor allem am Hunger. Wann hatte ich zum letzten Mal etwas gegessen? Als ich in die Hose stieg, zitterten mir die Beine. Ich staunte, dass ich so anders aussah, als ich mich fühlte: Der dunkelblaue Anzugmensch, der mich aus dem Garderobenspiegel ansah, war älter und reifer als ich. Unwillkürlich nahm ich vor der Respektsperson Haltung an, entspannte mich wieder, öffnete den obersten Hemdknopf, steckte die Hände probeweise mal in die Hosen-, mal in die Jackentaschen und schaute mich selbst überrascht an, als mein Spiegelbild ein der Angst geschuldetes Lächeln zustande brachte.

Ich nahm den Rucksack und die gewendete Jacke und fuhr mit dem Aufzug ins Erdgeschoss.

An der Rezeption tummelte sich eine von Koffern umzingelte Delegation von Anzugträgern. Managertypen standen oder saßen mit übereinandergeschlagenen Beinen zusammen, studierten Tickets oder Programmheftchen und plauderten in zwanghaft lockerem Ton, um die Wartezeit auf ein verspätetes Mitglied ihrer Runde oder ein Taxi zu überbrücken. Ich war noch keine zehn Schritte durch die Lobby gelaufen, als ich den Sog zweier kleiner runder Brillengläser bemerkte, die mich über eine aufgeschlagene Zeitung hinweg fixierten. Ich erkannte das kurzgeschorene Haar, die scharfen Gesichtszüge, den schwarzen Anzug von Flackhaus' Kompagnon wieder. Er saß in einem Clubsessel und hob die Augenbrauen, als ich keine drei Schritte vor ihm starr vor Schreck stehen blieb. Er kam nicht dazu, wieder den harmlosen Zeitungsleser zu spielen, da ich an ihm vorbei Richtung Ausgang gehen wollte. Sofort stand er auf. Wie lang er war. Wie nahe er mir kam, als er sich über das Stoppelhaar strich – nahe genug, dass er mit der zusammengerollten Zeitung sachte gegen meinen Bauch schlagen konnte. Weil ich gehorsam auf einen Sessel sank, setzte auch er sich wieder. Als hätte ich nichts anderes vorgehabt, kramte ich das Dossier aus dem Rucksack und taxierte über die Papiere hinweg die Hotelgäste – so demonstrativ, dass man hätte meinen können, ich würde Managerauftritte studieren. Wie mein Beobachter gab ich mich in meine Lektüre vertieft. Mein erstes Kundentreffen würde ein Frühstück in einem der zahlreichen Restaurants des Hotels sein. Der Kunde war Geschäftsführer eines Stuttgarter Autozulieferers. Mehrmals musste ich lesen, was der Gegenstand unserer Verhandlung sein würde: ein Haus in Berlin. Die Anstrengung, nicht meinen Bewacher anzustarren. Wie ein Schüler beim Auswendiglernen wiederholte ich das Gelesene stumm und mit zum Foyerhimmel erhobenem Blick. Als ich aufstand, blieb der Mann sitzen. Ohne ihn, dafür mit einem halben Dutzend anderen Gästen betrat ich den Aufzug und machte mich auf den Weg zu meinem ersten Kundengespräch.

So viele Tische, und doch waren fast alle besetzt. Meine Schüchternheit wurde von einem Kellner als Bitte zur Platzanweisung gedeutet. Wie froh ich war, dass er mir nicht einen Tisch mit Fensterblick zuwies – Höhenangst war nicht gerade das, was ich jetzt brauchen konnte. Die Hoffnung, mein Verhandlungspartner würde mich nicht erkennen, nahm ich mir selbst nicht ab; vermutlich hatte Flackhaus sämtliche Kunden mit meiner Personenbeschreibung versorgt. Ein Rundumblick durch den Frühstückssaal sagte mir, dass schon mein Alter und meine Körpergröße genügten, um mich von den anderen Hotelgästen zu unterscheiden. Mir fiel auf, wie ähnlich sich diese Leute waren: ausnahmslos Männer, und unter all den Jacketts nur zwei oder drei Pullover. Lagen hier so viele Zeitungen aus, oder hatten sie ihr eigenes Exemplar mitgebracht? Lasen sie den Wirtschaftsteil, oder musste man als Geschäftsmann in allen Ressorts auf der Höhe der Zeit sein? Niemand, der sich so ausgiebig für die anderen Gäste interessierte wie ich – mit Ausnahme eines rothaarigen Mannes, der mich mit hochgezogenen Augenbrauen fixierte.

Als mich eine Kellnerin ansprach, schrak ich zusammen. Weil ich nur Gestammel herausbrachte, legte sie mir den Wunsch nach einem Kaffee in den Mund. Ihr Diensteifer: Wie viel Autorität in einem Anzug steckte. Selbst als mein Kopf schon unter die Tischplatte abgetaucht war, fragte sie mich nach weiteren Wünschen. Ich lehnte dankend ab und wühlte in meinem Rucksack nach dem Dossier, um noch rechtzeitig mein Gedächtnis aufzufrischen – aber ich war zu spät. Als ich an meinem Tisch eine Entschuldigung und die Frage hörte, ob ich über ein Haus in Berlin sprechen wolle, hatte ich das Dossier noch nicht zu fassen bekommen und zog ersatzweise Skizzenbuch und Bleistift heraus.

Was ich nur mit Mühe zustande brachte: dem Rothaarigen beim Händeschütteln in die Augen zu sehen. Mich unfallfrei wieder zu setzen. Ihn trotz meines nervösen Hungers in aller Ruhe reden zu lassen, ohne das Skizzenbuch aufzuschlagen. Was sagte er? Dass das Merkur seit bald zehn Jahren sein Leipziger Messeexil sei, aber in diesem Jahr sei natürlich alles ein bisschen anders. Unsere einseitige Plauderei pausierte nur, wenn er an seinem Saftglas nippte. Ich ließ mich über die Zukunft von Leipzig belehren: warum das Ende des Sozialismus auch das Ende der Messe bedeuten würde; was die Subventionsnarkose in der hiesigen Industrie angerichtet habe; mit welchen Maßnahmen sich die maroden Betriebe der DDR gesundschrumpfen müssten; dass es zu seinem Sanierungsplan keine Alternative gebe, schließlich habe sich die Mauer nicht nur für die Ossis geöffnet. Ich nickte zu allem, zumal er so überzeugt sprach, als dürfte er mit gutem Recht meine Zustimmung voraussetzen.

Ich hatte zu unserem Gespräch noch kaum ein Wort beigesteuert, als er das Thema wechselte und von dem Gegenstand unserer Verhandlung zu reden begann: dem Haus in Berlin. Sein plötzliches Schweigen, sein erwartungsvoller Blick – offenbar lag der Ball jetzt bei mir. Weil mir nichts anderes einfiel, fragte ich ihn, ob er sich für ein bestimmtes Haus interessiere.

»Es handelt sich um alten Familienbesitz. Ich dachte, das wüssten Sie.«

»Aber warum wollen Sie dann noch eine Provision dafür zahlen?«

»Das Haus steht in Ostberlin.«

»Dass das Haus in Berlin steht, weiß ich natürlich. Ich verstehe nur nicht, warum Sie für Ihren eigenen Besitz – …«

»Können wir das jetzt bitte lassen.«

Ich gab es auf, sein Anliegen verstehen zu wollen. Weil er pikiert schwieg und mir nicht klar war, worauf er hinauswollte, entschuldigte ich mich bei ihm und folgte meinem Heißhunger zum Frühstücksbüffet. Was für eine Auswahl an Brötchen und Brot, Käse und kaltem Aufschnitt, Obst und Früchten, gebratenen, gekochten, gezuckerten Nach-, Neben- und Süßspeisen. Am liebsten hätte ich mir alles, was ich sah, auf den Teller geladen. Ich hatte gerade einmal in das Eierkörbchen gegriffen, als mir der Anblick von etwas – jemandem – den Appetit verschlug: Nicht weit von den Büfetttischen in der Saalmitte saß Flackhaus' Kompagnon. Wie unverhohlen er meine plötzlich gehemmte Gier, meinen gehorsamen Rückzug zum Kunden beobachtete. Von seinem Tisch aus behielt er mich im Auge, konnte aber, weil der Rothaarige mit dem Rücken zu ihm saß, nicht dessen Mienenspiel sehen; die Stirn in Falten gelegt, belächelte der Kunde erst meine drei Nummern zu großen Billigtreter, dann, als ich mich setzte, das einsam auf meinem Teller kullernde Ei.

Angstsymptome: mein trockener Mund. Zehengymnastik in den geräumigen Schuhen. Wie oft ich mir die Hände an den Oberschenkeln abwischte. Statt wenigstens das Ei zu essen, schob ich den Teller zur Seite und starrte die Tischplatte an.

Der Rothaarige nahm den Faden wieder auf. Seine Frage nach den Erfolgsaussichten unseres Projekts beantwortete ich mit »Unbedingt«. Meinem Bewacher entging nicht, dass sich der Rothaarige über den Tisch zu mir nach vorn beugte und eine Aura der Heimlichkeit schuf. Im Wisperton wollte er wissen, was ich selbst nicht wusste: unseren Preis. Jemand, der sich gähnend und seufzend an den Nebentisch setzte, wurde zum Zeugen meiner Gegenfrage, was der Rothaarige denn zu zahlen bereit sei. Sein Seitenblick zu unserem neuen Tischnachbarn, der nur noch mühsam gedämpfte Befehl, ich solle ihm einfach nur unsere Forderung nennen. Ich riss die Augen auf, so als hätte er mir eine Unverschämtheit gesagt, dabei glühte mir selbst vor Scham das Gesicht. Wie viel konnte man für die Vermittlung eines Hauses verlangen, das dem Interessenten eigentlich schon gehörte? Mein Hirn gab den Geist auf, mein Atem raste, und dann hörte ich mich sagen, dass ich es mir anders überlegt hätte: Für die Vermittlung des Objekts, an dem der Rothaarige interessiert sei, müsse er sich einen anderen suchen.

Schweigen. Dreimal nippte er an seinem Saft, bevor er die Frage nach dem Warum loswurde. Weil mir keine Antwort einfiel, erklärte ich unsere Verhandlung für beendet. Ungläubig sah er mir zu, wie ich das Skizzenbuch aufschlug, zu den leeren Seiten vorblätterte und mehr Andacht für meinen Bleistift als für ihn übrighatte. Meine Restaufmerksamkeit widmete ich dem Mann am Nebentisch, der sich, als hätten wir ihn mit unserer Unruhe angesteckt, ächzend neben seinen Stuhl bückte und etwas vom Boden aufklaubte. Endlich hatte mein verprellter Kunde genug; er stand auf, stempelte mich zur Witzfigur und wandelnden Zeitverschwendung ab, knöpfte sich sein Sakko zu und verschwand durch die offene Flügeltür. Kurz darauf bemerkte ich eine Lichtreflexion auf dem runden Brillenglaspaar: Flackhaus' Kompagnon sah zur Saaldecke auf (nachdenklich, verzweifelt, verärgert?), bevor auch er das Restaurant verließ.

Bildergeschichten: wie jemand, der noch immer Felix Fehling hieß, am Frühstückstisch sitzen blieb und seine Erleichterung, in die sich schon die Angst vor dem nächsten Verhandlungsgespräch mischte, auf das Zeichenpapier übertrug. Aus Hunderten Strichen, mal mehr, mal weniger dicht gekreuzt, entstanden Schattierungen von unterschiedlicher Stärke, Konturen aus hellerem und dunklerem Grau, eine zersplitterte, geborstene Struktur, die in meiner Erinnerung die Umrisse der nun folgenden Szene annimmt. Auf der noch licht schraffierten Seite des Blattes – dort, wo die Fensterfront war – wird das Papier von einem Schatten verdunkelt: Ein Mann stand an meinem Tisch. Die Linke in die

Hosentasche gesteckt, begutachtete er etwas in seiner Hand, was er vorhin am Nebentisch vom Boden aufgelesen hatte. Heute noch habe ich seine Worte im Ohr: »Sie haben da etwas verloren, Herr Voss.« Hielt ich verwirrt inne oder kritzelte ich einfach weiter, weil ich mich nicht angesprochen fühlte? Da sich der Schatten nicht von meinem Blatt radieren ließ und der Mann an meinem Tisch stehen blieb, sah ich zu ihm auf und nahm entgegen, was er mir reichte: ein Papier, das aus meinem Zeichenbuch gefallen war. Während ich den Voss-Pass in meinen Händen anstarrte und mich fragte, ob und wann ich ihn dort hineingelegt hatte, drehte der Mann – dein Vater – mit einem »Darf ich?« das Skizzenbuch zu sich hin.

Glaub mir: Als mir das Missverständnis bewusst wurde, war es mir peinlich. Fand er tatsächlich meine Kritzelei interessant oder eher einen zeichnenden Maßanzugträger im Merkur exotisch? Er winkte ab, als ich jeden Kunstanspruch leugnete. Seiner Meinung nach musste man nicht viel von Kunst verstehen, um zum Zeitvertreib mit ihr Geld zu machen. Themenwechsel: Ob ich was am Magen hätte? Ich erinnere mich, dass er mit dem Finger auf mein Frühstücksei wies. Weil auch er vor Hunger fast umkommen würde, schlug er vor, gemeinsam das Büfett zu plündern.

Zögerlich folgte ich deinem Vater zum Essen, immer darauf bedacht, hinter ihm zu bleiben – denn um mich nicht ein zweites Mal zum Gespött zu machen, hatte ich meine Schuhe unter dem Tisch stehen lassen. Weil aber mein Hunger größer als alle Vorsicht und ich am Büfett mit nichts anderem beschäftigt war, als mir von allem ein bisschen zu viel auf den Teller zu laden, erschrak ich, als dein Vater in Gelächter ausbrach.

»Auf Socken im Luxushotel! Jetzt kann ich mir die langen Gesichter in diesem Stall voller Bürohengste erklären: Die Leute vergehen vor Neid.«

»Wieso Neid?«

»Jemand, der in Socken durch ein Merkur-Restaurant läuft, nimmt sich die Freiheit heraus, zu der diese Leute den Mut nicht im Traum aufbringen würden. Für sie ist so jemand auch ein Warnsignal. Aber das hat vorhin der Kerl an deinem Tisch wohl nicht ganz begriffen. Der hat nur dein harmloses Gesicht gesehen und sich nach allen Regeln der Kunst vorführen lassen. Man muss sich vor dir in Acht nehmen, du hast es faustdick hinter den Ohren!«

Sein einladend ausgestreckter Arm, und schon saß ich an seinem Tisch. Ich ließ Rucksack und Schuhe liegen, wo sie waren, nahm aber mein Skizzenbuch an mich.

»Hast du Angst«, fragte er, »dir könnte in meiner Gegenwart so langweilig werden wie vorhin mit dem rothaarigen Knilch? Natürlich hast du das. Ich kenne das von mir selbst. Meine Angst vor der Langeweile ist chronisch und frisst mich schneller auf, als sich mein gestern entlassener Abteilungsleiter vorstellen konnte. Der Mann hat es nicht verstanden, mich vor Dummheiten zu bewahren.«

»Welchen Dummheiten?«

»Als ich gestern gehört habe, dass eine Treuhand gegründet werden soll, habe ich sofort ein paar Risikokäufe in Betrieben aus der Region abgewickelt. Warum? Weil ich am Abend davor im neueröffneten Casino hier im Merkur einen Batzen Geld verloren habe.«

»Haben Sie viel Geld verspielt?«

»Ja, und ich habe es genossen. Soll ich dir verraten, warum? Weil mich die reibungslosen Geschäftsabläufe anekeln. Es langweilt mich zu Tode, schon vor jeder Verhandlung zu wissen, wie sie ausgehen wird. Ich ekle mich vor prognostizierbaren Bilanzen, vor dem ewigen Einerlei von Produktion, Investition und Gewinnmaximierung.«

»Das kann ich verstehen.«

»Wirklich? Dann bist du im ganzen Hotel sicher der Einzige. Wer weiß, vielleicht wären mir meine Leipziger Blindkäufe nicht passiert, wenn ich nicht erst kurz vor meiner Abreise jemanden kennengelernt hätte, der das Merkur in Socken unsicher macht.«

Fehlismusgeschichten: Wie rasch sich meine Erinnerung bleigrau verfinstert. Mir war nicht nur von meinem überhasteten Fressfrühstück flau, sondern vor allem weil ich am Tisch deines Vaters am Fenster saß. Ein Blick in den Abgrund unmittelbar neben mir, und schon hatte das grelle Draußen das Saallicht heruntergedimmt. Das Messer glitt aus meiner sich zur Klaue verkrampfenden Hand; weil ich sowieso keinen Bissen mehr hinunterbekam, griff ich zum Bleistift und ließ es in meinem Skizzenbuch immer dunkler werden.

Ich weiß noch, dass dein Vater von seiner Firma sprach. Irgendwo wurde mit einer Zeitung ein Gewitter entfesselt. Das Tellergeklapper einer Kellnerin verursachte Risse und Sprünge in meinem Hirn. Langsam lief ich aus mir aus. Jemand, der von deinem Vater erst als Voss, dann als Tobias angeredet wurde, saß mechanisch nickend, Dunkelheit kritzelnd auf dem Stuhl und hielt sich an seinem Bleistift fest, ohne sich seinen Schwindel anmerken zu lassen. Im freien Fall stürzte mein Verstand die zehn oder zwölf Stockwerke hinter dem Fenster hinunter.

Das Letzte, an was ich mich erinnere, ist die Frage deines Vaters nach meiner Tätigkeit. Antworten, die ich noch durch das schrumpfende Loch zum Hier und Jetzt stoßen konnte: Ich vermittle Dienstleistungen. Welcher Art? Was gerade so anfällt. Für wen arbeitest du? Für jemanden, auf den ich mich besser nicht eingelassen hätte. Warum arbeitest du dann für ihn? Weil ich keine andere Wahl habe. Warum? Weil ich entkommen muss. Wem oder was musst du entkommen? Ohne nachzudenken antwortete ich: Meinem Elternhaus.

Rekonstruktionsversuche: die Unmöglichkeit, dir meinen Blackout anschaulich zu machen. Statt meiner saß eine bloße Hülle, ein von meinem Restbewusstsein in Gang gehaltener, antwortspuckender Automat mit deinem Vater am Tisch. Vielleicht, dass das Reden nach und nach meinen Atem beruhigte, die verhechelte Lebenszeit begrenzte, das Karussell verlangsamte, in dem ich saß. Teilnahmslos hörte ich zu, wie jemand, der ich gewesen sein musste, von sich erzählte. Wie weit ich neben mir stand und wie spät mir bewusst wurde, dass ich nicht über mich, sondern über Voss Auskunft gab. Weil dein Vater ihn und nicht Fehling befragte, war ich ganz von selbst in die Rolle geschlüpft, die ich mit Nica einstudiert hatte. Als ich begriff, dass ich mitten in einem Monolog steckte, den ich schon einmal vor Nica gegeben hatte – nämlich Vossens Hassrede gegen die Mutter –, wurde ich aufs Neue von Wut gepackt. Dann eine

Bildstörung, und als Nächstes erinnere ich mich an das Lächeln im Gesicht deines Vaters, dem gefiel, dass meine Erbitterung ohne Selbstmitleid auskam.

Ich erinnere mich, dass ich ihm den Merkurjob mit der Zwangslage dessen erklärte, der von seinen Eltern unabhängig sein wolle. Möglich, dass ich auf die Frage nach meiner finanziellen Situation die Werkstattrechnungen erwähnte, die ich mit Nica in Vossens Blechkasten gefunden hatte. Aus den Briefen seines Vaters wusste ich, dass Tobias' Unwille, zu jedem Unsinn Ja und Amen zu sagen, mich meine Lehrstelle in einer Glaserei gekostet hatte. Wie dein Vater sich darüber amüsierte, dass ich vom Messegelände als Merkurs Reich sprach. Er war es, der von der Buchmesse zu sprechen begann, und nur auf seine Nachfrage legte ich ihm die mir von Dietrich bekannten Gründe dar, warum Voss in diesem Jahr erstmals keine Bücher habe mitgehen lassen. Wie kamen wir auf die Schwierigkeiten zu sprechen, die der Vertrieb einer Untergrundzeitschrift in der DDR mit sich brachte? Vermutlich schwärmte dein Vater damals schon in aller Ausführlichkeit von den Demos seiner Jugendzeit. Das Ende der Montagsdemonstrationen bedauerte er und fand es typisch, dass sie, wie ich ihm mit stöckartistischer Empörung erklärte, zuletzt vom Wahlkampf vereinnahmt worden seien. Aber das änderte nichts an seiner Meinung, dass wir hier im Osten die Revolution nachgeholt hätten, die er vor zwanzig Jahren im Westen mitgemacht habe. Wie er selbst wisse, gehöre dazu eben auch die Auflehnung gegen die Eltern. Ich solle mich von meiner gegenwärtigen Situation nicht beirren lassen: Voss habe bislang die richtigen Entscheidungen getroffen. Was ihm jetzt noch fehle, seien bessere Rahmenbedingungen. Und weil Tobias Voss deinem Vater gefiel, machte er mir jenes Angebot, das uns zusammenführen sollte.

Am oberen Rand lasse ich in dichtem Kugelschreibergekrakel einen papierweißen Pfeil ausgespart, der in Richtung Frankfurt am Main weist. An Bord: Voss und dein Vater. Seine belustigte Sorge wegen meines Panikanfalls, als das Flugzeug vom Boden abhebt – ans Fliegen, sagt er, müssten wir Ossis uns wohl erst noch gewöhnen. Umso größer sein Lob für meine spontane Entscheidung, ohne Umwege und Abschiede, mit nichts als dem Anzug am Leib, der Aussicht auf einen Job und einem Bürosofa, das für einen kleinen Mann als Bett groß genug sein würde, in ein neues Leben zu starten.

Voss muss nicht zur Kotztüte greifen, obwohl Fehling auf seinem ersten Flug den Blick kaum vom Fenster abwenden kann. Unten wird der kleine Flughafen immer kleiner und bleibt mir als der Ort in Erinnerung, an dem ich, die Schlagmütze tief in die Stirn gezogen, mich an den Ticketschaltern erstmals als Voss auswies. Das Flugzeug steigt höher auf und rückt mit einem Kurvenflug das Stadtbild ins Blickfeld. Deutlich erkennbar das hoch aufragende Merkur, in dem Voss noch immer als Felix Fehling eingecheckt ist. Ein Lichtblitz, und ich stelle mir vor, die Sonne hätte sich nicht in ein paar Dutzend Hotelfenstern, sondern in einem runden Brillenglaspaar gespiegelt: Mein Bewacher schaut ähnlich wütend, drohend, machtlos zum weißen Pfeil auf wie zwei Stunden zuvor, als ich vor dem Merkur mit deinem Vater ins Taxi stieg. Jetzt erst, im gekritzelten Ätherblau, verliert Voss Fehlings Angst und bekommt eine erste Ahnung davon, dass er mit Flackhaus und dessen Kompagnon auch Fehlings überflüssiges Dasein zurücklassen wird – so mühelos und instinktiv, wie er den alten Rucksack unter dem Restauranttisch des Merkur stehengelassen hat.

Vielleicht liegt er dort noch immer und wartet darauf, dass jemand ihn findet und Fehlings böses Gewissen auspackt – die Akte von Nicas Vater. Erst im Nachhinein glaube ich zu wissen, warum sein Schicksal in meine Bußschrift gefunden hat: nicht nur, weil es mich gegen Flackhaus' Geschäfte moralisch immunisiert und die Flucht mit deinem Vater hat antreten lassen, sondern auch und vor allem, weil Nica es niemals erfahren hat. Jemand, der einmal Fefe hieß und mit ihr am Grab von Klaus Haff stand, hat ihr fünfeinhalb Jahre lang mit seinem Wissen auch die Möglichkeit vorenthalten, um ihren Vater zu trauern. Meine Bekenntnisse, die vom ersten bis zum letzten Wort nur dir gewidmet, meine an dich gerichtete Abbitte sind – beinahe könnten sie in Kopie auch an Nica gehen, wo auch immer sie heute wohnt. Vielleicht noch in Hamburg, aber in meiner Vorstellung wird sie immer in Leipzig sein, in jener Stadt, die ihr die Kindheit schuldig geblieben ist und im Fensterblick aus dem Flugzeug immer kleiner wird, bis sie so klein ist, dass ganz Leipzig im Postkartenformat vor mir auf dem Klapptischchen liegt, während oben der weiße Pfeil unter vielen kleinen Kugelschreiberstrichen in den blauen Horizont eingeht.

Mir gehen die Worte aus, dabei hätte ich noch reichlich Papier, um Vergessenes nachzuholen oder zumindest die gröbsten Entstellungen meines Gedächtnisses zu korrigieren. Aber jetzt, da ich einmal gestanden habe, was zu gestehen mir richtig schien, und meine unter der Knastpritsche gelagerten Bekenntnisse einen unverhältnismäßigen Umfang angenommen haben, sehe ich meine schriftliche Vergangenheit als abgeschlossen an. Mir wird nichts anderes übrigbleiben als das Tischchen hochzuklappen und abzuwarten, ohne in Hoffnungslosigkeit zu verfallen. Dabei fürchte ich mich vor dem letzten Wort, das ich an dich richte; ich habe Angst, dass mich dann in meiner Zelle der Fehlismus als Dauerzustand erwartet.

Was soll mit mir werden, wenn dich der dicke Packen Papier niemals erreichen, man ihn erst gar nicht versenden wird und du, ähnlich wie Nica, meine Geschichte niemals erfahren wirst? Du wüsstest dann nichts von meiner inständigen Bitte, mich nicht wie Klaus Haff in meiner Zelle begraben zu lassen und sofort einen Anwalt einzusetzen – einen eigenen Anwalt, jemanden, der nicht in den Einflussbereich deines Vaters fällt. Denn dass ich drei Wochen lang kein Sterbenswörtchen von ihm gehört habe, gibt mir mindestens genauso zu denken wie meine Verfolgung durch den schwarzen Wagen. Ist es möglich, dass mich meine Geschäftsreise mit dem ungewohnt vagen Auftrag nicht zufällig in dieses Niemandsland geführt hat? Dass dein Vater über sein obskures Netzwerk an Informanten Wind bekommen hat von Felix Fehling? Sicher ist ein solcher Verdacht nur eine Ausgeburt meiner Angstfantasien, denn ich weiß so gut wie du, dass dein Vater uns niemals antun würde, was mir widerfahren ist.

Und dennoch sitze ich fest, ohne von ihm zu hören, weshalb ein von dir eingesetzter Anwalt klären muss, wie viel Geld wir für meine Freilassung in die Hand nehmen müssen. Du bist meine einzige Hoffnung – du, vor deren Augen ich mein Gewissen verhört und um derentwillen ich den bizarren Aufwand betrieben habe, auf bloßes Papier einen Schatten von Leben zu werfen; du, für die ich jedes Mal, wenn ich mich ans Klapptischchen gesetzt und mit einer neuen Seite, einem neuen Satz Anlauf genommen habe, den Zweifel ausstand, ob sich mit bloßen Worten die Gefängnismauer zwischen uns einrennen lässt, um von meiner Seite auf deine zu gelangen, vom alles beherrschenden Ich zum alles bestimmenden Du. Dann wird mein Ausbruch auch der deine sein, und du wirst dich von der starken Hand deines Vaters losreißen, damit ich durch dich meinen Namen von allen Zweifeln entlasten, deinen Namen annehmen kann.

Ich stelle mir vor, wie wir die Treppen irgendeines Provinzrathauses hinauflaufen und mit unserem Jawort Fehling und Voss aus meinem Leben verbannen. Auf der Straße gibt es niemanden, der Fotos machen oder Reis werfen würde. Kein schwarzer Wagen, der unserem Taxi zum Bahnhof folgen würde, denn endlich soll dein Wunsch nach einer Reise in Erfüllung gehen, die nichts mit den Geschäften deines Vaters zu schaffen hat. Im Zug erzähle ich dir von meiner im Gefängnis ausgestandenen Angst, du würdest mich verlassen, wenn du von Felix Fehling erführest; und während wir am Flughafen auf unsere Maschine warten, wird uns bewusst, wie frei wir uns fühlen, weil wir in aller Heimlichkeit, ohne Wissen deines Vaters geheiratet haben. Auf unserem Flug kosten wir die Gewissheit aus, dass uns nun nichts mehr trennen wird, und im Hotelzimmer erzähle ich dir, welche Mühen es mich gekostet hat, mich immer aufs Neue davon zu überzeugen, dass ich Tobias Voss bin. Und das wird erst der Beginn unserer Reise sein, die uns auf gut Glück durch aller Herren Länder führen und uns nur noch den einen Wunsch übriglassen wird, dass unsere Flitterwochen niemals enden, wir niemals ankommen werden, damit ich dir unterwegs mein ganzes Leben noch einmal erzählen kann.